DATE DUE

AP 17 07			
MY 9 07			
MR 3 0 09			
AP 2 0 09			

María

Letras Hispánicas

Jorge Isaacs

María

Edición de Donald McGrady

QUINTA EDICIÓN

CATEDRA

LETRAS HISPANICAS

Ilustración de cubierta: Paco Conesa

© Ediciones Cátedra, S. A., 1996
Juan Ignacio Luca de Tena, 15. 28027 Madrid
Depósito legal: M. 26.293-1996
I.S.B.N.: 84-376-0610-1
Printed in Spain
Impreso en Gráficas Rógar, S. A.
Navalcarnero (Madrid)

Índice

Índice

Para mi María...

Introducción

Jorge Isaacs

1. El lugar de «María» en la literatura hispánica

El colombiano Jorge Isaacs (Cali 1837-Ibagué, 1895) publicó su novela *María* en Bogotá en 1867[1]. La obra fue bien recibida por la crítica y por los intelectuales, pero no alcanzó inmediatamente un gran éxito de librería. Pasaron dos años antes de que se pidiera una segunda edición, y la tercera impresión colombiana sólo apareció en 1878. Entre tanto, sin embargo, habían salido ediciones por entregas en Buenos Aires (1870-1871) y México (1871-¿1873?), y se hizo una edición chilena en 1877. Luego el entusiasmo de los intelectuales se comunicó al pueblo, y se sucedieron las impresiones rápidamente. Más de 50 ediciones de *María* vieron la luz antes de 1900, y su popularidad no ha disminuido hasta la fecha, a pesar de las tendencias anti-románticas de nuestro siglo: para el año del centenario de *María*, en 1967, el número de sus ediciones documentadas se aproximaba a 150. Esta cifra atestigua el hecho de que aun hoy día *María* sigue siendo la novela más leída en Hispanoamérica. La obra ha rebasado la barrera del idioma, con traducciones al inglés, el francés, y el portugués. Además, *María* ha sido filmada por aficionados mexicanos y colombianos, y ha tenido varias adaptaciones dramáticas. Rubén Darío dijo de *María* que era una de las dos mejores novelas hispanoamericanas[2], y Unamuno (quien expresó en más de

---

[1] Un estudio completo de la vida y obras del autor de *María* se hallará en mi libro *Jorge Isaacs*, Nueva York, 1972. Allí se encontrará un tratamiento más detallado, con documentación amplia, de problemas sólo planteados de manera esquemática en esta Introducción, necesariamente limitada en espacio.

[2] En *Cabezas*, Madrid, 1919, pág. 52; la otra obra era *La gloria de don Ramiro*, de Enrique Larreta.

13

una ocasión gustos muy distintos de los de Rubén) afirmó que cuando leyó la novela a los 59 años, le afectó más que si hubiera tenido quince[3]. Quizá ninguna otra novela ha ejercido tan profunda influencia en Hispanoamérica: existen 17 imitaciones de *María*, sin contar las obras que emulan sólo unos episodios del idilio. Los lectores del siglo xx han disfrutado tanto de la lectura de *María* como sus abuelos del siglo pasado. Aunque han pasado de moda algunos de los sentimientos retratados en *María*, el conflicto básico de la obra —la lucha entre el amor y la muerte— es de validez eterna, y seguirá cautivando a lectores de todos los países y todas las épocas. Unido a su tema de interés universal, *María* tiene una forma clásica que se coloca por encima de técnicas pasajeras, y que presenta la historia de una manera clara y lineal. Estas cualidades de buena trama y buena forma aseguran que la obra maestra de Jorge Isaacs seguirá siendo no sólo la mejor novela romántica en lengua española, sino uno de los clásicos del idioma.

2. Elementos autobiográficos en «María»

Jorge Isaacs utilizó dos importantes fuentes de inspiración para su novela: reminiscencias literarias y su propia biografía. Isaacs se inspiró principalmente en precedentes novelescos para crear su heroína, pero el héroe Efraín está basado ante todo en las experiencias personales del autor. Asimismo, una parte de la acción novelesca deriva de la literatura romántica, y otra proviene de la vida de Isaacs. La colocación de la acción en el Valle del Cauca refleja, claro está, la biografía del autor.

Los siguientes elementos en la trama de *María* son reminiscencias autobiográficas: El padre de Efraín, un judío de Jamaica, inmigra muy joven a la provincia del Chocó, y a los 20 años (19 en la vida real), se vuelve católico para casarse con la hija de un militar español (capítulos VII, XXXVIII). Igual que el progenitor de Isaacs, el de Efraín es el dueño de una hacienda en la sierra cerca de Cali, y de dos haciendas azucareras en

---

[3] Véase Cornelio Hispano, «Don Miguel de Unamuno... y *María*», *Repertorio Americano*, XVII (1929), pág. 220.

el valle (empero nunca se mencionan los nombres de *El Paraíso, La Manuelita,* y *La Rita*). En el capítulo XXXIII, el padre de Efraín pierde una suma considerable por el defraude de un socio. Parece que así Isaacs noveliza una serie de pérdidas económicas sufridas por su padre durante muchos años. Esta disimulación está patente en un episodio relatado por Efraín, en el cual un empleado juega y pierde una fuerte cantidad de dinero perteneciente a su padre; en realidad, existen documentos que prueban que el que desperdiciaba grandes sumas en el juego era el padre de Isaacs.

En la primera frase de la novela, Efraín cuenta que estudió en el colegio del doctor Lorenzo María Lleras en Bogotá; lo mismo hizo Isaacs, sólo que asistió allí cinco años, no seis, y no llegó a graduarse. El deseo del padre de Efraín de que éste emprenda estudios de medicina (XVI) probablemente refleja igual anhelo por parte de la familia del novelista; consta por su correspondencia que hubiera querido seguir tal carrera. La muerte de un hermano mayor hace que recaigan responsabilidades mayores sobre Efraín (XVI); lo mismo le sucedió a Isaacs después de la muerte de su hermano Lisímaco. Igual que su creador, Efraín es poeta (II, IX, XXIII), y ayuda a su padre en la administración de sus fincas. Consta documentalmente que algunos personajes menores de *María* (el Dr. Mayn, Juan Ángel, el profesor Bracho, el portero Escamilla) fueron tomados de la vida real; cabe sospechar lo mismo de personajes como Carlos, Emigdio y sus padres respectivos, el antioqueño José y su familia, Custodio y Salomé, los bogas, etc. La extensa descripción que Efraín hace de su viaje por el río Dagua y por el camino de herradura hasta llegar a Las Cruces (LVII-LIX) está basada sobre las experiencias personales de Isaacs, quien trabajó de inspector de caminos en ese distrito en los años 1864-1865.

3. Fuentes literarias

Uno de los aspectos de *María* más comentados por la crítica es la cuestión de sus fuentes. José María Vergara y Vergara, amigo y consejero legal y literario de Isaacs, fue el primero en plantear el problema, al comparar a *María* con *Pablo y Virginia* y con *Atala*[4]. Desde que Vergara y Vergara publicó su conocida reseña crítica, se ha creado una polémica alrededor de la influencia de Saint-Pierre, a la vez que se ha aceptado casi sin reservas la influencia de Chateaubriand, indudablemente porque *Atala* constituye la lectura favorita de Efraín y María. La verdad es que *Pablo y Virginia* influyó decisivamente sobre la concepción de *María*, mientras que la inspiración de *Atala* sólo es perceptible en un cuento intercalado en *María*, el relato de *Nay y Sinar*.

Dejando a un lado los tópicos que se hallan en muchas novelas románticas (culto de la melancolía, uso y abuso del sentimentalismo, descripciones poéticas de una naturaleza exótica, exaltación del catolicismo, narración en primera persona, vago erotismo, el inevitable final desdichado, etc.), se hace evidente que la influencia de *Pablo y Virginia* opera sobre cuatro aspectos de *María*: 1) el prefacio, donde el autor declara su propósito; 2) los protagonistas y las líneas generales del argumento; 3) innumerables pormenores relacionados con la trama; 4) similitudes de técnica narrativa. En la siguiente enumeración de imitaciones concretas, se notará que estos elementos aparecen casi siempre en el mismo orden de sucesión en ambas novelas. A veces Isaacs invierte las relaciones en los datos imitados, haciendo que Efraín realice una acción hecha por Virginia, etc.

En su prefacio Saint-Pierre dice que leyó el manuscrito de su libro a varias personas y que «tuve la satisfacción de verlos a todos derramar lágrimas. Este fue el único juicio que pude formar de la obra, y esto era cabalmente lo que yo deseaba ver comprobado». En el prefacio de *María*, llamado «A los hermanos de Efraín», se encuentran los mismos elementos, es decir, la declaración abierta del propósito lacrimógeno, y la presunción (implícita en Isaacs, explícita en Saint-Pierre) de que este propósito ha de verse cumplido en el lector sensible: «Leedlas [estas páginas], pues, y si suspendéis la lectura para llorar, ese

---

[4] En su reseña de *María* en *La Caridad*, Bogotá, III (1866-1867), páginas 649-651. Figura como prólogo a muchas ediciones de la novela a partir de 1878.

llanto me probará que la [dulce y triste misión] he cumplido fielmente.»

Una comparación de los protagonistas de *María* con los de *Pablo y Virginia* revela que en ambas obras son jóvenes que han vivido juntos y que se han amado desde la niñez, que son cristianos, de raza blanca, y de la misma nacionalidad que el autor. El argumento principal de *Pablo y Virginia* y *María* es el mismo: dos criaturas se ven unidas en su niñez por infortunios (la pobreza y la orfandad) de la familia de la niña. Se aman tiernamente desde los primeros años y se crían juntos, casi como hermanos, en medio de una naturaleza exuberante. Cuando llegan a la edad adolescente, se confiesan su amor y piensan consagrarlo en el matrimonio. Los padres (o los tutores) de los jóvenes, aunque dan su consentimiento para la unión, quieren aplazarla por algunos años, e insisten en que uno de los protagonistas realice un viaje con fines educativos y con miras a un mejoramiento económico que ha de redundar en el bien de todos. Los amantes contemplan el viaje con gran temor, previendo que no producirá los resultados anhelados, y que ha de causar su separación eterna. Estos presentimientos resultan fatídicamente fundados, pues el viaje causa la muerte de la heroína. El protagonista es tan profundamente afectado por el fallecimiento de su amada que cae gravemente enfermo. Luego de reponerse de su enfermedad, y sumido en la melancolía más abyecta, recorre los lugares donde había gozado su idilio con su novia, y también visita su tumba. Algún tiempo después, el protagonista se deja morir de amor.

Hay infinidad de pormenores que prueban, sin dejar lugar a duda, que Isaacs tenía muy presente a *Pablo y Virginia* al escribir *María*. Algunas de estas coincidencias son: Salomón, el padre de María, quiere emprender un viaje a la India para remediar su pobreza; esto es una reminiscencia del viaje que Madame de la Tour quería que Pablo hiciera a la India para conseguir dinero antes de casarse con Virginia. Efraín tiene un rival para la mano de María (aunque no para su afecto) en su amigo Carlos, lo cual le causa muchos sinsabores; esto es una amplificación de *Pablo y Virginia*, donde aquél se pone muy celoso cuando circulan rumores de que ésta va a casarse en Francia. Antes de partir Efraín a Europa, los dos novios señalan un rosal y una azucena como el «emblema querido de su constancia»; esto es un recuerdo de los cocoteros de Pablo y Virginia, que eran los símbolos de su amor imperecedero. María envía a Efraín flores de estas plantas simbólicas, igual que Pablo manda frutas de sus árboles a Virginia.

Las circunstancias del viaje de Efraín ofrecen muchísimas coincidencias con el de Virginia. En ambos casos los padres tratan de persuadir a los jóvenes diciéndoles que se casarán después del viaje. En ambas novelas uno de los padres enferma y los novios quieren quedarse para cuidar de él. En las dos obras aumenta la tensión dramática cuando ocurren sucesos que hacen que los novios conciban la esperanza de que no se realice el viaje; pero luego se frustra esta esperanza cuando los padres insisten, o permiten que otros insistan. María expresa el temor de que Efraín la olvide en Europa, lo mismo que Pablo había temido de Virginia. Se engaña a Pablo para que Virginia parta sin despedirse de él; María teme que hagan lo mismo con ella. En ambos libros se escriben los novios durante su separación, y el autor reproduce trozos de sus cartas.

Pablo y Efraín enferman después de enterarse de la muerte de sus amadas, y duran en cama tres semanas; ninguno puede asistir al entierro de su novia. Es tan exacerbada la desesperación padecida por ambos héroes que llegan a pensar en el suicidio. Una descripción de María (III) tiene su inspiración manifiesta en otra de Virginia; hay grandes similitudes en su vestimenta, su peinado, y la atención del autor a sus ojos. Además, ambas heroínas tienen un don especial para dar remedios a los enfermos. Hay esclavos fieles en ambas novelas, y en las dos figura un perro fiel. Pablo hace un pozo para que se bañe Virginia, y María prepara baños para Efraín. Ambos novelistas aluden a ninfas.

Además de los grandes parecidos en la trama, *María* comparte con *Pablo y Virginia* ciertas técnicas narrativas inconfundibles. En su reseña de *María,* Vergara y Vergara observó que *Pablo y Virginia* es una novela de una perfecta simetría: dos viudas se retiran a una isla desierta y allí dan a luz. La una tiene un niño y la otra una niña, los cuales con el tiempo se enamoran y piensan casarse. También, una viuda llegó a la isla con un esclavo negro y la otra con una esclava negra, y estos dos se casan. Lo que no vio Vergara y Vergara fue que esta tendencia a la simetría estaba también presente en Isaacs: Efraín y María tienen sus criados negros favoritos: Juan Ángel es el paje de aquél y Estefana es como la doncella de ésta. Los personajes de comparsa generalmente están presentados en parejas: los esclavos Bruno y Remigia, los colonos antioqueños Braulio y Tránsito, los campesinos Tiburcio y Salomé, los bogas Cortico y Laureán. Hasta los episodios y objetos materiales obedecen a un plan simétrico: hay dos cacerías (una de tigre y otra de venado), dos personas que cambian de religión y de nombre (Feliciana y María), dos amigos campesinos (José y Braulio) y dos amigos íntimos (Carlos y Emigdio) a quienes Efraín visita antes de partir a Europa, dos cortejos fúnebres (el de Feliciana y el de María), dos símbolos del amor de Efraín y María (el rosal y la azucena, correspondientes a los dos cocoteros de Pablo y Virginia). Los ejemplos podrían multiplicarse.

En el último cuarto de su novela, Saint-Pierre crea mucha suspensión mediante la demorada descripción de la llegada del barco en que viene Virginia, el cual va a pique en un huracán; esto produce el efecto de prolongar la tortura del lector, quien conserva la esperanza de que se salve la heroína, a pesar de todos los presagios siniestros. Isaacs busca el mismo efecto con su larga narración del viaje de Efraín de Buenaventura a Cali; asimismo, incluye presagios de mal agüero y miradas de inteligencia entre los personajes menores que ya están enterados de la muerte de María. Saint-Pierre aumenta el patetismo del fallecimiento de Virginia con la observación de que se habría salvado si el capitán la hubiera dejado llegar a la playa en una lancha, como ella deseaba; la ironía consiste en que el capitán obró con buenas intenciones, pero causó el mismo mal que buscaba evitar. De un modo parecido, una de las razones por las cuales el padre de Efraín lo manda a Europa es su creencia de que la presencia de su hijo pone en peligro la salud de María; pero en realidad, este buen propósito es lo que precipita su muerte.

La anterior enumeración de coincidencias no deja lugar a duda de que *Pablo y Virginia* sea la fuente principal de *María*. Pero influyeron otros novelistas románticos franceses sobre Isaacs, sobre todo Alfonso de Lamartine, autor de *Graciela* y

Rafael. Probablemente la idea más básica que tomó Isaacs de Lamartine fue la de escribir una novela compuesta principalmente de reminiscencias literarias combinadas con elementos autobiográficos. Otras influencias generales son la división de la novela en capítulos muy breves (Saint-Pierre, en cambio, no tiene capítulos), y el título, que consiste en nombrar solamente a uno de los protagonistas. Existen además muchas otras coincidencias concretas entre *Graciela* y *María.* Ambas heroínas son huérfanas que viven en la misma casa que sus novios, y una de sus tareas principales consiste en cuidar a los niños pequeños del hogar. Graciela oye la historia de Pablo y Virginia de los labios de su amado y se siente estremecida por ella, igual que María escucha a Efraín la relación de *Atala;* ambas jóvenes lloran durante la lectura y son comparadas por sus novios a las heroínas de los libros que leen. Lamartine enseña ciertas materias a Graciela, así como Efraín es maestro de María. Un intruso pide en matrimonio a ambas heroínas, y es rechazado. Graciela y María se ponen melancólicas al saber del viaje de sus novios, y se desmayan cuando parten. Poco antes de morir, ambas escriben cartas a sus amantes, diciendo que vivirían si ellos estuvieran presentes, y a su muerte, les legan sus trenzas. En las dos novelas aparecen medallitas de la Virgen, flores en cartas de amor, y comparaciones orientales. Tanto Lamartine como Efraín se complacen en contemplar los brazos y pies desnudos de sus amadas.

La gran atención prestada por Efraín al timbre de la voz de María tiene paralelos tanto en *Graciela* como en *Rafael.* El prefacio de *María* es una imitación directa del de *Rafael:* en ambos se revela que el autor de la autobiografía entregó su manuscrito a un amigo poco antes de su muerte (aunque muchos años después del fallecimiento de su novia), y que este amigo se ha encargado de publicar las memorias, junto con un prefacio de su propia mano[5]. Tanto Rafael como Efraín releen su corres-

---

[5] En *María* no se especifica quién sea el que edita la autobiografía de Efraín, «como un testimonio de mi gratitud y de mi afecto». En la novela no hay ningún amigo que combine un conocimiento detallado de la vida de Efraín con el talento literario requerido para redactar tal obra. Tampoco revela este editor cuáles son sus propias aportaciones a la autobiografía; éstas deben ser considerables, ya que él dice haber «escrito» estas páginas. Por el contrario, el editor de

pondencia amorosa, compaginando las cartas; los renglones finales de la última misiva de Graciela y María son casi ilegibles, debido a la aproximación de la muerte. Al fallecer, ambas heroínas parecen sonreír. Al enterarse de la muerte de sus novias, se desmayan Rafael y Efraín. La súbita catástrofe económica sufrida por la familia de Lamartine probablemente sugirió a Isaacs la idea de condensar en un solo golpe la gradual decadencia financiera de su propia familia.

El análisis anterior demuestra que Jorge Isaacs tiene una deuda considerable con modelos del Romanticismo francés. Como Chateaubriand y Lamartine, se inspira en Saint-Pierre para la forma y el estilo de su novela. Pero Isaacs lleva mucho más lejos su imitación de Saint Pierre, puesto que idea gran parte de la acción de *María* sobre *Pablo y Virginia*. Resumiendo, se puede decir que las líneas generales de la trama de *María* siguen las de *Pablo y Virginia,* y que muchos más incidentes proceden de *Graciela* y *Rafael.* La mayoría de las contribuciones originales de Isaacs han de buscarse en las descripciones del escenario colombiano, en los elementos autobiográficos, en los personajes secundarios, y en el color local.

4. EL ROMANTICISMO EN «MARÍA»

Como muchas otras novelas hispanas escritas durante la misma época, *María* combina la forma y el contenido de dos movimientos literarios: el Romanticismo y el Realismo. Se acaba de ver que Isaacs tomó una gran parte de su argumento y varios procedimientos narrativos de Saint-Pierre, un precursor del Romanticismo francés, y de Lamartine, uno de los románticos gálicos más famosos. Es probable que otras situaciones y técnicas que ocurren en *María* deriven de estos mismos escritores, pero como tales procedimientos llegaron a ser lugares comunes en la novela romántica europea después de Saint-

---

las memorias de Rafael explica su relación con el héroe y el manuscrito. A falta de información explícita, se puede conjeturar que el editor de *María* es un amigo a quien Efraín hace confidencias muy pormenorizadas después de la muerte de su novia; probablemente este amigo no figura entre los personajes del libro.

Pierre, no parece prudente afirmar que Isaacs los tomara de ningún autor en particular. Algunas de estas técnicas son: el uso de augurios para sugerir la posibilidad de tragedia futura durante los momentos de dicha; la inserción de reflexiones axiomáticas sobre situaciones concretas, señalando su relación con lo universal; la comparación de los protagonistas con algún elemento de la naturaleza en la cual se mueven; las descripciones poéticas de una naturaleza bella y grandiosa, muchas veces exótica; el concepto del amor como una fuerza todopoderosa, que se siente hacia una sola persona; la imposibilidad de la consumación del amor, pues el idilio termina trágicamente; la utilización del sentimentalismo, del pesar prolongado, y de la melancolía; el uso de símbolos y de lo sobrenatural; el empleo de lo vago e impreciso en relación con los personajes y con algunos lugares de la acción; la exaltación del catolicismo; los estados de ánimo del narrador reflejados en la naturaleza; etcétera.

5. Elementos costumbristas

En la época en que Isaacs componía *María,* muchos escritores colombianos cultivaban el género del costumbrismo, siguiendo los modelos de Mesonero Romanos, Estébanez Calderón, y Larra. Esta modalidad literaria alcanzó su cumbre en Colombia entre los años de 1860 y 1870, cuando sus exponentes más afamados eran los miembros de la célebre tertulia llamada *El Mosaico* (los cuales aplaudieron las poesías de Isaacs en una noche de mayo de 1864, y luego las editaron a su costo). Los cuadros de costumbres colombianos, al igual que los españoles, pretendían conservar el recuerdo de las prácticas típicas, y a la vez satirizar lo ridículo en los usos locales. Este interés en los tipos castizos y en las costumbres regionales fue fomentado por el movimiento romántico, aunque el costumbrismo tiene un evidente parentesco con el Realismo, puesto que se proponía representar sus temas con una objetividad casi fotográfica.

Dada la enorme popularidad del costumbrismo en Colombia cuando Isaacs escribía *María,* no resulta sorprendente que haya dedicado una porción considerable —fragmentos de once capítulos— al color local. La primera escena costumbrista se halla en el capítulo V, donde Efraín describe la boda de unos esclavos, dando cuenta detallada de su vestimenta, sus instrumentos musicales, y sus bailes. Toda su vida Isaacs se sintió íntimamente unido a los habitantes de la provincia de Antioquia; por tanto, no extraña que haya documentado extensamente sus costumbres, todas las cuales revelan industria y economía. En los capítulos IX y LI Efraín describe con muchos pormenores la modesta casita del antioqueño José: los muebles y adornos, la indumentaria de las mujeres, y las herramientas y los animales del campesino. El orden y pulcritud que caracterizan el hogar de los antioqueños tiene una antítesis muy vívida con la descripción de la vivienda de otro campesino, Custodio, cuya casa abriga tanto a los animales domésticos como a sus moradores humanos (XLIX). La representación de la hacienda de Emigdio (XIX), ya en un estado avanzado de deterioro, está hecha con mucha gracia y buen humor. Los capítulos XXI y XXVI presentan costumbrismo en la forma de cacerías, y los LVII y LVIII incorporan numerosos detalles acerca del trabajo, la comida, la vestimenta, las viviendas, la música, los remedios caseros y las supersticiones de los negros que habitan las orillas del Dagua. En todos sus cuadros de tipos populares, Isaacs reproduce ejemplos de su lenguaje pintoresco e incorrecto.

Los principales defectos de la novela costumbrista hispánica eran sus tendencias a reducir todo individuo a un tipo, y a sacrificar la acción a la evocación de un ambiente. Isaacs evita hábilmente el primero de estos atolladeros, puesto que varios de los personajes introducidos en los cuadros de color local —Custodio, Salomé, José, Emigdio— figuran entre los más interesantes de toda la novela. Es cierto que estos cuadros populares no adelantan la acción; pero el hecho es que hay poco desarrollo novelístico en *María* —al autor le interesa más evocar un estado de ánimo que desenvolver un argumento novelesco. Y estas escenas costumbristas desempeñan otra importante función artística: ayudan a redondear el carácter de Efraín. En sus relaciones con los campesinos y con los negros, el protagonista despliega características que de otro modo permanecerían ocultas: es humilde con los humildes y siente un verdadero interés en sus asuntos. Otro fallo común en los autores de novelas costumbristas es que adoptan la actitud de moralistas que censuran ciertos defectos. Isaacs nunca se muestra moralizador en sus cuadros de color local (en *Nay y Sinar*, en cambio, sí comete este error estético); se sonríe ante la perspectiva de un labrador o un hacendado que comparte su casa con sus animales, pero no se pone a sermonear.

6. EL REALISMO EN «MARÍA»

Ya se ha visto que el contenido y la forma narrativa adoptados por Isaacs son predominantemente románticos, pero también se manifiestan en *María* ciertas proclividades del Realismo. El Realismo busca ante todo la representación objetiva de la realidad social contemporánea; se propone retratar la vida en todos sus aspectos —por lo tanto, introduce personajes bajos y sucesos y lugares comunes. La preocupación por la sociedad tal como es, implica que el Realismo cobija un sentido de compasión humana y el deseo de reformar injusticias sociales. Para reproducir la realidad con la mayor fidelidad posible, el autor realista se explaya en descripciones de detalle minucioso; su ideal es representar los escenarios y los personajes igual que lo haría una cámara fotográfica.

La crítica ha aseverado repetidamente que la sociedad retratada en *María* es un mundo idealizado (y por tanto romántico, según esta teoría), en que todos los personajes son buenos y nobles. Esto dista mucho de ser cierto, tanto en lo relativo a la sociedad como conjunto y por lo que atañe a los personajes individuales. La sociedad representada en *María* nada tiene de ideal, puesto que admite la institución repelente de la esclavitud. Jorge Isaacs demuestra la preocupación social del movimiento realista al censurar esta enormidad antihumanitaria. Siguiendo la típica práctica realista, el autor no sermonea, sino que expresa sus sentimientos mediante la observación imparcial. Por ejemplo, en el capítulo V, Efraín nota que su padre era muy compasivo con sus esclavos, pero no deja de señalar el hecho de que los negros sólo estaban «contentos, hasta donde

24

es posible estarlo en la servidumbre...». En el capítulo XIX, Efraín pregunta a Emidgio por qué un muchacho tiene el brazo mutilado; su amigo contesta que lo había metido en el trapiche. Emidgio se queja de la estupidez de los esclavos, y añade que ya el joven no sirve más que para cuidar caballos. Efraín no hace ningún comentario, pero el hecho de que incluya este episodio en su autobiografía muestra que está aterrado por esta falta de humanidad. La protesta más vigorosa de Isaacs en contra de la esclavitud ocurre en la segunda parte de la novelita intercalada de *Nay y Sinar* (XLII-XLIII). Aquí describe todas las degradaciones de esta institución bárbara: la crueldad de los caudillos africanos, que venden como esclavos a sus enemigos, y a veces hasta a sus propios familiares; el dolor de los desafortunados que se ven separados de sus familias; los horrores de los buques que transportan los esclavos, con sus tripulantes que tratan a los negros peor que a animales, con el resultado de que algunos se suicidan; las propuestas depravadas que hacen algunos traficantes a las negras más bonitas, etc. Al final del capítulo XLIV, Isaacs deja su actitud de objetividad impasible y en una nota típicamente romántica al pie declara que las escenas repugnantes que acaba de presentar son rigurosamente históricas.

La intensidad del interés social de Isaacs se documenta en la circunstancia de que cambia la cronología normal del libro para tratar el problema de la esclavitud. Todos los esclavos en Colombia habían recibido su libertad en 1852, cuando Isaacs tenía menos de quince años. Sin embargo, cuando Efraín vuelve de Bogotá, a la edad de veinte años, todavía existe la servidumbre. Es decir, si Isaacs hubiera asignado su propia edad a Efraín, como era lo natural (dada su tendencia autobiográfica), no habría podido tratar el problema de la esclavitud; por consiguiente, prefirió hacer a su protagonista varios años mayor que él. Es evidente, entonces, que no tienen razón los críticos que hablan de una «sociedad romántica e idealizada» en *María*.

Volviendo ahora la atención a los individuos que integran la sociedad en *María*, salta a la vista que, al contrario de la idea común, no se trata de figuras románticas idealizadas. En realidad, sucede todo lo opuesto: los únicos personajes típicamente románticos son María y la madre de Efraín (ambas son mujeres dulces y sumisas, envueltas en una aureola de perfección, cuyo único objeto en la vida es amar a sus maridos e hijos, actuales o futuros). Todos los demás personajes, inclusive Efraín y su padre, son creaciones realistas que parecen haber sido inspirados en la vida misma. Efraín encarna la personalidad de su creador, aunque con idealización, claro está. Su padre está basado sobre el modelo del progenitor de Isaacs; aun cuando revela idealización en algunos aspectos (su humanitarismo hacia Nay, su supuesto desprendimiento del dinero), sin duda su carácter fundamental refleja el de George Henry Isaacs. En la novela dista mucho de ser perfecto, porque su ambición para el futuro de Efraín y su incredulidad en el amor verdadero hace que separe a los amantes, causando así la muerte de María.

Las cualidades realistas de los personajes menores están ilustradas muy bien en dos amigos de Efraín: Carlos y Emigdio. Carlos es probablemente la amistad más íntima de Efraín, pero no por eso se acobarda ante la idea de quitarle la novia. Los pensamientos materialistas de Carlos acerca del matrimonio (se maravilla de que Efraín quiera casarse con una epiléptica y permanecer fiel a su memoria después de muerta) de ningún modo son las características de un personaje idealizado. Su costumbre de cubrirse la cara con un pañuelo y de llevar paraguas para no quemarse al sol son rasgos francamente ridículos. Estos toques muy humanos prestan apoyo a la tradición familiar de que este Carlos M. es una persona real: Carlos Martínez. En cuanto al otro amigo, Emigdio, éste es un joven simpático, pero no tiene compasión con el prójimo (indudablemente no incluye a los negros en esta categoría), y su rusticidad lo convierte en un hazmerreír. Los padres de estos dos jóvenes son figuras cómicas que tienen en proporción exagerada los defectos inherentes en sus hijos: el progenitor de Carlos constituye una figura ridícula a causa de su suficiencia tonta, su pomposidad, su pasión por los pleitos, su carencia de modales, y su «esférico abdomen». El padre de Emigdio es francote y campechano, pero sus horizontes intelectuales están muy limitados.

Estos ejemplos bastan para desacreditar la noción de que sólo se encuentran personajes sentimentales y románticos en

María. Además, de vez en cuando surge un carácter casi sórdido. Tal es el muchacho tonto que aparece medio dormido sobre la yegua de Custodio, y que sólo puede contestar a las chanzas groseras de su amo con articulaciones incoherentes. Este personaje «bajo» constituye un antecedente de los tipos hechos famosos algunos años más tarde por el naturalista Emilio Zola. Otro carácter por este estilo es Dominga, la vieja celestina a quien Custodio atribuye el poder de ojear a los micos. Las cualidades de tercera y de hechicera colocan a Dominga entre las innumerables descendientes literarias de Celestina, pero también ocurre que tales mujercillas se encuentran en la vida real entre las clases humildes.

Otros dos personajes trazados según los cánones realistas son Custodio y el Administrador de aduanas. Custodio es un carácter memorable por su lenguaje pintoresco, por sus quejas exageradas acerca de sus finanzas, y sobre todo, por sus desvelos por la castidad de su hija Salomé. Este campesino es tan celoso de la virginidad de su hija como algunos de los labradores en el drama del Siglo de Oro (el Pedro Crespo de Calderón, por ejemplo). Como sus predecesores dramáticos, Custodio sabe que los pretendientes acomodados de su hija no traen buenas intenciones, y él desea casarla con uno de sus iguales. El labrador astuto y pragmático no exceptúa a Efraín de sus sospechas acerca de hombres de la clase superior. Aunque Custodio tiene antecedentes literarios, la manera auténtica como lo presenta Isaacs hace pensar que haya conocido un hombre así; la vida y la literatura suelen repetirse.

Indudablemente, uno de los retratos humanos más intrigantes esbozados por Isaacs es el del Administrador. Efraín hace una descripción pormenorizada de este personaje, pero, contra su costumbre, no ofrece ningún comentario sobre su personalidad; esta falta constituye un silencio anunciador de que algo raro ocurre. Son llamativos los gustos del Administrador: se viste de «intachable blancura», duerme en una hamaca «amplia y perfumada», se limpia el sudor con «un gran pañuelo de seda de India, fragante como el de una novia», produce un ruido «semejante al de un beso sonoro» después de tomarse una copa de licor, admira las facciones de Efraín, y expresa el deseo de que éste se deje «ajonjear» por él un par de días. En vista de todo esto, quizá no extrañe que el Administrador haya preferido no traer a su familia al puerto. Posiblemente distintos lectores formen diferentes opiniones acerca de este personaje: algunos verán a un sibarita algo afeminado que se ha degenerado en medio de un sensual ambiente subtropical; otros verán a un verdadero disoluto que representa un peligro para la virtud de Efraín. En todo caso, se trata de un carácter bien desarrollado, según las mejores técnicas objetivas del Realismo; otra vez parece que fuera un individuo desglosado de alguna página de la vida.

Otro personaje que parece haber pasado de la vida real a las páginas de *María* es la sensual Salomé. Esta sirena rústica que es tan deliciosamente ingenua que en medio de semejante voluptuosidad no parece ser consciente de todos sus encantos seductores. Por ejemplo, confiesa abiertamente su amor a Efraín, a sabiendas de lo vano de tal afecto, dada la distancia social que los separa. Por el contrario, su modo de llevarse la mano de Efraín a la cara, de hacer un gran espectáculo para saltar la cerca en presencia de él, y de expresar el deseo de bañarse en el río después de él, todo esto revela que probablemente no es tan inocente como parece, y que su padre tiene toda la razón en vigilarla estrechamente. El hecho de que aparezcan varias mujeres sensuales en la poesía de Isaacs, a orillas de ríos casi siempre, refuerza la impresión de que Salomé bien puede representar una sirena real en la biografía de Isaacs. Sea como sea, Salomé es la única figura femenina que sobresale en la galería de personajes secundarios notables en *María*.

En fin, el Realismo se manifiesta en *María* primordialmente en la caracterización de los personajes menores. Varias de estas figuras son esclavos, una circunstancia motivada por el sentido social de Isaacs. Todos los personajes secundarios (con la excepción de la madre de Efraín) están presentados en la manera realista, sin idealización romántica; la mayoría pertenece a las clases bajas, de acuerdo con el objetivo realista de representar las condiciones sociales tales como son. La aspiración de Isaacs a conseguir una reproducción fiel de la realidad está manifiesta en la atención que presta al perro Mayo: éste salta impacientado por los tábanos y zancudos, se asusta al ver el tigre muerto, se niega a asistir a la cacería del venado, y luce muchas otras características caninas en sus frecuentes intervenciones en la novela. No cabe duda de la existencia de Mayo, puesto que Isaacs también le dedicó un poema. Asimismo, parece probable que la mayoría de los personajes secundarios de *María*, si no todos, fueran basados sobre modelos vivos.

7. EFRAÍN

Aunque Isaacs tituló su novela *María*, el verdadero protagonista de la obra es Efraín. Desde las palabras iniciales del libro («Era yo niño...»), se hace evidente que la acción girará alrededor del narrador; lo normal es que un relato contado en primera persona tenga por protagonista al que habla. Ahora, es inevitable que un narrador revele mucho acerca de su propio carácter al describir una serie de acontecimientos en que él ha intervenido. La manera de conceptuarse en relación con las demás personas es particularmente significativa: el hombre modesto tenderá a descontar su propia importancia, mientras que el egoísta se inclinará a exagerarla. Efraín se da perfecta cuenta de esto; por tanto, procura conservar las apariencias de modestia, al tiempo que hace lo posible por realzar su valor propio. Su método consiste en afectar modestia al mencionarse directamente, pero selecciona el material a ser narrado para poner de relieve sus cualidades personales. Un buen ejemplo de esta técnica se ve en el capítulo II, donde Efraín observa que su poesía era admirada por sus compañeros; esta advertencia sirve para desmentir su propia censura de sus «malas estrofas» en el capítulo XXIII. Abundan en la narración ejemplos de cómo Efraín se alaba indirectamente, sin producir la impresión de ser inmodesto, mediante el expediente de citar las actitudes apreciativas de todos hacia él.

La estimación y afecto que Efraín encuentra siempre no se explican sólo por su posición privilegiada dentro de la sociedad local, sino también por su generosidad y consideración hacia sus inferiores. Hace frecuentes regalos a los campesinos antioqueños, logra que su padre conceda derechos de agua a Custodio, manda al médico a examinar a Salomé, y alterna con los negros y los mulatos. Estas inusitadas tendencias democráticas producen extrañeza en Carlos. Al mismo tiempo, Efraín se complace en aludir a los lujos que se permite su familia, y a su posición de aristócratas.

Una de las facetas más interesantes de la personalidad de Efraín es su pronunciada sensualidad. Este rasgo, perceptible a través de todo el libro, aparece por vez primera en el capítulo II, donde Efraín evoca «melodías voluptuosas» y «ropajes de mujeres seductoras» para describir la belleza del Valle del Cauca. En otra ocasión, Efraín encuentra que el «flexible tallo e inquieto plumaje» de una palmera encierran una cualidad coqueta «que recuerda talles seductores y esquivos» (LVII). La mayoría de las ilustraciones de la sensualidad del protagonista no ocurren como las anteriores, en metáforas. Efraín admira abiertamente los encantos femeninos de las hijas de José, de la hermana de Emigdio, y de la «núbil negra» (LVII). Posiblemente la mujer que más atrae a Efraín físicamente es la voluptuosa Salomé, de quien le impresionan los «amorosos labios», los «desnudos y mórbidos brazos», y «aquel talle y andar, y aquel seno, [que] parecían cosa más que cierta, imaginada» (XLVIII). Aun cuando Efraín afirma su ceguera ante los «mil encantos» de Salomé, el lector considera que Custodio hace muy bien en «custodiar» a su hija cuando está sola con el protagonista. Efraín no es de los que opinan que el hombre no debe sentir atracción física hacia su futura esposa; él confiesa francamente su deleite en contemplar los hombros desnudos de María, en sentir el roce de su vestido, y en tocar sus brazos. Paradójicamente, Efraín alude inconscientemente a su atracción hacia María al recalcar con insistencia lo *casto* de sus relaciones; pasa que la palabra *casto* evoca, por implicación, la sensualidad[6]. Naturalmente, este reconocimiento de la atracción sexual de María representa una actitud sana por parte de Efraín hacia la pasión amorosa; el amor espiritual no debe estar separado del amor físico.

---

[6] Esta verdad fue percibida claramente por Malón de Chaide en su vehemente condenación de *La Diana* de Montemayor, una novela que exalta la castidad en cada página. (La censura de Malón de Chaide aparece en su *Libro de la conversión de la Magdalena.*)

Los rasgos definidores de la psicología de Efraín (su orgullo como miembro de la aristocracia local, su interés en los humildes, su sensualidad, su condición de poeta, su amor a la naturaleza) están ampliamente documentados en la personalidad de su creador. Salta a la vista, entonces, que Efraín no es un estereotipo literario, como suele declarar la crítica, sino que es un autorretrato de su autor. Es cierto que Efraín coincide con el típico héroe romántico en su gran capacidad emocional y en su tendencia a creerse superior espiritualmente a sus prójimos; pero éstas también son coincidencias con la personalidad de Isaacs. Efraín se distingue claramente de sus antecedentes literarios en que no es el poeta-profeta, ni el psicópata, el errante solitario, ni el hombre fatal. Aunque él percibe los defectos de la sociedad, no es ni un rebelde ni un reformador. No es excesivamente introspectivo, ni tan preocupado con su yo que caiga en la patología de la egolatría. A Efraín no le afligen las pasiones oscuras ni la desilusión con la vida. No es que Efraín no posea algunos rasgos románticos, sino que no los tiene exagerados, como ocurre con la mayoría de los héroes literarios, y casi todas estas características provienen del modelo viviente de Jorge Isaacs, no de fuentes novelescas. En cambio, una cualidad que innegablemente deriva de la literatura romántica anterior es la adoración avasalladora de Efraín por María. Otra influencia literaria es la tentación que siente el héroe de suicidarse —una tentación a la que accedieron muchos románticos, literarios y reales, después de la publicación del *Werther* de Goethe en 1774.

8. María

Si el carácter de Efraín deriva primordialmente del de su creador, el de María proviene principalmente de la tradición literaria. Por consiguiente, mientras Efraín tiene una personalidad completa, integrada de virtudes y defectos, el nimbo de perfección que rodea a María le quita un poco de calor humano. El hecho de que pertenezca a una larga serie de heroínas literarias hace difícil que se escape a la clasificación de un tipo, en vez de ser un carácter de personalidad propia. En vista de las desventajas ínsitas en la presentación de cualquier tipo literario, hay que reconocer que Isaacs ha logrado un notable éxito en la caracterización de María.

Efraín utiliza la técnica de la sugerencia, en lugar de la explicación abierta, al empezar a aludir a María. Ella aparece entre el grupo de familiares que despiden a Efraín, y según relata éste, «esperó humildemente su turno...» (I); el adverbio *humildemente* a la vez describe una característica de María y denota que ella es una persona especial. Ella es el último ser a quien Efraín ve al alejarse de su casa. La técnica de la sugerencia continúa en el capítulo II, donde María se sonroja cuando Efraín involuntariamente le roza el talle con el brazo. Desde el capítulo III, el narrador menciona sin ambages su afecto por María. Aquí comenta por primera vez lo melodioso de su acento, una cualidad que resaltará constantemente a lo largo del libro, como si oyera su voz todavía, a pesar de que hace muchos años que murió. También compara Efraín la sonrisa de María con la de «una virgen de Rafael»; en el capítulo XXXI especifica que el parecido es con la «Virgen de la Silla». Ciertamente, la equiparación con una pintura sugiere que María tiene más de etéreo que de terrenal.

En el capítulo IV, Efraín descubre uno de los aspectos esenciales del carácter de María al notar que «cayó de rodillas para ocultarme sus pies, desatóse del talle el pañolón, y cubriéndose con él los hombros, fingía jugar con las flores». Para Efraín (y posiblemente para Isaacs), estas acciones sencillamente reflejan la modestia y la castidad de María. Sin embargo, uno de los primeros críticos de la novela vio en ellas «refinamientos de coquetería femenil... aquel pudor alarmado es más propio de una coqueta que de la niña inocente en cuyas ideas no existe la despierta malicia de las ciudades»[7]. Algo hay de cierto en estas observaciones; cualquiera sabe que las mujeres suelen llamar la atención hacia sus atractivos fingiendo encubrirlos. Nunca se sorprende un ademán de éstos en los modelos más cercanos de María: Virginia y Graciela. Esta pequeña «modestia inmodesta» de María demuestra que ella es más sofisticada que sus predecesoras, y también ilustra la tesis expuesta anteriormente

---

[7] Mariano A. Pelliza, *Críticas y bocetos históricos,* Buenos Aires, 1879, pág. 163.

—que la excesiva exaltación de la castidad puede llegar a pecar contra la pureza. Efraín intuye lo ambiguo de la modestia de María, al aplicarle la descripción paradójica de «mujer tan pura y seductora...» (XI).

María muestra ser dulce y sumisa desde su aparición inicial; al contrario de otras mujeres, ella no recibe placer de las pequeñas riñas de novios, y hace lo posible por evitarlas. Ella cree en la superioridad intelectual de los hombres, y piensa que las mujeres no deben ofrecerles consejos. El temperamento manso y pacífico de María no la coloca en una posición de desventaja respecto al novio más dominante; es precisamente su suavidad lo que más atrae y cautiva a Efraín. En pocas palabras, María es una mujer verdaderamente femenina, que sabe comunicar su amor sin que se note. Esta característica de feminidad es lo que hace de María la mujer ideal.

Aunque inteligente, María no tiene educación formal —otro ideal romántico. En el siglo XIX en Colombia, lo normal era que las niñas sólo aprendieran los oficios de la casa y que se dedicaran exclusivamente a sus familias. Los instintos maternales de María cumplen otro requisito del Romanticismo, igual que su firme fe religiosa, su languidez amorosa, su deliciosa timidez, su inocencia y ternura. Pero también existe otra faceta menos pasiva en su personalidad: a veces escucha las conversaciones ajenas, sabe ser resoluta cuando es necesario, y alguna vez se muestra juguetona y traviesa (XXXV). En suma, María encarna el ideal romántico de la mujer perfecta: representa la feminidad en todo lo que tiene de bondadosa, ingenua y atractiva. María es modesta y a la vez está tan enamorada que ya no duerme bien (XII). De haber vivido, habría sido idéntica a la madre del Rafael de Lamartine: una mujer que existe únicamente para Dios, su marido y sus hijos. Cuando a tal sublimidad de alma se agregan los encantos físicos de María, se ve que Efraín tiene razón al considerarla la más bella de las criaturas de Dios (LX).

Si María fuera un personaje distintivamente original, sería una creación verdaderamente inmortal. Pero el hecho es que su fama literaria sufre a causa de que ella proviene de una serie de heroínas románticas que se parecen como hermanas gemelas. A este grupo de figuras parecidas pertenecen no sólo Virginia y Graciela, sino heroínas como Lucy Ashton (de *La novia de Lammermoor* de Scott) y una legión de protagonistas dramáticas. Aun cuando muchas de estas mujeres (María entre ellas) tienen rasgos propios, sus características definidoras son las mismas. Las cualidades importantes que María comparte con las otras heroínas románticas son: juventud (15 ó 16 años); su condición de huérfana; la falta de educación formal; su debilidad física; su fisonomía un tanto borrosa (aunque posee ojos cautivadores, una voz dulce, un andar gracioso, y una serenidad digna); sus frecuentes sonrojos, que denotan inocencia y timidez, y que alternan con el valor; lo fugaz de sus momentos de felicidad y alegría; su pureza y dulzura; la voz interior que le avisa que se acerca la desdicha; la muerte que impide la consumación de su amor, elevándola al reino de la perfección, sin mácula de palabra ni acción; su carácter poetizado, que la hace el objeto ideal para la adoración del hombre[8].

En vista de la indiscutible procedencia literaria de María, no hay que tomar en serio las especulaciones infundadas de que esta figura fue inspirada por una joven real[9]. La leyenda de la existencia de María no surgió durante la vida del autor, sino unos treinta años más tarde, cuando Luciano Rivera y Garrido dijo que él *quería* creer en un modelo vivo[10]. Aquí se encuentra la explicación de los numerosos rumores acerca de la existencia de una María real: muchos admiradores de la novela han creído que ganaría más prestigio si la protagonista fuera una persona tomada de la vida. Un historiador colombiano, aparentemente hablando por muchos, ha llegado a proponer que se fomente en Colombia una leyenda acerca de María; tal mito correspondería al de Guillermo Tell en Suiza, y daría al pueblo un ideal en el cual podría creer[11].

---

[8] Sobre estas características románticas, véase Grace Pauline Ihrig, *Heroines in the French Drama of the Romantic Period, 1829-1848,* Nueva York, 1950.

[9] Enrique Anderson Imbert resume la larga controversia sobre la existencia de María en *Estudios sobre escritores de América,* Buenos Aires, 1954, páginas 103-107. Luis Carlos Velasco Madriñán vuelve al debate en *Efraín y María. Historia y leyenda,* Cali, 1954; este libro constituye una verdadera rapsodia de conclusiones falsas.

[10] *Impresiones y recuerdos,* Bogotá, 1897, pág. 557.

[11] Mariano Argüelles, «La historia de *El Paraíso*. La Casa de la Sierra», *Boletín de la Academia de Historia del Valle del Cauca,* Cali, XXX (1962), págs. 147-148.

34

9. ¿Influencia hebrea en «María»?

Uno de los lugares comunes de la crítica sobre *María* consiste en el rebuscado esfuerzo por encontrarle elementos que reflejen la ascendencia judía de Isaacs (por el costado paterno). Se ha llegado a alegar que el ave de mal agüero es un signo de la cábala hebrea, que la visión de la naturaleza refleja el mismo influjo, que el prematuro sentido de la muerte en María y la introspección de Efraín también denuncian la herencia judaica del autor. Naturalmente, tales alegaciones no pueden tomarse en serio, puesto que todos estos elementos son tópicos del movimiento romántico. Algo menos gratuitas son las sugerencias de que el pesimismo y el fatalismo vital de Efraín revelan lecturas del *Eclesiastés*, y que su sentimiento de nostalgia y destierro y su fuga al presente están acordes con los *Salmos* de David. La verdad es que estos sentimientos no predominan en *María* (están más evidentes en su poesía; además, Isaacs empezó sus lecturas intensas de la Biblia después de publicar *María*). Rastros adicionales de la influencia judía se han buscado en la creencia de María de que la felicidad no existe en la tierra, en la melancolía de Efraín y María, y en su llanto por el bien perdido. Sin negar que estas cualidades se encuentran en algunas obras judías, sobre todo en la Biblia, lo significativo es que son todas características distintivas del Romanticismo; lo más lógico es atribuir tales rasgos a este movimiento literario, no a la ascendencia paterna del autor. Además, hay que tener en cuenta que el Antiguo Testamento forma una parte muy importante de la herencia católica, igual que de la judaica.

Está mal planteada toda la cuestión de la influencia hebrea en Isaacs; el hecho es que no era judío ni por herencia ni por educación. Tenía sangre judía sólo por el lado paterno, y toda su educación era católica, ya que su padre se había convertido antes de casarse, y era cristiano sincero. No hay ningún dato que indique que Isaacs recibiera instrucción hebrea; resulta evidente, por tanto, que no hay por qué suponer que el novelista estuviera más enterado de la tradición judía que cualquier otro católico colombiano. A menos que se suponga un deter-

35

minismo biológico, es difícil entender cómo obraría esta supuesta influencia judía. Ya se ha visto que los elementos en *María* que se han alegado como típicos de la literatura hebrea (melancolía, desesperación) son asimismo concomitantes del estilo romántico, el cual fue abrazado conscientemente por Isaacs. El único factor judío en *María* es la ascendencia de un costado de la familia de Efraín, un evidente recuerdo autobiográfico.

10. El tiempo y el espacio en «María»

La mayoría de las novelas están colocadas dentro de un espacio y un tiempo concretos; así sucede también con *María*. Casi siempre Efraín especifica con una puntualidad minuciosa los lugares por los que pasa en Colombia. Esto se ve sobre todo en los capítulos LVII a LX, donde el narrador describe su viaje por el río Dagua y por el camino a Cali, región en la cual Isaacs trabajó cuando empezaba a escribir *María*. En estos capítulos Isaacs menciona lugares tan pequeños que hoy día se ignoran los nombres que tenían en aquella época. Sin embargo, en algunos casos Isaacs abrevia u omite ciertos topónimos; estas omisiones y abreviaturas tienen por propósito disfrazar superficialmente el escenario principal de *María*: la hacienda llamada *El Paraíso* y sus alrededores. Nunca se menciona este nombre, ni los de las otras haciendas *(La Manuelita* y *La Rita)* que perdió la familia Isaacs unos años antes de la publicación de la novela. Esta técnica de omisión refleja la afición romántica por todo lo vago e impreciso; menudean los casos en las novelas de Lamartine y Scott, por ejemplo. Además, es posible que hubiera motivos no literarios para algunas de estas omisiones. En el capítulo XXXIII Isaacs hace unas alusiones personales muy denigrantes a los nuevos dueños de las haciendas que habían sido de sus padres; quizás el autor disimuló los nombres de las propiedades para evitar posibles pleitos por calumnia.

Las referencias temporales en *María* son aún más detalladas que las espaciales. Muy pocas novelas contienen tantas alusiones a las horas del día (más de cien) y a días, meses y años (casi cien casos). Lo sorprendente es que, a pesar de toda la preocupación por el tiempo, hay muchas contradicciones en la cronología de *María*. Vayan varios ejemplos a modo de ilustración: 1) Pocos días después de regresar de Bogotá, Efraín afirma (V) que partirá para Europa dentro de cuatro meses; pero poco antes de marcharse a Inglaterra, dice que ha estado en casa seis meses (LII); 2) En el capítulo XXII, Efraín declara que Carlos volvió al Cauca ocho meses antes que él; pero tres meses después (XXVIII), Carlos afirma que lleva más de un año en casa; 3) En el capítulo XXV, Efraín dice «ayer» al referirse a un suceso que pasó dos días antes; 4) El padre de Efraín dice en el capítulo XXVII que éste debe estudiar medicina durante cinco años; en los capítulos XXXVIII y XXXIX este número ha cambiado a cuatro; 5) Efraín sale de Buenaventura para Inglaterra a principios de febrero (XXXVIII) y vuelve al puerto colombiano el 25 de julio del año siguiente (LVI); sin embargo, dice que ha estado ausente por diecisiete meses (en vez de dieciocho); 6) Hacia el 20 de agosto, Efraín dice que hace dos meses que murió María (LXII); pero en el capítulo LXIII, fechado el 10 de septiembre, vuelve a afirmar que hace dos meses que falleció su novia (una discrepancia de tres semanas). De modo que está manifiesto que Isaacs no calculó con cuidado la secuencia de sus numerosas alusiones cronológicas en *María*. Estos descuidos reflejan la misma desatención al detalle matemático que caracterizó a Isaacs durante toda su vida en el manejo de sus finanzas.

La acción de *María* puede fecharse de una manera aproximada. Como en la novela existe todavía la esclavitud, abolida en Colombia a principios de 1852, se desprende que la trama tiene lugar antes de ese año. Otro dato que apunta hacia la misma fecha es la referencia (XXIII) al periódico *El Día*, que dejó de publicarse en julio de 1851. El colegio del doctor Lorenzo María Lleras, adonde asistió Efraín, funcionó de 1846 a 1852. Así es que el idilio de Efraín y María transcurriría hacia el año 1850. Esto quiere decir que Efraín, que tiene veinte años al comienzo de la novela, es siete años mayor que Isaacs, quien nació en 1837.

Hay que preguntarse por qué Isaacs insertó tantas referencias al tiempo en su novela. Probablemente la razón es que así se carga el énfasis sobre la inminencia del viaje de Efraín, el cual causará la muerte de María. La obsesión con el tiempo constituye una manera de preludiar el fallecimiento de la heroína, que para Efraín será el momento cuando cesará totalmente el tiempo.

11. EL EPISODIO INTERCALADO DE «NAY Y SINAR»

La historia de Nay (o Feliciana) y Sinar, que ocupa los capítulos XL a XLIII, es interesante por su valor intrínseco, por la cuestión de sus fuentes, y por ser un ejemplo tardío de una técnica de larga tradición. El procedimiento de introducir cortas narraciones independientes en el cuerpo de narrativas largas es tan antiguo como la misma ficción europea, pues ya hay interpolaciones en la *Odisea* y la *Eneida*. Las primeras novelas de Occidente también emplean la técnica: Petronio intercaló en el *Satiricón* el episodio de la matrona de Éfeso, y Apuleyo cuenta la fábula de Psique y Cupido en su *Asno de oro*. Posiblemente imitando el ejemplo de sus predecesores latinos, Heliodoro introdujo la historia de Fedra e Hipólito en su *Historia etiópica*. El procedimiento encontró amplia acogida en la ficción del Renacimiento: muchas relaciones interpoladas ocurren en la épica italiana (Pulci, *Morgante;* Boiardo, *Orlando innamorato;* Bello, *Mambriano;* Ariosto, *Orlando furioso*) y en los libros de caballerías españoles *(El caballero Cifar, Palmerín de Inglaterra)*. Un editor insertó el cuento de *El Abencerraje* en *La Diana* de Montemayor, y los impresores subsiguientes observaron la misma práctica. Mateo Alemán incorporó cuatro novelitas en su *Guzmán de Alfarache,* y pocos años más tarde Cervantes introdujo los famosos episodios de *El curioso impertinente* y *El cautivo* en la primera parte del *Quijote.* Aunque Isaacs ha podido leer varias de las obras acabadas de nombrar, parece haber imitado la técnica empleada por Cervantes para relacionar *El cautivo* a la acción principal del *Quijote:* en ambos casos, los protagonistas de la intercalación figuran como personajes secundarios en el argumento general.

La razón de estas intercalaciones es evidente: todas ésas son obras esencialmente episódicas, en que uno o dos personajes pasan por una larga serie de aventuras. Este tipo de narración pone a prueba el arte del narrador más hábil. Para mantener el interés del lector, el novelista busca la manera de desviar su atención de los personajes principales, mientras éstos descansan un rato entre bastidores. El introducir digresiones o acciones secundarias en que no toman parte los protagonistas es el modo más fácil de evitar la monotonía (así dice Cervantes en el *Quijote*, II, 44).

El caso de *Nay y Sinar* es un poco distinto, sin embargo. En primer lugar, *María* no es una novela episódica, en que los protagonistas vivan una aventura tras otra. En segundo lugar, *María* no es tan larga como para que el manejar sólo dos personajes llegue a ser problema. Por último, Isaacs utiliza otros recursos para hacer descansar la atención: el uso de la técnica costumbrista, así como las largas y sentidas descripciones del Valle del Cauca, son los más notorios. De modo que hay que buscar en otra parte el porqué de la intercalación de *Nay y Sinar*.

Una razón para la intercalación es que permitió a Isaacs lograr un efecto que no podía faltar en la obra de un verdadero romántico: el exotismo. Cuando él situó su novela en Colombia e hizo que sus protagonistas fueran personas civilizadas, perdió la oportunidad de conseguir esa nota de exotismo que Saint-Pierre y Chateaubriand habían obtenido con sus héroes primitivos colocados en una naturaleza lejana y extraña. Ya que ni los protagonistas ni el escenario tenían nada de exóticos para sus lectores, Isaacs se vio obligado a introducir algo completamente ajeno al argumento principal para obtener esa cualidad indispensable. De ahí la intercalación de *Nay y Sinar*, episodio localizado en un país lejano y cuyos protagonistas son seres primitivos. Pero había otra razón igualmente importante para la interpolación. Ya se ha visto el interés de Isaacs en el tema de la esclavitud; por tanto, resulta evidente que colocó la acción de *Nay y Sinar* en África no sólo porque era un continente exótico, sino porque le brindaba la oportunidad de tratar un problema social de tanto interés contemporáneo (recuérdese que cuando Isaacs escribía *María*, estaba en sus momentos culminantes la guerra civil norteamericana, cuya causa fundamental fue la esclavitud). Esta amalgamación de lo exótico con

39

el ansia de reforma social supone una nueva dimensión en el arte romántico.

En cuanto a fuentes literarias (las hay históricas también), sucede que *Nay y Sinar* es una imitación bastante estrecha de *Atala*, la novela escrita por Chateaubriand que alcanzó tanta popularidad en España y América. Las coincidencias entre las dos obras son demasiadas y demasiado evidentes para ser casuales. En ambos relatos los protagonistas pertenecen a una sociedad primitiva, en un continente nuevo y lejano. Los amantes son personas ya maduras, y miembros de tribus enemigas. Nay y Atala son huérfanas de madre; las madres eran cristianas, y los padres (el padre putativo en el caso de Atala), paganos. Sinar y Chactas son prisioneros de Magmahú y Simaghan, los padres de sus amantes, y van a ser sacrificados por ellos. Ambos héroes rechazan la oportunidad de huir de la tribu enemiga, para estar con sus amadas y esperar el momento de huir en su compañía. A última hora Atala salva a Chactas del inminente peligro y se escapa con él, tal como Nay salva a Sinar, aunque con la diferencia de que Magmahú acepta a Sinar como novio de su hija, y todos huyen juntos de la tribu. En las dos narraciones aparecen misioneros franceses que instruyen a los amantes en el cristianismo. Ambos misioneros han logrado catequizar a una tribu de indígenas, pero sufren persecuciones a manos de otra tribu y por fin mueren asesinados por los salvajes. Igual que Chateaubriand, Isaacs exalta la religión católica, dedicando un capítulo aparte a la conversión de los protagonistas, y vuelve una y otra vez sobre el tema. El amor malogrado por la separación de Nay y Sinar refleja el de Chactas y Atala, cortado por la muerte de ésta, y al mismo tiempo presagia el trágico desenlace de los amores de María y Efraín.

Resulta, pues, evidente que Jorge Isaacs siguió las líneas generales de *Atala* al escribir el episodio de *Nay y Sinar*. Pero no es ésta una *Atala* orquestada en clave africana; por una parte, Isaacs no tenía los conocimientos directos que el escritor francés; por otra, no le seducían los mismos temas. Estos factores ejercieron una influencia decisiva sobre la obra colombiana. En el prefacio de *Atala*, Chateaubriand afirmaba haber vivido en medio de la naturaleza y la sociedad que presentó en su novela, y pudo ofrecer a sus lectores el encanto de algo exótico y a la vez verídico (bien es verdad que sus datos no son siempre exactos). En cambio, Isaacs nunca estuvo en África y no pudo hacer descripciones que rivalizaran con los detallados y exuberantes cuadros que pintó Chateaubriand de la naturaleza norteamericana. A falta de datos de primera mano, Isaacs prefirió limitarse a colocar sus personajes en una naturaleza genérica, hecha de ríos caudalosos, peñascos encumbrados y desiertos sin límites.

Para los lectores franceses, las costumbres típicas de los salvajes norteamericanos constituían uno de los elementos más exóticos de *Atala*. En gran parte, el exotismo de *Nay y Sinar* también descansa en la enumeración de las costumbres típicas de los negros africanos (el sacrificio de los esclavos más hermosos para aplacar la ira de su dios, el montar en avestruz, el comer los corazones de los enemigos y hacer collares con sus dientes y tazas con sus cráneos, el pintarse los achimis nobles una serpiente roja en el pecho). A primera vista, estas costumbres, y los lujosos vestidos y alhajas de los achantis, pueden aparecer falsos e inventados. Pero un poco de investigación revela que los usos presentados son auténticos. Resulta irónico que las costumbres descritas por Isaacs sean arqueológicamente más verídicas que algunas de las presentadas por Chateaubriand, a pesar de que éste había residido en Norteamérica. Curiosamente, este detalle es sintomático del espíritu fundamental de las dos novelas.

A Chateaubriand no le importaba más que la afirmación de un mito —el del *buen salvaje*— mientras que Isaacs extendió el elemento exótico hasta darle una dimensión social. Chateaubriand pinta la felicidad del salvaje en medio de la quietud de la naturaleza, y concluye que su vida es infinitamente más feliz que la del europeo, acosado por las inquietudes y la corrupción del mundo civilizado. Isaacs trata el mismo tema del hombre primitivo, pero llega a conclusiones distintas. Sus negros no llevan una existencia ideal, como los indios de Chateaubriand. Las diferentes tribus están en constante guerra unas con otras, y los vencidos y sus familias son degollados o vendidos como esclavos. Peor todavía, «a falta de enemigos que vender, los jefes vendían a sus súbditos, y muchas veces aquéllos y éstos a

41

sus hijos» (XL). Dentro de las tribus existen las mismas inquietudes y envidias que entre los hombres civilizados: Magmahú pierde el favor de su rey a resultas de intrigas palaciegas.

Desde luego, el cuadro presentado por Isaacs es mucho más veraz. El tema del *buen salvaje* adoptado por Chateaubriand es mera ficción literaria; la visión de Isaacs corresponde a la realidad histórica. Es interesante que Chateaubriand, partiendo de una experiencia concreta y vivida por él, haya acabado por abrazar un tópico literario completamente fantástico, mientras que Isaacs, basado sólo en experiencias literarias, haya llegado a captar la realidad del negro africano.

El *buen salvaje* de *Atala* tiene su contrafigura en el esclavo de *Nay y Sinar*. El problema de la esclavitud ocupa un lugar muy importante no sólo en *Nay y Sinar*, sino también en la acción principal de *María*, como ya se ha visto. Isaacs intenta describir imparcialmente la institución de la esclavitud. Por un lado, retrata todos sus horrores con los colores más vivos, y señala que continuó el tráfico en Colombia aun después de su prohibición en 1821. Por otro lado, demuestra que algunos blancos les daban un trato bondadoso (el padre de Efraín, por ejemplo). Esta visión es un fiel reflejo de la realidad, pues es bien sabido que en las colonias españolas los negros recibían mejor trato que en las inglesas y las francesas. Habría sido una injusticia pintar la esclavitud en Colombia con los tonos de *La cabaña del tío Tom*, pues no revestía allí los excesos de crueldad que tuvo en el sur de los Estados Unidos. Isaacs se enfrenta a la esclavitud con ánimo sereno; la declara una enormidad moral, pero la ve dentro del contexto colombiano y se abstiene de prédicas doctrinarias. Lo interesante es que en *Atala*, la fuente de *Nay y Sinar*, Chateaubriand se había salido por la tangente de las utopías literarias, en lugar de encarar la realidad de los indios norteamericanos; en cambio, Isaacs describió la condición y la suerte del salvaje africano como eran.

12. LENGUAJE Y ESTILO

La prosa de Isaacs en *María* es de las más artísticas de su tiempo; su estilo suele ser musical y pictórico a la vez que preciso y de mucha fuerza expresiva. Sin embargo, las descripciones y las porciones narrativas se destacan más por su viveza y naturalidad que los diálogos. Las partes que describen a María se distinguen por su poesía, una cualidad atribuible al afecto de Isaacs por su heroína. En el nivel de la ficción, Efraín parece pulir con máximo cariño los pasajes tocantes a su novia, como para darles una forma digna de ella. El mismo cuidado se trasluce en sus descripciones de la naturaleza —su segundo amor—, la cual presenta en forma tan poética como la novia. (Las estrechas relaciones entre la mujer y la naturaleza se manifiestan en la costumbre de Efraín de emplear metáforas sobre la una para describir a la otra.) La intención de acomodar la forma al contenido se percibe además en los capítulos de color local, donde el narrador utiliza un lenguaje coloquial, y hasta jocoso.

El diálogo entre los personajes de la clase alta en *María* tiende a ser casi académico en su formalidad. Las indicaciones más obvias del tono retórico de estas conversaciones son el uso poco natural del *laísmo* y *leísmo*, el plural *vosotros*, el imperfecto de subjuntivo terminado en *-se*, y el futuro de subjuntivo —prácticas todas que no aparecen en el lenguaje normal de Hispanoamérica. (En la segunda edición de *María*, Isaacs eliminó el *laísmo* y el *leísmo*; el *laísmo* era considerado «empalagoso» por el gran filólogo Rufino José Cuervo, compatriota del autor.) El lenguaje de los personajes bajos suele ser más espontáneo; en las escenas costumbristas Isaacs se esfuerza por reproducir la pronunciación incorrecta y el vocabulario dialectal típico de ciertos grupos sociales y étnicos. El diálogo de los bogas (LVII) representa un ejemplo particularmente feliz de charla dialectal ágil y vívida. Los coloquios entre Efraín y María suelen ser más naturales que los de otros personajes altos, pero tienen tendencia hacia la insipidez. Aunque Alcides, el hermano mayor de Isaacs, y varios miembros del grupo literario del *Mosaico* leyeron el manuscrito de *María*, algunas incorrecciones aparecieron en la primera edición, y no llegaron a eliminarse todas en las ediciones posteriores. En ocasiones, Isaacs hace gala del genio creador peculiar a los grandes escritores: tal es su adverbio *arrieramente* (LIX), un neologismo digno de un ingenio del Siglo de Oro.

Bibliografía

1. BIOGRAFÍAS DE ISAACS

ARCINIEGAS, Germán, *Genio y figura de Jorge Isaacs,* Buenos Aires, 1967.
Una biografía algo novelizada, basada casi por entero sobre la de
Velasco Madriñán. Trae numerosas ilustraciones.
VELASCO MADRIÑÁN, Luis Carlos, *Jorge Isaacs, el caballero de las lágrimas,*
Cali, 1942. La biografía más extensa; contiene algunos errores y
está escrita sin criterio científico.

2. ESTUDIOS DE «MARÍA»

ANDERSON IMBERT, Enrique, «Isaacs y su romántica *María»,* en *Estudios sobre escritores de América,* Buenos Aires, 1954, págs. 81-107. Un
excelente estudio de la novela, precedido de un breve resumen bio-
gráfico.
CURCIO ALTAMAR, Antonio, «La novela poemática», capítulo VIII de
su *Evolución de la novela en Colombia,* Bogotá, 1957. Coloca la obra
dentro del contexto de la novela colombiana.
MAGNARELLI, Sharon, *«María* and History», *Hispanic Review,* XLIX
(1981), págs. 209-217. Demuestra que Efraín asume en su narración la actitud de un historiador, bien que casi no alude a hechos
históricos.
MASSON DE GÓMEZ, Valerie, «Las flores como símbolos eróticos en la
obra de Jorge Isaacs», *Thesaurus,* XXVIII (1973), págs. 117-127.
Para Efraín, las flores simbolizan a María, y a través de ellas él expresa su amor.
MCGRADY, Donald, *Jorge Isaacs,* Nueva York, 1972. El estudio más
completo de la novela. Incluye además un capítulo sobre la vida de
Isaacs, y otro sobre su poesía.

45

3. Bibliografías

McGrady, Donald, *Bibliografía sobre Jorge Isaacs*, Bogotá, 1971. Con sus 490 fichas, es la bibliografía más completa de estudios sobre Isaacs y su obra.

Rodríguez Guerrero, Ignacio, *Ediciones de la novela «María» de Jorge Isaacs (1867-1967)*, Pasto, Colombia, 1967. Describe o alude a 87 del centenar y medio de ediciones aparecidas hasta 1967.

4. Las ediciones de «María»

Puede decirse sin lugar a exageración que la presente edición de *María* es la primera que reproduce fielmente la última versión elaborada por Jorge Isaacs de su inmortal novela. En vida, Isaacs publicó tres versiones distintas de *María* (todas impresas en Bogotá: Gaitán, 1867; Medardo Rivas, 1869; Medardo Rivas, 1878), y en 1891 tenía dispuesta para la imprenta su versión definitiva. Ésta no llegó a publicarse durante su vida, por razones que se ignoran, y cuando apareció por fin en 1922 (Bogotá, Camacho Roldán & Tamayo), una mano desconocida había introducido muchos cambios. El original de la postrera versión de *María* se encuentra en un ejemplar de la tercera edición auténtica, donde el autor apuntó centenares de cambios estilísticos y de puntuación. Ninguna de las numerosas ediciones posteriores se ha basado directamente sobre este ejemplar corregido de puño y letra de Isaacs, de modo que las múltiples lecciones apócrifas de la edición de 1922 han seguido en pie en las mejores impresiones de *María* publicadas hasta la fecha.

La presente edición de *María* se ha hecho sobre una fotocopia del ejemplar corregido por Isaacs, el cual reposa hoy día en el museo del Instituto Caro y Cuervo en Bogotá. Desgraciadamente, tal fotocopia no es perfecta, puesto que no son visibles algunas correcciones hechas en los márgenes interiores del ejemplar. Para estas correcciones ha sido necesario depender de la edición de 1922. Hemos extremado el cuidado en la reproducción de *María;* nuestro ideal ha sido establecer el texto exactamente como Isaacs lo fijó en su última versión. Sin embargo, se ha creído conveniente hacer unas pocas modificaciones sin importancia para lograr que el texto estuviera conforme con las normas de publicación modernas. Así, no respetamos un arbitrario uso de puntuación practicado a veces por Isaacs, el cual consistía en poner signos dobles a algunas preguntas y exclamaciones *(¿Lloras!);* empero registramos estos casos esporádicos en la sección de variantes. Observamos la práctica moderna de subrayar todos los títulos de libros citados. Además, seguimos la costumbre universalmente admitida de modernizar la acentuación, y de suplir los puntos de interrogación y de exclamación cuando faltan al comienzo de las frases. Se han introducido asimismo algunos ligeros cambios de puntuación, de acuerdo con las normas editoriales, tales como la utilización del doble guión (*—¡Qué bellas flores!—*) para enmarcar los parlamentos de los personajes. No hemos corregido los errores gramaticales de Isaacs (verbigracia, el uso de *espirar* por *expirar* —un error que ocurre en el *Quijote*, dicho sea de paso), por considerarlos de interés lingüístico.

Además de reproducir la última versión de *María*, registramos en una sección aparte las variantes de las otras ediciones auténticas. Así, el lector puede seguir paso a paso el proceso creador de Isaacs. El registro de las variantes ha sido una labor de dedicación humana, no de computadores, de manera que inevitablemente tiene que haber omisiones. El editor agradecerá sinceramente las enmiendas que le indiquen los lectores, y las tendrá en cuenta para futuras tiradas de esta edición. Las variantes están referidas a la numeración de capítulos y páginas.

La penosísima tarea de fijar el texto definitivo de *María* y de registrar las variantes de las versiones anteriores había sido acometida antes por Mario Carvajal, en una edición publicada en Cali en 1967. Las muchas deficiencias del texto y en las variantes recogidas por Carvajal han sido aludidas por nosotros en una reseña en *Thesaurus*, XXIV (1969), págs. 286-292. Por el contrario, son dignas de todo elogio las extensas notas que Carvajal puso al texto de su edición. Para nuestra propia anotación de *María*, nos hemos valido constantemente de la información aportada por Carvajal, y aquí hacemos constancia de esa deuda. Sin embargo, hemos procurado que nuestras notas sean a la vez más parcas y más completas que las de Carvajal. Por ejemplo, no definimos palabras que figuran en el *Diccionario* de la Real Academia Española, ni en el *Diccionario Manual* de la misma corporación. En cambio, anotamos desde la perspectiva del lector hispánico general, para quien no serán tan obvios algunos usos lingüísticos no explicados por Carvajal, que anota para el lector colombiano. Nuestras notas al texto se hallan al pie de la página. Las notas al pie marcadas con asteriscos son de Isaacs. Hemos añadido otra sigla convencional (°) para indicar los modismos definidos por Isaacs en su Vocabulario al final del texto.

Por último, sólo me resta expresar mi agradecimiento a mi esposa Marina, por su espléndida colaboración en el cotejo de los textos, y al doctor José Manuel Rivas Sacconi, quien me facilitó la fotocopia de la versión definitiva de *María*.

47

5. BIBLIOGRAFÍA GENERAL

ANDRADE, Jacob A. P. M., *A Record of the Jews in Jamaica from the English Conquest to the Present Time,* Kingston, 1941.

CARVAJAL, Mario, ed., *María* de Isaacs, con introducción, registro de variantes y notas, Cali, 1967.

Diccionario histórico de la lengua española, 2 vols., Madrid, 1933-1936.

— Madrid, 1960 (en curso de publicación).

EDER, Phanor James, *El fundador Santiago M. Eder,* Bogotá, 1959.

Espasa (Enciclopedia universal ilustrada europeo-americana), 70 volúmenes, Barcelona, 1914-1930.

FORERO, Manuel José, «Coplas del archivo de Jorge Isaacs», *Boletín Cultural y Bibliográfico,* IX (1966), págs. 449-451.

GÓMEZ, Eugenio J., *Diccionario geográfico de Colombia,* Bogotá, 1953.

ISAACS, Jorge, *Poesías,* ed. Armando Romero Lozano, Cali, 1967. (Debe complementarse con nuestra reseña en *Thesaurus,* XXIV [1969], págs. 293-306.)

KENISTON, Ralph Hayward, ed., *María,* con notas, Boston, 1918.

LLERAS, Andrés Soriano, *Lorenzo María Lleras,* Bogotá, 1958.

NARANJO M., Enrique, «Alrededor de *María* (eco de una controversia)», *Revista Iberoamericana,* V (1942), págs. 103-108.

PATIÑO, Víctor Manuel, *Plantas cultivadas y animales domésticos en América equinoccial,* 2 vols., Cali, 1963-1964.

PÉREZ ARBELÁEZ, E., *Plantas útiles de Colombia,* 3.ª ed., Madrid-Bogotá, 1956.

POSADA, Eduardo, «Personajes de la novela *María*», *Boletín de Historia y Antigüedades,* XIV (1924), págs. 506-509.

SANTAMARÍA, Francisco J., *Diccionario general de americanismos,* 3 vols., México, 1943.

TASCÓN, Leonardo, *Diccionario de provincialismos y barbarismos del Valle del Cauca y quechuismos usados en Colombia,* Cali, 1961.

TASCÓN, Tulio Enrique, «Cronología de *María*», *El Relator* (Cali), núm. 6098 (1 de abril de 1937), pág. 24.

WARSHAW, J., ed., *María,* con notas, Boston, 1926.

— «Jorge Isaacs' Library: Light on Two *María* Problems», *Romanic Review,* XXXII (1941), págs. 389-398.

María

Portada de la edición española de 1882, con retrato y firma del autor.

A los hermanos de Efraín

He aquí, caros amigos míos, la historia de la adolescencia de aquel a quien tanto amasteis y que ya no existe. Mucho tiempo os he hecho esperar estas páginas. Después de escritas me han parecido pálidas e indignas de ser ofrecidas como un testimonio de mi gratitud y de mi afecto. Vosotros no ignoráis las palabras que pronunció aquella noche terrible, al poner en mis manos el libro de sus recuerdos: «Lo que ahí falta tú lo sabes; podrás leer hasta lo que mis lágrimas han borrado.» ¡Dulce y triste misión! Leedlas, pues, y si suspendéis la lectura para llorar, ese llanto me probará que la he cumplido fielmente.

El camino de la montaña.

I

Era yo niño aún cuando me alejaron de la casa paterna para que diera principio a mis estudios en el colegio del doctor Lorenzo María Lleras[1], establecido en Bogotá hacía pocos años, y famoso en toda la República por aquel tiempo.

En la noche víspera de mi viaje, después de la velada, entró a mi cuarto una de mis hermanas, y sin decirme una sola palabra cariñosa, porque los sollozos le embargaban la voz, cortó de mi cabeza unos cabellos: cuando salió, habían rodado por mi cuello algunas lágrimas suyas.

Me dormí llorando y experimenté como un vago presentimiento de muchos pesares que debía sufrir después. Esos cabellos quitados a una cabeza infantil; aquella precaución del amor contra la muerte delante de tanta vida, hicieron que durante el sueño vagase mi alma por todos los sitios donde había pasado, sin comprenderlo, las horas más felices de mi existencia.

A la mañana siguiente mi padre desató de mi cabeza, humedecida por tantas lágrimas, los brazos de mi madre. Mis hermanas al decirme sus adioses las enjugaron con besos. María esperó humildemente su turno, y balbuciendo su despedida, juntó su mejilla sonrosada a la mía, helada por la primera sensación de dolor.

---

[1] Lleras fundó el Colegio del Espíritu Santo en 1846 y lo regentó hasta 1852, cuando tuvo que cerrarlo por razones acedémicos y económicas. Además de educador, el doctor Lleras era un importante hombre público; a partir de 1853 se dedicó preferentemente a la política, y de 1855 a 1859 era director del Teatro Nacional (consúltese A. S. Lleras, *Lorenzo María Lleras*).
Después de hacer los estudios primarios en Cali y en Popayán, Jorge Isaacs fue a Bogotá a comenzar sus estudios en el Colegio del Espíritu Santo; luego cursó en los de San Buenaventura y San Bartolomé, sin llegar a graduarse.

Pocos momentos después seguí a mi padre, que ocultaba el rostro a mis miradas. Las pisadas de nuestros caballos en el sendero guijarroso ahogaban mis últimos sollozos. El rumor del Sabaletas, cuyas vegas quedaban a nuestra derecha, se aminoraba por instantes. Dábamos ya la vuelta a una de las colinas de la vereda en las que solían divisarse desde la casa viajeros deseados; volví la vista hacia ella buscando uno de tantos seres queridos: María estaba bajo las enredaderas que adornaban las ventanas del aposento de mi madre.

II

Pasados seis años, los últimos días de un lujoso agosto me recibieron al regresar al nativo valle. Mi corazón rebosaba de amor patrio. Era ya la última jornada del viaje, y yo gozaba de la más perfumada mañana del verano. El cielo tenía un tinte azul pálido: hacia el oriente y sobre las crestas altísimas de las montañas, medio enlutadas aún, vagaban algunas nubecillas de oro, como las gasas del turbante de una bailarina esparcidas por un aliento amoroso. Hacia el sur flotaban las nieblas que durante la noche habían embozado los montes lejanos. Cruzaba planicies de verdes gramales, regadas por riachuelos cuyo paso me obstruían hermosas vacadas, que abandonaban sus sesteaderos para internarse en las lagunas o en sendas abovedadas por florecidos písamos[1] e higuerones frondosos. Mis ojos se habían fijado con avidez en aquellos sitios medio ocultos al viajero por las copas de añosos gruduales; en aquellos cortijos donde había dejado gentes virtuosas y amigas. En tales momentos no habrían conmovido mi corazón las arias del piano de U***: ¡los perfumes que aspiraba eran tan gratos comparados con el de los vestidos lujosos de ella; el canto de aquellas aves sin nombre tenía armonías tan dulces a mi corazón!

Estaba mudo ante tanta belleza, cuyo recuerdo había creído conservar en la memoria porque algunas de mis estrofas, ad-

---

[1] *písamos:* árboles corpulentos semejantes a los *cachimbos* (véase la nota 22 al cap. XIX); como éstos, sirven para defender del sol los plantíos de café.

miradas por mis condiscípulos, tenían de ella pálidas tintas. Cuando en un salón de baile, inundado de luz, lleno de melodías voluptuosas, de aromas mil mezclados, de susurros de tantos ropajes de mujeres seductoras, encontramos aquella con quien hemos soñado a los dieciocho años, y una mirada fugitiva suya quema nuestra frente, y su voz hace enmudecer por un instante toda otra voz para nosotros, y sus flores dejan tras sí esencias desconocidas; entonces caemos en una postración celestial: nuestra voz es impotente, nuestros oídos no escuchan ya la suya, nuestras miradas no pueden seguirla. Pero cuando, refrescada la mente, vuelve ella a la memoria horas después, nuestros labios murmuran en cantares su alabanza, y es esa mujer, es su acento, es su mirada, es su leve paso sobre las alfombras, lo que remeda aquel canto, que el vulgo creerá ideal. Así el cielo, los horizontes, las pampas y las cumbres del Cauca[2], hacen enmudecer a quien los contempla. Las grandes bellezas de la creación no pueden a un tiempo ser vistas y cantadas: es necesario que vuelvan a el alma empalidecidas por la memoria infiel.

Antes de ponerse el sol, ya había yo visto blanquear sobre la falda de la montaña la casa de mis padres. Al acercarme a ella, contaba con mirada ansiosa los grupos de sus sauces y naranjos, al través de los cuales vi cruzar poco después las luces que se repartían en las habitaciones.

Respiraba al fin aquel olor nunca olvidado del huerto que se vio formar. Las herraduras de mi caballo chispearon sobre el empedrado del patio. Oí un grito indefinible; era la voz de mi madre: al estrecharme ella en los brazos y acercarme a su pecho, una sombra me cubrió los ojos: supremo placer que conmovía a una naturaleza virgen.

Cuando traté de reconocer en las mujeres que veía, a las hermanas que dejé niñas, María estaba en pie junto a mí, y velaban sus ojos anchos párpados orlados de largas pestañas. Fue

---

[2] *Cauca:* El más grande de los ocho estados en que estaba dividida Colombia hacia 1867; abarcaba el territorio sobre el Pacífico desde Panamá hasta el Ecuador (los actuales departamentos del Chocó, del Valle y del Cauca). El nombre está tomado del río Cauca, que se desliza de sur a norte en el valle entre la Cordillera Occidental y la Cordillera Central de los Andes.

su rostro el que se cubrió de más notable rubor cuando al rodar mi brazo de sus hombros, rozó con su talle; y sus ojos estaban humedecidos aún, al sonreír a mi primera expresión afectuosa, como los de un niño cuyo llanto ha acallado una caricia materna.

III

A las ocho fuimos al comedor, que estaba pintorescamente situado en la parte oriental de la casa. Desde él se veían las crestas desnudas de las montañas sobre el fondo estrellado del cielo. Las auras del desierto pasaban por el jardín recogiendo aromas para venir a juguetear con los rosales que nos rodeaban. El viento voluble dejaba oír por instantes el rumor del río. Aquella naturaleza parecía ostentar toda la hermosura de sus noches, como para recibir a un huésped amigo.

Mi padre ocupó la cabecera de la mesa y me hizo colocar a su derecha; mi madre se sentó a la izquierda, como de costumbre; mis hermanas y los niños se situaron indistintamente, y María quedó frente a mí.

Mi padre, encanecido durante mi ausencia, me dirigía miradas de satisfacción, y sonreía con aquel su modo malicioso y dulce a un mismo tiempo, que no he visto nunca en otros labios. Mi madre hablaba poco, porque en esos momentos era más feliz que todos los que la rodeaban. Mis hermanas se empeñaban en hacerme probar las colaciones y cremas; y se sonrojaba aquella a quien yo dirigía una palabra lisonjera o una mirada examinadora. María me ocultaba sus ojos tenazmente; pero pude admirar en ellos la brillantez y hermosura de los de las mujeres de su raza, en dos o tres veces que a su pesar se encontraron de lleno con los míos; sus labios rojos, húmedos y graciosamente imperativos, me mostraron sólo un instante el velado primor de su linda dentadura. Llevaba, como mis hermanas, la abundante cabellera castaño-oscura arreglada en dos trenzas, sobre el nacimiento de una de las cuales se veía un clavel encarnado. Vestía un traje de muselina ligera, casi azul, del cual sólo se descubría parte del corpiño y la falda, pues un pañolón de algodón fino color de púrpura, le ocultaba el seno hasta la base de su garganta de blancura mate. Al volver las trenzas a la espalda, de donde rodaban al inclinarse ella a servir, admiré el envés de sus brazos deliciosamente torneados, y sus manos cuidadas como las de una reina.

Concluida la cena, los esclavos levantaron los manteles; uno de ellos rezó el *Padre nuestro,* y sus amos completamos la oración.

La conversación se hizo entonces confidencial entre mis padres y yo.

María tomó en brazos el niño que dormía en su regazo, y mis hermanas la siguieron a los aposentos: ellas la amaban mucho y se disputaban su dulce afecto.

Ya en el salón, mi padre para retirarse, les besó la frente a sus hijas. Quiso mi madre que yo viera el cuarto que se me había destinado. Mis hermanas y María, menos tímidas ya, querían observar qué efecto me causaba el esmero con que estaba adornado. El cuarto quedaba en el extremo del corredor del frente de la casa: su única ventana tenía por la parte de adentro la altura de una mesa cómoda; en aquel momento, estando abiertas las hojas y rejas, entraban por ella floridas ramas de rosales a acabar de engalanar la mesa, en donde un hermoso florero de porcelana azul contenía trabajosamente en su copa azucenas y lirios, claveles y campanillas moradas del río. Las cortinas del lecho eran de gasa blanca atadas a las columnas con cintas anchas color de rosa; y cerca de la cabecera, por una fineza materna, estaba la Dolorosa pequeña que me había servido para mis altares cuando era niño. Algunos mapas, asientos cómodos y un hermoso juego de baño completaban el ajuar.

—¡Qué bellas flores! —exclamé al ver todas las que del jardín y del florero cubrían la mesa.

—María recordaba cuánto te agradaban —observó mi madre.

Volví los ojos para darle las gracias, y los suyos como que se esforzaban en soportar aquella vez mi mirada.

—María —dije— va a guardármelas, porque son nocivas en la pieza donde se duerme.

—¿Es verdad? —respondió—; pues las repondré mañana.

¡Qué dulce era su acento!

—¿Tantas así hay?

—Muchísimas; se repondrán todos los días.

Después que mi madre me abrazó, Emma[1] me tendió la mano, y María, abandonándome por un instante la suya, sonrió como en la infancia me sonreía: esa sonrisa hoyuelada era la de la niña de mis amores infantiles sorprendida en el rostro de una virgen de Rafael.

IV

Dormí tranquilo, como cuando me adormecía en la niñez uno de los maravillosos cuentos del esclavo Pedro.

Soñé que María entraba a renovar las flores de mi mesa, y que al salir había rozado las cortinas de mi lecho con su falda de muselina vaporosa salpicada de florecillas azules.

Cuando desperté, las aves cantaban revoloteando en los follajes de los naranjos y pomarrosos, y los azahares llenaron mi estancia con su aroma tan luego como entreabrí la puerta.

La voz de María llegó entonces a mis oídos dulce y pura: era su voz de niña, pero más grave y lista ya para prestarse a todas las modulaciones de la ternura y de la pasión. ¡Ay! ¡cuántas veces en mis sueños un eco de ese mismo acento ha llegado después a mi alma, y mis ojos han buscado en vano aquel huerto donde tan bella la vi en aquella mañana de agosto!

La niña cuyas inocentes caricias habían sido todas para mí, no sería ya la compañera de mis juegos; pero en las tardes doradas de verano estaría en los paseos a mi lado, en medio del grupo de mis hermanas; le ayudaría yo a cultivar sus flores predilectas; en las veladas oiría su voz, me mirarían sus ojos, nos separaría un solo paso.

Luego que me hube arreglado ligeramente los vestidos, abrí la ventana, y divisé a María en una de las calles del jardín,

---

[1] *Emma:* Este personaje ha sido identificado popularmente con Manuela, la hermana de Isaacs (véase, por ejemplo, T. E. Tascón, «Cronología de *María*», pág. 24).

acompañada de Emma: llevaba un traje más oscuro que el de la víspera, y el pañolón color de púrpura, enlazado a la cintura, le caía en forma de banda sobre la falda; su larga cabellera, dividida en dos crenchas, ocultábale a medias parte de la espalda y pecho: ella y mi hermana tenían descalzos los pies. Llevaba una vasija de porcelana poco más blanca que los brazos que la sostenían, la que iba llenando de rosas abiertas durante la noche, desechando por marchitas las menos húmedas y lozanas. Ella, riendo con su compañera, hundía las mejillas, más frescas que las rosas, en el tazón rebosante. Descubrióme Emma: María lo notó, y sin volverse hacia mí, cayó de rodillas para ocultarme sus pies, desatóse del talle el pañolón, y cubriéndose con él los hombros, fingía jugar con las flores. Las hijas núbiles de los patriarcas no fueron más hermosas en las alboradas en que recogían flores para sus altares.

Pasado el almuerzo, me llamó mi madre a su costurero°. Emma y María estaban bordando cerca de ella. Volvió ésta a sonrojarse cuando me presenté; recordaba tal vez la sorpresa que involuntariamente le había yo dado en la mañana.

Mi madre quería verme y oírme sin cesar.

Emma, más insinuante ya, me preguntaba mil cosas de Bogotá; me exigía que les describiera bailes espléndidos, hermosos vestidos de señora que estuvieran en uso, las más bellas mujeres que figuraran entonces en la alta sociedad. Oían sin dejar sus labores. María me miraba algunas veces al descuido, o hacía por lo bajo observaciones a su compañera de asiento; y al ponerse en pie para acercarse a mi madre a consultar algo sobre el bordado, pude ver sus pies primorosamente calzados: su paso ligero y digno revelaba todo el orgullo, no abatido, de nuestra raza[1], y el seductivo recato de la virgen cristiana. Ilumináronsele los ojos cuando mi madre manifestó deseo de que yo diese a las muchachas algunas lecciones de gramática y geografía, materias en que no tenían sino muy escasas nociones. Convínose en que daríamos principio a las lecciones pasados seis u ocho días, durante los cuales podría yo graduar el estado de los conocimientos de cada una.

Horas después me avisaron que el baño estaba preparado y

---

[1] *nuestra raza:* En el cap. VII, Efraín explicará que su padre era judío.

fui a él. Un frondoso y corpulento naranjo, agobiado de frutos maduros, formaba pabellón sobre el ancho estanque de canteras[2] bruñidas: sobrenadaban en el agua muchísimas rosas: semejábase a un baño oriental, y estaba perfumado con las flores que en la mañana había recogido María.

V

Habían pasado tres días cuando me convidó mi padre a visitar sus haciendas del valle[1], y fue preciso complacerlo; por otra parte, yo tenía interés real a favor de sus empresas. Mi madre se empeñó vivamente por nuestro pronto regreso. Mis hermanas se entristecieron. María no me suplicó, como ellas, que regresase en la misma semana; pero me seguía incesantemente con los ojos durante los preparativos de viaje.

En mi ausencia, mi padre había mejorado sus propiedades notablemente: una costosa y bella fábrica de azúcar[2], muchas fanegadas de caña para abastecerla, extensas dehesas con ganado vacuno y caballar, buenos cebaderos y una lujosa casa de habitación, constituían lo más notable de sus haciendas de tierra caliente. Los esclavos, bien vestidos y contentos, hasta donde es posible estarlo en la servidumbre, eran sumisos y afectuosos para con su amo. Hallé hombres a los que, niños poco antes, me habían enseñado a poner trampas a las chilacoas y guatines[3] en la espesura de los bosques: sus padres y ellos volvieron a verme con inequívocas señales de placer. So-

---

[2] *canteras:* cantos, piedras *(Diccionario histórico,* 1933).

[1] *sus haciendas del valle: La Rita y La Manuelita,* propiedades compradas por George Henry Isaacs en 1840. Fueron vendidas al norteamericano James Eder en 1864, después que Jorge Isaacs fracasó en su administración de ellas (1861-1863).

[2] *costosa y bella fábrica de azúcar:* En la biografía de su padre, Phanor Eder afirma que esto es una exageración: «Aunque es cierto que Jorge Enrique Isaacs había introducido algunas mejoras en La Manuelita y se había preocupado por producir azúcar de mejor calidad, lo que fundamentalmente adquirió Santiago era un trapiche a la antigua, de tipo colonial...» *(El fundador Santiago M. Eder,* pág. 473; citado por M. Carvajal).

[3] *guatines:* animal roedor muy común en el Valle del Cauca (L. Tascón, *Diccionario).*

lamente a Pedro, el buen amigo y fiel ayo, no debía encontrarlo: él había derramado lágrimas al colocarme sobre el caballo el día de mi partida para Bogotá, diciendo: «amito mío, ya no te veré más»[4]. El corazón le avisaba que moriría antes de mi regreso.

Pude notar que mi padre, sin dejar de ser amo, daba un trato cariñoso a sus esclavos, se mostraba celoso por la buena conducta de sus esposas y acariciaba a los niños.

Una tarde, ya a puestas del sol, regresábamos de las labranzas a la fábrica mi padre, Higinio (el mayordomo) y yo. Ellos hablaban de trabajos hechos y por hacer; a mí me ocupaban cosas menos serias: pensaba en los días de mi infancia. El olor peculiar de los bosques recién derribados y el de las piñuelas en sazón; la greguería de los loros en los guaduales y guayabales vecinos; el tañido lejano del cuerno de algún pastor, repetido por los montes: las castrueras° de los esclavos que volvían espaciosamente de las labores con las herramientas al hombro; los arreboles vistos al través de los cañaverales movedizos: todo me recordaba las tardes en que abusando mis hermanas, María y yo de alguna licencia de mi madre, obtenida a fuerza de tenacidad, nos solazábamos recogiendo guayabas de nuestros árboles predilectos, sacando nidos de piñuelas, muchas veces con grave lesión de brazos y manos, y espiando polluelos de pericos en las cercas de los corrales.

Al encontrarnos con un grupo de esclavos, dijo mi padre a un joven negro de notable apostura:

—Conque, Bruno, ¿todo lo de tu matrimonio está arreglado para pasado mañana?

—Sí, mi amo —le respondió quitándose el sombrero de junco y apoyándose en el mango de su pala.

—¿Quiénes son los padrinos?

—Ña Dolores y ñor Anselmo, si su merced[5] quiere.

—Bueno. Remigia y tú estaréis bien confesados. ¿Compras-

---

[4] *Pedro:* En 1865 Isaacs compuso una poesía titulada *El esclavo Pedro,* en que se relata esta misma escena de la novela *(Poesías,* págs. 160-161).

[5] *su merced:* Se conserva todavía como forma de respeto y afecto en los departamentos colombianos de Cundinamarca y Boyacá; se usa ante todo entre familiares y por los criados a sus amos.

te todo lo que necesitabas para ella y para ti con el dinero que mandé darte?

—Todo está ya, mi amo.

—¿Y nada más deseas?

—Su merced verá.

—El cuarto que te ha señalado Higinio ¿es bueno?

—Sí, mi amo.

—¡Ah! ya sé. Lo que quieres es baile.

Rióse entonces Bruno, mostrando sus dientes de blancura deslumbrante, volviendo a mirar a sus compañeros.

—Justo es; te portas muy bien. Ya sabes —agregó dirigiéndose a Higinio—: arregla eso, y que queden contentos.

—¿Y sus mercedes se van antes? —preguntó Bruno.

—No —le respondí—; nos damos por convidados.

En la madrugada del sábado próximo se casaron Bruno y Remigia. Esa noche a las siete montamos mi padre y yo para ir al baile, cuya música empezábamos a oír. Cuando llegamos, Julián, el esclavo capitán de la cuadrilla, salió a tomarnos el estribo y a recibir nuestros caballos. Estaba lujoso con su vestido de domingo, y le pendía de la cintura el largo machete de guarnición plateada, insignia de su empleo. Una sala de nuestra antigua casa de habitación había sido desocupada de los enseres de labor que contenía, para hacer el baile en ella. Habíanla rodeado de tarimas: en una araña de madera suspendida de una de las vigas, daba vueltas media docena de luces: los músicos y cantores, mezcla de agregados, esclavos y manumisos, ocupaban una de las puertas. No había sino dos flautas de caña, un tambor improvisado, dos alfandoques° y una pandereta; pero las finas voces de los negritos entonaban los bambucos con maestría tal; había en sus cantos tan sentida combinación de melancólicos, alegres y ligeros acordes; los versos que cantaban eran tan tiernamente sencillos, que el más culto dilettante hubiera escuchado en éxtasis aquella música semisalvaje. Penetramos en la sala con zamarros° y sombreros. Bailaban en ese momento Remigia y Bruno: ella con follao° de boleros azules, tumbadillo° de flores rojas, camisa blanca bordada de negro y gargantilla y zarcillos de cristal color de rubí, danzaba con toda la gentileza y donaire que eran de esperarse de su talle cimbrador. Bruno, doblados sobre los hombros los paños de su ruana de hilo, calzón de vistosa manta, camisa blanca aplanchada, y un cabiblanco° nuevo a la cintura, zapateaba con destreza admirable.

Pasada aquella mano, que así llaman los campesinos cada pieza de baile, tocaron los músicos su más hermoso bambuco, porque Julián les anunció que era para el amo. Remigia, animada por su marido y por el capitán, se resolvió al fin a bailar unos momentos con mi padre: pero entonces no se atrevía a levantar los ojos, y sus movimientos en la danza eran menos espontáneos. Al cabo de una hora nos retiramos.

Quedó mi padre satisfecho de mi atención durante la visita que hicimos a las haciendas; mas cuando le dije que en adelante deseaba participar de sus fatigas quedándome a su lado, me manifestó, casi con pesar, que se veía en el caso de sacrificar a favor mío su bienestar, cumpliéndome la promesa que me tenía hecha de tiempo atrás, de enviarme a Europa a concluir mis estudios de medicina, y que debía emprender viaje, a más tardar dentro de cuatro meses. Al hablarme así, su fisonomía se revistió de una seriedad solemne sin afectación, que se notaba en él cuando tomaba resoluciones irrevocables. Esto pasaba la tarde en que regresábamos a la sierra. Empezaba a anochecer, y a no haber sido así, habría notado la emoción que su negativa me causaba. El resto del camino se hizo en silencio. ¡Cuán feliz hubiera yo vuelto a ver a María, si la noticia de ese viaje no se hubiese interpuesto desde aquel momento entre mis esperanzas y ella!

VI

¿Qué había pasado en aquellos cuatro días en el alma de María?

Iba ella a colocar una lámpara en una de las mesas del salón cuando me acerqué a saludarla; y ya había extrañado no verla en medio del grupo de la familia en la gradería donde acabábamos de desmontarnos. El temblor de su mano expuso la lámpara; y yo le presté ayuda, menos tranquilo de lo que creí estarlo. Parecióme ligeramente pálida, y al rededor de sus ojos había una leve sombra, imperceptible para quien la hubiese

63

visto sin mirarla. Volvió el rostro hacia mi madre, que hablaba en ese momento, evitando así que yo pudiera examinarlo bañado por la luz que teníamos cerca: noté entonces que en el nacimiento de una de las trenzas tenía un clavel marchito; y era sin duda el que le había dado yo la víspera de mi marcha para el Valle. La crucecilla de coral esmaltado que había traído para ella, igual a las de mis hermanas, la llevaba al cuello pendiente de un cordón de pelo negro. Estuvo silenciosa, sentada en medio de las butacas que ocupábamos mi madre y yo. Como la resolución de mi padre sobre mi viaje no se apartaba de mi memoria, debí de parecerle a ella triste, pues me dijo en voz casi baja:

—¿Te ha hecho daño el viaje?

—No, María —le contesté—; pero nos hemos asoleado y hemos andado tanto...

Iba a decirle algo más, pero el acento confidencial de su voz, la luz nueva para mí que sorprendí en sus ojos, me impidieron hacer otra cosa que mirarla, hasta que notando que se avergonzaba de la involuntaria fijeza de mis miradas, y encontrándome examinado por una de mi padre (más temible cuando cierta sonrisa pasajera vagaba en sus labios), salí del salón con dirección a mi cuarto.

Cerré las puertas. Allí estaban las flores recogidas por ella para mí: las ajé con mis besos; quise aspirar de una vez todos sus aromas, buscando en ellos los de los vestidos de María; bañélas con mis lágrimas... ¡Ah! ¡los que no habéis llorado de felicidad así, llorad de desesperación, si ha pasado vuestra adolescencia, porque así tampoco volveréis a amar ya!

¡Primer amor!... noble orgullo de sentirnos amados: sacrificio dulce de todo lo que antes nos era caro a favor de la mujer querida: felicidad que comprada para un día con las lágrimas de toda una existencia, recibiríamos como un don de Dios: perfume para todas las horas del porvenir: luz inextinguible del pasado: flor guardada en el alma y que no es dado marchitar a los desengaños: único tesoro que no puede arrebatarnos la envidia de los hombres: delirio delicioso... inspiración del cielo... ¡María! ¡María! ¡Cuánto te amé! ¡Cuánto te amara!...[1].

---

[1] En esta extática exaltación del amor, se observa el reverso del proceso em-

VII

Cuando hizo mi padre el último viaje a las Antillas, Salomón[1], primo suyo a quien mucho había amado desde la niñez, acababa de perder su esposa. Muy jóvenes habían venido juntos a Sur-América; y en uno de sus viajes se enamoró mi padre de la hija de un español, intrépido capitán de navío, que después de haber dejado el servicio por algunos años, se vio forzado en 1819 a tomar nuevamente las armas en defensa de los reyes de España, y que murió fusilado en Majagual el veinte de mayo de 1820[2].

La madre de la joven que mi padre amaba exigió por condición para dársela por esposa que renunciase él a la religión judaica. Mi padre se hizo cristiano a los veinte años de edad. Su primo se aficionó en aquellos días a la religión católica, sin ceder por eso a las instancias para que también se hiciese bautizar, pues sabía que lo que hecho por mi padre, le daba la esposa que deseaba, a él le impediría ser aceptado por la mujer a quien amaba en Jamaica.

Después de algunos años de separación volvieron a verse, pues, los dos amigos. Ya era viudo Salomón. Sara, su esposa,

---

pleado por los místicos; para describir lo inefable del amor divino, una Santa Teresa o un San Juan recurrirán a la metáfora del deseo humano. Efraín, en cambio, acude a la comparación divina («don de Dios... inspiración del cielo») para encontrar el encomio más alto para su amor humano. Por otra parte, esta maravillosa definición del amor romántico tiene una evidente relación con el amor cortés, que también utilizaba la equiparación religiosa para comunicar la grandeza de su pasión. Otra coincidencia con el código del *amour courtois* se halla en la idea de la fidelidad eterna al primer amor.

[1] *Salomón:* Algunos biógrafos dan por supuesto que realmente existió este primo de George Henry Isaacs, junto con su esposa Sara y su hija Ester. En realidad, tal suposición carece de documentación: en *A Record of the Jews in Jamaica,* J. Andrade no registra ningún Salomón Isaacs. Queda la posibilidad de que Salomón haya sido un primo materno, pero más razonable parece suponer que es un personaje inventado, igual que su hija Ester (María).

[2] George Henry Isaacs se casó en 1828 con Manuela Ferrer Scarpetta, hija del militar catalán Carlos Ferrer y su esposa colombiana María Manuela Scarpetta. Los *reyes de España* eran Fernando VII y su tercera esposa, Josefa María Amalia de Sajonia.

le había dejado una niña que tenía a la sazón tres años. Mi padre lo encontró desfigurado moral y físicamente por el dolor, y entonces su nueva religión le dio consuelos para su primo, consuelos que en vano habían buscado los parientes para salvarlo. Instó a Salomón para que le diera su hija a fin de educarla a nuestro lado; y se atrevió a proponerle que la haría cristiana. Salomón aceptó diciéndole: «Es verdad que solamente mi hija me ha impedido emprender un viaje a la India, que mejoraría mi espíritu y remediaría mi pobreza: también ha sido ella mi único consuelo después de la muerte de Sara; pero tú lo quieres, sea hija tuya. Las cristianas son dulces y buenas, y tu esposa debe ser una santa madre. Si el cristianismo da en las desgracias supremas el alivio que tú me has dado, tal vez yo haría desdichada a mi hija dejándola judía. No lo digas a nuestros parientes, pero cuando llegues a la primera costa donde se halle un sacerdote católico, hazla bautizar y que le cambien el nombre de Ester en el de María.» Esto decía el infeliz derramando muchas lágrimas.

A pocos días se daba a la vela en la bahía de Montego la goleta que debía conducir a mi padre a las costas de Nueva Granada. La ligera nave ensayaba sus blancas alas, como una garza de nuestros bosques las suyas antes de emprender un largo vuelo. Salomón entró a la habitación de mi padre, que acababa de arreglar su traje de a bordo, llevando a Ester sentada en uno de sus brazos, y pendiente del otro un cofre que contenía el equipaje de la niña: ésta tendió los bracitos a su tío, y Salomón, poniéndola en los de su amigo, se dejó caer sollozando sobre el pequeño baúl. Aquella criatura, cuya cabeza preciosa acababa de bañar con una lluvia de lágrimas el bautismo del dolor antes que el de la religión de Jesús, era un tesoro sagrado; mi padre lo sabía bien, y no lo olvidó jamás. A Salomón le fue recordada por su amigo, al saltar éste a la lancha que iba a separarlos, una promesa, y él respondió con voz ahogada: «Las oraciones de mi hija por mí y las mías por ella y su madre, subirán juntas a los pies del Crucificado.»

Contaba yo siete años cuando regresó mi padre, y desdeñé los juguetes preciosos que me trajo de su viaje, por admirar aquella niña tan bella, tan dulce y sonriente. Mi madre la cubrió de caricias, y mis hermanas la agasajaron con ternura, desde el momento que mi padre, poniéndola en el regazo de su esposa, le dijo: «ésta es la hija de Salomón, que él te envía».

Durante nuestros juegos infantiles sus labios empezaron a modular acentos castellanos, tan armoniosos y seductores en una linda boca de mujer y en la risueña de un niño.

Habrían corrido unos seis años[3]. Al entrar yo una tarde al cuarto de mi padre, le oí sollozar: tenía los brazos cruzados sobre la mesa, y en ellos apoyaba la frente; cerca de él mi madre lloraba, y en sus rodillas reclinaba María la cabeza, sin comprender ese dolor y casi indiferente a los lamentos de su tío: era que una carta de Kingston, recibida aquel día, daba la nueva de la muerte de Salomón. Recuerdo solamente una expresión de mi padre en aquella tarde: «Si todos me van abandonando sin que pueda recibir sus últimos adioses, ¿a qué volveré yo a mi país?» ¡Ay! ¡sus cenizas debían descansar en tierra extraña, sin que los vientos del Océano, en cuyas playas retozó siendo niño, cuya inmensidad cruzó joven y ardiente, vengan a barrer sobre la losa de su sepulcro las flores secas de los aromos y el polvo de los años!

Pocos eran entonces los que conociendo nuestra familia, pudiesen sospechar que María no era hija de mis padres. Hablaba bien nuestro idioma, era amable, viva e inteligente. Cuando mi madre le acariciaba la cabeza, al mismo tiempo que mis hermanas y a mí, ninguno hubiera podido adivinar cuál era allí la huérfana.

Tenía nueve años. La cabellera abundante, todavía de color castaño claro, suelta y jugueteando sobre su cintura fina y movible; los ojos parleros; el acento con algo de melancólico que no tenían nuestras voces; tal era la imagen que de ella llevé cuando partí de la casa paterna: así estaba en la mañana de aquel triste día, bajo las enredaderas de las ventanas de mi madre.

---

[3] *seis años:* En la primera edición, *cuatro años.* A partir de la segunda edición Isaacs hace dos años mayor a María, para que tenga quince años —una edad más apropiada para un noviazgo— cuando vuelve Efraín de Bogotá.

VIII

A prima noche llamó Emma a mi puerta para que fuera a la mesa. Me bañé el rostro para ocultar las huellas de las lágrimas, y me mudé los vestidos para disculpar mi tardanza.

No estaba María en el comedor, y en vano imaginé que sus ocupaciones la habían hecho demorarse más de lo acostumbrado. Notando mi padre un asiento desocupado, preguntó por ella, y Emma la disculpó diciendo que desde esa tarde había tenido dolor de cabeza y que dormía ya. Procuré no mostrarme impresionado; y haciendo todo esfuerzo porque la conversación fuera amena, hablé con entusiasmo de todas las mejoras que había encontrado en las fincas que acabábamos de visitar. Pero todo fue inútil: mi padre estaba más fatigado que yo, y se retiró temprano; Emma y mi madre se levantaron para ir a acostar los niños y ver cómo estaba María, lo cual les agradecí, sin que me sorprendiera ya ese mismo sentimiento de gratitud.

Aunque Emma volvió al comedor, la sobremesa no duró largo tiempo. Felipe y Eloísa, que se habían empeñado en que tomara parte en su juego de naipes, acusaron de soñolientos mis ojos. Aquél había solicitado inútilmente de mi madre permiso para acompañarme al día siguiente a la montaña, por lo cual se retiró descontento.

Meditando en mi cuarto, creí adivinar la causa del sufrimiento de María. Recordé la manera cómo yo había salido del salón después de mi llegada y cómo la impresión que me hizo el acento confidencial de ella fue motivo de que le contestara con la falta de tino propia de quien está reprimiendo una emoción. Conociendo ya el origen de su pena, habría dado mil vidas por obtener un perdón suyo; pero la duda vino a agravar la turbación de mi espíritu. Dudé del amor de María. ¿Por qué, pensaba yo, se esfuerza mi corazón en creerla sometida a este mismo martirio? Consideréme indigno de poseer tanta belleza, tanta inocencia. Echéme en cara ese orgullo que me había ofuscado hasta el punto de creerme por él objeto de su amor, siendo solamente merecedor de su cariño de hermana. En mi locura pensé con menos terror, casi con placer, en mi próximo viaje.

Levantéme al día siguiente cuando amanecía. Los resplandores que delineaban hacia el Oriente las cúspides de la cordillera central, doraban en semicírculo sobre ella algunas nubes ligeras que se desataban las unas de las otras para alejarse y desaparecer. Las verdes pampas y selvas del valle se veían como al través de un vidrio azulado, y en medio de ellas, algunas cabañas blancas, humaredas de los montes recién quemados elevándose en espiral, y alguna vez las revueltas de un río. La cordillera de Occidente, con sus pliegues y senos, semejaba mantos de terciopelo azul oscuro suspendidos de sus centros por manos de genios velados por las nieblas. Al frente de mi ventana, los rosales y los follajes de los árboles del huerto parecían temer las primeras brisas que vendrían a derramar el rocío que brillaba en sus hojas y flores. Todo me pareció triste. Tomé la escopeta: hice una señal al cariñoso Mayo[1], que sentado sobre las piernas traseras, me miraba fijamente, arrugada la frente por la excesiva atención, aguardando la primera orden; y saltando el vallado de piedra, cogí el camino de la montaña. Al internarme, la hallé fresca y temblorosa bajo las caricias de las últimas auras de la noche. Las garzas abandonaban sus dormideros, formando en su vuelo líneas ondulantes que plateaba el sol, como cintas abandonadas al capricho del viento. Bandadas numerosas de loros se levantaban de los guaduales para dirigirse a los maizales vecinos; y el diostedé saludaba al día con su canto triste y monótono desde el corazón de la sierra.

Bajé a la vega montuosa del río por el mismo sendero por donde lo había hecho tantas veces seis años antes. El trueno de su raudal se iba aumentando, y poco después descubrí las corrientes, impetuosas al precipitarse en los saltos, convertidas en espumas hervidoras en ellos, cristalinas y tersas en los remansos, rodando siempre sobre un lecho de peñascos afelpados de musgos, orlados en la ribera por iracales[2], helechos y

---

[1] *Mayo:* En 1860 Isaacs escribió un poema titulado *Mayo,* dedicado a su perro (*Poesías,* págs. 40-44).

[2] *iracales:* sitios poblados de *iracas,* una planta textil cuyas hojas sirven para cubrir techos y para hacer sombreros de jipijapa (Tascón).

cañas de amarillos tallos, plumajes sedosos y semilleros de color de púrpura.

Detúveme en la mitad del puente, formado por el huracán con un cedro corpulento, el mismo por donde había pasado en otro tiempo. Floridas parásitas colgaban de sus lamas, y campanillas azules y tornasoladas bajaban en festones desde mis pies a mecerse en las ondas. Una vegetación exuberante y altiva abovedaba a trechos el río, y al través de ella penetraban algunos rayos del sol naciente, como por la techumbre rota de un templo indiano abandonado. Mayo aulló cobarde en la ribera que yo acababa de dejar, y a instancias mías se resolvió a pasar por el puente fantástico, tomando en seguida, antes que yo, el sendero que conducía a la posesión del viejo José, quien esperaba de mí aquel día el pago de su visita de bienvenida.

Después de una pequeña cuesta pendiente y oscura, y de atravesar a saltos por sobre el arbolado seco de los últimos derribos del montañés, me hallé en la placeta sembrada de legumbres, desde donde divisé humeando la casita situada en medio de las colinas verdes, que yo había dejado entre bosques al parecer indestructibles. Las vacas, hermosas por su tamaño y color, bramaban a la puerta del corral buscando sus becerros. Las aves domésticas alborotaban recibiendo la ración matutina; en las palmeras cercanas, que había respetado el hacha de los labradores, se mecían las oropéndolas bulliciosas en sus nidos colgantes, y en medio de tan grata algarabía, oíase a las veces el grito agudo del pajarero, que desde su barbacoa y armado de honda, espantaba las guacamayas hambrientas que revoloteaban sobre el maizal.

Los perros del antioqueño le dieron con sus ladridos aviso de mi llegada. Mayo, temeroso de ellos, se me acercó mohíno. José salió a recibirme, el hacha en una mano y el sombrero en la otra.

La pequeña vivienda denunciaba laboriosidad, economía y limpieza: todo era rústico, pero estaba cómodamente dispuesto, y cada cosa en su lugar. La sala de la casita, perfectamente barrida, poyos de guadua al rededor, cubiertos de esteras de junco y pieles de oso, algunas estampas de papel iluminadas, representando santos y prendidas con espinas de naranjo a las paredes sin blanquear, tenía a derecha e izquierda la alcoba de

70

la mujer de José y la de las muchachas. La cocina, formada de caña-menuda y con el techo de hojas de la misma planta, estaba separada de la casa por un huertecillo donde el perejil, la manzanilla, el poleo y las albahacas mezclaban sus aromas.

Las mujeres parecían vestidas con más esmero que de ordinario. Las muchachas, Lucía y Tránsito, llevaban enaguas de zaraza morada y camisas muy blancas con golas de encaje ribeteadas de trencilla negra, bajo las cuales escondían parte de sus rosarios, y gargantillas de bombillas de vidrio color de ópalo. Las trenzas de sus cabellos, gruesas y de color de azabache, les jugaban sobre las espaldas, al más leve movimiento de los pies desnudos, cuidados e inquietos. Me hablaban con suma timidez; y su padre fue quien, notando eso, las animó diciéndoles: «¿Acaso no es el mismo niño Efraín, porque venga del colegio sabio y ya mozo?» Entonces se hicieron más joviales y risueñas: nos enlazaban amistosamente los recuerdos de los juegos infantiles, poderosos en la imaginación de los poetas y de las mujeres. Con la vejez la fisonomía de José había ganado mucho: aunque no se dejaba la barba, su faz tenía algo de bíblico, como casi todas las de los ancianos de buenas costumbres del país donde nació[3]: una cabellera cana y abundante le sombreaba la tostada y ancha frente, y sus sonrisas revelaban tranquilidad de alma. Luisa, su mujer, más feliz que él en la lucha con los años, conservaba en el vestir algo de la manera antioqueña, y su constante jovialidad dejaba comprender que estaba contenta con su suerte.

José me condujo al río, y me habló de sus siembras y cacerías, mientras yo me sumergía en el remanso diáfano desde el cual se lanzaban las aguas formando una pequeña cascada. A nuestro regreso encontramos servido en la única mesa de la casa el provocativo[4] almuerzo. Campeaba el maíz por todas partes: en la sopa de mote° servida en platos de loza vidriada y en doradas arepas esparcidas sobre el mantel. El único cubier-

---

[3] Referencia a la leyenda —carente de fundamento histórico— del origen hebreo de los antioqueños. Sin duda, la simpatía que siempre profesó Isaacs por Antioquia deriva en parte de este mito. El autor volvió a aludir a la leyenda en *La tierra de Córdoba,* uno de sus últimos poemas *(Poesías,* págs. 276-283).

[4] *provocativo:* aquí por apetitoso.

to del menaje estaba cruzado sobre mi plato blanco y orillado de azul.

Mayo se sentó a mis pies con mirada atenta, pero más humilde que de costumbre.

José remendaba una atarraya mientras sus hijas, listas pero vergonzosas, me servían llenas de cuidado, tratando de adivinarme en los ojos lo que podía faltarme. Mucho se habían embellecido, y de niñas loquillas que eran se habían hecho mujeres oficiosas.

Apurado el vaso de espesa y espumosa leche, postre de aquel almuerzo patriarcal, José y yo salimos a recorrer el huerto y la roza que estaba cogiendo. Él quedó admirado de mis conocimientos teóricos sobre las siembras, y volvimos a la casa una hora después para despedirme yo de las muchachas y de la madre.

Púsele al buen viejo en la cintura el cuchillo de monte que le había traído del *reino**, al cuello de Tránsito y Lucía, preciosos rosarios y en manos de Luisa un relicario que ella había encargado a mi madre. Tomé la vuelta de la montaña cuando era medio día por filo, según el examen que del sol hizo José.

X

A mi regreso, que hice lentamente, la imagen de María volvió a asirse a mi memoria. Aquellas soledades, sus bosques silenciosos, sus flores, sus aves y sus aguas, ¿por qué me hablaban de ella? ¿Qué había allí de María? en las sombras húmedas, en la brisa que movía los follajes, en el rumor del río... Era que veía el Edén, pero faltaba ella; era que no podía dejar de amarla, aunque no me amase. Y aspiraba el perfume del ramo de azucenas silvestres que las hijas de José habían formado para mí, pensando yo que acaso merecerían ser tocadas por los labios de María: así se habían debilitado en tan pocas horas mis propósitos heroicos de la noche.

Apenas llegué a casa, me dirigí al costurero de mi madre:

* Cundinamarca.

María estaba con ella; mis hermanas se habían ido al baño. Después de contestarme el saludo, María bajó los ojos sobre la costura. Mi madre se manifestó regocijada por mi vuelta; pues sobresaltados en casa con la demora, habían enviado a buscarme en aquel momento. Hablaba con ella ponderando los progresos de José, y Mayo quitaba con la lengua a mis vestidos los cadillos que se les habían prendido en las malezas.

Levantó María otra vez los ojos, fijándolos en el ramo de azucenas que tenía yo en la mano izquierda, mientras me apoyaba con la derecha en la escopeta: creí comprender que las deseaba, pero un temor indefinible, cierto respeto a mi madre y a mis propósitos de por la noche, me impidieron ofrecérselas. Mas me deleitaba imaginando cuán bella quedaría una de mis pequeñas azucenas sobre sus cabellos de color castaño luciente. Para ella debían ser, porque habría recogido durante la mañana azahares y violetas para el florero de mi mesa. Cuando entré a mi cuarto no vi una flor allí. Si hubiese encontrado enrollada sobre la mesa una víbora, no hubiera yo sentido emoción igual a la que me ocasionó la ausencia de las flores: su fragancia había llegado a ser algo del espíritu de María que vagaba a mi alrededor en las horas de estudio, que se mecía en las cortinas de mi lecho durante la noche... ¡Ah! ¡conque era verdad que no me amaba! ¡conque había podido engañarme tanto mi imaginación visionaria! Y de ese ramo que había traído para ella, ¿qué podía yo hacer? Si otra mujer, bella y seductora, hubiese estado allí en ese momento, en ese instante de resentimiento contra mi orgullo, de resentimiento con María, a ella lo habría dado a condición de que lo mostrase a todos y se embelleciera con él. Lo llevé a mis labios como para despedirme por última vez de una ilusión querida, y lo arrojé por la ventana.

XI

Hice esfuerzos para mostrarme jovial durante el resto del día. En la mesa hablé con entusiasmo de las mujeres hermosas de Bogotá, y ponderé intencionalmente las gracias y el ingenio

73

de P***. Mi padre se complacía oyéndome: Eloísa habría querido que la sobremesa durase hasta la noche. María estuvo callada; pero me pareció que sus mejillas palidecían algunas veces, y que su primitivo color no había vuelto a ellas, así como el de las rosas que durante la noche han engalanado un festín.

Hacia la última parte de la conversación, María había fingido jugar con la cabellera de Juan, hermano mío de tres años de edad a quien ella mimaba. Soportó hasta el fin; mas tan luego como me puse en pie, se dirigió ella con el niño al jardín.

Todo el resto de la tarde y en la prima noche fue necesario ayudar a mi padre en sus trabajos de escritorio.

A las ocho, y luego que las mujeres habían ya rezado sus oraciones de costumbre, nos llamaron al comedor. Al sentarnos a la mesa, quedé sorprendido al ver una de las azucenas en la cabeza de María. Había en su rostro bellísimo tal aire de noble, inocente y dulce resignación, que como magnetizado por algo desconocido hasta entonces para mí en ella, no me era posible dejar de mirarla.

Niña cariñosa y risueña, mujer tan pura y seductora como aquellas con quienes yo había soñado, así la conocía; pero resignada ante mi desdén, era nueva para mí. Divinizada por la resignación, me sentía indigno de fijar una mirada sobre su frente.

Respondí mal a unas preguntas que se me hicieron sobre José y su familia. A mi padre no se le podía ocultar mi turbación; y dirigiéndose a María, le dijo sonriendo:

—Hermosa azucena tienes en los cabellos: yo no he visto de ésas en el jardín.

María, tratando de disimular su desconcierto, respondió con voz casi imperceptible:

—Es que de estas azucenas sólo hay en la montaña.

Sorprendí en aquel momento una sonrisa bondadosa en los labios de Emma.

—¿Y quién las ha enviado? —preguntó mi padre.

La turbación de María era ya notable. Yo la miraba; y ella debió de hallar algo nuevo y animador en mis ojos, pues respondió con acento más firme:

—Efraín botó unas al huerto; y nos pareció que siendo tan raras, era una lástima que se perdiesen: ésta es una de ellas.

—María —le dije yo—, si hubiese sabido que eran tan estimables esas flores, las habría guardado... para vosotras; pero me han parecido menos bellas que las que se ponen diariamente en el florero de mi mesa.

Comprendió ella la causa de mi resentimiento, y me lo dijo tan claramente una mirada suya, que temí se oyeran las palpitaciones de mi corazón.

Aquella noche, a la hora de retirarse la familia del salón, María estaba casualmente sentada cerca de mí. Después de haber vacilado mucho, le dije al fin con voz que denunciaba mi emoción: «María, eran para ti: pero no encontré las tuyas.»

Ella balbucía alguna disculpa cuando tropezando en el sofá mi mano con la suya, se la retuve por un movimiento ajeno de mi voluntad. Dejó de hablar. Sus ojos me miraron asombrados y huyeron de los míos. Pasóse por la frente con angustia la mano que tenía libre, y apoyó en ella la cabeza, hundiendo el brazo desnudo en el almohadón inmediato. Haciendo al fin un esfuerzo para deshacer ese doble lazo de la materia y del alma que en tal momento nos unía, púsose en pie; y como concluyendo una reflexión empezada, me dijo tan quedo que apenas pude oírla: «entonces... yo recogeré todos los días las flores más lindas»; y desapareció.

Las almas como la de María ignoran el lenguaje mundano del amor; pero se doblegan estremeciéndose a la primera caricia de aquel a quien aman, como la adormidera de los bosques bajo el ala de los vientos.

Acababa de confesar mi amor a María; ella me había animado a confesárselo, humillándose como una esclava a recoger aquellas flores. Me repetí con deleite sus últimas palabras; su voz susurraba aún en mi oído: «entonces, yo recogeré todos los días las flores más lindas».

XII

La luna, que acababa de elevarse llena y grande bajo un cielo profundo sobre las crestas altísimas de los montes, iluminaba las faldas selvosas, blanqueadas a trechos por las copas de los yarumos[1], argentando las espumas de los torrentes y difundiendo su claridad melancólica hasta el fondo del valle. Las plantas exhalaban sus más suaves y misteriosos aromas. Aquel silencio, interrumpido solamente por el rumor del río, era más grato que nunca a mi alma.

Apoyado de codos sobre el marco de mi ventana, me imaginaba verla en medio de los rosales entre los cuales la había sorprendido en aquella mañana primera: estaba allí recogiendo el ramo de azucenas, sacrificando su orgullo a su amor. Era yo quien iba a turbar en adelante el sueño infantil de su corazón: podría ya hablarle de mi amor, hacerla el objeto de mi vida. ¡Mañana! ¡mágica palabra la noche en que se nos ha dicho que somos amados! Sus miradas, al encontrarse con las mías, no tendrían ya nada que ocultarme; ella se embellecería para felicidad y orgullo mío.

Nunca las auroras de julio en el Cauca fueron tan bellas como María cuando se me presentó al día siguiente, momentos después de salir del baño, la cabellera de carey sombreado suelta y a medio rizar, las mejillas de color de rosa suavemente desvanecido, pero en algunos momentos avivado por el rubor; y jugando en sus labios cariñosos aquella sonrisa castísima que revela en las mujeres como María una felicidad que no les es posible ocultar. Sus miradas, ya más dulces que brillantes, mostraban que su sueño no era tan apacible como había solido. Al acercármele noté en su frente una contracción graciosa y apenas perceptible, especie de fingida severidad de que usó muchas veces para conmigo cuando después de deslumbrarme con toda la luz de su belleza, imponía silencio a mis labios, próximos a repetir lo que ella tanto sabía.

Era ya para mí una necesidad tenerla constantemente a mi lado; no perder un solo instante de su existencia abandonada a mi amor; y dichoso con lo que poseía y ávido aún de dicha, traté de hacer un paraíso de la casa paterna. Hablé a María y a mi hermana del deseo que habían manifestado de hacer algunos estudios elementales bajo mi dirección: ellas volvieron a

---

[1] *yarumos:* «Árbol propio de las tierras templadas; sus hojas son grandes, blanquecinas y semejantes a las de la higuera; su trono recto y hueco, y su madera blanda y liviana» (Tascón).

entusiasmarse con el proyecto, y se decidió que desde ese mismo día se daría principio.

Convirtieron uno de los ángulos del salón en gabinete de estudio; desclavaron algunos mapas de mi cuarto; desempolvaron el globo geográfico que en el escritorio de mi padre había permanecido hasta entonces ignorado; fueron despejadas de adornos dos consolas para hacer de ellas mesas de estudio. Mi madre sonreía al presenciar todo aquel desarreglo que nuestro proyecto aparejaba.

Nos reuníamos todos los días dos horas, durante las cuales les explicaba yo algún capítulo de geografía, leíamos algo de historia universal, y las más veces muchas páginas del *Genio del cristianismo*[2]. Entonces pude valuar toda la inteligencia de María: mis frases quedaban grabadas indeleblemente en su memoria, y su comprensión se adelantaba casi siempre con triunfo infantil a mis explicaciones.

Emma había sorprendido el secreto y se complacía en nuestra inocente felicidad. ¿Cómo ocultarle yo en aquellas frecuentes conferencias lo que en mi corazón pasaba? Ella debió de observar mi mirada inmóvil sobre el rostro hechicero de su compañera mientras daba ésta una explicación pedida. Había visto ella temblarle la mano a María si yo se la colocaba sobre algún punto buscado inútilmente en el mapa. Y siempre que sentado cerca de la mesa, ellas en pie a uno y otro lado de mi asiento, se inclinaba María para ver mejor algo que estaba en mi libro o en las cartas, su aliento, rozando mis cabellos, sus trenzas, al rodar de sus hombros, turbaron mis explicaciones, y Emma pudo verla enderezarse pudorosa.

En ocasiones, quehaceres domésticos llamaban la atención a mis discípulas, y mi hermana tomaba siempre a su cargo ir a desempeñarlos para volver un rato después a reunírsenos. Entonces mi corazón palpitaba fuertemente. María con la frente infantilmente grave y los labios casi risueños, abandonaba a las mías alguna de sus manos aristocráticas sembradas de hoyuelos, hechas para oprimir frentes como la de Byron; y su acento, sin dejar de tener aquella música que le era peculiar, se ha-

---

[2] Libro de François René Chateaubriand, publicado en 1802, en el cual éste exalta el catolicismo.

cía lento y profundo al pronunciar palabras suavemente articuladas que en vano probaría yo a recordar hoy; porque no he vuelto a oírlas, porque pronunciadas por otros labios no son las mismas, y escritas en estas páginas aparecerían sin sentido. Pertenecen a otro idioma, del cual hace muchos años no viene a mi memoria ni una frase.

XIII

Las páginas de Chateaubriand iban lentamente dando tintas a la imaginación de María. Tan cristiana y llena de fe, se regocijaba al encontrar bellezas por ella presentidas en el culto católico. Su alma tomaba de la paleta que yo le ofrecía los más preciosos colores para hermosearlo todo; y el fuego poético, don del Cielo que hace admirables a los hombres que lo poseen y diviniza a las mujeres que a su pesar lo revelan, daba a su semblante encantos desconocidos para mí hasta entonces en el rostro humano. Los pensamientos del poeta, acogidos en el alma de aquella mujer tan seductora en medio de su inocencia, volvían a mí como eco de una armonía lejana y conocida que torna a conmover el corazón.

Una tarde, tarde como las de mi país, engalanada con nubes de color de violeta y lampos de oro pálido, bella como María, bella y transitoria como fue ésta para mí, ella, mi hermana y yo, sentados sobre la ancha piedra de la pendiente, desde donde veíamos a la derecha en la honda vega rodar las corrientes bulliciosas del río, y teniendo a nuestros pies el valle majestuoso y callado, leía yo el episodio de Atala, y las dos, admirables en su inmovilidad y abandono, oían brotar de mis labios toda aquella melancolía aglomerada por el poeta para «hacer llorar al mundo»[1]. Mi hermana, apoyado el brazo derecho en uno de mis hombros, la cabeza casi unida a la mía, seguía con los ojos

---

[1] *«hacer llorar al mundo»:* Un lapso de Isaacs, ya que en el prefacio de *Atala* Chateaubriand dice que *no* se ha propuesto hacer llorar; el que anunció este propósito fue Saint-Pierre, en el prefacio de *Pablo y Virginia.*

las líneas que yo iba leyendo. María, medio arrodillada cerca de mí, no separaba de mi rostro sus miradas húmedas ya.

El sol se había ocultado cuando con voz alterada leí las últimas páginas del poema. La cabeza pálida de Emma descansaba sobre mi hombro. María se ocultaba el rostro con entrambas manos. Luego que leí aquella desgarradora despedida de Chactas sobre el sepulcro de su amada, despedida que tantas veces ha arrancado un sollozo a mi pecho: «¡Duerme en paz en extranjera tierra, joven desventurada! En recompensa de tu amor, de tu destierro y de tu muerte, quedas abandonada hasta del mismo Chactas», María, dejando de oír mi voz, descubrió la faz, y por ella rodaban gruesas lágrimas. Era tan bella como la creación del poeta, y yo la amaba con el amor que él imaginó. Nos dirigimos en silencio y lentamente hasta la casa. ¡Ay! mi alma y la de María no sólo estaban conmovidas por aquella lectura, estaban abrumadas por el presentimiento[2].

XIV

Pasados tres días, al bajar una tarde de la montaña, me pareció notar algún sobresalto en los semblantes de los criados con quienes tropecé en los corredores interiores. Mi hermana me refirió que María había sufrido un ataque nervioso; y al agregar que estaba aún sin sentido, procuró calmar cuanto le fue posible mi dolorosa ansiedad.

Olvidado de toda precaución, entré a la alcoba donde estaba María, y dominando el frenesí que me hubiera hecho estrecharla contra mi corazón para volverla a la vida, me acerqué desconcertado a su lecho. A los pies de éste se hallaba sentado mi padre: fijó en mí una de sus miradas intensas, y volviéndola después sobre María, parecía quererme hacer una reconven-

---

[2] Es antigua la tradición de los amantes que leen juntos una obra amorosa que refleja su propia situación. En el *Inferno* de Dante, canto V, Francesca da Rimini relata cómo ella y Paolo Malatesta leyeron la historia de Lanzarote y Ginebra, y fueron inspirados por ella a consumar su propio amor. Situaciones parecidas ocurren en *La Nouvelle Héloïse* de Rousseau, el *Werther* de Goethe, y la *rima* 29 de Bécquer.

ción al mostrármela. Mi madre estaba allí; pero no levantó la vista para buscarme, porque, sabedora de mi amor, me compadecía como sabe compadecer una buena madre en la mujer amada por su hijo, a su hijo mismo.

Permanecí inmóvil contemplándola, sin atreverme a averiguar cuál era su mal. Estaba como dormida: su rostro, cubierto de palidez mortal, se veía medio oculto por la cabellera descompuesta, en la cual se descubrían estrujadas las flores que yo le había dado en la mañana: la frente contraída revelaba un padecimiento insoportable, y un ligero sudor le humedecía las sienes: de los ojos cerrados habían tratado de brotar lágrimas que brillaban detenidas en las pestañas.

Comprendiendo mi padre todo mi sufrimiento, se puso en pie para retirarse; mas antes de salir, se acercó al lecho, y tomando el pulso a María, dijo:

—Todo ha pasado. ¡Pobre niña! Es exactamente el mismo mal que padeció su madre.

El pecho de María se elevó lentamente como para formar un sollozo, y al volver a su natural estado, exhaló sólo un suspiro. Salido que hubo mi padre, coloquéme a la cabecera del lecho, y olvidándome de mi madre y de Emma, que permanecían silenciosas, tomé de sobre el almohadón una de las manos de María, y la bañé en el torrente de mis lágrimas hasta entonces contenido. Medía toda mi desgracia: era el mismo mal de su madre, que había muerto muy joven atacada de una epilepsia incurable. Esta idea se adueñó de todo mi ser para quebrantarlo.

Sentí algún movimiento en esa mano inerte, a la que mi aliento no podía volver el calor. María empezaba ya a respirar con más libertad, y sus labios parecían esforzarse en pronunciar alguna palabra. Movió la cabeza de un lado a otro, cual si tratara de deshacerse de un peso abrumador. Pasado un momento de reposo, balbució palabras ininteligibles, pero al fin se percibió entre ellas claramente mi nombre. En pie yo, devorándola mis miradas, tal vez oprimí demasiado entre mis manos las suyas, quizá mis labios la llamaron. Abrió lentamente los ojos, como heridos por una luz intensa, y los fijó en mí, haciendo esfuerzo para reconocerme. Medio incorporándose un instante después, «¿qué es?», me dijo apartándome; «¿qué me

80

ha sucedido?», continuó, dirigiéndose a mi madre. Tratamos de tranquilizarla, y con un acento en que había algo de reconvención, que por entonces no pude explicarme, agregó: «¿ya ves? yo lo temía».

Quedó, después del acceso, adolorida y profundamente triste. Volví por la noche a verla, cuando la etiqueta establecida en tales casos por mi padre lo permitió. Al despedirme de ella, reteniéndome un instante la mano, «hasta mañana», me dijo, y acentuó esta última palabra como solía hacerlo siempre que interrumpida nuestra conversación en alguna velada, quedaba deseando el día siguiente para que la concluyésemos.

XV

Cuando salí al corredor que conducía a mi cuarto, un cierzo impetuoso columpiaba los sauces del patio; y al acercarme al huerto, lo oí rasgarse en los sotos de naranjos, de donde se lanzaban las aves asustadas. Relámpagos débiles, semejantes al reflejo instantáneo de un broquel herido por el resplandor de una hoguera, parecían querer iluminar el fondo tenebroso del valle.

Recostado en una de las columnas del corredor, sin sentir la lluvia que me azotaba las sienes, pensaba en la enfermedad de María, sobre la cual había pronunciado mi padre tan terribles palabras. ¡Mis ojos querían volver a verla como en las noches silenciosas y serenas que acaso no volverían ya más!

No sé cuánto tiempo había pasado, cuando algo como el ala vibrante de un ave vino a rozar mi frente. Miré hacia los bosques inmediatos para seguirla: era una ave negra.

Mi cuarto estaba frío; las rosas de la ventana temblaban como si se temiesen abandonadas a los rigores del tempestuoso viento: el florero contenía ya marchitos y desmayados los lirios que en la mañana había colocado en él María. En esto una ráfaga apagó de súbito la lámpara; y un trueno dejó oír por largo rato su creciente retumbo, como si fuese el de un carro gigante despeñado de las cumbres rocallosas de la sierra.

En medio de aquella naturaleza sollozante[1], mi alma tenía una triste serenidad.

Acababa de dar las doce el reloj del salón. Sentí pasos cerca de mi puerta y muy luego la voz de mi padre que me llamaba. «Levántate», me dijo tan pronto como le respondí; «María sigue mal».

El acceso había repetido. Después de un cuarto de hora hallábame apercibido para marchar. Mi padre me hacía las últimas indicaciones sobre los síntomas de la enfermedad, mientras el negrito Juan Ángel aquietaba mi caballo retinto, impaciente y asustadizo. Monté; sus cascos herrados crujieron sobre el empedrado, y un instante después bajaba yo hacia las llanuras del valle buscando el sendero a la luz de algunos relámpagos lívidos. Iba en solicitud del doctor Mayn[2], que pasaba a la sazón una temporada de campo a tres leguas de nuestra hacienda.

La imagen de María tal como la había visto en el lecho aquella tarde, al decirme ese «hasta mañana», que tal vez no llegaría, iba conmigo, y avivando mi impaciencia me hacía medir incesantemente la distancia que me separaba del término del viaje; impaciencia que la velocidad del caballo no era bastante a moderar.

Las llanuras empezaban a desaparecer, huyendo en sentido contrario a mi carrera, semejantes a mantos inmensos arrollados por el huracán. Los bosques que más cercanos creía, parecían alejarse cuanto avanzaba hacia ellos. Sólo algún gemido del viento entre los higuerones y chiminangos sombríos, sólo el resuello fatigoso del caballo y el choque de sus cascos en los pedernales que chispeaban, interrumpían el silencio de la noche.

Algunas cabañas de Santa Elena quedaron a mi derecha, y poco después dejé de oír los ladridos de sus perros. Vacadas

---

[1] *aquella naturaleza sollozante:* El cuadro anterior constituye una ilustración excelente de cómo la naturaleza muchas veces refleja el estado anímico del protagonista en la ficción romántica.

[2] *doctor Mayn:* José (¿o Jorge?) Enrique Mayne, médico inglés que cooperó con los patriotas colombianos en la guerra de independencia, y que luego fijó su residencia en el Valle del Cauca (E. Posada, «Personajes de la novela *María*», pág. 508).

dormidas sobre el camino empezaban a hacerme moderar el paso.

La hermosa casa[3] de los señores de M***, con su capilla blanca y sus bosques de ceibas, se divisaba en lejanía a los primeros rayos de la luna naciente, cual castillo cuyas torres y techumbres hubiese desmoronado el tiempo.

El Amaime bajaba crecido con las lluvias de la noche, y su estruendo me lo anunció mucho antes de que llegase yo a la orilla. A la luz de la luna, que atravesando los follajes de las riberas iba a platear las ondas, pude ver cuánto había aumentado su raudal. Pero no era posible esperar: había hecho dos leguas en una hora, y aún era poco. Puse las espuelas en los ijares del caballo, que con las orejas tendidas hacia el fondo del río y resoplando sordamente, parecía calcular la impetuosidad de las aguas que se azotaban a sus pies: sumergió en ellas las manos, y como sobrecogido por un terror invencible, retrocedió veloz girando sobre las patas. Le acaricié el cuello y las crines humedecidas y lo aguijoneé de nuevo para que se lanzase al río; entonces levantó las manos impacientado, pidiendo al mismo tiempo toda la rienda, que le abandoné, temeroso de haber errado el botadero* de las crecientes. Él subió por la ribera unas veinte varas, tomando la ladera de un peñasco; acercó la nariz a las espumas, y levantándola en seguida, se precipitó en la corriente. El agua lo cubrió casi todo, llegándome hasta las rodillas. Las olas se encresparon poco después al rededor de mi cintura. Con una mano le palmeaba el cuello al animal, única parte visible ya de su cuerpo, mientras con la otra trataba de hacerle describir más curva hacia arriba la línea de corte, porque de otro modo, perdida la parte baja de la ladera, era inaccesible por su altura y la fuerza de las aguas, que columpiaban guaduales desgajados. Había pasado el peligro. Me apeé para examinar las cinchas, de las cuales se había reventado una. El noble bruto se sacudió, y un instante después continué la marcha.

Luego que anduve un cuarto de legua, atravesé las ondas del

---

[3] *hermosa casa:* «La hacienda de La Concepción, vecina al río Amaime» (M. Carvajal).

* Lugar donde se toma el vado.

Nima, humildes, diáfanas y tersas, que rodaban iluminadas hasta perderse en las sombras de bosques silenciosos. Dejé a la izquierda la pampa de Santa R.[4], cuya casa, en medio de arboledas de ceibas y bajo el grupo de palmeras que elevan los follajes sobre su techo, semeja en las noches de luna la tienda de un rey oriental colgada de los árboles de un oasis.

Eran las dos de la madrugada cuando, después de atravesar la villa de P***[5], me desmonté a la puerta de la casa en que vivía el médico.

XVI

En la tarde del mismo día se despidió de nosotros el doctor, después de dejar casi completamente restablecida a María y de haberle prescrito un régimen para evitar la repetición del acceso, y prometió visitar a la enferma con frecuencia. Yo sentía un alivio indecible al oírle asegurar que no había peligro alguno, y por él, doble cariño del que hasta entonces le había profesado, solamente porque tan pronta reposición pronosticaba a María. Entré a la habitación de ésta, luego que el médico y mi padre, que iba a acompañarlo en una legua de camino, se pusieron en marcha. Estaba acabando de trenzarse los cabellos, viéndose en un espejo que mi hermana sostenía sobre los almohadones. Apartando ruborizada el mueble, me dijo:

—Éstas no son ocupaciones de enferma, ¿no es verdad? pero ya estoy buena. Espero no volver a ocasionarte un viaje tan peligroso como el de anoche.

—En ese viaje no ha habido peligros —le respondí.

—¡El río, sí, el río! yo pensé en eso y en tantas cosas que podían sucederte por causa mía.

—¿Un viaje de tres leguas? ¿Esto llamas...?

—Ese viaje en que has podido ahogarte, según refirió aquí el doctor, tan sorprendido, que aún no me había pulsado y ya

---

[4] *Santa R.:* Santa Rita, o *La Rita,* una de las haciendas de la familia de Efraín (y de Isaacs).

[5] *P***:* Palmira (Carvajal).

hablaba de eso. Tú y él al regreso habéis tenido que aguardar dos horas para que bajase el río.

—El doctor a caballo es una maula; y su mula pacienzuda no es lo mismo que un buen caballo.

—El hombre que vive en la casita del paso —me interrumpió María—, al reconocer esta mañana tu caballo negro, se admiró no se hubiese ahogado el jinete que anoche se botó al río a tiempo que él le gritaba que no había vado. ¡Ay! no, no; yo no quiero volver a enfermarme. ¿No te ha dicho el doctor que no tendré ya novedad?

—Sí —le respondí—; y me ha prometido no dejar pasar dos días seguidos en estos quince sin venir a verte.

—Entonces no tendrás que hacer otro viaje de noche. ¿Qué habría hecho yo si...

—Me habrías llorado mucho ¿no es verdad? —repliqué sonriéndome.

Miróme por algunos momentos, y yo agregué:

—¿Puedo acaso estar cierto de morir en cualquier tiempo convencido de...

—¿De qué?

Y adivinando lo demás en mi mirada:

—¡Siempre, siempre! —añadió casi en secreto, aparentando examinar los hermosos encajes de los almohadones.

—Y yo tengo cosas muy tristes que decirte —continuó después de unos momentos de silencio—; tan tristes, que son la causa de mi enfermedad. Tú estabas en la montaña... Mamá lo sabe todo; y yo oí que papá le decía a ella que mi madre había muerto de un mal cuyo nombre no alcancé a oír; que tú estabas destinado a hacer una bella carrera; y que yo... ¡ah! yo no sé si es cierto lo que oí... será que no merezco que seas como eres conmigo.

De sus ojos velados rodaron a sus mejillas pálidas, lágrimas que se apresuró a enjugar.

—No digas eso, María, no lo pienses —le dije—; no; yo te lo suplico.

—Pero si yo lo he oído, y después fue cuando no supe de mí... ¿Por qué, entonces?

—Mira, yo te ruego... yo... ¿Quieres permitirme te mande que no hables más de eso?

Había dejado ella caer la frente sobre el brazo en que se apoyaba y cuya mano estrechaba yo entre las mías, cuando oí en la pieza inmediata el ruido de los ropajes de Emma, que se acercaba.

Aquella noche a la hora de la cena estábamos en el comedor mis hermanas y yo esperando a mis padres, que tardaban más tiempo del acostumbrado. Por último se les oyó hablar en el salón como dando fin a una conversación importante. La noble fisonomía de mi padre mostraba, en la ligera contracción de las extremidades de sus labios y en la pequeña arruga que por enmedio de las cejas le surcaba la frente, que acababa de sostener una lucha moral que lo había alterado. Mi madre estaba pálida, pero sin hacer el menor esfuerzo para mostrarse tranquila, me dijo al sentarse a la mesa:

—No me había acordado de decirte que José estuvo esta mañana a vernos y a convidarte para una cacería; mas cuando supo la novedad ocurrida, prometió volver mañana muy temprano. ¿Sabes tú si es cierto que se casa una de sus hijas?

—Tratará de consultarte su proyecto —observó distraídamente mi padre.

—Se trata probablemente de una cacería de osos —le respondí.

—¿De osos? ¡Qué! ¿cazas tú osos?

—Sí, señor; es una cacería divertida que he hecho con él algunas veces.

—En mi país —repuso mi padre— te tendrían por un bárbaro o por un héroe.

—Y sin embargo, esa clase de partidas es menos peligrosa que la de venados, que se hace todos los días y en todas partes; pues aquélla en lugar de exigir de los cazadores el que tiren a derrumbarse desatentados por entre breñas y cascadas, necesita solamente un poco de agilidad y puntería certera.

Mi padre, sin dejar ver ya en el semblante el ceño que antes tenía, habló de la manera cómo se cazan ciervos en Jamaica y de lo aficionados que habían sido sus parientes a esa clase de pasatiempo, distinguiéndose entre ellos, por su tenacidad, destreza y entusiasmo, Salomón, de quien nos refirió, riendo ya, algunas anécdotas.

Al levantarnos de la mesa, se acercó a mí para decirme:

—Tu madre y yo tenemos que hablar algo contigo; ven luego a mi cuarto.

A tiempo que entraba a él, mi padre escribía dando la espalda a mi madre, que se hallaba en la parte menos alumbrada de la habitación, sentada en la butaca que ocupaba siempre que se detenía allí.

—Siéntate —me dijo él, dejando por un momento de escribir y mirándome por encima de los espejuelos, que eran de vidrios blancos y fino engaste de oro.

Pasados algunos minutos, habiendo colocado cuidadosamente en su lugar el libro de cuentas en que estaba escribiendo, acercó un asiento al que yo ocupaba, y en voz baja habló así:

—He querido que tu madre presencie esta conversación, porque se trata de un asunto grave sobre el cual tiene ella la misma opinión que yo.

Dirigióse a la puerta para entornarla y botar el cigarro que estaba fumando, y continuó de esta manera:

—Hace ya tres meses que estás con nosotros, y solamente pasados dos más podrá el señor A*** emprender su viaje a Europa, y con él es con quien debes irte. Esa demora, hasta cierto punto, nada significa, tanto porque es muy grato para nosotros tenerte a nuestro lado después de seis años de ausencia a que han de seguir otros, como porque observo con placer que aun aquí, es el estudio uno de tus goces predilectos. No puedo ocultarte, ni debo hacerlo, que he concebido grandes esperanzas, por tu carácter y aptitudes, de que coronarás lucidamente la carrera que vas a seguir. No ignoras que pronto la familia necesitará de tu apoyo, con mayor razón después de la muerte de tu hermano.

Luego, haciendo una pausa, prosiguió:

—Hay algo en tu conducta que es preciso decirte no está bien: tú no tienes más que veinte años, y a esa edad un amor fomentado inconsideradamente podría hacer ilusorias todas las esperanzas de que acabo de hablarte. Tú amas a María, y hace muchos días que lo sé, como es natural. María es casi mi hija, y yo no tendría nada que observar, si tu edad y posición nos permitieran pensar en un matrimonio; pero no lo permiten, y María es muy joven. No son únicamente éstos los obstáculos que se presentan; hay uno quizá insuperable, y es de mi deber hablarte de él. María puede arrastrarte y arrastrarnos contigo a una desgracia lamentable de que está amenazada. El doctor Mayn se atreve casi a asegurar que ella morirá joven del mismo mal a que sucumbió su madre: lo que sufrió ayer es un síncope epiléptico, que tomando incremento en cada acceso, terminará por una epilepsia del peor carácter conocido: eso dice el doctor. Responde tú ahora, meditando mucho lo que vas a decir, a una sola pregunta; responde como hombre racional y caballero que eres; y que no sea lo que contestes dictado por una exaltación extraña a tu carácter, tratándose de tu porvenir y el de los tuyos. Sabes la opinión del médico, opinión que merece respeto por ser Mayn quien la da; te es conocida la suerte de la esposa de Salomón: ¿si nosotros consintiéramos en ello, te casarías hoy con María?

—Sí, señor —le respondí.

—¿Lo arrostrarías todo?

—¡Todo, todo!

—Creo que no solamente hablo con un hijo sino con el caballero que en ti he tratado de formar.

Mi madre ocultó en ese momento el rostro en el pañuelo. Mi padre, enternecido tal vez por esas lágrimas y acaso también por la resolución que en mí encontraba, conociendo que la voz iba a faltarle, dejó por unos instantes de hablar.

—Pues bien —continuó—; puesto que esa noble resolución te anima, sí convendrás conmigo en que antes de cinco años no podrás ser esposo de María. No soy yo quien debe decirte que ella, después de haberte amado desde niña, te ama hoy de tal manera, que emociones intensas, nuevas para ella, son las que según Mayn, han hecho aparecer los síntomas de la enfermedad: es decir que tu amor y el suyo necesitan precauciones, y que en adelante exijo me prometas, para tu bien, puesto que tanto así la amas, y para bien de ella, que seguirás los consejos del doctor, dados por si llegaba este caso. Nada le debes prometer a María, pues que la promesa de ser su esposo una vez cumplido el plazo que he señalado, haría vuestro trato más íntimo, que es precisamente lo que se trata de evitar. Inútiles son para ti más explicaciones: siguiendo esa conducta, puedes salvar a María; puedes evitarnos la desgracia de perderla.

—En recompensa de todo lo que te concedemos —dijo volviéndose a mi madre—, debes prometerme lo siguiente: no hablar a María del peligro que la amenaza, ni revelarle nada de lo que esta noche ha pasado entre nosotros. Debes saber también mi opinión sobre tu matrimonio con ella, si su enfermedad persistiere después de tu regreso a este país... pues vamos pronto a separarnos por algunos años: como padre tuyo y de María, no sería de mi aprobación ese enlace. Al expresar esta resolución irrevocable, no es por demás hacerte saber que Salomón, en los tres últimos años de su vida, consiguió formar un capital de alguna consideración, el cual está en mi poder destinado a servir de dote a su hija. Mas si ella muere antes de casarse, debe pasar aquél a manos de su abuela materna, que está en Kingston.

Mi padre se paseó algunos momentos por el cuarto. Creyendo yo concluida nuestra conferencia, me puse en pie para retirarme; pero él, volviendo a ocupar su asiento e indicándome el mío, reanudó su discurso así.

—Hace cuatro días que recibí una carta del señor de M***[1] pidiéndome la mano de María para su hijo Carlos.

No pude ocultar la sorpresa que me causaron estas palabras. Mi padre se sonrió imperceptiblemente antes de agregar:

—El señor de M*** da quince días de término para aceptar o no su propuesta, durante los cuales vendrán a hacernos una visita que antes me tenían prometida. Todo te será fácil después de lo pactado entre nosotros.

—Buenas noches, pues —dijo poniéndome afectuosamente la mano sobre el hombro—: que seas muy feliz en tu cacería; yo necesito la piel del oso que mates para ponerla a los pies de mi catre.

—Está bien —le respondí.

Mi madre me tendió la mano, y reteniendo la mía, me dijo:

—Te esperamos temprano; ¡cuidado con esos animales!

Tantas emociones se habían sucedido agitándome en las últimas horas, que apenas podía darme cuenta de cada una de

[1] *señor de M****: «El hijo del Señor de M., el rival de Efraín, ... era, según tradiciones de familia, el más tarde doctor Carlos Martínez...» (E. Naranjo M., «Alrededor de *María*», pág. 105).

ellas, y me era imposible hacerme cargo de mi extraña y difícil situación.

¡María amenazada de muerte; prometida así por recompensa a mi amor, mediante una ausencia terrible; prometida con la condición de amarla menos; yo obligado a moderar tan poderoso amor, amor adueñado para siempre de todo mi ser, so pena de verla desaparecer de la tierra como una de las beldades fugitivas de mis ensueños, y teniendo que aparecer en adelante ingrato e insensible tal vez a sus ojos, sólo por una conducta que la necesidad y la razón me obligaban a adoptar! Ya no podría yo volver a oírle aquellas confidencias hechas con voz conmovida; mis labios no podrían tocar ni siquiera el extremo de una de sus trenzas. Mía o de la muerte, entre la muerte y yo, un paso más para acercarme a ella, sería perderla; y dejarla llorar en abandono, era un suplicio superior a mis fuerzas.

¡Corazón cobarde! no fuiste capaz de dejarte consumir por aquel fuego que mal escondido podía agostarla... ¿Dónde está ella ahora, ahora que ya no palpitas; ahora que los días y los años pasan sobre mí sin que sepa yo que te poseo?

Cumpliendo Juan Ángel mis órdenes, llamó a la puerta de mi cuarto al amanecer.

—¿Cómo está la mañana? —le pregunté.

—Mala, mi amo; quiere llover.

—Bueno. Vete a la montaña y dile a José que no me espere hoy.

Cuando abrí la ventana me arrepentí de haber enviado al negrito, quien silbando y tarareando bambucos iba a internarse en la primera mancha de bosque.

Soplaba de la sierra un viento frío y destemplado que sacudía los rosales y mecía los sauces, desviando en su vuelo a una que otra pareja de loros viajeros. Todas las aves, lujo del huerto en las mañanas alegres, callaban, y solamente los pellares[2] revoloteaban en los prados vecinos, saludando con su canto al triste día de invierno.

En breve las montañas desaparecieron bajo el velo ceniciento de una lluvia nutrida, que dejaba oír ya su creciente rumor al acercarse azotando los bosques. A la media hora, turbios y

---

[2] *pellares:* especie de alcaraván (Tascón).

90

estrepitosos arroyos descendían peinando los pajonales de las laderas del otro lado del río, que acrecentado, tronaba iracundo y se divisaba en las lejanas revueltas amarillento, desbordado y undoso.

XVII

Diez días habían pasado desde que tuvo lugar aquella penosa conferencia. No sintiéndome capaz de cumplir los deseos de mi padre sobre la nueva especie de trato que según él debía yo usar con María, y preocupado dolorosamente con la propuesta de matrimonio hecha por Carlos, había buscado toda clase de pretextos para alejarme de la casa. Pasé aquellos días, ya encerrado en mi cuarto, ya en la posesión de José, las más veces vagando a pie por los alrededores. Llevaba por compañero en mis paseos algún libro en que no acertaba a poder leer, mi escopeta, que nunca disparaba, y a Mayo, que me seguía fatigándose. Mientras dominado yo por una honda melancolía dejaba correr las horas oculto en los sitios más agrestes, él procuraba en vano dormitar enroscado sobre la hojarasca, de donde lo desalojaban las hormigas o lo hacían saltar impaciente los tábanos y zancudos. Cuando el viejo amigo se cansaba de la inacción y el silencio, que le eran antipáticos a pesar de sus achaques, se me acercaba, y recostando la cabeza sobre una de mis rodillas, me miraba cariñoso, para alejarse después y esperarme a algunas varas de distancia en el sendero que conducía a la casa; y en su afán porque emprendiésemos marcha, una vez conseguido que yo le siguiera, se propasaba hasta dar algunos brincos de alegría, juveniles entusiasmos en que a más de olvidar su compostura y senil gravedad, salía poco airoso.

Una mañana entró mi madre a mi cuarto, y sentándose a la cabecera de la cama, de la cual no había salido yo aún, me dijo:

—Esto no puede ser: no debes seguir viviendo así; yo no me conformo.

Como yo guardara silencio, continuó:

—Lo que haces no es lo que tu padre ha exigido; es mucho más; y tu conducta es cruel para con nosotros y más cruel para con María. Estaba persuadida de que tus frecuentes paseos tenían por objeto ir a casa de Luisa con motivo del cariño que te profesan allí; pero Braulio, que vino ayer tarde, nos hizo saber que hacía cinco días que no te veía. ¿Qué es lo que te causa esa profunda tristeza que no puedes dominar ni en los pocos ratos que pasas en sociedad con la familia, y que te hace buscar constantemente la soledad, como si te fuera ya enojoso el estar con nosotros?

Sus ojos estaban llenos de lágrimas.

—María, señora —le respondí—, debe ser completamente libre para aceptar o no la suerte que le ofrece Carlos; y yo, como amigo de él, no debo hacerle ilusorias las esperanzas que fundadamente debe de alimentar de ser aceptado.

Así revelaba, sin poder evitarlo, el más insoportable dolor que me había atormentado desde la noche en que supe la propuesta de los señores de M***. Nada habían llegado a ser para mí delante de aquella propuesta los fatales pronósticos del doctor sobre la enfermedad de María; nada la necesidad de separarme de ella por muchos años.

—¿Cómo has podido imaginar tal cosa? —me preguntó sorprendida mi madre—. Apenas habrá visto ella dos veces a tu amigo: justamente una en que estuvo aquí él algunas horas, y otra en que fuimos a visitar a su familia.

—Pero, madre mía, poco es el tiempo que falta para que se justifique o se desvanezca lo que he pensado. Me parece que bien vale la pena de esperar.

—Eres muy injusto, y te arrepentirás de haberlo sido. María, por dignidad y por deber, sabiéndose dominar mejor que tú, oculta lo mucho que tu conducta la está haciendo sufrir. Me cuesta trabajo creer lo que veo; me asombra oír lo que acabas de decir. ¡Yo, que creí darte una grande alegría y remediarlo todo haciéndote saber lo que Mayn nos dijo ayer al despedirse!

—Diga usted, dígalo —le supliqué incorporándome.

—¿Para qué ya?

—¿Ella no será siempre... no será siempre mi hermana?

—Tarde piensas así. ¿O es que puede un hombre ser caballero y hacer lo que tú haces? No, no; eso no debe hacerlo un hijo mío... ¡Tu hermana! ¡Y te olvidas de que lo estás diciendo a quien te conoce más que tú mismo! ¡Tu hermana! ¡y sé que te ama desde que os dormía a ambos sobre mis rodillas! ¿y es ahora cuando lo crees? ahora que venía a hablarte de eso, asustada por el sufrimiento que la pobrecita trata inútilmente de ocultarme.

—Yo no quiero, ni por un instante, darle motivo a usted para un disgusto como el que me deja conocer. Dígame qué debo hacer para remediar lo que ha encontrado usted reprobable en mi conducta.

—Así debe ser. ¿No deseas que la quiera tanto como a ti?

—Sí, señora; y así es, ¿no es verdad?

—Así será, aunque me hubiera olvidado de que no tiene otra madre que yo, de las recomendaciones de Salomón y la confianza de que él me creyó digna; porque ella lo merece y te ama tanto. El doctor asegura que el mal de María no es el que sufrió Sara.

—¿Él lo ha dicho?

—Sí; tu padre, tranquilizado ya por esa parte, ha querido que yo te lo haga saber.

—¿Podré, pues, volver a ser con ella como antes? —pregunté enajenado.

—Casi...

—¡Oh! ella me disculpará; ¿no lo cree usted? ¿El doctor ha dicho que no hay ninguna clase de peligro? —agregué—; es necesario que lo sepa Carlos.

Mi madre me miró con extrañeza antes de responderme:

—¿Y por qué se le había de ocultar? Réstame decirte lo que creo debes hacer, puesto que los señores de M*** han de venir mañana, según lo anuncian. Dile esta tarde a María... Pero, ¿qué puedes decirle que baste a justificar tu despego, sin faltar a las órdenes de tu padre? Y aunque pudieras hablarle de lo que él te exigió, no podrías disculparte, pues que para hacer lo que has hecho en estos días hay una causa que por orgullo y delicadeza no debes descubrir. He ahí el resultado. Es forzoso que yo manifieste a María el motivo real de tu tristeza.

—Pero si usted lo hace, si he sido ligero en creer lo que he creído, ¿qué pensará ella de mí?

—Pensará menos mal que considerándote capaz de una veleidad e inconsecuencia más odiosas que todo.

—Tiene usted razón hasta cierto punto; pero yo le suplico no diga a María nada de lo que acabamos de hablar. He incurrido en un error, que tal vez me ha hecho sufrir más a mí que a ella, y debo remediarlo; le prometo a usted que lo remediaré: le exijo solamente dos días para hacerlo como se debe.

—Bien —me dijo levantándose para irse—; ¿sales hoy?

—Sí, señora.

—¿A dónde vas?

—Voy a pagar a Emigdio su visita de bienvenida; y es imprescindible, porque ayer le mandé a decir con el mayordomo de su padre que me esperara hoy a almorzar.

—Mas volverás temprano.

—A las cuatro o las cinco.

—Vente a comer aquí.

—Sí. ¿Está usted otra vez satisfecha de mí?

—Cómo no —respondió sonriendo—. Hasta la tarde, pues: darás finos recuerdos a las señoras, de parte mía y de las muchachas.

XVIII

Ya estaba yo listo para partir cuando Emma entró a mi cuarto. Extrañó verme con semblante risueño.

—¿A dónde vas tan contento? —me preguntó.

—Ojalá no tuviera que ir a ninguna parte. A ver a Emigdio, que se queja de mi inconstancia en todos los tonos, siempre que me encuentro con él.

—¡Qué injusto! —exclamó riendo—. ¿Inconstante tú?

—¿De qué te ríes?

—Pues de la injusticia de tu amigo. ¡Pobre!

—No, no: tú te ríes de otra cosa.

—De eso es —dijo tomando de mi mesa de baño una peinilla y acercándoseme—. Deja que te peine yo, porque sabrá usted, señor constante, que una de las hermanas de su amigo es una linda muchacha. Lástima —continuó, haciendo el peinado ayudada de sus graciosas manos— que el señorito Efraín se haya puesto un poquito pálido en estos días, porque las bugueñas[1] no imaginan belleza varonil sin frescos colores en las mejillas. Pero si la hermana de Emigdio estuviese al corriente de...

—Tú estás muy parlera hoy.

—¿Sí? y tú muy alegre. Mírate al espejo y dime si no has quedado muy bien.

—¡Qué visita! —exclamé oyendo la voz de María que llamaba a mi hermana.

—De veras. Cuánto mejor sería ir a dar un paseo por los picachos del boquerón de Amaime y disfrutar del... grandioso y solitario paisaje, o andar por los montes como res herida, espantando zancudos, sin perjuicio de que Mayo se llene de nuches°..., ¡pobre! que está imposible°.

—María te llama —le interrumpí.

—Ya sé para qué es.

—¿Para qué?

—Para que le ayude a hacer una cosa que no debiera hacer.

—¿Se puede saber cuál?

—No hay inconveniente: me está esperando para que vayamos a coger flores que han de servir para reemplazar éstas —dijo señalando las del florero de mi mesa—; y si yo fuera ella no volvería a poner ni una más ahí.

—Si tú supieras...

—Y si supieras tú...

Mi padre, que me llamaba desde su cuarto, interrumpió aquella conversación, que continuada, habría podido frustrar lo que desde mi última entrevista con mi madre me había propuesto llevar a cabo.

Al entrar en el cuarto de mi padre, examinaba él en la ventana la máquina de un hermoso reloj de bolsillo, y decía:

—Es una cosa admirable; indudablemente vale las treinta libras. Volviéndose en seguida hacia mí, agregó:

—Éste es el reloj que encargué a Londres; míralo.

—Es mucho mejor que el que usted usa —observé examinándolo.

—Pero el que uso es muy exacto, y el tuyo muy pequeño: debes regalarlo a una de las muchachas y tomar para ti éste.

---

[1] *bugueñas:* naturales del pueblo cercano de Buga.

Sin dejarme tiempo para darle las gracias, añadió:

—¿Vas a casa de Emigdio? Di a su padre que puedo preparar el potrero° de guinea[2] para que hagamos la ceba en compañía; pero que su ganado debe estar listo, precisamente, el quince del entrante.

Volví en seguida a mi cuarto a tomar mis pistolas. María, desde el jardín y al pie de mi ventana, entregaba a Emma un manojo de montenegros[3], mejoranas y claveles; pero el más hermoso de éstos por su tamaño y lozanía, lo tenía ella en los labios.

—Buenos días, María —le dije apresurándome a recibirle las flores.

Ella, palideciendo instantáneamente, correspondió cortada al saludo, y el clavel se le desprendió de la boca. Entregóme las flores, dejando caer algunas a los pies, las cuales recogió y puso a mi alcance cuando sus mejillas estaban nuevamente sonroseadas.

—¿Quieres —le dije al recibir las últimas— cambiarme todas éstas por el clavel que tenías en los labios?

—Lo he pisado —respondió bajando la cabeza para buscarlo.

—Así pisado, te daré todas éstas por él.

Permanecía en la misma actitud sin responderme.

—¿Permites que vaya yo a recogerlo?

Se inclinó entonces para tomarlo y me lo entregó sin mirarme.

Entretanto Emma fingía completa distracción colocando las flores nuevas.

Estrechéle a María la mano con que entregaba el clavel deseado, diciéndole:

—¡Gracias, gracias! Hasta la tarde.

Alzó los ojos para verme con la más arrobadora expresión que pueden producir, al combinarse en la mirada de una mujer, la ternura y el pudor, la reconvención y las lágrimas.

---

[2] *guinea:* especie de pasto.
[3] *montenegros:* Esta flor no figura en las obras de referencia.

XIX

Había hecho yo algo más de una legua de camino, y bregaba ya por abrir la puerta de golpe[1] que daba entrada a los mangones° de la hacienda del padre de Emigdio. Vencida la resistencia que oponían los goznes y eje enmohecidos y la más tenaz aún del pilón°, compuesto de una piedra tamaña enzurronada, la cual, suspendida del techo con un rejo°, daba tormento a los transeúntes manteniendo cerrado aquel aparato singular, me di por afortunado de no haberme atascado en el lodazal pedregoso, cuya antigüedad respetable se conocía por el color del agua estancada.

Atravesé un corto llano en el cual el rabo-de-zorro, el friega-plato[2] y la zarza dominaban sobre los gramales pantanosos; allí ramoneaban algunos caballejos molenderos rapados de crin y cola, correteaban potros y meditaban burros viejos, tan lacrados y mutilados por el carguío de leña y la crueldad de sus arrieros, que Buffon[3] se habría encontrado perplejo al tener que clasificarlos.

La casa, grande y antigua, rodeada de cocoteros y mangos, destacaba su techumbre ceniciento y alicaída sobre el alto y tupido bosque del cacaotal.

No se habían agotado los obstáculos para llegar, pues tropecé con los corrales rodeados de tetilla[4]; y ahí fue lo de rodar trancas de robustísimas guaduas sobre escalones desvencijados. Vinieron en mi auxilio dos negros, varón y mujer: él sin más vestido que unos calzones°, mostraba la espalda atlética lucien-

---

[1] *puerta de golpe:* la que se cierra sola, debido al peso del pilón, y que choca contra un poste que la recibe.

[2] *friega-plato:* arbolillo generalmente conocido bajo el nombre de *lavaplatos* (Tascón).

[3] *Buffon:* Georges Louis Leclerc, conde de Buffon (1707-1788), naturalista francés, famoso por su monumental *Histoire naturelle,* publicada con diversos colaboradores de 1749 a 1804, en 44 tomos lujosos. Según M. Carvajal, la *Historia de los animales* y la *Historia de las plantas* de Buffon tuvieron mucha difusión en el Valle del Cauca.

[4] *tetillal:* agrupación de *tetilla,* una planta de hojas y tallo espinosos, cuyo fruto tiene forma mamilar (Tascón).

te con el sudor peculiar de la raza; ella con follao de fula[5] azul y por camisa un pañuelo anudado hacia la nuca y cogido con la pretina, el cual le cubría el pecho. Ambos llevaban sombrero de junco, de aquellos que a poco uso se aparaguan[6] y toman color de techo pajizo.

Iba la risueña y fumadora pareja nada menos que a habérselas con otra de potros a los cuales había llegado ya su turno en el mayal; y supe a qué, porque me llamó la atención el ver no sólo al negro sino también a su compañera, armados de rejos de enlazar. En gritos y carreras estaban cuando me apeé bajo el alar de la casa, despreciando las amenazas de dos perrazos inhospitalarios que se hallaban tendidos bajo los escaños del corredor.

Algunas angarillas° y sudaderos de junco deshilachados y montados sobre el barandaje, bastaron a convencerme de que todos los planes hechos en Bogotá por Emigdio, impresionado con mis críticas, se habían estrellado contra lo que él llamaba chocheras de su padre. En cambio habíase mejorado notablemente la cría de ganado menor, de lo cual eran prueba las cabras de varios colores que apestaban el patio; e igual mejora observé en la volatería, pues muchos pavos reales saludaron mi llegada con gritos alarmadores, y entre los patos criollos o de ciénaga, que nadaban en la acequia vecina, se distinguían por su porte circunspecto algunos de los llamados chilenos.

Emigdio era un excelente muchacho. Un año antes de mi regreso al Cauca, lo envió su padre a Bogotá con el objeto de ponerlo, según decía el buen señor, en camino para hacerse mercader y buen tratante. Carlos, que vivía conmigo en aquel entonces y se hallaba siempre al corriente hasta de lo que no debía saber, tropezó con Emigdio, yo no sé dónde, y me lo plantó por delante un domingo de mañana, precediéndolo al entrar en nuestro cuarto para decirme: «¡Hombre! te voy a matar del gusto: te traigo la cosa más linda.»

Yo corrí a abrazar a Emigdio, quien parado a la puerta, tenía la más rara figura que imaginarse puede. Es una insensatez pretender describirlo.

---

[5] *fula:* «tela delgada de algodón, teñida de añil» *(Espasa).*
[6] *se aparaguan:* toman forma de paraguas (neologismo de Isaacs).

Mi paisano había venido cargado con el sombrero de pelo color de café con leche, gala de don Ignacio, su padre, en las semanas santas de sus mocedades. Sea que le viniese estrecho, sea que le pareciese bien llevarlo así, el trasto formaba con la parte posterior del largo y renegrido cuello de nuestro amigo, un ángulo de noventa grados. Aquella flacura; aquellas patillas enralecidas y lacias, haciendo juego con la cabellera más desconsolada en su abandono que se haya visto; aquella tez amarillenta descaspando las asoleadas°[7] del camino; el cuello de la camisa hundido sin esperanza bajo las solapas de un chaleco blanco cuyas puntas se odiaban; los brazos aprisionados en las mangas de una casaca azul; los calzones de cambrún° con anchas trabillas de cordobán, y los botines de cuero de venado alustrado, eran causa más que suficiente para exaltar el entusiasmo de Carlos.

Llevaba Emigdio un par de espuelas orejonas* en una mano y una voluminosa encomienda para mí en la otra. Me apresuré a descargarlo de todo, aprovechando un instante para mirar severamente a Carlos, quien tendido en una de las camas de nuestra alcoba, mordía una almohada llorando a lágrima viva, cosa que por poco me produce el desconcierto más inoportuno.

Ofrecí a Emigdio asiento en el saloncito; y como eligiese un sofá de resortes, el pobre sintiendo que se hundía, procuró a todo trance buscar algo a qué asirse en el aire; mas, perdida toda esperanza, se rehízo como pudo, y una vez en pie dijo:

—¡Qué demonios! A este Carlos no le entra el juicio. ¡Y ahora!... Con razón venía riéndose en la calle de la pegadura° que me iba a hacer. ¿Y tú también?... ¡Vaya! si esta gente de aquí es el mismo demontres. ¿Qué te parece la que me han hecho hoy?

Carlos salió de la alcoba, aprovechándose de tan feliz ocasión, y ambos pudimos reír ya a nuestras anchas.

—¡Qué Emigdio! —dijo a nuestro visitante—: siéntate en esta butaca, que no tiene trampa. Es necesario que críes correa.

---

[7] *tez amarillenta descaspando las asoleadas:* El sentido parece ser que los asoleos hacen caer la tez tostada.

* Espuelas grandes usadas en la sabana de Bogotá.

—Sí *ea** —respondió Emigdio sentándose con desconfianza, cual si temiese un nuevo fracaso.

—¿Qué te han hecho? —rió más que preguntó Carlos.

—¿Hase visto? Estaba por no contarles.

—Pero ¿por qué? —insistió el implacable Carlos, echándole un brazo sobre los hombros—; cuéntanos.

Emigdio se había enfadado al fin, y a duras penas pudimos contentarlo. Unas copas de vino y algunos cigarros ratificaron nuestro armisticio. Sobre el vino observó nuestro paisano que era mejor el de naranja que hacían en Buga, y el anisete verde de la venta de Paporrina. Los cigarros de Ambalema le parecieron inferiores a los que aforrados en hojas secas de plátano y perfumados con otras de higo y de naranjo picadas, traía él en los bolsillos.

Pasados dos días, estaba ya nuestro Telémaco[8] vestido convenientemente y acicalado por el maestro Hilario[9]; y aunque su ropa a la moda le incomodaba y las botas nuevas lo hacían ver candelillas, hubo de sujetarse, estimulado por la vanidad y por Carlos, a lo que él llamaba un martirio.

Establecido en la casa de asistencia que habitábamos nosotros, nos divertía en las horas de sobremesa refiriendo a nuestras caseras las aventuras de su viaje y emitiendo concepto sobre todo lo que le había llamado la atención en la ciudad. En la calle era diferente, pues nos veíamos en la necesidad de abandonarlo a su propia suerte, o sea a la jovial impertinencia de los talabarteros° y buhoneros, que corrían a sitiarlo apenas lo divisaban, para ofrecerle sillas chocontanas[10], arretrancas°, zamarros, frenos y mil baratijas.

Por fortuna ya había terminado Emigdio todas sus compras cuando vino a saber que la hija de la señora de la casa, mucha-

---

* Modismo que consiste en repetir en tono de mofa la última parte de la última palabra del interlocutor.

[8] *Telémaco:* hijo de Ulises, protagonista de la novela política y pedagógica *Télémaque,* por Fénelon (1699). «Telémaco por discípulo» (Carvajal).

[9] *el maestro Hilario:* Hilario Cifuentes, el barbero de la alta sociedad bogotana en tiempos de Isaacs, habiéndolo sido de Bolívar y Santander en los primeros años de la independencia colombiana (Posada, «Personajes», pág. 507).

[10] *sillas chocontanas:* «Sillas de montar, fabricadas en Chocontá, población del Departamento de Cundinamarca» (Carvajal).

cha despabilada, despreocupadilla y reidora, se moría por él.

Carlos, sin pararse en barras, logró convencerlo de que Micaelina había desdeñado hasta entonces los galanteos de todos los comensales; pero el diablo, que no duerme, hizo que Emigdio sorprendiese en chicoleos una noche en el comedor a su cabrión[11] y a su amada, cuando creían dormido al infeliz, pues eran las diez, hora en que solía hallarse él en su tercer sueño; costumbre que justificaba madrugando siempre, aunque fuese tiritando de frío.

Visto por Emigdio lo que vio y oído lo que oyó, que ojalá para su reposo y el nuestro nada hubiese visto ni oído, pensó solamente en acelerar su marcha.

Como no tenía queja de mí, hízome sus confidencias la noche víspera de viaje, diciéndome, entre otros muchos desahogos:

—En Bogotá no hay señoras: éstas son todas unas... coquetas de siete suelas. Cuando ésta lo ha hecho, ¿qué se espera? Estoy hasta por no despedirme de ella. ¡Qué caray!° no hay nada como las muchachas de nuestra tierra; aquí no hay sino peligros. Ya ves a Carlos: anda hecho un altar de corpus, se acuesta a las once de la noche y está más fullero* que nunca. Déjalo estar; que yo se lo haré saber a don Chomo para que le ponga la ceniza. Me admira verte a ti pensando tan sólo en tus estudios.

Partió pues Emigdio, y con él la diversión de Carlos y de Micaelina.

Tal era en suma, el honradote y campechano amigo a quien iba yo a visitar.

Esperando verlo venir del interior de la casa, di frente a retaguardia oyendo que me gritaba al saltar una cerca del patio:

—¡Por fin, so° maula! ya creía que me dejabas esperándote. Siéntate, que voy allá. Y se puso a lavarse las manos, que tenía ensangrentadas, en la acequia del patio.

—¿Qué hacías? —le pregunté después de nuestros saludos.

---

[11] *cabrión:* «aplicado a Emigdio por analogía con el pintor de ese nombre en *Los misterios de París,* de Eugenio Sué, que burlaba hasta la exasperación a "monsieur Pipelet"» (Carvajal).

* Provincialismo, por *presumido.*

—Como hoy es día de matanza y mi padre madrugó a irse a los potreros, estaba yo racionando a los negros, que es una friega°; pero ya estoy desocupado. Mi madre tiene mucho deseo de verte; voy a avisarle que estás aquí. Quién sabe si logremos que las muchachas salgan, porque se han vuelto más cerreras cada día.

—¡Choto!° —gritó; y a poco se presentó un negrito medio desnudo, pasas monas*, y un brazo seco y lleno de cicatrices.

—Lleva a la canoa ese caballo y límpiame el potro alazán.

Y volviéndose a mí, después de haberse fijado en mi cabalgadura, añadió:

—¡Carrizo° con el retinto!

—¿Cómo se averió así el brazo ese muchacho? —pregunté.

—Metiendo caña al trapiche: ¡son tan brutos éstos! No sirve ya sino para cuidar los caballos.

En breve empezaron a servir el almuerzo, mientras yo me las había con doña Andrea, madre de Emigdio, la que por poco deja su pañolón sin flecos, durante un cuarto de hora que estuvimos conversando solos.

Emigdio fue a ponerse una chaqueta blanca para sentarse a la mesa; pero antes nos presentó una negra engalanada el azafate° pastuso[12] con aguamanos, llevando pendiente de uno de los brazos una toalla primorosamente bordada.

Servíanos de comedor la sala, cuyo ajuar estaba reducido a viejos canapés de vaqueta, algunos retablos quiteños que representaban santos, colgados en lo alto de las paredes no muy blancas, y dos mesitas adornadas con fruteros y loros de yeso.

Sea dicha la verdad: en el almuerzo no hubo grandezas; pero se conocía que la madre y las hermanas de Emigdio entendían eso de disponerlos. La sopa de tortilla aromatizada con yerbas frescas de la huerta; el frito de plátanos, carne desmenuzada y roscas de harina de maíz; el excelente chocolate de la tierra; el queso de piedra; el pan de leche y el agua servida en antiguos y grandes jarros de plata, no dejaron qué desear.

Cuando almorzábamos alcancé a ver espiando por entre una puerta medio entornada, a una de las muchachas; y su carita

* Provincialismo, por *de color del mono.*
[12] *pastuso:* de la ciudad de Pasto.

simpática, iluminada por unos ojos negros como chambimbes*, dejaba pensar que lo que ocultaba debía de armonizar muy bien con lo que dejaba ver.

Me despedí a las once de la señora Andrea; porque habíamos resuelto ir a ver a don Ignacio en los potreros donde estaba haciendo rodeo, y aprovechar el viaje para darnos un baño en el Amaime.

Emigdio se despojó de su chaqueta para reemplazarla con una ruana de hilo; de los botines de soche° para calzarse alpargatas usadas; se abrochó unos zamarros blancos de piel melenuda de cabrón; se puso un gran sombrero de Suaza con funda de percal blanco, y montó en el alazán, teniendo antes la precaución de vendarle los ojos con un pañuelo. Como el potrón se hizo una bola y escondió la cola entre las piernas, el jinete le gritó: «¡ya venís con tus fullerías!» descargándole en seguida dos sonoros latigazos con el manatí° palmirano[13] que empuñaba. Con lo cual, después de dos o tres corcovos que no lograron ni mover siquiera al caballero en su silla chocontana, monté y nos pusimos en marcha.

Mientras llegábamos al sitio del rodeo, distante de la casa más de media legua, mi compañero, luego que se aprovechó del primer llanito aparente para tornear y rayar° el caballo, entró en conversación tirada conmigo. Desembuchó cuanto sabía respecto a las pretensiones matrimoniales de Carlos, con quien había reanudado amistad desde que volvieron a verse en el Cauca.

—¿Y tú qué dices? —acabó por preguntarme.

Esquivé mañosamente darle respuesta; y él continuó:

—¿Para qué es negarlo? Carlos es muchacho trabajador: luego que se convenza de que no puede ser hacendado si no deja antes a un lado los guantes y el paraguas, tiene que irle bien. Todavía se burla de mí porque enlazo, hago talanquera° y barbeo° muletos; pero él tiene que hacer lo mismo o reventar. ¿No lo has visto?

—No.

—Pues ya lo verás. ¿Me crees que no va a bañarse al río

---

* Cierta semilla muy negra y redonda.
[13] *palmirano:* de la ciudad de Palmira.

cuando el sol está fuerte, y que si no le ensillan el caballo no monta; todo por no ponerse moreno y no ensuciarse las manos? Por lo demás es un caballero, eso sí: no hace ocho días que me sacó de un apuro prestándome doscientos patacones que necesitaba para comprar unas novillonas. Él sabe que no lo echa en saco roto; pero eso es lo que se llama servir a tiempo. En cuanto a su matrimonio... te voy a decir una cosa, si me ofreces no chamuscarte[14].

—Di, hombre, di lo que quieras.

—En tu casa como que viven con mucho tono; y se me figura que una de esas niñas criadas entre holán°, como las de los cuentos, necesita ser tratada como cosa bendita.

Soltó una carcajada y prosiguió:

—Lo digo porque ese don Jerónimo, padre de Carlos, tiene más cáscaras que un siete-cueros[15] y es bravo° como un ají chivato[16]. Mi padre no lo puede ver desde que lo tiene metido en un pleito por linderos y yo no sé qué más. El día que lo encuentra tenemos que ponerle por la noche fomentos de yerba mora[17] y darle friegas de aguardiente con malambo[18].

Habíamos llegado ya al lugar del rodeo. En medio del corral, a la sombra de un guásimo[19] y al través de la polvareda levantada por la torada en movimiento, descubrí a don Ignacio, quien se acercó a saludarme. Montaba un cuartago rosillo y cotudo, enjaezado con un galápago° cuyo lustre y deterioro proclamaban sus merecimientos. La exigua figura del rico propietario estaba decorada así: zamarros de león raídos y con capellada; espuelas de plata con rodajes encascabeladas; chaqueta de género sin aplanchar y ruana blanca recargada de almidón; coronándolo todo un enorme sombrero de Jipijapa, de esos que llaman cuando va al galope quien los lleva: bajo su sombra hacían la tamaña nariz y los ojillos azules de don Ignacio, el

---

[14] *chamuscarte:* picarte, resentirte (Tascón).

[15] *sietecueros:* árbol cuya madera está formada de capas concéntricas, separadas por unas capas corticales (Tascón)

[16] *chivato:* el ají considerado como el más picante de todos (Tascón).

[17] *yerba mora:* «Maleza inofensiva de todos los climas...». (E. Pérez Arbeláez, *Plantas*, pág. 712).

[18] *malambo:* árbol a cuya corteza se atribuyen propiedades para curar el reumatismo (Tascón).

[19] *guásimo:* guácimo, guácima.

mismo juego que en la cabeza de un paletón[20] disecado, los granates que lleva por pupilas y el prolongado pico.

Dije a don Ignacio lo que mi padre me había encargado acerca del ganado que debían cebar en compañía.

—Está bién —me respondió—. Ya ve que la novillada no puede ser mejor: todos parecen unas torres. ¿No quiere entrar a divertirse un rato?

A Emigdio se le iban los ojos viendo la faena de los vaqueros en el corral.

—¡Ah tuso!° —gritó—; cuidado con aflojar el pial*... ¡a la cola! ¡a la cola!

Me excusé con don Ignacio, dándole al mismo tiempo las gracias; él continuó:

—Nada, nada; los bogotanos les tienen miedo al sol y a los toros bravos; por eso los muchachos se echan a perder en los colegios de allí. No me dejará mentir ese niño bonito hijo de don Chomo: a las siete de la mañana lo he encontrado de camino aforrado con un pañuelo, de modo que no se le veía sino un ojo, ¡y con paraguas!... Usted, por lo que veo, siquiera no usa esas cosas.

En ese momento gritaba el vaquero, que con la marca candente empuñada iba aplicándosela en la paleta a varios toros tendidos y maniatados en el corral: «Otro... otro»... A cada uno de esos gritos seguía un berrido, y hacía don Ignacio con su cortaplumas una muesquecilla más en una varita de guásimo que le servía de foete.

Como al levantarse las reses podía haber algunos lances peligrosos, don Ignacio, después de haber recibido mi despedida, se puso en salvo entrando a una corraleja vecina.

El sitio escogido por Emigdio en el río era el más adecuado para disfrutar del baño que las aguas del Amaime ofrecen en el verano, especialmente a la hora en que llegamos a su orilla.

Guabos churimos[21], sobre cuyas flores revoloteaban millares de esmeraldas**, nos ofrecían densa sombra y acolchonada

---

[20] *paletón:* «Tucán o diostedé» (Tascón).

* Cuerda con que maniatan las reses para echarlas a tierra.

[21] *Guabos churimos:* guamo del género *Inga* (Pérez Arbeláez, pág. 492).

** Insectos así llamados por el color de sus alas.

hojarasca donde extendimos las ruanas. En el fondo del profundo remanso que estaba a nuestros pies, se veían hasta los más pequeños guijarros y jugueteaban sardinas plateadas. Abajo, sobre las piedras que no cubrían las corrientes, garzones azules y garcitas blancas pescaban espiando o se peinaban el plumaje. En la playa de enfrente rumiaban acostadas hermosas vacas; guacamayas escondidas en los follajes de los cachimbos[22] charlaban a media voz; y tendida en las ramas altas dormía una partida de monos en perezoso abandono. Las chicharras hacían resonar por dondequiera sus cantos monótonos. Una que otra ardilla curiosa asomaba por entre el cañaveral y desaparecía velozmente. Hacia el interior de la selva oímos de rato en rato el trino melancólico de las chilacoas.

—Cuelga tus zamarros lejos de aquí —dije a Emigdio—; porque si no, saldremos del baño con dolor de cabeza.

Rióse él de buena gana, observándome al colocarlos en la horqueta de un árbol distante:

—¿Quieres que todo huela a rosas? El hombre debe oler a chivo.

—Seguramente; y en prueba de que lo crees, llevas en tus zamarros todo el almizcle de una cabrera.

Durante nuestro baño, sea que la noche y la orilla de un hermoso río dispongan el ánimo a hacer confidencias, sea que yo me diese trazas para que mi amigo me las hiciera, confesóme que después de haber guardado por algún tiempo como reliquia el recuerdo de Micaelina, se había enamorado locamente de una preciosa ñapanguita°, debilidad que procuraba esconder a la malicia de don Ignacio, pues que éste había de pretender desbaratarle todo, porque la muchacha no era señora; y en fin de fines raciocinó así:

—¡Como si pudiera convenirme a mí casarme con una señora, para que resultara de todo que tuviera que servirle yo a ella en vez de ser servido! Y por más caballero que yo sea, ¿qué diablos iba a hacer con una mujer de esa laya? Pero si conocieras a Zoila... ¡Hombre! no te pondero; hasta le harías versos. ¡Qué versos! se te volvería la boca agua: sus ojos son capa-

[22] *cachimbos:* árboles corpulentos con flores de color anaranjado (Tascón).

ces de hacer ver a un ciego; tiene la risa más ladina, los pies más lindos, y una cintura que...

—Poco a poco —le interrumpí—: ¿es decir que estás tan frenéticamente enamorado que te echarás a ahogar si no te casas con ella?

—¡Me caso aunque me lleve la trampa!

—¿Con una mujer del pueblo? ¿Sin consentimiento de tu padre?... Ya se ve: tú eres hombre de barbas, y debes saber lo que haces. ¿Y Carlos tiene noticia de todo eso?

—¡No faltaba otra cosa! ¡Dios me libre! Si en Buga lo tienen en las palmas de las manos y a boca qué quieres. La fortuna es que Zoila vive en San Pedro y no va a Buga sino cada marras[23].

—Pero a mí sí me la mostrarías.

—A ti es otra cosa; el día que quieras te llevo.

A las tres de la tarde me separé de Emigdio, disculpándome de mil maneras para no comer con él, y las cuatro serían cuando llegué a casa.

XX

Mi madre y Emma salieron al corredor a recibirme. Mi padre había montado para ir a visitar los trabajos.

A poco rato se me llamó al comedor, y no tardé en acudir, porque allí esperaba encontrar a María; pero me engañé; y como le preguntase a mi madre por ella, me respondió:

—Como esos señores vienen mañana, las muchachas están afanadas porque queden muy bien hechos unos dulces; creo que han acabado ya y que vendrán ahora.

Iba a levantarme de la mesa cuando José, que subía del valle a la montaña arreando dos mulas cargadas de caña-brava, se paró en el altico desde el cual se divisaba el interior, y me gritó:

—¡Buenas tardes! No puedo llegar, porque llevo una chúca-

---

[23] *cada marras:* raras veces, de vez en cuando.

ra° y se me hace noche. Ahí le dejo un recado con las niñas. Madrugue mucho mañana, porque la cosa está segura.

—Bien —le contesté—; iré muy temprano; saludes[1] a todos.

—¡No se olvide de los balines!

Y saludándome con el sombrero, continuó subiendo.

Dirigíme a mi cuarto a preparar la escopeta, no tanto porque ella necesitase de limpieza cuanto por buscar pretexto para no permanecer en el comedor, en donde al fin no se presentó María.

Tenía yo abierta en la mano una cajilla de pistones cuando vi a María venir hacia mí trayéndome el café, que probó con la cucharilla antes de verme.

Los pistones se me regaron por el suelo apenas se acercó.

Sin resolverse a mirarme, me dio las buenas tardes, y colocando con mano insegura el platito y la taza en la baranda, buscó por un instante con ojos cobardes, los míos, que la hicieron sonrojar; y entonces, arrodillada, se puso a recoger los pistones.

—No hagas tú eso —le dije—; yo lo haré después.

—Yo tengo muy buenos ojos para buscar cosas chiquitas —respondió—; a ver la cajita.

Alargó el brazo para recibirla, exclamando al verla:

—¡Ay! ¡si se han regado todos!

—No estaba llena —le observé ayudándole.

—Y que se necesitan mañana de éstos —dijo soplándoles el polvo a los que tenía en la sonrosada palma de una de sus manos.

—¿Por qué mañana y por qué de éstos?

—Porque como esa cacería es peligrosa, se me figura que errar un tiro sería terrible, y conozco por la cajita que éstos son los que el doctor te regaló el otro día, diciendo que eran ingleses y muy buenos...

—Tú lo oyes todo.

—Algo hubiera dado algunas veces por no oír. Tal vez sería mejor no ir a esa cacería... José te dejó un recado con nosotras.

—¿Quieres tú que no vaya?

---

[1] *saludes:* saludos, recuerdos.

—¿Y cómo podría yo exigir eso?

—¿Por qué no?

Miróme y no respondió.

—Ya me parece que no hay más —dijo poniéndose en pie y mirando el suelo a su rededor—; yo me voy. El café estará ya frío.

—Pruébalo.

—Pero no acabes de cargar esa escopeta ahora... Está bueno —añadió tocando la taza.

—Voy a guardar la escopeta y a tomarlo; pero no te vayas.

Yo había entrado a mi cuarto y vuelto a salir.

—Hay mucho que hacer allá dentro.

—Ah, sí —le contesté—: preparar postres y galas para mañana. ¿Te vas, pues?

Hizo con los hombros, inclinando al mismo tiempo la cabeza a un lado, un movimiento que significaba: como tú quieras.

—Yo te debo una explicación —le dije acercándome a ella—. ¿Quieres oírme?

—¿No digo que hay cosas que no quisiera oír? —contestó haciendo sonar los pistones dentro de la cajita.

—Creía que lo que yo...

—Es cierto eso que vas a decir; eso que crees.

—¿Qué?

—Que a ti sí debiera oírte; pero esta vez no.

—¡Qué mal habrás pensado de mí en estos días!

Ella leía, sin contestarme, los letreros de la cajilla.

—Nada te diré, pues; pero dime qué te has supuesto.

—¿Para qué ya?

—¿Es decir que no me permites tampoco disculparme para contigo?

—Lo que quisiera saber es por qué has hecho eso; sinembargo, me da miedo saberlo por lo mismo que para nada he dado motivo; y siempre pensé que tendrías alguno que yo no debía saber... Mas como parece que estás contento otra vez... yo también estoy contenta.

—Yo no merezco que seas tan buena como eres conmigo.

—Quizá seré yo quien no merezco...

—He sido injusto contigo, y si lo permitieras, te pediría de rodillas que me perdonaras.

Sus ojos velados hacía rato, lucieron con toda su belleza, y exclamó:

—¡Ay! no, ¡Dios mío! Yo lo he olvidado todo... ¿oyes bien? ¡todo! Pero con una condición —añadió después de una corta pausa.

—La que quieras.

—El día que yo haga o diga algo que te disguste, me lo dirás; y yo no volveré a hacerlo ni a decirlo. ¿No es muy fácil?

—¿Y yo ¿no debo exigir de tu parte lo mismo?

—No, porque yo no puedo aconsejarte a ti, ni saber siempre si lo que pienso es lo mejor; además, tú sabes lo que voy a decirte, antes que te lo diga.

—¿Estás cierta, pues, vivirás convencida de que te quiero con toda mi alma? —le dije en voz baja y conmovida.

—Sí, sí —respondió muy quedo; y casi tocándome los labios con una de sus manos para significarme que callara, dio algunos pasos hacia el salón.

—¿Qué vas a hacer? —le dije.

—¿No oyes que Juan me llama, y llora porque no me encuentra?

Indecisa por un momento, en su sonrisa había tal dulzura y tan amorosa languidez en su mirada, que ya había ella desaparecido y aún la contemplaba yo extasiado.

XXI

Al día siguiente al amanecer tomé el camino de la montaña, acompañado de Juan Ángel, que iba cargado con algunos regalos de mi madre para Luisa y las muchachas. Seguíanos Mayo: su fidelidad era superior a todo escarmiento, a pesar de algunos malos ratos que había tenido en esa clase de expediciones, impropias ya de sus años.

Pasado el puente del río, encontramos a José y a su sobrino Braulio que venían ya a buscarme. Aquél me habló al punto de su proyecto de caza, reducido a asestar un golpe certero a un tigre famoso en las cercanías, que le había muerto algunos corderos. Teníale seguido el rastro al animal y descubierta una de sus guaridas en el nacimiento del río, a más de media legua arriba de la posesión.

Juan Ángel dejó de sudar al oír estos pormenores, y poniendo sobre la hojarasca el cesto que llevaba, nos veía con ojos tales cual si estuviera oyendo discutir un proyecto de asesinato.

José continuó hablando así de su plan de ataque:

—Respondo con mis orejas de que no se nos va. Ya veremos si el valluno° Lucas es tan jaque como dice. De Tiburcio sí respondo. ¿Trae la munición gruesa?

—Sí —le respondí—, y la escopeta larga.

—Hoy es el día de Braulio. Él tiene mucha gana de verle hacer a usted una jugada, porque yo le he dicho que usted y yo llamamos errados los tiros cuando apuntamos a la frente de un oso y la bala se zampa por un ojo.

Rió estrepitosamente, dándole palmadas sobre el hombro a su sobrino.

—Bueno, y vámonos —continuó—: pero que lleve el negrito estas legumbres a la señora, porque yo me vuelvo —y se echó a la espalda el cesto de Juan Ángel, diciendo—: ¿serán cosas dulces que la niña María pone para su primo?...

—Ahí vendrá algo que mi madre le envía a Luisa.

—Pero ¿qué es lo que ha tenido la niña? Yo la vi ayer a la pasada tan fresca y lucida como siempre. Parece botón de rosa de Castilla.

—Está buena ya.

—Y tú ¿qué haces ahí que no te largas, negritico —dijo José a Juan Ángel—. Carga con la guambía* y vete, para que vuelvas pronto, porque más tarde no te conviene andar solo por aquí. No hay que decir nada allá abajo.

—¡Cuidado con no volver! —le grité cuando estaba él del otro lado del río.

Juan Ángel desapareció entre el carrizal como un guatín asustado.

Braulio era un mocetón de mi edad. Hacía dos meses que había venido de la Provincia** a acompañar a su tío, y estaba locamente enamorado, de tiempo atrás, de su prima Tránsito.

* Mochila de cabuya.
** Antioquia.

111

La fisonomía del sobrino tenía toda la nobleza que hacía interesante la del anciano; pero lo más notable en ella era una linda boca, sin bozo aún, cuya sonrisa femenina contrastaba con la energía varonil de las otras facciones. Manso de carácter, apuesto, e infatigable en el trabajo, era un tesoro para José y el más adecuado marido para Tránsito.

La señora Luisa y las muchachas salieron a recibirme a la puerta de la cabaña, risueñas y afectuosas. Nuestro frecuente trato en los últimos meses había hecho que las muchachas fuesen menos tímidas conmigo. José mismo en nuestras cacerías, es decir, en el campo de batalla, ejercía sobre mí una autoridad paternal, todo lo cual desaparecía cuando se presentaban en casa, como si fuese un secreto nuestra amistad leal y sencilla.

—¡Al fin, al fin! —dijo la señora Luisa tomándome por el brazo para introducirme a la salita—. ¡Siete días!... uno por uno los hemos contado.

Las muchachas me miraban sonriendo maliciosamente.

—¡Pero Jesús! qué pálido está —exclamó Luisa mirándome más de cerca—. Eso no está bueno así; si viniera usted con frecuencia, estaría tamaño de gordo.

—¿Y a ustedes cómo les parezco? —dije a las muchachas.

—¡He! —contestó Tránsito—: pues qué nos va a parecer, si por estarse allá en sus estudios y...

—Hemos tenido tantas cosas buenas para usted —interrumpió Lucía—: dejamos dañar la primera badea de la mata nueva, esperándolo: el jueves, creyendo que venía, le tuvimos una natilla[1] tan buena...

—¡Y qué peje! ¿ah Luisa? —añadió José—; si eso ha sido el juicio; no hemos sabido qué hacer con él. Pero ha tenido razón para no venir —continuó en tono grave—; ha habido motivo; y como pronto lo convidarás a que pase con nosotros un día entero... ¿no es así, Braulio?

—Sí, sí, paces y hablemos de eso. ¿Cuándo es ese gran día, señora Luisa; cuándo es, Tránsito?

Ésta se puso como una grana, y no hubiera levantado los ojos para ver a su novio por todo el oro del mundo.

---

[1] *natilla:* «Úsase sólo en singular, contra el plural que, como exclusivo, le asigna la Academia» (Carvajal).

—Eso tarda —respondió Luisa—: ¿no ve que falta blanquear la casita y ponerle las puertas? vendrá siendo el día de Nuestra Señora de Guadalupe, porque Tránsito es su devota.

—¿Y eso cuándo es?

—¿Y no sabe? Pues el doce de diciembre. ¿No le han dicho estos muchachos que quieren hacerlo su padrino?

—No, y la tardanza en darme tan buena noticia no se la perdono a Tránsito.

—Si yo le dije a Braulio que se lo dijera a usted, porque mi padre creía que era mejor así.

—Yo agradezco tanto esa elección como no podéis figuraroslo; mas es con la esperanza de que me hagáis muy pronto compadre.

Braulio miró de la manera más tierna a su preciosa novia, y avergonzada ésta, salió presurosa a disponer el almuerzo, llevándose de paso a Lucía.

Mis comidas en casa de José no eran ya como la que describí en otra ocasión: yo hacía en ellas parte de la familia; y sin aparatos de mesa, salvo el único cubierto que se me destinaba siempre, recibía mi ración de frisoles, mazamorra°, leche y gamuza° de manos de la señora Luisa, sentado ni más ni menos que José y Braulio, en un banquillo de raíz de guadua. No sin dificultad los acostumbré a tratarme así.

Viajero años después por las montañas del país de José, he visto ya a puestas del sol llegar labradores alegres a la cabaña donde se me daba hospitalidad: luego que alababan a Dios° ante el venerable jefe de la familia, esperaban en torno del hogar la cena que la anciana y cariñosa madre repartía: un plato bastaba a cada pareja de esposos; y los pequeñuelos hacían pinicos apoyados en las rodillas de sus padres. Y he desviado mis miradas de esas escenas patriarcales, que me recordaban los últimos días felices de mi juventud...

El almuerzo fue suculento como de costumbre, y sazonado con una conversación que dejaba conocer la impaciencia de Braulio y de José por dar principio a la cacería.

Serían las diez cuando, listos ya todos, cargado Lucas con el fiambre que Luisa nos había preparado, y después de las entradas y salidas de José para poner en su gran garniel de nutria tacos de cabuya° y otros chismes que se le habían olvidado, nos pusimos en marcha.

Éramos cinco los cazadores: el mulato Tiburcio, peón de la Chagra*; Lucas, neivano agregado de una hacienda vecina; José, Braulio y yo. Todos íbamos armados de escopetas. Eran de cazoleta° las de los dos primeros, y excelentes, por supuesto, según ellos. José y Braulio llevaban además lanzas cuidadosamente enastadas.

En la casa no quedó perro útil: todos atramojados** de dos en dos, engrosaron la partida expedicionaria dando aullidos de placer; y hasta el favorito de la cocinera Marta, Palomo, a quien los conejos temían con ceguera, brindó el cuello para ser contado en el número de los hábiles; pero José lo despidió con un *izumba!°* seguido de algunos reproches humillantes.

Luisa y las muchachas quedaron intranquilas, especialmente Tránsito, que sabía bien era su novio quien iba a correr mayores peligros, pues su idoneidad para el caso era indisputable.

Aprovechando una angosta y enmarañada trocha, empezamos a ascender por la ribera setentrional del río. Su sesgo cauce, si tal puede llamarse el fondo selvoso de la cañada, encañonado por peñascos en cuyas cimas crecían, como en azoteas, crespos helechos y cañas enredadas por floridas trepadoras, estaba obstruido a trechos con enormes piedras, por entre las cuales se escapaban las corrientes en ondas veloces, blancos borbollones y caprichosos plumajes.

Poco más de media legua habíamos andado, cuando José, deteniéndose a la desembocadura de un zanjón ancho, seco y amurallado por altas barrancas, examinó algunos huesos mal roídos, dispersos en la arena: eran los del cordero que el día antes se le había puesto de cebo a la fiera. Precediéndonos Braulio, nos internamos José y yo por el zanjón. Los rastros subían. Braulio, después de unas cien varas de ascensos, se detuvo, y sin mirarnos hizo ademán de que parásemos. Puso oído a los rumores de la selva; aspiró todo el aire que su pecho podía contener; miró hacia la alta bóveda que los cedros, jiguas y yarumos formaban sobre nosotros, y siguió andando con

* Quiere decir haciendita.
** Atraillados.

114

lentos y silenciosos pasos. Detúvose de nuevo al cabo de un rato; repitió el examen hecho en la primera estación; y mostrándonos los rasguños que tenía el tronco de un árbol que se levantaba desde el fondo del zanjón, nos dijo, después de un nuevo examen de las huellas: «Por aquí salió: se conoce que está bien comido y baquiano.» La chamba* terminaba veinte varas adelante por un paredón desde cuyo tope se conocía, por la hoya excavada al pie, que en los días de lluvia se despeñaban por allí las corrientes de la falda.

Contra lo que creía yo conveniente, buscamos otra vez la ribera del río, y continuamos subiendo por ella. A poco halló Braulio las huellas del tigre en una playa, y esta vez llegaban hasta la orilla.

Era necesario cerciorarnos de si la fiera había pasado por allí al otro lado, o si, impidiéndoselo las corrientes, ya muy descolgadas e impetuosas, había continuado subiendo por la ribera en que estábamos, que era lo más probable.

Braulio, la escopeta terciada a la espalda, vadeó el raudal atándose a la cintura un rejo, cuyo extremo retenía José para evitar que un mal paso hiciera rodar al muchacho a la cascada inmediata.

Guardábase un silencio profundo y acallábamos uno que otro aullido de impaciencia que dejaban escapar los perros.

—No hay rastro acá —dijo Braulio después de examinar las arenas y la maleza.

Al ponerse en pie, vuelto hacia nosotros, sobre la cima de un peñón, le entendimos por los ademanes que nos mandaba estar quietos.

Zafóse de los hombros la escopeta; la apoyó en el pecho como para disparar sobre las peñas que teníamos a la espalda; se inclinó ligeramente hacia adelante, firme y tranquilo, y dio fuego.

—¡Allí! —gritó señalando hacia el arbolado de las peñas cuyos filos nos era imposible divisar; y bajando a saltos a la ribera, añadió:

—¡La cuerda firme! ¡los perros más arriba!

Los perros parecían estar al corriente de lo que había suce-

---

* Zanja.

dido: no bien los soltamos, cumpliendo la orden de Braulio, mientras José le ayudaba a pasar el río, desaparecieron a nuestra derecha por entre los cañaverales.

—¡Quietos! —volvió a gritar Braulio, ganando ya la ribera; y mientras cargaba precipitadamente la escopeta, divisándome a mí, agregó:

—Usted aquí, patrón.

Los perros perseguían de cerca la presa, que no debía de tener fácil salida, puesto que los ladridos venían de un mismo punto de la falda.

Braulio tomó una lanza de manos de José, diciéndonos a los dos:

—Ustedes más abajo y más altos, para cuidar este paso, porque el tigre volverá sobre su rastro si se nos escapa de donde está. Tiburcio con ustedes —agregó.

Y dirigiéndose a Lucas:

—Los dos a costear el peñón por arriba.

Luego, con su sonrisa dulce de siempre, terminó al colocar con pulso firme un pistón en la chimenea de la escopeta:

—Es un gatico, y está ya herido.

En diciendo las últimas palabras nos dispersamos.

José, Tiburcio y yo subimos a una roca convenientemente situada. Tiburcio miraba y remiraba la ceba[2] de su escopeta. José era todo ojos. Desde allí veíamos lo que pasaba en el peñón y podíamos guardar el paso recomendado; porque los árboles de la falda, aunque corpulentos, eran raros.

De los seis perros, dos estaban ya fuera de combate: uno de ellos destripado a los pies de la fiera; el otro dejando ver las entrañas por entre uno de los costillares desgarrado, había venido a buscarnos y expiraba dando quejidos lastimeros junto a la piedra que ocupábamos.

De espaldas contra un grupo de robles, haciendo serpentear la cola, erizando el dorso, los ojos llameantes y la dentadura descubierta, el tigre lanzaba bufidos roncos, y al sacudir la enorme cabeza, las orejas hacían un ruido semejante al de las castañuelas de madera. Al revolver, hostigado por los perros, no escarmentados aunque no muy sanos, se veía que de su ijar

---

[2] *ceba:* cebo.

izquierdo chorreaba sangre, la que a veces intentaba lamer, inútilmente, porque entonces lo acosaba la jauría con ventaja.

Braulio y Lucas se presentaron saliendo del cañaveral sobre el peñón, pero un poco más distantes de la fiera que nosotros. Lucas estaba lívido, y las manchas de carate[3] de sus pómulos, de azul turquí.

Formábamos así un triángulo los cazadores y la pieza, pudiendo ambos grupos disparar a un tiempo sobre ella sin ofendernos mutuamente.

—¡Fuego todos a un tiempo! —gritó José.

—¡No, no; los perros! —respondió Braulio; y dejando solo a su compañero, desapareció.

Comprendí que un disparo general podía terminarlo todo; pero era cierto que algunos perros sucumbirían; y no muriendo el tigre, le era fácil hacer una diablura encontrándonos sin armas cargadas.

La cabeza de Braulio, con la boca entreabierta y jadeante, los ojos desplegados y la cabellera revuelta, asomó por entre el cañaveral, un poco atrás de los árboles que defendían la espalda de la fiera: en el brazo derecho llevaba enristrada la lanza, y con el izquierdo desviaba los bejucos que le impedían ver bien.

Todos quedamos mudos; los perros mismos parecían interesados en el fin de la partida.

José gritó al fin:

—¡Hubi![4]. ¡Mataleón! ¡hubi! ¡Pícalo, Truncho!°.

No convenía dar tregua a la fiera, y se evitaba así riesgo mayor a Braulio.

Los perros volvieron al ataque simultáneamente. Otro de ellos quedó muerto sin dar un quejido.

El tigre lanzó un maullido horroroso.

Braulio apareció tras el grupo de robles, hacia nuestro lado, empuñando el asta de la lanza sin la hoja.

La fiera dio la misma vuelta en su busca; y él gritó:

---

[3] *carate:* «enfermedad microbiana de la piel, producida por la picadura de cierta especie de mosquito, peculiar de las tierras cálidas de América...» (Tascón).

[4] *¡Hubi!:* «Interjección... para azuzar los perros. Es apócope de *hubia;* imperativo del verbo gallego anticuado *hubiar,* ayudar» (Tascón).

—¡Fuego! ¡fuego! —volviendo a quedar de un brinco en el mismo punto donde había asestado la lanzada.

El tigre lo buscaba. Lucas había desaparecido. Tiburcio estaba de color de aceituna. Apuntó y sólo se quemó la ceba.

José disparó: el tigre rugió de nuevo tratando como de morderse el lomo, y de un salto volvió instantáneamente sobre Braulio. Éste, dando una nueva vuelta tras de los robles, lanzóse hacia nosotros a recoger la lanza que le arrojaba José.

Entonces la fiera nos dio frente. Sólo mi escopeta estaba disponible: disparé; el tigre se sentó sobre la cola, tambaleó y cayó.

Braulio miró atrás instintivamente para saber el efecto del último tiro. José, Tiburcio y yo nos hallábamos ya cerca de él, y todos dimos a un tiempo un grito de triunfo.

La fiera arrojaba sanguaza espumosa por la boca: tenía los ojos empañados e inmóviles, y en el último paroxismo de muerte estiraba las piernas temblorosas y removía la hojarasca al enrollar y desenrollar la hermosa cola.

—¡Valiente tiro!... ¡qué tiro! —exclamó Braulio poniéndole un pie al animal sobre el cogote—: ¡en la frente! ¡ése sí es un pulso firme!

José, con voz no muy segura todavía (¡el pobre amaba tanto a su hija!) dijo limpiándose con la manga de la camisa el sudor de la frente:

—No, no... ¡si es mecha!°. ¡Santísimo patriarca! ¡qué animal tan bien criado! ¡Hij'un demonio! ¡Si te toca, ni se sabe!...

Miró tristemente los cadáveres de los tres perros, diciendo:

—¡Pobre Campanilla! es la que más siento... ¡tan guapa mi perra!...

Acarició luego a los otros tres, que con tamaña lengua afuera ijadeaban acostados y desentendidos, como si solamente se hubiera tratado de acorralar un becerro arisco.

José, tendiéndome su ruana en lo limpio, me dijo:

—Siéntese, niño[5], vamos a sacar bien el cuero, porque es de usted —y en seguida gritó—: ¡Lucas!

Braulio soltó una carcajada, concluyéndola por decir:

---

[5] *niño*: «Costumbre antigua en las gentes humildes era la de llamar *niño*, *niña* a los hijos e hijas de las familias de alta clase...» (Carvajal).

118

—Ya ése estará metido en el gallinero de casa.

—¡Lucas! —volvió a gritar José, sin atender a lo que su sobrino decía; mas viéndonos a todos reír, preguntó:

—¡He! ¡he! ¿pues qué es?

—Tío, si el valluno zafó desde que erré la lanzada.

José nos miraba como si le fuese imposible entendernos.

—¡Timanejo° pícaro!

Y acercándose al río, gritó de forma que las montañas repitieron su voz:

—¡Lucas del demonio!

—Aquí tengo yo buen cuchillo para desollar —le advirtió Tiburcio.

—No, hombre; si es que ese caratoso[6] traía el jotico* del fiambre, y este blanco[7] querrá comer algo, y... yo también, porque aquí no hay esperanzas de mazamorra.

Pero la mochila deseada estaba señalando precisamente el punto abandonado por el neivano: José, lleno de regocijo, la trajo al sitio donde nos hallábamos y procedió a abrirla, después de mandar a Tiburcio a llenar nuestros cocos de agua del río.

Las provisiones eran, blancas y moradas masas de choclo**, queso fresco y carne asada con primor: todo ello fue puesto sobre hojas de platanillo[8]. Sacó en seguida de entre una servilleta una botella de vino tinto, pan, ciruelas e higos pasos, diciendo:

—Ésta es cuenta aparte.

Las navajas machetonas° salieron de los bolsillos. José nos dividió la carne que, acompañada con las masas de choclo, era un bocado regio. Agotamos el tinto, despreciamos el pan, y los higos y ciruelas les gustaron más a mis compañeros que a mí.

---

[6] *caratoso*: el que padece de *carate* (Tascón).

* Maletica.

[7] *blanco*: «Manera popular de referirse a las gentes de alta posición social, generalizada por la esclavitud de los negros, aunque quien, como en este caso la usa, no fuera tal...» (Carvajal).

** Maíz todavía tierno.

Búsquense en el vocabulario que está al fin del libro los significados de los provincialismos que no se explican en notas. *[Falta en la primera edición.]*

[8] *platanillo*: planta característica de las playas nuevas: bordea el río Cauca y sus afluentes. «Las hojas sirven para envolver alimentos, para cocerlos bajo tierra, dándoles un sabor especial» (Pérez Arbeláez, pág. 525).

119

No faltó la panela°, dulce compañera del viajero, del cazador y del pobre. El agua estaba helada. Mis cigarros de olor* humearon después de aquel rústico banquete.

José estaba de excelente humor, y Braulio se había atrevido a llamarme padrino.

Con imponderable destreza, Tiburcio desolló el tigre, sacándole el sebo, que diz que servía para qué sé yo qué.

Acomodadas en las mochilas la piel, cabeza y patas del tigre, nos pusimos en camino para la posesión de José, el cual, tomando mi escopeta, la colocó en un mismo hombro con la suya, precediéndonos en la marcha y llamando a los perros. Deteníase de vez en cuando para recalcar sobre alguno de los lances de la partida o para echarle alguna nueva maldición a Lucas.

Conocíase que las mujeres nos contaban y recontaban desde que nos alcanzaron a ver; y cuando nos acercamos a la casa estaban aún indecisas entre el susto y la alegría, pues por nuestra demora y los disparos que habían oído, suponían que habíamos corrido peligros.

Fue Tránsito quien se adelantó a recibirnos, notablemente pálida.

—¿Lo mataron? —nos gritó.

—Sí, hija —le respondió su padre.

Todas nos rodearon, entrando en la cuenta hasta la vieja Marta, que llevaba en las manos un capón a medio pelar.

Lucía se acercó a preguntarme por mi escopeta; y como yo se la mostrase, añadió en voz baja:

—Nada le ha sucedido, ¿no?

—Nada —le respondí cariñosamente—, pasándole por los labios una ramita.

—Ya yo pensaba...

—¿No ha bajado ese fantasioso° de Lucas por aquí? —preguntó José.

—Él no —respondió Marta.

José masculló una maldición.

---

* Llámanse así los hechos de una clase de tabaco que se produce a inmediaciones de Palmira, casi tan aromático como el habano.

—¿Pero dónde está lo que mataron? —dijo al fin, haciéndose oír, la señora Luisa.

—Aquí, tía —contestó Braulio; y ayudado por su novia, se puso a desfruncir la mochila, diciéndole a la muchacha algo que no alcancé a oír. Ella me miró de una manera particular, y sacó de la sala un banquito para que me sentase en el empedrado, desde el cual dominaba yo la escena.

Extendida en el patio la grande y aterciopelada piel, las mujeres intentaron exhalar un grito; mas al rodar la cabeza sobre la grama, no pudieron contenerse.

—¿Pero cómo lo mataron? ¡cuenten! —decía la señora Luisa—: todos están como tristes.

—Cuéntennos —añadió Lucía.

Entonces José, tomando la cabeza del tigre entre las dos manos, dijo:

—El tigre iba a matar a Braulio cuando el señor (señalándome) le dio este balazo.

Mostró el foramen que en la frente tenía la cabeza.

Todos se volvieron a mirarme, y en cada una de esas miradas había recompensa de sobra para una acción que la mereciera.

José siguió refiriendo con pormenores la historia de la expedición, mientras hacía remedios a los perros heridos, lamentando la pérdida de los otros tres.

Braulio estacaba° la piel ayudado por Tiburcio.

Las mujeres habían vuelto a sus faenas, y yo dormitaba sobre uno de los poyos de la salita en que Tránsito y Lucía me habían improvisado un colchón de ruanas. Servíanme de arrullo el rumor del río, los graznidos de los gansos, el balido del rebaño que pacía en las colinas cercanas y los cantos de las dos muchachas que lavaban ropa en el arroyo. La naturaleza es la más amorosa de las madres cuando el dolor se ha adueñado de nuestra alma; y si la felicidad nos acaricia, ella nos sonríe.

XXII

Las instancias de los montañeses me hicieron permanecer con ellos hasta las cuatro de la tarde, hora en que después de larguísimas despedidas, me puse en camino con Braulio, que se empeñó en acompañarme. Habíame aliviado del peso de la escopeta y colgado de uno de sus hombros una guambía.

Durante la marcha le hablé de su próximo matrimonio y de la felicidad que le esperaba, amándolo Tránsito como lo dejaba ver. Me escuchaba en silencio, pero sonriendo de manera que estaba por demás hacerlo hablar.

Habíamos pasado el río y salido de la última ceja de monte para empezar a descender por las quiebras de la falda limpia, cuando Juan Ángel, apareciéndose por entre unas moreras, se nos interpuso en el sendero, diciéndome con las manos unidas en ademán de súplica:

—Yo vine, mi amo... yo iba..., pero no me haga nada su mercé... yo no vuelvo a tener miedo.

—¿Qué has hecho? ¿qué es? —le interrumpí—. ¿Te han enviado de casa?

—Sí, mi amo, sí, la niña; y como me dijo su mercé que volviera...

No me acordaba yo de la orden que le había dado.

—¿Conque no volviste de miedo? —le preguntó Braulio riendo.

—Eso fue, sí, eso fue... Pero como Mayo pasó por aquí asustao, y luego ñor° Lucas me encontró pasando el río y me dijo que el tigre había matao a ñor Braulio...

Éste dio rienda suelta a una estrepitosa risotada, diciéndole al fin al negrito aterrado:

—¡Y te estuviste todo el día metido entre estos matorrales como un conejo!

—Como ñor José me gritó que volviera pronto, porque no debía andar solo por allá arriba... —respondió Juan Ángel viéndose las uñas de las manos.

—¡Vaya! yo te mezquino* —repuso Braulio—; pero es con

_____
* Quiere decir «defiendo».

122

la condición de que en otra cacería has de ir pie con pie conmigo.

El negrito lo miró con ojos desconfiados, antes de resolverse a aceptar así el perdón.

—¿Convienes? —le pregunté distraído.

—Sí, mi amo.

—Pues vamos andando. Tú, Braulio, no te incomodes en acompañarme más; vuélvete.

—Si es que yo quería...

—No; ya ves que Tránsito está toda asustada hoy. Di allá mil cosas en mi nombre.

—Y esta guambía que llevaba... Ah —continuó—, tómala tú, Juan Ángel. ¿No irás a romper la escopeta del patrón por ahí? Mira que le debo la vida a ese dije. Será lo mejor —observó al recibírsela yo.

Di un apretón de manos al valiente cazador, y nos separamos. Distante ya de nosotros, gritó:

—Lo que va en la guambía es la muestra de mineral que le encargó su papá a mi tío.

Y convencido de que se le había oído se internó en el bosque.

Detúveme a dos tiros de fusil de la casa a orillas del torrente que descendía ruidoso hasta esconderse en el huerto.

Al continuar bajando busqué a Juan Ángel: había desaparecido, y supuse que temeroso de mi enojo por su cobardía, habría resuelto solicitar amparo mejor que el ofrecido por Braulio con tan inaceptables condiciones.

Tenía yo un cariño especial al negrito: él contaba a la sazón doce años; era simpático y casi pudiera decirse que bello. Aunque inteligente, su índole tenía algo de huraño. La vida que hasta entonces había llevado no era la adecuada para dar suelta a su carácter, pues mediaban motivos para mimarlo. Feliciana, su madre, criada que había desempeñado en la familia funciones de aya y disfrutado de todas las consideraciones de tal, procuró siempre hacer de su hijo un buen paje para mí. Mas fuera del servicio de mesa y de cámara y de su habilidad para preparar café, en lo demás era desmañado y bisoño[1].

---

[1] Juan Ángel es uno de los personajes de *María* tomados de la vida real, pero

123

Muy cerca ya de la casa, noté que la familia estaba aún en el comedor, e inferí que Carlos y su padre habían venido. Desvíeme a la derecha, salté el vallado del huerto, y atravesé éste para llegar a mi cuarto sin ser visto.

Colgaba el saco de caza y la escopeta cuando percibí un ruido de voces desacostumbrado. Mi madre entró a mi cuarto en ese momento, y le pregunté la causa de lo que oía.

—Es —me dijo— que los señores de M*** están aquí, y ya sabes que don Jerónimo habla siempre como si estuviese a la orilla de un río.

¡Carlos en casa! pensé: éste es el momento de prueba de que habló mi padre. Carlos habrá pasado un día de enamorado, en ocasión propicia para admirar a su pretendida. ¡Que no pueda yo hacerle ver a él cuánto la amo! ¡No poder decirle a ella que seré su esposo!... Éste es un tormento peor de lo que yo me había imaginado.

Mi madre, notándome tal vez preocupado, me dijo:

—Como que has vuelto triste.

—No, no, señora; cansado.

—¿La cacería ha sido buena?

—Muy feliz.

—¿Podré decir a tu padre que le tienes ya la piel de oso que te encargó?

—No ésa, sino una hermosísima de tigre.

—¿De tigre?

—Sí, señora, del que hacía daños por aquí.

—Pero eso habrá sido horrible.

—Los compañeros eran muy valientes y diestros.

Ella había puesto ya a mi alcance todo lo que yo podía necesitar para el baño y cambio de vestidos; y a tiempo que entornaba la puerta después de haber salido, le advertí que no dijera todavía que yo había regresado.

Volvió a entrar, y usando de aquella voz dulce cuanto afec-

con cambios muy libres. Por ejemplo, era mayor que Jorge Isaacs, sus padres eran dos esclavos colombianos llamados Tomás Molina y María Feliciana Isidora Mera, y se escapó de la casa de los Isaacs y recibió su libertad en 1850, cuatro años antes que aquéllos compraran *El Paraíso*, escenario de *María*.

tuosa que la hacía irresistible siempre que me aconsejaba, me dijo:

—¿Tienes presente lo que hablamos los otros días sobre la visita de esos señores, no?

Satisfecha de la respuesta, añadió:

—Bueno. Yo confío en que saldrás muy bien.

Y cerciorada de nuevo de que nada podía faltarme, salió.

Lo que Braulio había dicho que era mineral, no era otra cosa que la cabeza del tigre; y con tal astucia había conseguido hacer llegar a casa ese trofeo de nuestra hazaña.

Por los comentarios de la escena hechos en casa después, supe que en el comedor había sucedido esto:

Iba a servirse el café en el momento en que llegó Juan Ángel diciendo que yo venía ya e impuso a mi padre del contenido de la mochila. Éste, deseoso de que don Jerónimo le diese su opinión sobre los cuarzos, mandó al negrito que los sacase; y trataba de hacerlo así cuando dio un grito de terror y un salto de venado sorprendido.

Cada uno de los circunstantes quiso averiguar lo que había pasado. Juan Ángel, de espaldas contra la pared, los ojos tamaños y señalando con los brazos extendidos hacia el saco, exclamó:

—¡El tigre!

—¿En dónde? —preguntó don Jerónimo derramando parte del café que tomaba, y poniéndose en pie con más presteza que era de esperarse le permitiera su esférico abdomen.

Carlos y mi padre dejaron también sus asientos.

Emma y María se acercaron una a otra.

—¡En la guambía! —repuso el interpelado.

A todos les volvió el alma al cuerpo.

Mi padre sacudió con precaución el saco, y viendo rodar la cabeza sobre las baldosas, dio un paso atrás; don Jerónimo, otro; y apoyando las manos en las rodillas, prorrumpió:

—¡Monstruoso!

Carlos, adelantándose a examinar de cerca la cabeza:

—¡Horrible!

Felipe, que llegaba llamado por el ruido, se puso en pie sobre un taburete. Eloísa se asió de un brazo de mi padre. Juan, medio llorando, trató de subírsele sobre las rodillas a María; y ésta, tan pálida como Emma, miró con angustia hacia las colinas, esperando verme bajar.

—¿Quién lo mató? —preguntó Carlos a Juan Ángel, el cual se había serenado ya.

—La escopeta del amito.

—¿Conque la escopeta del amito? —recalcó don Jerónimo riendo y ocupando de nuevo su asiento.

—No, mi amo, sino que ñor Braulio dijo ahora en la loma que le debía la vida a ella...

—¿Dónde está pues Efraín? —preguntó intranquilo mi padre, mirando a María.

—Se quedó en la quebrada°.

En este momento regresaba mi madre al comedor. Olvidando que acababa de verme, exclamó:

—¡Ay mi hijo!

—Viene ya —le observó mi padre.

—Sí, sí; ya sé —respondió ella—; pero ¿cómo habrán muerto este animal?

—Aquí fue el balazo —dijo Carlos inclinándose a señalar el foramen de la frente.

—Pero ¿es posible? —preguntó don Jerónimo a mi padre, acercando el braserillo para encender un cigarro—; ¿es de creerse que usted permita esto a Efraín?

Sonrió mi padre al contestarle con algo de propia satisfacción:

—Le encargué ahora días una piel de oso para los pies de mi catre, y seguramente habrá preferido traerme una de tigre.

María había visto ya en los ojos de mi madre lo que podía tranquilizarla. Se dirigió al salón llevando a Juan de la mano: éste, asido de la falda de ella y asustado aún, le impedía andar. Hubo de alzarlo, y le decía al salir:

—¿Llorando? ¡ah feo! ¿un hombre con miedo?

Don Jerónimo, que alcanzó a oírla, observó, meciéndose en su silla y arrojando una bocanada de humo:

—Ese otro también matará tigres.

—Vea usted a Efraín hecho un cazador de fieras —dijo Carlos a Emma, sentándose a su lado—; y en el colegio no se dignaba disparar un bodoquerazo a un paparote*. Y no se-

* Gorrión.

126

ñor... recuerdo ahora que en unos asuetos le vi hacer buenos tiros en la laguna de Fontibón. ¿Y estas cacerías son frecuentes?

—Otras veces —respondióle mi hermana— ha muerto con José y Braulio osos pequeños y lobos muy bonitos.

—¡Yo que pensaba instarle para que hiciésemos mañana una cacería de venados, y preparándome para esto vine con mi escopeta inglesa!

—Él tendrá muchísimo placer en divertir a usted: si ayer hubiese usted venido, hoy habrían ido ambos a la cacería.

—¡Ah! sí... si yo hubiera sabido...

Mayo, que habría estado despachando algunos bocados sabrosos en la cocina, pasó entonces por el comedor. Paróse en vista de la cabeza; erizado el cogote y espinazo, dio un cauto rodeo para acercarse al fin a olfatearla. Recorrió la casa a galope, y volviendo al comedor, se puso a aullar: no me encontraba, y acaso le avisaba su instinto que yo había corrido peligros.

A mi padre lo impresionaron los aullidos: era hombre que creía en cierta clase de pronósticos y agüeros, preocupaciones de su raza, de las cuales no había podido prescindir por completo.

—Mayo, Mayo, ¿qué hay? —dijo acariciando al perro, y con mal disimulada impaciencia—: este niño que no llega...

A ese tiempo entraba yo al salón en un traje en que a la verdad no me hubieran reconocido sino muy de cerca Tránsito y Lucía.

María estaba allí. Apenas hubo tiempo para que cambiásemos un saludo y una sonrisa. Juan, que estaba sentado en el regazo de María, me dijo en su mala lengua al pasar, señalándome la puerta del corredor:

—Ahí está el coco.

Y yo entré al comedor sonriendo, porque me figuraba que el niño hacía alusión a don Jerónimo.

Di un estrecho abrazo a Carlos, que se adelantó a recibirme; y por aquel momento olvidé casi del todo lo que en los últimos días había sufrido por culpa suya.

El señor de M*** estrechó cordialmente en sus manos las mías, diciendo:

—¡Vaya, vaya! ¿cómo no hemos de estar viejos si todos estos muchachos se han vuelto hombres?

Seguimos al salón: María no estaba ya en él.

La conversación rodó sobre la cacería última, y fui casi desmentido por don Jerónimo al asegurarle que el éxito de ella se debía a Braulio, pues me puso de frente lo referido por Juan Ángel.

Emma me hizo saber que Carlos había venido preparado para que hiciésemos una cacería de venados: él se entusiasmó con la promesa que le hice de proporcionarle una linda partida a inmediaciones de la casa.

Luego que salió mi hermana, quiso Carlos hacerme ver su escopeta inglesa, y con tal fin pasamos a mi cuarto. Era el arma exactamente igual a la que mi padre me había regalado a mi regreso de Bogotá, aunque antes de verla yo, me aseguraba Carlos que nunca había venido al país cosa semejante.

—Bueno —me dijo, luego como la examiné—. ¿Con ésta también matarías animales de esa clase?

—Seguramente que sí: a sesenta varas de distancia no bajará una línea.

—¿A sesenta varas se hacen esos tiros?

—Es peligroso contar con todo el alcance del arma en tales casos; a cuarenta varas es ya un tiro largo.

—¿Qué tan lejos estabas cuando disparaste sobre el tigre?

—A treinta pasos.

—Hombre, yo necesito hacer algo bueno en la cacería que tendremos, porque de otro modo dejaré enmohecer esta escopeta y juraré no haber cazado ni tominejas en toda mi vida.

—¡Oh! ya verás: te haré lucir, porque haré entrar el venado al huerto.

Carlos me hizo mil preguntas sobre sus condiscípulos, vecinas y amigas de Bogotá: entraron por mucho los recuerdos de nuestra vida estudiantina: hablóme de Emigdio y de sus nuevas relaciones con él, y se rió de buena gana acordándose del cómico desenlace de los amores de nuestro amigo con Micaelina.

Carlos había regresado al Cauca ocho meses antes que yo. Durante ese tiempo sus patillas habían mejorado, y la negrura de ellas hacía contraste con sus mejillas sonrosadas; su boca

conservaba la frescura que siempre la hizo admirable; la cabellera abundante y medio crespa sombreaba su tersa frente, de
ordinario serena como la de un rostro de porcelana. Decididamente era un buen mozo.

Háblome también de sus trabajos de campo, de las novilla-
das que cebaba en la actualidad, de los nuevos pastales[2] que estaba haciendo; y por fin de la esperanza fundada que tenía de
ser muy pronto un propietario acomodado. Yo le veía hacer la
puntería seguro del mal suceso; pero procuraba no interrum-
pirle para evitarme así la incomodidad de hablarle de mis
asuntos.

—Pero, hombre —dijo poniéndose en pie delante de mi
mesa y después de una larguísima disertación acerca de las
ventajas de los cebaderos de guinea sobre los de pasto natural—: aquí hay muchos libros. Tú has venido cargando con
todo el estante. Yo también estudio, es decir, leo... no hay
tiempo para más; y tengo una prima bachillera que se ha empeñado en que me engulla un diluvio de novelas. Ya sabes que
los estudios serios no han sido mi flaco: por eso no quise gra-
duarme, aunque pude haberlo hecho. No puedo prescindir del
fastidio que me causa la política y de lo que me encocora° todo
eso de litis, a pesar de que mi padre se lamenta día y noche de
que no me ponga al frente de sus pleitos: tiene la manía de litigar, y las cuestiones más graves versan sobre veinte varas cua-
dradas de pantano o la variación de cauce de un zanjón que ha
tenido el buen gusto de echar al lado del vecino una fajilla de
nuestras tierras.

—Veamos —empezó leyendo los rótulos de los libros—.
«Frayssinous»[3], *Cristo ante el siglo*[4], *La Biblia*... Aquí hay mucha
cosa mística. *Don Quijote*... Por supuesto: jamás he podido leer
dos capítulos.

—¿No, eh?

—«Blair»[5] —continuó—; «Chateaubriand...» Mi prima Hor-

---

[2] *pastales:* pastizales (Tascón).
[3] *Frayssinous:* Denis Antoine Luc, conde de Frayssinous (1765-1841), prela-
do francés, famoso por su *Défense du christianisme* (1825).
[4] *Cristo ante el siglo:* traducción de *Le christ devant le siècle* (1835), del conde
Antoine-François-Felix Roselly de Lorgues, libro popular entre los católicos.
[5] *Blair:* En la biblioteca de Jorge Isaacs existía un ejemplar de *Lecciones sobre la*

tensia tiene furor por eso. *Gramática inglesa.* ¡Qué lengua tan rebelde!; no pude entrarle.

—Pero ya hablabas algo.

—El «how do you do» como el «comment ça va-t-il» del francés.

—Pero tienes una excelente pronunciación.

—Eso me decían por estimularme —y prosiguiendo el examen:

—¿«*Saquespeare*»?[6], «Calderón»... versos, ¿no? *Teatro español.* ¿Más versos? Confiésamelo, ¿todavía haces versos? Recuerdo que hacías algunos que me entristecían haciéndome pensar en el Cauca. ¿Conque haces?

—No.

—Me alegro de ello, porque acabarías por morirte de hambre.

—«Cortés»[7] —continuó—; ¿*Conquista de Méjico?*

—No; es otra cosa.

—«Tocqueville, *Democracia en América*»[8]... ¡Peste! «Ségur»[9]... ¡Qué runfla!

Al llegar ahí sonó la campanilla del comedor avisando que el refresco estaba servido. Carlos, suspendiendo la fiscalización de mis libros[10], se acercó al espejo, peinó sus patillas y cabellos con una peinillita de bolsillo, plegó, como una modista un lazo, el de su corbata azul, y salimos.

---

retórica y las bellas letras, por Hugo Blair (J. Warshaw, «Jorge Issacs' Library», pág. 396).

[6] *Saquespeare:* Esta grafía demuestra la estropeada pronunciación inglesa de Carlos (en contra de lo que Efraín acaba de decir).

[7] *Cortés:* Probablemente Juan Donoso Cortés (1809-1853), defensor ardiente del catolicismo en su *Ensayo sobre el catolicismo, el liberalismo y el socialismo,* publicado en 1851 (nota de R. H. Keniston).

[8] En la biblioteca de Isaacs estaba *La democracia en América* (1835), por Alexis de Tocqueville (Warshaw, pág. 397).

[9] *Ségur:* Otro libro perteneciente a Isaacs era la *Galería moral y política* de Louis-Philippe de Ségur (Warshaw, pág. 397).

[10] *la fiscalización de mis libros:* Desde luego, hay cierto parecido entre este examen de los libros de Efraín y el escrutinio de la biblioteca de Don Quijote (Parte I, cap. 6).

De los autores y libros mencionados por Carlos, consta que en la biblioteca de Isaacs había los siguientes ejemplares (además de los ya citados de Blair, Tocqueville y Ségur): *La sagrada Biblia, Tesoro del teatro español desde su origen,* las

XXIII

Carlos y yo nos presentamos en el comedor. Los asientos estaban distribuidos así: presidía mi padre la mesa; a su izquierda acababa de sentarse mi madre, a su derecha don Jerónimo, que desdoblaba la servilleta sin interrumpir la pesada historia de aquel pleito que por linderos sostenía con don Ignacio; a continuación del de mi madre había un asiento vacío y otro al lado del señor M***; en seguida de éstos, dándose frente, se hallaban María y Emma, y después los niños.

Cumplíame señalarle a Carlos cuál de los dos asientos vacantes debía ocupar. A tiempo de enseñárselo, María, sin mirarme, apoyó una mano en la silla que tenía inmediata, como solía hacerlo para indicarme sin que lo comprendiesen los demás, que podía estar cerca de ella. Dudando quizá ser entendida, buscó instantáneamente mis ojos con los suyos, cuyo lenguaje en tales ocasiones me era tan familiar. No obstante, ofrecí a Carlos la silla que ella me brindaba y me senté al lado de Emma.

Puso milagrosamente don Jerónimo punto final a su alegato de conclusión que había presentado al Juzgado el día anterior, y volviéndose a mí, dijo:

—Vaya que les ha costado trabajo a ustedes interrumpir sus conferencias. De todo habrá habido: buenos recuerdos del pasado, de ciertas vecindades que teníamos en Bogotá... proyectos para el porvenir... Corriente. No hay como volver a ver un condiscípulo querido. Yo tuve que olvidarme de que ustedes deseaban verse. No acuse usted a Carlos por tanta demora, pues él fue capaz hasta de proponerme venirse solo.

Manifesté a don Jerónimo que no podía perdonarle el que me hubiese privado por tanto tiempo del placer de verlos a él y

---

Obras de Shakespeare, y *El genio del cristianismo* por Chateaubriand (Warshaw, pág. 391). Está claro, por tanto, que las lecturas de Efraín corresponden a las de su creador. En 1913 los libros de Isaacs fueron incorporados a la Biblioteca Nacional en Bogotá, pero parece evidente que la colección original ya estaba incompleta.

a Carlos; y que sin embargo, sería menos rencoroso si la permanencia de ellos en casa era larga. A lo cual me respondió con la boca no tan desocupada como fuera de desearse, y mirándome al soslayo mientras tomaba un sorbo de chocolate:

—Eso es difícil, porque mañana empiezan las datas° de sal.

Después de un momento de pausa, durante la cual sonrió mi padre imperceptiblemente, continuó:

—Y no hay remedio: si no estoy yo allá, debe estar éste.

—Tenemos mucho que hacer —apuntó Carlos con cierta suficiencia de hombre de negocios, la cual debió de parecerle oportuna sabiendo que cazar y estudiar eran mis ocupaciones ordinarias.

María, resentida tal vez conmigo, esquivaba mirarme. Estaba bella más que nunca, así ligeramente pálida. Llevaba un traje de gasa negra profusamente salpicado de uvillas azules, cuya falda, cayendo en numerosísimos pliegues, susurraba tan quedo como las brisas de la noche en los rosales de mi ventana. Tenía el pecho cubierto con una pañoleta transparente del mismo color del traje, la que parecía no atreverse a tocar ni la base de su garganta de tez de azucena: pendiente de ésta en un cordón de pelo negro, brillaba una crucecita de diamantes: la cabellera, dividida en dos trenzas de abundantes guedejas, le ocultaba a medias las sienes y ondeaba en sus espaldas.

La conversación se había hecho general; y mi hermana me preguntó casi en secreto por qué había preferido aquel asiento. Yo le respondí con un «así debe ser», que no la satisfizo: miróme con extrañeza y buscó luego en vano los ojos de María: estaban tenazmente velados por sus párpados de raso-perla.

Levantados los manteles, se hizo la oración de costumbre. Nos invitó mi madre a pasar al salón: don Jerónimo y mi padre se quedaron a la mesa hablando de sus empresas de campo.

Presentéle a Carlos la guitarra de mi hermana, pues sabía que él tocaba bastante bien ese instrumento. Después de algunas instancias convino en tocar algo. Preguntó a Emma y a María, mientras templaba, si no eran aficionadas al baile; y como se dirigiese en particular a la última, ella le respondió que nunca habían bailado.

Él se volvió hacia mí, que regresaba en ese momento de mi cuarto, diciéndome:

132

—¡Hombre! ¿es posible?

—¿Qué?

—Que no hayas dado algunas lecciones de baile a tu hermana y a tu prima. No te creía tan egoísta. ¿O será que Matilde te impuso por condición que no generalizaras sus conocimientos?

—Ella confió en los tuyos para hacer del Cauca un paraíso de bailarines —le contesté.

—¿En los míos? Me obliga a confesar a las señoritas que habría aprovechado más, si tú no hubieras asistido a tomar lecciones al mismo tiempo que yo.

—Pero eso consistió en que ella tenía esperanza de satisfacerte en el diciembre pasado, puesto que esperaba verte en el primer baile que se diese en Chapinero.

La guitarra estaba templada y Carlos tocó una contradanza que él y yo teníamos motivos para no olvidar.

—¿Qué te recuerda esta pieza? —preguntóme poniéndose la guitarra perpendicularmente sobre las rodillas.

—Muchas cosas, aunque ninguna particular.

—¿Ninguna? ¿y aquel lance jocoserio que tuvo lugar entre los dos, en casa de la señora...?

—¡Ah! sí; ya caigo.

—Se trataba —dijo— de evitar un mal rato a nuestra puntillosa maestra: tú ibas a bailar con ella, y yo...

—Se trataba de saber cuál de nuestras parejas debía poner la contradanza.

—Y debes confesarme que triunfé, pues te cedí mi puesto —replicó Carlos riendo.

—Yo tuve la fortuna de no verme obligado a insistir. Haznos el favor de cantar.

Mientras duró este diálogo, María, que ocupaba con mi hermana el sofá a cuyo frente estábamos Carlos y yo, fijó por un instante la mirada en mi interlocutor, para notar al punto lo que sólo para ella era evidente, que yo estaba contrariado; y fingió luego distraerse en anudar sobre el regazo los rizos de las extremidades de sus trenzas.

Insistió mi madre en que Carlos cantara. Él entonó con voz llena y sonora una canción que andaba en boga en aquellos días, la cual empezaba así:

El ronco son de guerrera trompa
Llamó tal vez a la sangrienta lid,
Y entre el rumor de belicosa pompa
Marcha contento al campo el adalid.

Una vez que Carlos dio fin a su trova, suplicó a mi hermana y a María que cantasen también. Ésta parecía no haber oído de qué se trataba.

¿Habrá Carlos descubierto mi amor, me decía yo, y complacídose por eso en hablar así? Me convencí después de que lo había juzgado mal, y de que si él era capaz de una ligereza, nunca lo sería de una malignidad.

Emma estaba pronta. Acercándose a María, le dijo:

—¿Cantamos?

—¿Pero qué puedo yo cantar? —le respondió.

Me aproximé a María para decirle a media voz:

—¿No hay nada que te guste cantar, nada?

Miróme entonces como lo hacía siempre al decirle yo algo en el tono con que pronuncié aquellas palabras; y jugó un instante en sus labios una sonrisa semejante a la de una linda niña que se despierta acariciada por los besos de su madre.

—Sí, las Hadas —contestó.

Los versos de esta canción habían sido compuestos por mí. Emma, que los había encontrado en mi escritorio, les adaptó la música de otros que estaban de moda.

En una de aquellas noches de verano en que los vientos parecen convidarse al silencio para escuchar vagos rumores y lejanos ecos; en que la luna tarda o no aparece, temiendo que su luz importune; en que el alma, como una amante adorada que por unos momentos nos deja, se desase de nosotros poco a poco y sonriendo, para tornar más que nunca amorosa; en una noche así, María, Emma y yo estábamos en el corredor del lado del valle, y después de haber arrancado la última a la guitarra algunos acordes melancólicos, concertaron ellas sus voces incultas pero vírgenes como la naturaleza que cantaban. Sorprendíme, y me parecieron bellas y sentidas mis malas estrofas. Terminada la última, María apoyó la frente en el hombro de Emma; y cuando la levantó, entusiasmado murmuré a su oído el último verso. ¡Ah! Ellos parecen conservar aún de

María no sé si un aroma; algo como la humedad de sus lágrimas. Helos aquí:

> Soñé vagar por bosques de palmeras
> Cuyos blandos plumajes, al hundir
> Su disco el sol en las lejanas sierras,
> Cruzaban resplandores de rubí.
> Del terso lago se tiñó de rosa
> La superficie límpida y azul,
> Y a sus orillas garzas y palomas
> Posábanse en los sauces y bambús.
> Muda la tarde, ante la noche muda
> Las gasas de su manto recogió:
> Del indo mar dormida en las espumas
> La luna hallóla y a sus pies el sol.
> Ven conmigo a vagar bajo las selvas
> Donde las Hadas templan mi laúd;
> Ellas me han dicho que conmigo sueñas,
> Que me harán inmortal si me amas tú[1].

Mi padre y el señor de M*** entraron al salón a tiempo que la canción terminaba. El primero, que sólo tarareaba entre dientes algún aire de su país, en los momentos en que la apacibilidad de su ánimo era completa, tenía afición a la música y la había tenido al baile en su juventud.

Don Jerónimo, después de sentarse tan cómodamente como pudo en un mullido sofá, bostezó de seguida dos veces.

—No había oído esa música con esos versos —observó Carlos a mi hermana.

—Ella los leyó en un periódico —le contesté—, y les puso la música con que se cantan otros. Los creo malos —agregué—: ¡Publican tantas insulseces de esta laya en los periódicos! Son de un poeta habanero; y se conoce que Cuba tiene una naturaleza semejante a la del Cauca.

María, mi madre y mi hermana se miraron unas a otras con extrañeza, sorprendidas de la frescura con que engañaba yo a Carlos; mas era porque no estaban al corriente del examen que él había hecho por la tarde de los libros de mi estante, examen

---

[1] Keniston observa que esta poesía ha alcanzado amplia difusión en Hispanoamérica en la forma de canción.

en que tan mal parados dejó a mis autores predilectos; y acordándome con cierto rencor de lo que sobre el *Quijote* había dicho, añadí:

—Tú debes de haber visto esos versos en *El Día*[2], y es que no te acuerdas; creo que están firmados por un tal Almendárez[3].

—Como que no —dijo—; tengo para eso tan mala memoria... Si son los que le he oído recitar a mi prima... francamente, me parecen mejores cantados por estas señoritas. Tenga usted la bondad de decirlos —agregó dirigiéndose a María.

Ésta, sonriendo, preguntó a Emma:

—¿Cómo empieza el primero?... Si a mí se me olvidan. Dilos tú, que los sabes bien.

—Pero usted acaba de cantarlos —le observó Carlos—, y recitarlos es más fácil: por malos que fueran, dichos por usted serían buenos.

María los repitió; mas al llegar a la última estrofa su voz era casi trémula.

Carlos le dio las gracias, agregando:

—Ahora sí estoy casi seguro de haberlos oído antes.

¡Bah! me decía yo: de lo que Carlos está cierto es de haber visto todos los días lo que mis malos versos pintan; pero sin darse cuenta de ello, como ve su reloj.

XXIV

Llegó la hora de retirarnos, y temiendo yo que me hubiesen preparado cama en el mismo cuarto que a Carlos, me dirigí al mío: de él salían en ese momento mi madre y María.

—Yo podré dormir solo aquí, ¿no es verdad? —pregunté a la primera, quien comprendiendo el motivo de la pregunta respondió:

---

[2] *El Día*: Periódico publicado en Bogotá desde agosto de 1840 hasta julio de 1851. Su fundador fue José Antonio Cualla.

[3] Keniston conjetura que Isaacs publicó *Las hadas* en algún periódico bajo el seudónimo de Almendárez. Sin embargo, Almendárez no figura entre los seudónimos conocidos de Isaacs.

—No; tu amigo.

—¡Ah! sí, las flores —dije viendo las de mi florero, puestas en él por la mañana y que llevaba en un pañuelo María—. ¿A dónde las llevas?

—Al oratorio, porque como no ha habido tiempo hoy para poner otras allá...

Le agradecí sobremanera la fineza de no permitir que las flores destinadas por ella para mí, adornasen esa noche mi cuarto y estuviesen al alcance de otro.

Pero ella había dejado el ramo de azucenas que yo había traído aquella tarde de la montaña, aunque estaba muy visible sobre mi mesa, y se las presenté diciéndole:

—Lleva también estas azucenas para el altar: Tránsito me las dio para ti, al recomendarme te avisara que te había elegido para madrina de su matrimonio. Y como todos debemos rogar por su felicidad...

—Sí, sí —me respondió—; ¿conque quiere que yo sea su madrina? —añadió como consultando a mi madre.

—Eso es muy natural —le dijo ésta.

—¡Y yo que tengo un traje tan lindo para que le sirva ese día! Es necesario que le digas que yo me he puesto muy contenta al saber que nos... que me ha preferido para su madrina.

Mis hermanos, Felipe y el que le seguía, recibieron con sorpresa y placer la noticia de que yo pasaría la noche en el mismo cuarto que ellos. Habíanse acomodado los dos en una de las camas para que me sirviera la de Felipe: en las cortinas de ésta había prendido María el medallón de la Dolorosa, que estaba en las de mi cuarto.

Luego que los niños rezaron arrodilladitos en su cama, me dieron las buenas noches, y se durmieron después de haberse reído de los miedos que mutuamente se metían con la cabeza del tigre.

Esa noche no solamente estaba conmigo la imagen de María; los ángeles de la casa dormían cerca de mí: al despuntar el sol vendría ella a buscarlos para besar sus mejillas y llevarlos a la fuente, donde les bañaba los rostros con sus manos blancas y perfumadas como las rosas de Castilla que ellos recogían para el altar.

137

XXV

Despertóme al amanecer el cuchicheo de los niños, que en vano se estimulaban a respetar mi sueño. Las palomas cogidas en esos días, y que alicortadas obligaban ellos a permanecer en baúles vacíos, gemían espiando los primeros rayos de luz que penetraban en el aposento por las rendijas.

—No abras —decía Felipe—, no abras, que mi hermano está dormido, y se salen las cuncunas.

—Pero si María nos llamó ya —replicó el chiquito.

—No hay tal: yo estoy despierto hace rato, y no ha llamado.

—Sí; ya sé lo que quieres: irte corriendo primero que yo a la quebrada para decir luego que sólo en tus anzuelos han caído negros[1].

—Como a mí me cuesta mi trabajo ponerlos bien... —le interrumpió Felipe.

—¡Vea qué gracia! Si es Juan Ángel el que te los pone en los charcos buenos.

E insistía en abrir.

—¡No abras! —replicó Felipe enfadado ya—: aguárdate veo si Efraín está dormido.

Y diciendo esto, se acercó en puntillas a mi cama.

Tomélo entonces por el brazo, diciéndole:

—¡Ah, bribón! ¡conque le quitas los pescados al chiquito!

Riéronse ambos y se acercaron a poner la demanda respetuosamente. Quedó todo arreglado con la promesa que les hice de que por la tarde iría yo a presenciar la postura de los anzuelos. Levantéme y dejándolos atareados en encarcelar las palomas que aleteaban buscando salida al pie de la puerta, atravesé el jardín.

Los azahares, albahacas y rosas daban al viento sus delicados aromas, al recibir las caricias de los primeros rayos del sol,

---

[1] *negros:* pequeños peces de los ríos menores del Valle del Cauca, muy buscados por lo sabroso de su carne; solamente de noche es posible cogerlos (Carvajal).

que se asomaba ya sobre la cumbre de Morrillos, esparciendo hasta el zenit azul pequeñas nubes de rosa y oro.

Al pasar por frente a la ventana de Emma, oí que hablaban ella y María, interrumpiéndose para reír. Producían sus voces, con especialidad la de María, por el incomparable susurro de sus eses, algo parecido al ruido que formaban las palomas y azulejos al despertarse en los follajes de los naranjos y madroños del huerto.

Conversaban bajo don Jerónimo y Carlos, paseándose por el corredor de sus cuartos, cuando salté el vallado del huerto para caer al patio exterior.

—¡Opa!° —dijo el señor de M***—, madruga usted como un buen hacendado. Yo creía que era tan dormiloncito como su amigo cuando vino de Bogotá; pero los que viven conmigo tienen que acostumbrarse a mañanear.

Siguió haciendo una larga enumeración de las ventajas que proporciona el dormir poco; a todo lo cual podría habérsele contestado que lo que él llamaba dormir poco no era otra cosa que dormir mucho empezando temprano; pues confesaba que tenía por hábito acostarse a las siete u ocho de la noche, para evitar la jaqueca.

La llegada de Braulio, a quien Juan Ángel había ido a llamar a la madrugada, cumpliendo la orden que le di por la noche, nos impidió disfrutar el final del discurso del señor de M***.

Traía Braulio un par de perros, en los cuales no habría sido fácil a otro menos conocedor de ellos que yo, reconocer los héroes de nuestra cacería del día anterior. Mayo gruñó al verlos, y vino a esconderse tras de mí con muestras de antipatía invencible; él, con su blanca piel, todavía hermosa, las orejas caídas y el ceño y mirar severos, dábase ante los lajeros° del montañés un aire de imponderable aristocracia.

Braulio saludó humildemente y se acercó a preguntarme por la familia a tiempo que yo le tendía la mano con afecto. Sus perros me hicieron agasajos en prueba de que les era más simpático que Mayo.

—Tendremos ocasión de ensayar tu escopeta —dije a Carlos—. He mandado pedir dos perros muy buenos a Santa Elena, y aquí tienes un compañero con el cual no gastan burlas los venados, y dos cachorros muy diestros.

—¿Ésos? —preguntó desdeñosamente Carlos.

—¿Con tales chandosos?° —agregó don Jerónimo.

—Sí, señor, con los mismos.

—Lo veré y no lo creeré —contestó el señor de M*** emprendiendo de nuevo sus paseos por el corredor.

Acababan de traernos el café, y obligué a Braulio a que aceptase la taza destinada para mí. Carlos y su padre no disimularon bien la extrañeza que les causó mi cortesía para con el montañés.

Poco después, el señor de M*** y mi padre montaron para ir a visitar los trabajos de la hacienda. Braulio, Carlos y yo nos dedicamos a preparar las escopetas y a graduar carga a la que mi amigo quería ensayar.

Estábamos en ello cuando mi madre me hizo saber disimuladamente que quería hablarme. Me esperaba en su costurero. María y mi hermana estaban en el baño. Haciéndome sentar cerca de ella, me dijo:

—Tu padre insiste en que se dé cuenta a María de la pretensión de Carlos. ¿Crees tú también que debe hacerse así?

—Creo debe hacerse lo que mi padre disponga.

—Se me figura que opinas de esa manera por obedecerle, no porque deje de impresionarte el que se tome tal resolución.

—He ofrecido observar esa conducta. Por otra parte, María no es aún mi prometida y se halla en libertad para decidir lo que le parezca. Ofrecí no decirle nada de lo acordado con ustedes; y he cumplido.

—Yo temo que la emoción que va a causarle a María el imaginarse que tu padre y yo estamos lejos de aprobar lo que pasa entre vosotros, le haga mucho mal. No ha querido tu padre hablar al señor de M*** de la enfermedad de María, temeroso de que se estime eso como un pretexto de repulsa; y como él y su hijo saben que ella posee una dote... lo demás no quiero decirlo, pero tú lo comprendes. ¿Qué debemos hacer, pues, dilo tú, para que María no piense ni remotamente que nosotros nos oponemos a que sea tu esposa; sin dejar yo de cumplir al mismo tiempo con lo prevenido últimamente por tu padre?

—Tan sólo hay un medio.

—¿Cuál?

—Voy a decírselo a usted; y me prometo que lo aprobará; le suplico desde ahora que lo apruebe. Revelémosle a María el secreto que mi padre ha impuesto sobre el consentimiento que me tiene dado de ver en ella a la que debe ser mi esposa. Yo le ofrezco a usted que seré prudente y que nada dejaremos notar a mi padre que pueda hacerle comprender esta infidencia necesaria. ¿Podré yo seguir guardando esa conducta que él exige, sin ocasionar a María penas que le harán mayor daño que confesárselo todo? Confíe usted en mí: ¿no es verdad que hay imposibilidad para hacer lo que mi padre desea? ¿usted no lo ve, no lo cree así?

Mi madre guardó silencio unos instantes, y luego sonriendo de la manera más cariñosa, dijo:

—Bueno; pero con tal que no olvides que no debes prometerle sino aquello que puedas cumplir. ¿Y cómo le hablaré de la propuesta de Carlos?

—Como hablaría a Emma en idéntico caso; y diciéndole después lo que me ha prometido manifestarle. Si no estoy engañado, las primeras palabras de usted le harán experimentar una impresión dolorosa, pues que ellas le darán motivo para temer que usted y mi padre se opongan decididamente a nuestro enlace. Ella oyó lo que hablaron en cierta ocasión sobre su enfermedad, y sólo el trato afable que usted ha seguido dándole y la conversación habida ayer entre ella y yo, la han tranquilizado. Olvídese de mí al hacerle las reflexiones indispensables sobre la propuesta de Carlos. Yo estaré escuchando lo que hablen, tras de los bastidores de esa puerta.

Era ésta la del oratorio de mi madre.

—¿Tú? —me preguntó admirada.

—Sí, señora, yo.

—¿Y para qué valerte de ese engaño?

—María se complacerá en que así lo hayamos hecho, en vista de los resultados.

—¿Cuál resultado te prometes, pues?

—Saber todo lo que ella es capaz de hacer por mí.

—¿Pero no será mejor, si es que quieres oír lo que va a decirme, que ignore siempre ella que tú lo oíste y yo lo consentí?

—Sí será, si usted lo desea.

—Mala cara tienes tú de cumplir eso.

—Yo le ruego a usted que no se oponga.

—Pero ¿no estás viendo que hacer lo que pretendes, si ella llega a saberlo, es como prometerle yo una cosa que por desgracia no sé si pueda cumplirle, puesto que en caso de aparecer nuevamente la enfermedad, tu padre se opondrá a vuestro matrimonio, y tendría yo que hacer lo mismo?

—Ella lo sabe; ella no consentirá nunca en ser mi esposa, si ese mal reaparece. Mas ¿ha olvidado usted lo que dijo el médico?

—Haz, pues, lo que quieras.

—Oiga usted su voz; ya están aquí. Cuide de que a Emma no vaya a ocurrírsele entrar al oratorio.

María entró sonrosada y riendo aún de lo que había venido conversando con Emma. Atravesó con paso leve y casi infantil el aposento de mi madre, a quien no descubrió sino cuando iba a entrar al suyo.

—¡Ah! —exclamó—; ¿aquí estaba usted? —y acercándose a ella—: ¡pero qué pálida está! Se siente mal de la cabeza: ¿no? Si usted hubiera tomado un baño... la mejora eso tanto...

—No, no; estoy buena. Te esperaba para hablarte a solas; y como se trata de una cosa muy grave, temo que todo ello pueda producirte una mala impresión.

María fijó en mi madre una mirada brillante, y palideciendo le respondió:

—¿Qué será? ¿qué es?...

—Siéntate aquí —le dijo mi madre señalándole un taburetico que tenía a los pies.

Sentóse, y esforzándose inútilmente por sonreír, su rostro tomó una expresión de gravedad encantadora.

—Diga usted ya —dijo como tratando de dominar la emoción, pasándose entrambas manos por la frente, y asegurando en seguida con ellas el peine de carey dorado que sostenía sus cabellos en forma de un grueso y luciente cordón que le ceñía las sienes.

—Voy a hablarte de la manera misma que hablaría a Emma en igual circunstancia.

—Sí, señora: ya oigo.

—Tu papá me ha encargado te diga... que el señor de M*** ha pedido tu mano para su hijo Carlos...

142

—¡Yo! —exclamó asombrada y haciendo un movimiento involuntario para ponerse en pie; pero volviendo a caer en su asiento, se cubrió el rostro con las manos, y oí que sollozaba.

—¿Qué debo decirle, María?

—¿Él le ha mandado a usted que me lo diga? —le preguntó con voz ahogada.

—Sí, hija; y ha cumplido con su deber haciéndotelo saber.

—¿Pero usted por qué me lo dice?

—¿Y qué querías que yo hiciera?

—¡Ah! decirle que yo no... que yo no puedo... que no.

Después de un instante, alzando a mirar a mi madre, que sin poderlo evitar lloraba con ella, le dijo:

—Todos lo saben, ¿no es verdad?, todos han querido que usted me lo diga.

—Sí; todos lo saben menos Emma.

—Solamente ella... ¡Dios mío! ¡Dios mío! —añadió ocultando la cabeza en los brazos que apoyaba sobre las rodillas de mi madre; y permaneció así unos momentos.

Levantando luego pálido el rostro y rociado por una lluvia de lágrimas:

—Bueno —dijo—; ya usted cumplió: todo lo sé ya.

—Pero María —le interrumpió dulcemente mi madre—, ¿es, pues, tanta desgracia que Carlos quiera ser tu esposo? ¿no es...?

—Yo le ruego... yo no quiero; yo no necesito saber más. ¿Conque han dejado que usted me lo proponga?... ¡todos, todos lo han consentido! Pues yo digo —agregó con voz enérgica, a pesar de sus sollozos—, digo que antes que consentir en eso me moriré. ¡Ah! ¿ese señor no sabe que yo tengo la misma enfermedad que mató a mi madre, siendo todavía ella muy joven?... ¡Ay! ¿qué haré yo ahora sin ella?

—¿Y no estoy yo aquí? ¿no te quiero con toda mi alma?...

Mi madre era menos fuerte que ella pensaba.

Por mis mejillas rodaron lágrimas que sentía gotear ardientes sobre mis manos, apoyadas en uno de los botones de la puerta que me ocultaba.

María respondió a mi madre:

—Pero entonces, ¿por qué me propone usted esto?

—Porque era necesario que ese *no* saliera de tus labios, aunque me supusiera yo que lo darías.

—Y solamente usted se supuso que lo daría yo, ¿no es así?

—Tal vez algún otro lo supuso también. ¡Si supieras cuánto dolor, cuántos desvelos le ha causado este asunto al que tú juzgas más culpable!...

—¿A papá? —dijo menos pálida ya.

—No; a Efraín.

María exhaló un débil grito, y dejando caer la cabeza sobre el regazo de mi madre, se quedó inmóvil. Ésta abría los labios para llamarme, cuando María volvió a enderezarse lentamente: púsose en pie y dijo casi sonriente, volviendo a asegurarse los cabellos con las manos temblorosas:

—He hecho mal en llorar así, ¿no es cierto? yo creí...

—Cálmate y enjuga esas lágrimas: yo quiero volver a verte tan contenta como estabas. Debes estimar la caballerosidad de su conducta...

—Sí, señora. Que no sepa él que he llorado ¿no? —decía enjugándose con el pañuelo de mi madre.

—¿No ha hecho bien Efraín en consentir que te lo dijera todo?

—Tal vez... cómo no.

—Pero lo dices de un modo... Tu papá le puso por condición, aunque no era necesario, que te dejara decidir libremente en este caso.

—¿Condición? ¿condición para qué?

—Le exigió que no te dijese nunca que sabíamos y consentíamos lo que entre vosotros pasa.

Las mejillas de María se tiñeron, al oír esto, del más suave encarnado. Sus ojos estaban clavados en el suelo.

—¿Por qué le exigía eso? —dijo al fin con voz que apenas alcanzaba a oír yo—. ¿Acaso tengo yo la culpa?... ¿hago mal, pues?...

—No, hija; pero tu papá creyó que tu enfermedad necesitaba precauciones...

—¿Precauciones? ¿No estoy yo buena ya? ¿no creen que no volveré a sufrir nada? ¿Cómo puede Efraín ser causa de mi mal?

144

—Sería imposible... queriéndote tanto, y quizá más que tú a él.

María movió la cabeza de un lado a otro, como respondiéndose algo a sí misma, y sacudiéndola en seguida con la ligereza con que solía hacerlo de niña para alejar un recuerdo miedoso, preguntó:

—¿Qué debo hacer? Yo hago ya todo cuanto quieran.

—Carlos tendrá hoy ocasión de hablarte de sus pretensiones.

—¿A mí?

—Sí; oye: le dirás, conservando por supuesto toda la serenidad que te sea posible, que no puedes aceptar su oferta, aunque mucho te honra, porque eres muy niña, dejándole conocer que te causa verdadera pena dar esa negativa...

—Pero eso será cuando estemos reunidos todos.

—Sí —le respondió mi madre, complacida del candor que revelaban su voz y sus miradas—: creo que sí merezco seas muy condescendiente para conmigo.

A lo cual nada repuso. Acercando con el brazo derecho la cabeza de mi madre a la suya, permaneció así unos instantes mostrando en la expresión de su rostro la más acendrada ternura. Cruzó apresuradamente el aposento y desapareció tras las cortinas de la puerta que conducía a su habitación.

XXVI

Impuesta mi madre de nuestro proyecto de caza, hizo que se nos sirviera temprano el almuerzo a Carlos, a Braulio y a mí.

No sin dificultad logré que el montañés se resolviera a sentarse a la mesa, de la cual ocupó la extremidad opuesta a la en que estábamos Carlos y yo.

Como era natural, hablamos de la partida que teníamos entre manos. Carlos decía:

—Braulio responde de que la carga de mi escopeta está perfectamente graduada; pero continúa ranchado° en que no es tan buena como la tuya, a pesar de que son de una misma fábrica, y de haber disparado él mismo con la mía sobre una cidra, logrando introducirle cuatro postas. ¿No es así, mi amigo? —terminó dirigiéndose al montañés.

—Yo respondo —contestó éste— de que el patrón matará a sesenta pasos un pellar con esa escopeta.

—Pues veremos si yo mato un venado. ¿Cómo dispones la cacería? —agregó dirigiéndose a mí.

—Eso es sabido; como se dispone siempre que se quiere hacer terminar la faena cerca de la casa: Braulio sube hasta el pie del Derrumbo con sus perros de levante: Juan Ángel queda apostado dentro de la quebrada de la Honda con dos de los cuatros perros que he mandado traer de Santa Elena: tu paje con los otros dos esperará en la orilla del río, para evitar que se nos escape el venado a la Novillera: tú y yo estaremos listos para acudir al punto que convenga.

El plan pareció bueno a Braulio, quien después de ensillarnos los caballos ayudado por Juan Ángel, se puso en marcha con éste para desempeñar la parte que le tocaba en la batida.

El caballo retinto que yo montaba, golpeaba el empedrado cuando íbamos a salir ya, impaciente por lucir sus habilidades: arqueado el cuello fino y lustroso como el raso negro, sacudía sus crespas crines estornudando. Carlos iba caballero en un quiteño castaño coral que el general Flores[1] había enviado de regalo en esos meses a mi padre.

Recomendada al señor de M*** la mayor atención, por si el venado venía al huerto como nos lo prometíamos, salimos del patio para emprender el ascenso de la falda, cuyo plano inclinado terminaba a treinta cuadras* hacia el oriente, al pie de las montañas.

Al pasar dando la vuelta a la casa, por frente a los balcones del departamento de Emma, María estaba apoyada en el barandaje de uno de ellos: parecía hallarse en uno de aquellos momentos de completa distracción a que con frecuencia se abandonaba. Eloísa, que se hallaba a su lado, jugaba con los bucles destrenzados y espesos de la cabellera de su prima.

El ruido de nuestros caballos y los ladridos de los perros sa-

---

[1] *el general Flores:* El venezolano Juan José Flores (1801-1864), compañero en armas de Bolívar. Estableció la república del Ecuador en 1830, siendo presidente hasta 1834. Trató, sin éxito, de incorporar al Ecuador el estado del Cauca.

* *Cuadra* se toma por *calle,* y de ahí ha pasado a significar cien varas.

caron a María de su enajenamiento, a tiempo que yo la saludaba por señas y que Carlos me imitaba. Noté que ella permanecía en la misma posición y sitio hasta que nos internamos en la cañada de la Honda.

Mayo nos acompañó hasta el primer torrente que vadeamos; allí, deteniéndose como a reflexionar, regresó a galope corto hacia la casa.

—Oye —le dije a Carlos, luego que se pasó una media hora, durante la cual referí sin descansar los más importantes episodios de las cacerías de venados que los montañeses y yo habíamos hecho—; oye: los gritos de Braulio y ese ladrido de los perros prueban que han levantado.

Las montañas los repetían; y si se acallaban por ratos, empezaban de nuevo con mayor fuerza y a menor distancia.

Poco después descendió Braulio por la orilla limpia del bosque de la cañada. No bien estuvo al lado de Juan Ángel, soltó los dos perros que éste llevaba de cabestro y los detuvo por unos momentos asiéndolos del pestorejo, hasta que se persuadió de que la presa estaba cerca del paso en que nos hallábamos: animólos entonces con repetidos gritos, y desaparecieron veloces.

Carlos, Juan Ángel y yo nos desplegamos en la falda. A poco vimos que empezaba a atravesarla, seguido de cerca por uno de los perros de José, el venado, que bajó por la cañada menos de lo que nos habíamos supuesto.

A Juan Ángel le blanqueaban los ojos y al reír dejaba ver hasta las muelas de su fina dentadura. Sin embargo de haberle ordenado que permaneciera en la cañada, por si el venado volvía a ella, atravesó con Braulio, y casi a par de nuestros caballos, los pajonales y ramblas que nos separaban del río. Al caer a la vega de éste el venado, los perros perdieron el rastro, y él subió en vez de bajar.

Carlos y yo echamos pie a tierra para poder ayudar a Braulio en el fondo de la vega.

Perdida más de una hora en idas y venidas, oímos al fin los ladridos de un perro, los cuales nos dieron esperanza de que se hubiera hallado de nuevo la pista. Pero Carlos juraba al salir de un bejucal en que se había metido sin saber cómo ni cuándo, que el bruto de su negro había dejado ir la pieza río abajo.

Braulio, a quien habíamos perdido de vista hacía rato, gritó con voz tal que a pesar de la distancia pudimos oírla:

—¡Allá va! ¡allá va! Dejen uno con escopeta allííí: sálganse a lo liiimpio, porque el venado se vuelve a la Hooonda.

Quedó el paje de Carlos en su puesto, y éste y yo fuimos a tomar nuestros caballos.

La pieza salía a ese tiempo de la vega, a gran distancia de los perros, y descendía hacia la casa.

—Apéate —grité a Carlos—, y espéralo sobre el cerco[2].

Hízolo así, y cuando el venado se esforzaba, fatigado ya, por brincar el vallado del huerto, disparó sobre él: el venado siguió; Carlos se quedó atónito.

Braulio llegó en ese momento, y yo salté del caballo, botándole las bridas a Juan Ángel.

De la casa veían todo lo que estaba pasando. Don Jerónimo salvó, escopeta en mano, la baranda del corredor, y al ir a disparar sobre el animal, se enredó los pies dichosamente en las plantas de una era, lo cual iba haciéndolo caer a tiempo que mi padre le decía:

—¡Cuidado! ¡cuidado! mire usted que por ahí vienen todos.

Braulio siguió de cerca al venadito, evitando así que los perros lo despedazasen.

El animal entró al corredor desatentado y tembloroso, y se acostó casi ahogado debajo de uno de los sofás, de donde lo sacaba Braulio cuando Carlos y yo llegábamos ya a buen paso. La partida había sido divertida para mí; pero él procuraba en balde ocultar la impaciencia que le había causado errar tan bello tiro.

Emma y María se aproximaron tímidamente a tocar el venadito, suplicando que no lo matásemos: él parecía entender que lo defendían, pues las miró con ojos húmedos y asombrados, bramando quedo, como acaso lo solía hacer para llamar a su madre. Quedó absuelto, y Braulio se encargó de atramojarlo° y ponerlo en sitio conveniente.

Pasado todo, Mayo se acercó al prisionero, lo olió a la distancia que la prudencia exigía, y volviendo a tenderse en el salón, apoyó la cabeza sobre las manos con la mayor tranquili-

---

[2] *cerco:* cerca.

148

dad, sin que bastase tan exótica conducta a privarle de un cariño mío.

Poco después, al despedirse Braulio de mí para volver a la montaña, me dijo:

—Su amigo está furioso, y yo lo he puesto así para vengarme de la chacota que hizo de mis perros esta mañana.

Yo le pedí me explicase lo que decía.

—Me supuse —continuó Braulio— que usted le cedería el mejor tiro, y por eso dejé la escopeta de don Carlos sin municiones cuando me la dio a cargar.

—Has hecho muy mal —le observé.

—No lo volveré a hacer, y menos con él, porque se me pone[3] que no cazará más con nosotros... ¡Ah! la señorita María me ha dado mil recados para Tránsito: le agradezco tanto que esté gustosa de ser nuestra madrina... y no sé qué hacer para que lo sepa: usted debe decírselo.

—Lo haré así; pierde cuidado.

—Adiós —dijo tendiéndome francamente la mano, sin dejar por eso de tocarse el ala del sombrero con la otra—; hasta el domingo.

Salió del patio llamando sus perros con el silbido agudo que producía en tales casos, oprimiendo con el índice y el pulgar el labio inferior.

XXVII

Hasta entonces había conseguido que Carlos no me hiciera confidencia alguna sobre las pretensiones que en mala hora para él lo habían llevado a casa.

Mas luego que nos encontramos solos en mi cuarto, donde me llevó pretextando deseo de descansar y de que leyésemos algo, conocí que iba a ponerme en la difícil situación de la cual había logrado escapar hasta allí a fuerza de maña. Se acostó en mi cama, quejándose de calor; y como le dije que iba a mandar que nos trajeran algunas frutas, me observó que le causaban

---

[3] *se me pone:* se me ocurre.

daño desde que había sufrido intermitentes. Acerquéme al estante preguntándole qué deseaba que leyésemos.

—Hazme el favor de no leer nada —me contestó.

—¿Quieres que tomemos un baño en el río?

—El sol me ha producido dolor de cabeza.

Le ofrecí álcali para que absorbiera.

—No, no; esto pasa —respondió rehusándolo.

Golpeándose luego las botas con el látigo que tenía en la mano:

—Juro no volver a cacería de ninguna especie. ¡Caramba! mire usté que errar ese tiro...

—Eso les sucede a todos —le observé acordándome de la venganza de Braulio.

—¿Cómo a todos? Errarle a un venado a esa distancia, solamente a mí me sucede.

Tras un momento de silencio, dijo buscando algo con la mirada en el cuarto:

—¿Qué se han hecho las flores que había aquí ayer? Hoy no las han repuesto.

—Si hubiera sabido que te complacía verlas ahí, las habría hecho poner. En Bogotá no eras aficionado a las flores.

Y me puse a hojear un libro que estaba abierto sobre la mesa.

—Jamás lo he sido —contestó Carlos—, pero... ¡no leas hombre! Mira: hazme el favor de sentarte aquí cerca, porque tengo que referirte cosas muy interesantes. Cierra la puerta.

Me vi sin salida; hice un esfuerzo para preparar mi fisonomía lo mejor que me fuera posible en tal lance, resuelto en todo caso a ocultar a Carlos lo enorme que era la necedad que cometía haciéndome sus confianzas.

Su padre, que llegó en aquel momento al umbral de la puerta, me libró del tormento a que iba a sujetarme.

—Carlos —dijo don Jerónimo desde afuera—: te necesitamos acá —había en el tono de su voz algo que me pareció significar: «eso está ya muy adelantado».

Carlos se figuró que sus asuntos marchaban gloriosamente. De un salto se puso en pie contestando:

—Voy en este momento —y salió.

A no haber yo fingido leer con la mayor calma en aquellos

instantes, probablemente se habría acercado a mí, para decirme sonriendo: «En vista de la sorpresa que te preparo, vas a perdonarme el que no te haya dicho nada hasta ahora sobre este asunto»... Mas yo debí de parecerle tan indiferente a lo que pasaba como traté de fingirlo; lo cual fue conseguir mucho.

Por el ruido de las pisadas de la pareja, conocí que entraba al cuarto de mi padre.

No queriendo verme de nuevo en peligro de que Carlos me hablase de sus asuntos, me dirigí a los aposentos de mi madre. María se hallaba en el costurero: estaba sentada en una silla de cenchas, de la cual caía espumosa, arregazada a trechos con lazos de cinta celeste, su falda de muselina blanca; la cabellera, sin trenzar aún, rodábale en bucles sobre los hombros. En la alfombra que tenía a los pies, se había quedado dormido Juan, rodeado de sus juguetes. Ella, con la cabeza ligeramente echada hacia atrás, parecía estar viendo al niño: habiéndosele caído de las manos el linón que cosía, descansaba sobre la alfombra.

Apenas sintió pasos levantó los ojos hacia mí; se pasó por las sienes las manos para despejarlas de cabellos que no las cubrían, y vergonzosa se inclinó con presteza a recoger la costura.

—¿Dónde está mi madre? —le pregunté, dejando de mirarla por contemplar la hermosura del niño dormido.

—En el cuarto de papá.

Y hallando en mi rostro lo que buscó tímidamente al decir esto, sus labios intentaron sonreír.

Medio arrodillado yo, enjugaba con mi pañuelo la frente al chiquito.

—¡Ay! —exclamó María—, ¿acaso vi que se había dormido? voy a acostarlo.

Y se acercó a tomar a Juan. Yo lo estaba alzando ya en mis brazos, y María lo esperaba en los suyos: besé los labios de Juan entreabiertos y purpurinos, y aproximando su rostro al de María, posó ella los suyos sobre esa boca que sonreía al recibir nuestras caricias y lo estrechó tiernamente contra su pecho[1].

---

[1] Este ósculo indirecto entre Efraín y María recuerda un consejo de Ovidio a los amantes —que beban en la misma copa que sus amadas, poniendo los labios en el mismo sitio que ellas *(Arte de amar,* I, v. 576).

Salió para volver momentos después a ocupar su asiento, junto al cual había colocado yo el mío.

Estaba ella arreglando los utensilios de su caja de costura, que había desordenado Juan, cuando le dije:

—¿Has hablado con mi madre hoy sobre cierta propuesta de Carlos?

—Sí —respondió, prolongando sin mirarme el arreglo de la cajita.

—¿Qué te ha dicho? Deja eso ahora y hablemos formalmente.

Buscó aún algo en el suelo, y tomando por último un aire de afectada seriedad, que no excluía el vivo rubor de sus mejillas ni el mal velado brillo de sus ojos, contestó:

—Muchas cosas.

—¿Cuáles?

—Ésas que usted aprobó que ella me dijera.

—¿Yo? ¿y por qué me tratas de usted hoy?

—¿No ve que es porque algunas veces me olvido...

—Di las cosas de que te habló mi madre.

—Si ella no me ha mandado que las diga... Pero lo que yo le respondí sí se puede contar.

—Bueno; a ver.

—Le dije que... Tampoco se pueden decir ésas.

—Ya me las dirás en otra ocasión, ¿no es verdad?

—Sí; hoy no.

—Mi madre me ha manifestado que estás animada a contestarle a él lo que debes, a fin de que comprenda que estimas en lo que vale el honor que te hace.

Miróme entonces fijamente sin responderme.

—Así debe ser —continué.

Bajó los ojos y siguió guardando silencio, distraída al parecer en clavar en orden las agujas de su almohadilla.

—María, ¿no me has oído? —agregué.

—Sí.

Y volvió a buscar mis miradas, que me era imposible separar de su rostro. Vi entonces que en sus pestañas brillaban lágrimas.

—¿Pero por qué lloras? —le pregunté.

—No, si no lloro... ¿acaso he llorado?

Y tomando mi pañuelo se enjugó precipitadamente los ojos.

—Te han hecho sufrir con eso, ¿no? Si te has de poner triste, no hablemos más de ello.

—No, no; hablemos.

—¿Es mucho sacrificio resolverte a oír lo que te dirá hoy Carlos?

—Yo tengo ya que darle a mamá gusto; pero ella me prometió que me acompañarían. Estarás ahí, ¿no es cierto?

—¿Y para qué así? ¿Cómo tendrá ocasión de hablarte él?

—Pero estarás tan cerca cuanto sea posible.

Y poniéndose a escuchar:

—Es mamá que viene —continuó, poniendo una mano suya en las mías, para dejarla tocar de mis labios, como solía hacerlo cuando quería hacer completa, al separarnos, mi felicidad de algunos minutos.

Entró mi madre, y María, ya en pie, me dijo:

—¿El baño?

—Sí —le repuse.

—Y las naranjas cuando estés allá.

—Sí.

Mis ojos debieron de completar tan tiernamente como mi corazón lo deseaba estas respuestas, pues ella, satisfecha de mi disimulo, sonreía al oírlas.

Estaba acabando de vestirme a la sombra de los naranjos del baño, a tiempo que don Jerónimo y mi padre, que deseaba enseñarle el mejor adorno de su jardín, llegaron a él. El agua estaba a nivel con el chorro, y se veían en ella, sobrenadando o errantes por el fondo diáfano, las rosas que Estefana había derramado en el estanque.

Era Estefana una negra de doce años, hija de esclavos nuestros: su índole y belleza la hacían simpática para todos[2]. Tenía un afecto fanático por su señorita María, la cual se esmeraba en hacerla vestir graciosamente.

Llegó Estefana poco después que mi padre y el señor de

---

[2] Compárese esta descripción de Juan Ángel: «Tenía yo un *cariño especial* al negrito: él contaba a la sazón *doce años;* era *simpático* y casi pudiera decirse que *bello*» (XXII).

M***; y convencida de que podía acercarse ya, me presentó una copa que contenía naranja preparada con vino y azúcar.

—Hombre, su hijo de usted vive aquí como un rey —dijo don Jerónimo a mi padre; éste le repuso, a tiempo que daban vuelta al grupo de naranjos para tomar el camino de la casa:

—Seis años ha vivido como estudiante, y le faltan por vivir así otros cinco cuando menos.

XXVIII

Aquella tarde, antes de que se levantasen las señoras a preparar el café, como lo hacían siempre que había extraños en casa, traje a conversación las pescas de los niños y referí la causa por la cual les había ofrecido presenciar aquel día la colocación de los anzuelos en la quebrada. Se aceptó mi propuesta de elegir tal sitio para paseo. Solamente María me miró como diciéndome: «¿conque no hay remedio?».

Atravesábamos ya el huerto. Fue necesario esperar a María y también a mi hermana, quien había ido a averiguar la causa de su demora. Daba yo el brazo a mi madre. Emma rehusó cortésmente apoyarse en el de Carlos, so pretexto de llevar de la mano a uno de los niños: María lo aceptó casi temblando, y al poner la mano en él, se detuvo a esperarme; apenas fue posible significarle que era necesario no vacilar.

Habíamos llegado al punto de la ribera donde en la hoya de la vega, alfombrada de fina grama, sobresalen de trecho en trecho piedras negras manchadas de musgos blancos.

La voz de Carlos tomaba un tono confidencial: hasta entonces había estado sin duda cobrando ánimo y empezaba a dar un rodeo para tomar buen viento. María intentó detenerse otra vez: en sus miradas a mi madre y a mí había casi una súplica; y no me quedó otro recurso que procurar no encontrarlas. Vio en mi semblante algo que le mostró el tormento a que estaba yo sujeto, pues en su rostro ya pálido noté un ceño de resolución extraño en ella. Por el continente de Carlos me persuadí de que era llegado el momento en que deseaba yo escuchar. Ella empezaba a responderle, y como su voz, aunque trémula, era más clara de lo que él parecía desear, llegaron a mis oídos estas frases interrumpidas:

—Habría sido mejor que usted hablase solamente con ellos... Sé estimar el honor que usted... Esta negativa...

Carlos estaba desconcertado: María se había soltado de su brazo, y acabando de hablar jugaba con los cabellos de Juan, quien asiéndola de la falda, le mostraba un racimo de adorotes[1] colgante del árbol inmediato.

Dudo que la escena que acabo de describir con la exactitud que me es posible, fuera estimada en lo que valía por don Jerónimo, el cual con las manos dentro de las faltriqueras de su chupa azul, se acercaba en aquel momento con mi padre; para éste todo pasó como si lo hubiese oído.

María se agregó mañosamente a nuestro grupo con pretexto de ayudarle a Juan a coger unas moras que él no alcanzaba. Como yo había tomado ya las frutas para dárselas al niño, ella me dijo al recibírmelas:

—¿Qué hago para no volver con ese señor?

—Es inevitable —le respondí.

Y me acerqué a Carlos convidándolo a bajar un poco más por la vega para que viésemos un bello remanso, y le instaba con la mayor naturalidad que me era posible fingir, que viniésemos a bañarnos en él la mañana siguiente. Era pintoresco el sitio; pero, decididamente, Carlos veía en éste, menos que en cualesquiera otros, la hermosura de los árboles y los bejucos florecidos que se bañaban en las espumas, como guirnaldas desatadas por el viento.

El sol al acabar de ocultarse teñía las colinas, los bosques y las corrientes con resplandores color de topacio; con la luz apacible y misteriosa que llaman los campesinos «el sol de los venados», sin duda porque a tal hora salen esos habitantes de las espesuras a buscar pastos en los pajonales de las altas cuchillas o al pie de los magueyes que crecen entre las grietas de los peñascos.

Al unirnos Carlos y yo al grupo que formaban los demás, ya iban a tomar el camino de la casa, y mi padre con una oportunidad perfectamente explicable, dijo a don Jerónimo:

---

[1] *adorotes:* «Tallo o rama flexible de una planta» *(Diccionario histórico,* 1960).

—Nosotros no debemos pasar desde ahora por valetudinarios; regresemos acompañados.

Dicho esto, tomó la mano de María para ponerla en su brazo, dejando al señor de M*** llevar a mi madre y a Emma.

—Han estado más galantes que nosotros —dije a Carlos, señalándole a mi padre y al suyo.

Y los seguimos, llevando yo en los brazos a Juan, quien abriendo los suyos se me había presentado diciéndome:

—Que me alces, porque hay espinas y estoy cansado.

Refirióme después María que mi padre le había preguntado, cuando empezaban a vencer la cuestecilla de la vega, qué le había dicho Carlos; y como insistiese afablemente en que le contara, porque ella guardaba silencio, se resolvió al fin, animada así, a decirle lo que había respondido a Carlos.

—¿Es decir —le preguntó mi padre casi riendo, oída la trabajosa relación que ella acababa de hacerle—, es decir que no quieres casarte nunca?

Respondióle meneando la cabeza en señal de negativa, sin atreverse a verlo.

—Hija, ¿si tendrás ya visto algún novio? —continuó mi padre—: ¿no dices que no?

—Sí digo —contestóle María muy asustada.

—¿Será mejor que ese buen mozo que has desdeñado? Y al decirle esto, mi padre le pasó la mano derecha por la frente para conseguir que lo mirase. ¿Crees que eres muy linda?

—¿Yo? no, señor.

—Sí; y te lo habrá dicho alguno muchas veces. Cuéntame cómo es ese afortunado.

María temblaba sin atreverse a responder una palabra más, cuando mi padre continuó, diciéndole:

—Él te acabará de merecer; tú querrás que sea un hombre de provecho... Vamos, confiésamelo; ¿no te ha dicho que me lo ha contado todo?

—Pero si no hay qué contar.

—¿Conque tienes secretos para tu papá? —le dijo mirándola cariñosamente y en tono de queja; lo cual animó a María a responderle:

—¿Pues no dice usted que se lo han contado todo?

Mi padre guardó silencio por un rato. Parecía que lo apesaraba algún recuerdo. Subían las gradas del corredor del huerto cuando ella le oyó decir:

—¡Pobre Salomón!

Y pasaba al mismo tiempo una de sus manos por la cabellera de la hija de su amigo.

Aquella noche en la cena, las miradas de María al encontrarlas yo, empezaron a revelarme lo que entre mi padre y ella había pasado. Se quedaba a veces pensativa, y creí notar que sus labios pronunciaban en silencio algunas palabras, como distraída solía hacerlo con los versos que le agradaban.

Mi padre trató en cuanto le fue posible de hacer menos difícil la situación del señor de M*** y de su hijo, quien, por lo que se notaba, había hablado con don Jerónimo sobre lo sucedido en la tarde: todo esfuerzo fue inútil. Habiendo dicho desde por la mañana el señor de M*** que madrugaría al día siguiente, insistió en que le era preciso estar muy temprano en su hacienda, y se retiró con Carlos a las nueve de la noche, después de haberse despedido de la familia en el salón.

Acompañé a mi amigo a su cuarto. Todo mi afecto hacia él había revivido en esas últimas horas de su permanencia en casa: la hidalguía de su carácter, esa hidalguía de que tantas pruebas me dio durante nuestra vida de estudiantes, lo magnificaba de nuevo ante mí. Casi me parecía vituperable la reserva que me había visto forzado a usar para con él. Si cuando tuve noticia de sus pretensiones, me decía yo, le hubiese confiado mi amor por María, y lo que en aquellos tres meses había llegado a ser ella para mí, él, incapaz de arrostrar las fatales predicciones hechas por el médico, hubiera desistido de su intento; y yo, menos inconsecuente y más leal, nada tendría que echarme en cara. Muy pronto, si no las comprende ya, tendrá que conocer las causas de mi reserva, en ocasión en que esa reserva tanto mal pudo haberle hecho. Estas reflexiones me apenaban. Las indicaciones recibidas de mi padre para manejar ese asunto eran tales, que bien podía sincerarme con ellas. Pero no: lo que en realidad había pasado, lo que tenía que suceder y sucedió, fue que ese amor, adueñado de mi alma para siempre, la había hecho insensible a todo otro sentimiento, ciega a cuanto no viniese de María.

Tan luego como estuvimos solos en mi cuarto, me dijo, tomando todo el aire de franqueza estudiantil, sin que en su fisonomía desapareciera por completo la contrariedad que denunciaba:

—Tengo que disculparme para contigo de una falta de confianza en tu lealtad.

Yo deseaba oírle ya la confidencia tan temible para mí un día antes.

—¿De qué falta? —le respondí—: no la he notado.

—¿Que no la has notado?

—No.

—¿No sabes el objeto con que mi padre y yo vinimos?

—Sí.

—¿Estás al corriente del resultado de mi propuesta?

—No bien, pero...

—Pero lo adivinas.

—Es verdad.

—Bueno. Entonces ¿por qué no hablé contigo sobre lo que pretendía, antes de hacerlo con cualquiera otro, antes de consultárselo a mi padre?

—Una delicadeza exagerada de tu parte...

—No hay tal delicadeza: lo que hubo fue torpeza, imprevisión, olvido de... lo que quieras; pero no se llama como lo has llamado.

Se paseó por el cuarto; y deteniéndose luego delante del sillón que yo ocupaba:

—Oye —dijo—, y admírate de mi candidez. ¡Cáspita! yo no sé para qué diablos le sirve a uno haber vivido veinticuatro años. Hace poco más de un año que me separé de ti para venirme al Cauca, y ojalá te hubiera esperado como tanto lo deseaste. Desde mi llegada a casa fui objeto de las más obsequiosas atenciones de tu padre y de tu familia toda: ellos veían en mí a un amigo tuyo, porque acaso les habías hecho saber la clase de amistad que nos unía. Antes de que vinieras, vi dos o tres veces a la señorita María y a tu hermana, ya de visita en casa, ya aquí. Hace un mes que me habló mi padre del placer que le daría yo tomando por esposa a una de las dos. Tu prima había extinguido en mí, sin saberlo ella, todos aquellos recuerdos de Bogotá que tanto me atormentaban, como te lo decían mis primeras cartas. Convine con mi padre en que pidiera él para mí la mano de la señorita María. ¿Por qué no procuré verte antes? Bien es verdad que la prolongada enfermedad de mi madre me retuvo en la ciudad; pero ¿por qué no te escribí? ¿Sabes por qué?... Creía que el hacerte la confidencia de mis pretensiones era como exigirte algo a mi favor, y el orgullo me lo impidió. Olvidé que eras mi amigo: tú tendrías derecho —lo tienes— para olvidarlo también. ¿Pero si tu prima me hubiese amado; si lo que no era otra cosa que las consideraciones a que tu amistad me daba derecho hubiera sido amor, tú habrías consentido en que ella fuera mi mujer sin...? ¡Vaya! yo soy un tonto en preguntártelo y tú muy cuerdo en no responderme.

—Mira —agregó después de un instante en que estuvo acodado en la ventana—: tú sabes que yo no soy hombre de los que se echan a morir por estas cosas: recordarás que siempre me reí de la fe con que creías en las grandes pasiones de aquellos dramas franceses que me hacían dormir cuando tú me los leías en las noches de invierno[2]. Lo que hay es otra cosa: yo tengo que casarme; y me halagaba la idea de entrar a tu casa, de ser casi tu hermano. No ha sucedido así; pero en cambio buscaré una mujer que me ame sin hacerme merecedor de tu odio, y...

—¡De mi odio! —exclamé interrumpiéndole.

—Sí; dispensa mi franqueza. ¡Qué niñería!; no; qué imprudencia habría sido ponerme en semejante situación! Bello resultado: pesadumbres para tu familia, remordimiento para mí, y la pérdida de tu amistad.

—Mucho debes de amarla —continuó después de una pausa—; mucho, puesto que pocas horas me han bastado para conocerlo, a pesar de lo que has procurado ocultármelo. ¿No es verdad que la amas así como creíste llegar a amar cuando tenías dieciocho años?

---

[2] Jorge Isaacs también era aficionado al teatro romántico francés. Tal influencia está patente en su *Paulina Lamberti,* el único drama suyo que ha sido editado, bien que póstumamente (siguen inéditas otras tres obras: *María Adrian,* o *Los montañeses de Lyon; La última noche de Capua;* y *Amy Robsart,* una imitación de la pieza de Víctor Hugo del mismo título). El doctor Lorenzo María Lleras hizo representar en su colegio varios dramas franceses e ingleses durante el tiempo que Isaacs asistió allí, pero lo curioso es que el futuro dramaturgo no trabajó en ninguno de ellos (véase A. S. Lleras, *L. M. Lleras,* págs. 44-46).

—Sí —le respondí seducido por su noble franqueza.

—¿Y tu padre lo ignora?

—No.

—¿No? —preguntó admirado.

Entonces le referí la conferencia que había tenido días antes con mi padre.

—¿Conque todo, todo lo arrostras? —me interrogó maravillado apenas hube concluido mi relación—. ¿Y esa enfermedad que probablemente es la de su madre?... ¿Y vas a pasar quizá la mitad de tu vida sentado sobre una tumba...?

Estas últimas palabras me hicieron estremecer de dolor: ellas, pronunciadas por boca de un hombre a quien no otra cosa que su afecto por mí podía dictárselas; por Carlos, a quien ninguna alucinación engañaba, tenían una solemnidad terrible, más terrible aún que el *sí* con el cual acababa yo de contestarlas.

Púseme en pie, y al ofrecerle mis brazos a Carlos, me estrechó casi con ternura entre los suyos. Me separé de él abrumado de tristeza, pero libre ya del remordimiento que me humillaba cuando nuestra conferencia empezó.

Volví al salón. Mientras mi hermana ensayaba en la guitarra un valse nuevo, María me refirió la conversación que al regreso de paseo había tenido con mi padre. Nunca se había mostrado tan expansiva conmigo: recordando ese diálogo, el pudor le velaba frecuentemente los ojos y el placer le jugaba en los labios.

XXIX

La llegada de los correos y la visita de los señores de M*** habían aglomerado quehaceres en el escritorio de mi padre. Trabajamos todo el día siguiente, casi sin interrupción; pero en los momentos que nos reuníamos con la familia en el comedor, las sonrisas de María me hacían dulces promesas para la hora de descanso: a ellas les era dable hacerme leve hasta el más penoso trabajo.

A las ocho de la noche acompañé a mi padre hasta su alcoba, y respondiendo a mi despedida de costumbre, añadió:

—Hemos hecho algo, pero nos falta mucho. Conque hasta mañana temprano.

En días como aquél, María me esperaba siempre por la noche en el salón, conversando con Emma y mi madre, leyéndole a ésta algún capítulo de la *Imitación de la Virgen*[1] o enseñando oraciones a los niños.

Parecíale tan natural que me fuese necesario pasar a su lado unos momentos en esa hora, que me los concedía como algo que no le era permitido negarme. En el salón o en el comedor me reservaba siempre un asiento inmediato al suyo, y un tablero de damas o los naipes nos servían de pretexto para hablar a solas, menos con palabras que con miradas y sonrisas. Entonces sus ojos, en arrobadora languidez, no huían de los míos.

—¿Viste a tu amigo esta mañana? —me preguntó procurando hallar respuesta en mi semblante.

—Sí: ¿por qué me lo preguntas ahora?

—Porque no he podido hacerlo antes.

—¿Y qué interés tienes en saberlo?

—¿Te instó él a que le pagaras la visita?

—Sí.

—Irás a pagársela, ¿no?

—Seguramente.

—Él te quiere mucho, ¿no es así?

—Así lo he creído siempre.

—¿Y lo crees todavía?

—¿Por qué no?

—¿Lo quieres como cuando estabais ambos en el colegio?

—Sí; pero ¿por qué hablas hoy de esto?

—Es porque yo quisiera que tú fueses siempre su amigo, y que él siguiese siéndolo tuyo... Pero tú no le habrás contado nada.

—¿Nada de qué?

—Pues de eso.

—¿Pero de qué cosa?

---

[1] *Imitación de la Virgen*: traducción (publicada a partir de 1801) de la popularísima *L'Imitation de la très sainte Vierge* (1766), por el padre Alexandre-Joseph de Rouville. Rouville basó su obra sobre *De la imitación de Nuestra Señora*, un extracto del *Aprovechamiento espiritual* del padre Francisco Arias (Valencia, 1588).

—Si sabes qué es lo que digo... No le has dicho, ¿no?

Yo me complacía en la dificultad que ella encontraba para preguntarme si había hablado de nuestro amor a Carlos, y le respondí:

—Es la primera vez que no te entiendo.

—¡Avemaría! ¿cómo no has de entender? Que si le has hablado de lo que...

Y como me quedase mirándola al propio tiempo que me sonreía de su infantil afán, prosiguió:

—Bueno; ya no me digas; y se puso a hacer torrecillas con las fichas del tablero en que jugábamos.

—Si no me miras —le dije— no te confieso lo que le he dicho a Carlos.

—Ya, pues... a ver, di —respondióme tratando de hacer lo que yo le exigía.

—Se lo he contado todo.

—¡Ay! no; ¿todo?

—¿Hice mal?

—Si así debía ser... Pero entonces ¿por qué no se lo contaste antes de que viniera?

—Mi padre se opuso a ello.

—Sí, pero él no habría venido; ¿y no hubiera sido mejor?

—Sin duda, pero yo no debía hacerlo, y hoy él está satisfecho de mí.

—¿Seguirá, pues, siendo tu amigo?

—No hay motivo para que deje de serlo.

—Sí, porque yo no quiero que por esto...

—Carlos te agradecerá tanto como yo ese deseo.

—¿Conque te separaste de él como de costumbre? ¿y él se ha ido contento?

—Tan contento como era posible conseguirlo.

—Pero yo no tengo la culpa, ¿no?

—No, María, ni él te estima menos que antes por lo que has hecho.

—Si te quiere de veras, así debe ser. ¿Y sabes por qué ha pasado todo así con ese señor?

—¿Por qué?

—¡Pero cuidado con reírte!

—No me reiré.

162

—Pero si ya estás riéndote.

—No es de lo que vas a decirme sino de lo que ya has dicho; di, María.

—Ha sido porque yo le he rezado mucho a la Virgen para que hiciera suceder todo así, desde ayer que mamá me habló.

—¿Y si la Virgen no te hubiera concedido lo que le pedías?

—Eso era imposible: siempre me concede lo que le pido, y como esta vez yo le rogaba tanto, estaba segura de que me oiría. Mamá se va —agregó— y Emma se está durmiendo. Ya, ¿no?

—¿Quieres irte?

—¿Y qué voy a hacer?... ¿Mucho escribirán mañana también?

—Parece que sí.

—¿Y cuando Tránsito venga?

—¿A qué horas viene?

—Mandó decir que a las doce.

—A esa hora habremos concluido. Hasta mañana.

Respondió a mi despedida con las mismas palabras, pero admirándose de que me quedase con el pañuelo que ella tenía en la mano que me dio a estrechar. María no comprendía que ese pañuelo perfumado era un tesoro para una de mis noches. Después se negó casi siempre a concederme tal bien, hasta que vinieron los días en que se mezclaron tantas veces nuestras lágrimas.

XXX

En la mañana siguiente, mi padre dictaba y yo escribía, mientras él se afeitaba, operación que nunca interrumpía los trabajos empezados, no obstante el esmero que en ella gastaba siempre. Su cabellera riza, abundante aún en la parte posterior de la cabeza, y que dejaba inferir cuán hermosos serían los cabellos que llevó en su juventud, le pareció un poco larga. Entreabriendo la puerta que caía al corredor, llamó a mi hermana.

163

—Está en la huerta —le respondió María desde el costurero de mi madre—. ¿Necesita usted algo?

—Ven tú, María —le contestó a tiempo que yo le presentaba algunas cartas concluidas para que las firmase—. ¿Quieres que bajemos mañana? —me preguntó firmando la primera.

—Cómo no.

—Será bueno, porque hay mucho que hacer: yendo ambos, nos desocuparemos más pronto. Puede ser que el señor A*** escriba algo sobre su viaje en este correo: ya se demora en avisar para cuándo debes estar listo. Entra, hija —agregó volviéndose a María, la cual esperaba afuera por haber encontrado la puerta entornada.

Ella entró dándonos los buenos días. Sea que hubiese oído las últimas palabras de mi padre sobre mi viaje, sea que no pudiese prescindir de su timidez genial delante de éste, con mayor razón desde que él le había hablado de nuestro amor, se puso algo pálida. Mientras él acababa de firmar, la mirada de María se paseaba por las láminas del cuarto, después de haberse encontrado furtivamente con la mía.

—Mira —le dijo mi padre sonriendo al mostrarle los cabellos—, ¿no te parece que tengo mucho pelo?

Ella sonrió también al responderle:

—Sí, señor.

—Pues recórtalo un poco —y tomó para entregárselas las tijeras de un estuche que estaba abierto sobre una de las mesas—. Voy a sentarme para que puedas hacerlo mejor.

Dicho esto, acomodóse en la mitad del cuarto dando la espalda a la ventana y a nosotros.

—Cuidado, mi hija, con trasquilarme —dijo cuando ella iba a empezar—. ¿Está principiada la otra carta? —añadió dirigiéndose a mí.

—Sí, señor.

Comenzó a dictar hablando con María mientras yo escribía.

—¿Conque te hace gracia que te pregunte si tengo muchos cabellos?

—No, señor —respondióle consultándome si iba bien la operación.

—Pues así como los ves —continuó mi padre—, fueron tan negros y abundantes como otros que yo conozco.

164

María soltó los que tenía en ese momento en la mano.

—¿Qué es? —le preguntó él—, volviendo la cabeza para verla.

—Que voy a peinarlos para recortar mejor.

—¿Sabes por qué se cayeron y encanecieron tan pronto? —le preguntó después de dictarme una frase.

—No, señor.

—Cuidado, niño, con equivocarse.

María se sonrojó, mirándome con todo el disimulo que era necesario para que mi padre no lo notase en el espejo de la mesa de baño, que tenía al frente.

—Pues cuando yo tenía veinte años —prosiguió—, es decir, cuando me casé, acostumbraba bañarme la cabeza todos los días con agua de Colonia. Qué disparate, ¿no?

—Y todavía —observó ella.

Mi padre se rió con aquella risa armoniosa y sonora que acostumbraba.

Yo leí el final de la frase escrita, y él, dictada otra, continuó su diálogo con María.

—¿Está ya?

—Creo que sí; ¿no? —añadió consultándome.

Cuando María se inclinó a sacudir los recortes de cabellos que habían caído sobre el cuello de mi padre, la rosa que ella llevaba en una de las trenzas le cayó a él a los pies. Iba ella a alzarla, pero mi padre la había tomado ya. María volvió a ocupar su puesto tras de la silla, y él le dijo después de verse en el espejo detenidamente:

—Yo te la pondré ahora donde estaba, para recompensarte lo bien que lo has hecho —y acercándose a ella, agregó, colocando la flor con tanta gracia como lo hubiera podido Emma—: todavía se me puede tener envidia.

Detuvo a María, que se mostraba deseosa de retirarse por temor de lo que él pudiera añadir, besóle la frente y le dijo en voz baja:

—Hoy no será como ayer; acabaremos temprano.

XXXI

Serían las once. Terminado el trabajo, estaba yo acodado en la ventana de mi cuarto.

Aquellos momentos de olvido de mí mismo, en que mi pensamiento se cernía en regiones que casi me eran desconocidas; momentos en que las palomas que estaban a la sombra en los naranjos agobiados por sus racimos de oro, se arrullaban amorosas; en que la voz de María, arrullo más dulce aún, llegaba a mis oídos, tenían un encanto inefable.

La infancia, que en su insaciable curiosidad se asombra de cuanto la naturaleza, divina enseñadora, ofrece nuevo a sus miradas; la adolescencia, que adivinándolo todo, se deleita involuntariamente con castas visiones de amor... presentimiento de una felicidad tantas veces esperada en vano; sólo ellas saben traer aquellas horas no medidas en que el alma parece esforzarse por volver a las delicias de un Edén —ensueño o realidad— —que aún no ha olvidado[1].

No eran las ramas de los rosales, a los que las linfas del arroyo quitaban leves pétalos para engalanarse fugitivas; no el vuelo majestuoso de las águilas negras sobre las cimas cercanas, no era eso lo que veían mis ojos; era lo que ya no veré más; lo que mi espíritu quebrantado por tristes realidades no busca, o admira únicamente en sus sueños: el mundo que extasiado contemplé a los primeros albores de la vida.

Divisé en el negro y tortuoso camino de las lomas, a Tránsito y a su padre, quienes venían en cumplimiento de lo que a María tenían prometido. Crucé el huerto y subí la primera colina para aguardarlos en el puente de la cascada, visible desde el salón de la casa.

Como estábamos al raso, todavía no eran cortos los monta-

---

[1] *el alma... no ha olvidado:* Aquí hay un recuerdo platónico: dice Platón en su *Fedro* que el alma humana, antes de venir a la tierra, ha habitado en el cielo, donde conoció la verdad absoluta y la belleza. La influencia platónica está más nítida en las primeras ediciones, que traen «el alma parece esforzarse por volver *al cielo, que aún no ha podido olvidar*».

ñeses para conmigo; me dijeron todas aquellas cosas que solían en pasándose algunos días sin vernos.

Pregunté por Braulio a Tránsito:

—Se quedó aprovechando el buen sol para la revuelta*. ¿Y la Virgen de la Silla?[2].

Tránsito acostumbraba preguntarme así por María desde que advirtió la notable semejanza entre el rostro de su futura madrina y el de una bella Madonna del oratorio de mi madre.

—La viva está buena y esperándote —le respondí—; la pintada, llena de flores y alumbrada para que te haga muy feliz.

Así que nos acercamos a la casa, María y Emma salieron a recibir a Tránsito, a la cual dijeron, entre otros agasajos, que estaba muy buena moza; y era cierto, pues la felicidad la embellecía.

José recibió, sombrero en mano, los cariñosos saludos de sus señoritas; y zafándose la mochila que traía a la espalda llena de legumbres para regalo, entró con nosotros, instado por mí, al aposento de mi madre. A su paso por el salón, Mayo, que dormía bajo una de las mesas, le gruñó, y el montañés le dijo riendo:

—¡Ola! abuelo, ¿todavía no me quieres? Será porque estoy tan viejo como tú.

—¿Y Lucía? —preguntó María a Tránsito—, ¿por qué no quiso acompañarte?

—Si es tan floja que no°, y tan montuna°.

—Pero Efraín dice que con él no es así —le observó Emma.

Tránsito se rió antes de responder:

—Con el señor es menos vergonzosa, porque como va tantas veces allá, le ha ido perdiendo el miedo.

Tratamos de saber el día en que hubiera de efectuarse el matrimonio. José, para sacar de apuros a su hija, contestó:

—Queremos que sea de hoy en ocho días. Si está bien pensado, lo haremos así: en casa madrugaremos mucho, y no pa-

---

* Desyerba.

[2] *Virgen de la Silla:* la *Madonna della Sedia,* uno de los cuadros más famosos de Rafael. Al final del capítulo III Efraín había comparado a María con «una virgen de Rafael».

rando, llegaremos al pueblo[3] cuando asome el sol: saliendo ustedes de aquí a las cinco, nos alcanzarán llegando; y como el señor cura tendrá todo listo, nos despacharemos temprano. Luisa es enemiga de fiestas, y las muchachas no bailan: pasaremos, pues, el domingo como todos, con la diferencia de que ustedes nos harán una visita; y el lunes cada cual a su oficio: ¿no le parece? —concluyó dirigiéndose a mí.

—Sí, pero ¿irá a pie Tránsito al pueblo?

—¡He! —exclamó José.

—¿Pues cómo? —preguntó ella admirada.

—A caballo; ¿no están ahí los míos?

—Si a mí me gusta más andar a pie; y a Lucía no es sólo eso, sino que les tiene miedo a las bestias*.

—¿Pero por qué? —preguntó Emma.

—Si en la Provincia solamente los blancos andan a caballo; ¿no es así, padre?

—Sí; y los que no son blancos, cuando ya están viejos.

—¿Quién te ha dicho que no eres blanca? —pregunté a Tránsito—; y blanca como pocas.

La muchacha se puso colorada como una guinda, al responderme:

—Las que yo digo son las gentes ricas, las señoras.

José, luego que fue a saludar a mi padre, se despidió prometiéndonos volver por la tarde, a pesar de nuestras instancias para que se quedase a comer con nosotros.

A las cinco, como saliese la familia a acompañar a Tránsito hasta el pie de la montaña, María, que iba a mi lado, me decía:

—Si hubieras visto a mi ahijada con el traje de novia que le he hecho, y los zarcillos y gargantilla que le han regalado Emma y mamá, estoy segura de que te habría parecido muy linda.

—¿Y por qué no me llamaste?

—Porque Tránsito se opuso. Tenemos que preguntarle a mamá qué dicen y qué hacen los padrinos en la ceremonia.

—De veras, y los ahijados nos enseñarán qué responden los que se casan, por si se nos llegare a ofrecer.

---

[3] *pueblo:* Santa Elena.
* Caballerías.

168

Ni las miradas ni los labios de María respondieron a esta alusión a nuestra futura felicidad; y permaneció pensativa mientras andábamos el corto trecho que nos faltaba para llegar a la orilla de la montaña.

Allí estaba esperando Braulio a su novia, y se adelantó risueño y respetuoso a saludarnos.

—Se les va a hacer de noche para bajar —nos dijo Tránsito.

Se despidieron cariñosamente de nosotros los montañeses. Se habían internado algún espacio en la selva cuando oímos la buena voz de Braulio que cantaba vueltas* antioqueñas.

Después de nuestro diálogo, María no había vuelto a estar risueña. Inútilmente trataba yo de ocultarme la causa; bien la sabía por mi mal: ella pensaba al ver la felicidad de Tránsito y Braulio, en que pronto íbamos nosotros a separarnos, en que tal vez no volveríamos a vernos... quizá en la enfermedad de que había muerto su madre. Y yo no me atreví a turbar su silencio.

Bajando las últimas colinas, Juan, a quien ella llevaba de la mano, me dijo:

—María quiere que yo sea guapo para caminar, y ella está cansada.

Ofrecíle entonces mi brazo para que se apoyara, lo que no había podido hacer antes por atención a Emma y a mi madre.

Estábamos ya a poca distancia de la casa. Se iban apagando los arreboles que al ocultarse el sol había dejado sobre las sierras de occidente: la luna, levantándose a nuestra espalda sobre las montañas de que nos alejábamos, proyectaba las inquietas sombras de los sauces y enredaderas del jardín en los muros pálidamente iluminados.

Yo espiaba el rostro de María, sin que ella lo notase, buscando los síntomas de su mal, a los cuales precedía siempre aquella melancolía que de súbito se había apoderado de ella.

—¿Por qué te has entristecido? —le pregunté al fin.

—¿No he estado pues como siempre? —me respondió cual si despertase de un ligero sueño—. ¿Y tú?

—Es porque has estado así.

---

* Música y danza popular en Antioquia. *[Nota de la versión definitiva.]*

—Pero ¿no podría yo contentarte?

—Vuelve pues a estar alegre.

—¿Alegre? —preguntó como admirada—; y lo estarás tú también?

—Sí, si.

—Mira: ya estoy como quieres —me dijo sonriente—; ¿nada más exiges?...

—Nada más..., ¡ah! sí: aquello que me has prometido y no me has dado.

—¿Qué será? ¿creerás que no me acuerdo?

—¿No? ¿y los cabellos?

—¿Y si lo notan al peinarme?

—Dirás que fue cortando una cinta.

—¿Esto es? —dijo, después de haber buscado bajo el pañolón, mostrándome algo que le negreaba en la mano y que ésta me ocultó al cerrarse.

—Sí, eso; dámelos ahora.

—Si es una cinta —contestó volviendo a guardar lo que me había mostrado.

—Bueno; no te lo exigiré más.

—¡Conque bueno! ¿y entonces para qué me los he cortado? Es que falta componerlos bien; y mañana precisamente...

—Esta noche.

—También; esta noche.

Mi brazo oprimió suavemente el suyo, desnudo de la muselina y encajes de la manga; su mano rodó poco a poco hasta encontrarse con la mía; la dejó levantar del mismo modo hasta mis labios; y apoyándose con más fuerza en mí para subir la escalera del corredor, me decía con voz lenta y de vibraciones acalladas:

—¿Ahora sí estás contento? no volvamos a estar tristes.

Quiso mi padre que en aquella noche leyese de sobremesa algo del último número de *El Día*. Terminada la lectura, se retiró él, y pasé yo a la sala.

Se me acercó Juan y puso la cabeza en una de mis rodillas.

—¿No duermes esta noche? —le pregunté acariciándolo.

—Quiero que tú me hagas dormir —me contestó en aquella lengua que pocos podían entenderle.

—¿Y por qué no María?

—Yo estoy muy bravo° con ella —repuso, acomodándose mejor.

—¿Con ella? ¿Qué le has hecho?

—Si es ella la que no me quiere esta noche.

—Cuéntame por qué.

—Yo le dije que me contara el cuento de la Caperuza, y no ha querido; le he pedido besos y no me ha hecho caso.

Las quejas de Juan me hicieron temer que la tristeza de María hubiese continuado.

—Y si esta noche tienes sueños medrosos —dije al niño—, ella no se levantará a acompañarte, como me has referido que lo hace.

—Entonces, mañana no le ayudaré a coger flores para tu cuarto ni le llevaré los peines al baño.

—No digas tal; ella te quiere mucho: ve y dile que te dé los besos que le pediste y que te haga dormir oyendo el cuento.

—No —dijo, poniéndose en pie y como entusiasmado por una buena idea—: voy a traértela para que la regañes.

—¿Yo?

—Voy a traerla.

Y diciéndolo se entró en su busca. A poco se presentó haciendo el papel de que la conducía de la mano por fuerza. Ella, sonriendo, le preguntaba:

—¿A dónde me llevas?

—Aquí —respondió Juan, obligándola a sentarse a mi lado.

Referí a María todo lo que había charlado su consentido. Ella, tomando la cabeza de Juan entre las manos y tocándole la frente con la suya, díjole:

—¡Ah, ingrato! duérmete pues con él.

Juan se puso a llorar tendiéndome los bracitos para que lo tomase.

—No, mi amo; no, mi señor —le decía ella—: son chanzas de tu Mimiya —y lo acariciaba.

Mas el niño insistió en que yo lo recibiera.

—¿Conque eso haces conmigo, Juan? —continuó María quejándosele—. Bueno, ya el señor está hombre: esta noche haré que le lleven la cama al cuarto de su hermano; ya él no me necesita: yo me quedaré sola y llorando porque no me quiere más.

171

Se cubrió los ojos con una mano para hacerle creer que lloraba: Juan esperó un instante; mas como ella persistió en fingirle llanto, se escurrió poco a poco de mis rodillas, y se le acercó tratando de descubrirle el rostro. Encontrando los labios de María sonrientes, y amorosos los ojos, rió también, y abrazándosele de la cintura recostó la cabeza en su regazo, diciéndole:

—Te quiero como a los ojitos, te quiero como al corazón. Ya yo no estoy bravo ni tonto. Esta noche voy a rezar el bendito muy formal para que me hagas otros calzones.

—Muéstrame los calzones que te hacen —le dije.

Juan se puso en pie sobre el sofá, entre María y yo, para hacerme admirar sus primeros calzones.

—¡Qué lindos! —exclamé abrazándolo—. Si me quieres bastante y eres formal, conseguiré que te hagan muchos, y te compraré silla, zamarros, espuelas...

—Y un caballito negro —me interrumpió.

—Sí.

Abrazóme dándome un prolongado beso, y asido al cuello de María, quien volvía el rostro para esquivarle los labios, la obligó a recibir idéntico agasajo. Se arrodilló donde había estado en pie, con las manos juntas rezó devotamente el bendito y se reclinó soñoliento sobre la falda que ella le brindaba.

Noté que la mano izquierda de María jugaba con algo sobre la cabellera del niño, al paso que una sonrisa maliciosa le asomaba a los labios. Con una rápida mirada me mostró entre los cabellos de Juan un bucle de los que me tenía prometidos; y ya me apresuraba yo a tomarlos cuando ella, reteniéndolos, me dijo:

—¿Y para mí?... tal vez sea malo exigírtelo.

—¿Los míos? —le pregunté.

Significóme que sí, agregando:

—¿No quedarán bien en el mismo guarda-pelo en que tengo los de mi madre?

XXXII

En la mañana siguiente tuve que hacer un esfuerzo para que mi padre no comprendiese lo penoso que me era acompañarlo en su visita a las haciendas de abajo. Él, como lo hacía siempre que iba a emprender viaje, por corto que fuese, intervenía en el arreglo de todo, aunque no era necesario, y repetía sus órdenes más que de costumbre. Como era preciso llevar algunas provisiones delicadas para la semana que íbamos a permanecer fuera de la casa, provisiones a las cuales era mi padre muy aficionado, riéndose él al ver las que acomodaban Emma y María en el comedor, dentro de los cuchugos° que Juan Ángel debía llevar colgados a la cabeza de la silla, dijo:

—¡Válgame Dios, hijas! ¿Todo eso cabrá ahí?

—Sí, señor —respondió María.

—Pero si con esto bastaría para un obispo. ¡Ajá! eres tú la más empeñada en que no lo pasemos mal.

María, que estaba de rodillas acomodando las provisiones, y que le daba la espalda a mi padre, se volvió para decirle tímidamente a tiempo que yo llegaba:

—Pues como van a estarse tantos días...

—No muchos, niña —le replicó riéndose—. Por mí no lo digo: todo te lo agradezco; pero este muchacho se pone tan desganado allá... Mira —agregó dirigiéndose a mí.

—¿Qué cosa?

—Pues todo lo que ponen. Con tal avío hasta puede suceder que me resuelva a estarme quince días.

—Pero si es mamá quien ha mandado —observó María.

—No hagas caso, judía —así solía llamarla algunas veces cuando se chanceaba con ella—; todo está bueno; pero no veo aquí tinto del último que vino, y allá no hay; es necesario llevar.

—Si ya no cabe —le respondió María sonriendo.

—Ya veremos.

Y fue personalmente a la bodega por el vino que indicaba: y al regresar con Juan Ángel, recargado además con unas latas de salmón, repitió:

—Ahora veremos.

—¿Eso también? —exclamó ella viendo las latas.

Como mi padre trataba de sacar del cuchugo una caja ya acomodada, María, alarmándose, le observó:

—Es que esto no puede quedarse.

—¿Por qué, mi hija?

—Porque son las pastas que más les gustan y... porque las he hecho yo.

—¿Y también son para mí? —le preguntó mi padre por lo bajo.

—¿Pues no están ya acomodadas?

—Digo que...

—Ahora vuelvo —interrumpió ella poniéndose en pie—. Aquí faltan unos pañuelos.

Y desapareció para regresar un momento después.

Mi padre, que era tenaz cuando se chanceaba, le dijo nuevamente en el mismo tono que antes, inclinándose a colocar algo cerca de ella:

—Allá cambiaremos pastas por vino.

Ella apenas se atrevía a mirarlo; y notando que el almuerzo estaba servido, dijo levantándose:

—Ya está la mesa puesta, señor —y dirigiéndose a Emma—: dejemos a Estefana lo que falta; ella lo hará bien.

Cuando yo me dirigía al comedor, María salía de los aposentos de mi madre, y la detuve allí.

—Corta ahora —le dije— el pelo que quieras.

—¡Ay! no, yo no.

—Di de dónde, pues.

—De donde no se note. Y me entregó unas tijeras.

Había abierto el guarda-pelo que llevaba suspendido al cuello. Presentándome la cajilla vacía, me dijo:

—Ponlo aquí.

—¿Y el de tu madre?

—Voy a colocarlo encima para que no se vea el tuyo.

Hízolo así diciéndome:

—Me parece que hoy te vas contento.

—No, no; es por no disgustar a mi padre: es tan justo que yo le manifieste deseo de ayudarle en sus trabajos y que le ayude.

174

—Cierto; así debe ser; y yo procuraré manifestar que no estoy triste para que mamá y Emma no se resientan conmigo.

—Piénsame mucho —le dije besando el pelo de su madre y la mano con que lo acomodaba.

—¡Ah! ¡mucho, mucho! —respondió mirándome con aquella ternura e inocencia que tan bien sabían hermanarse en sus ojos.

Nos separamos para llegar al comedor por diferentes entradas.

XXXIII

Los soles de siete días se habían apagado sobre nosotros, y altas horas de sus noches nos sorprendieron trabajando. En la última, recostado mi padre en un catre, dictaba y yo escribía. Dio las diez el reloj del salón: le repetí la palabra final de la frase que acababa de escribir: él no dictó más: volvíme entonces creyendo que no me había oído, y estaba dormido profundamente. Era él un hombre infatigable; mas aquella vez el trabajo había sido excesivo. Disminuí la luz del cuarto, entorné ventanas y puertas, y esperé a que se despertase, paseándome en el espacioso corredor a la extremidad del cual se hallaba el escritorio.

Estaba la noche serena y silenciosa: la bóveda del cielo, azul y transparente, lucía toda la brillantez de su ropaje nocturno de verano: en los follajes negros de las hileras de ceibas que partiendo de los lados del edificio cerraban el patio; en los ramos de los naranjos que demoraban en el fondo, revoloteaban candelillas* sin número, y sólo se percibía de vez en cuando el crujido de los ramajes enlazados, el aleteo de alguna ave asustada o suspiros del viento.

El blanco pórtico, que frontero al edificio daba entrada al patio, se destacaba en la oscuridad de la llanura proyectando sus capiteles sobre la masa informe de las cordilleras lejanas,

---

* Luciérnagas. *[Nota de la versión definitiva.]*

cuyas crestas aparecían iluminadas a ratos por fulgores de las tormentas del Pacífico.

María, me decía yo, atento a los quedos susurros, respiros de aquella naturaleza en su sueño, María se habrá dormido sonriendo al pensar que mañana estaré de nuevo a su lado... ¡Pero después! Ese después era terrible; era mi viaje.

Parecióme oír el galope de un caballo que atravesase la llanura; supuse que sería un criado que habíamos enviado a la ciudad[1] hacía cuatro días, y al cual esperábamos con impaciencia, porque debía traer una correspondencia importante. A poco se acercó a la casa.

—¿Camilo? —pregunté.

—Sí, mi amo —respondió entregándome un paquete de cartas después de alabar° a Dios.

El ruido de las espuelas del paje despertó a mi padre.

—¿Qué es esto, hombre? —interrogó al recién llegado.

—Me despacharon a las doce, mi amo, y como el derrame del Cauca llega al Guayabo, tuve que demorarme mucho en el paso.

—Bien: di a Feliciana que te haga poner de comer, y cuida mucho ese caballo.

Había revisado mi padre las firmas de algunas cartas de las que contenía el paquete; y encontrando por fin la que deseaba, me dijo:

—Empieza por ésta.

Leí en voz alta algunas líneas, y al llegar a cierto punto me detuve involuntariamente.

Tomó él la carta, y con los labios contraídos, mientras devoraba el contenido con los ojos, concluyó la lectura y arrojó el papel sobre la mesa diciendo:

—¡Ese hombre me ha muerto! lee esa carta: al cabo sucedió lo que tu madre temía.

Recogí la carta para convencerme de que era cierto lo que ya me imaginaba.

—Léela alto —añadió mi padre paseándose por la habitación y enjugándose el sudor que le humedecía la frente.

---

[1] *la ciudad:* Cali.

—Eso no tiene ya remedio —dijo apenas concluí—. ¡Qué suma y en qué circunstancias!... Yo soy el único culpable.

Le interrumpí para manifestarle el medio de que creía podíamos valernos para hacer menos grave la pérdida.

—Es verdad —observó oyéndome ya con alguna calma—; se hará así. ¡Pero quién lo hubiera temido! Yo moriré sin haber aprendido a desconfiar de los hombres.

Y decía la verdad: ya muchas veces en su vida comercial había recibido iguales lecciones. Una noche, estando él en la ciudad sin la familia, se presentó en su cuarto un dependiente a quien había mandado a los Chocoes a cambiar una considerable cantidad de efectos por oro, que urgía enviar a los acreedores extranjeros. El agente le dijo:

—Vengo a que me dé usted con qué pagar el flete de una mula, y un balazo: he jugado y perdido todo cuanto usted me entregó.

—¿Todo, todo se ha perdido? —preguntóle mi padre.

—Sí, señor.

—Tome usted de esa gaveta el dinero que necesita.

Y llamando a uno de sus pajes añadió:

—El señor acaba de llegar: avisa adentro para que se le sirva.

Pero aquéllos eran otros tiempos. Golpes de fortuna hay que se sufren en la juventud con indiferencia, sin pronunciar una queja: entonces se confía en el porvenir. Los que se reciben en la vejez parecen asestados por un enemigo cobarde: ya es poco el trecho que falta para llegar al sepulcro... ¡Y cuán raros son los amigos del que muere, que sepan serlo de su viuda y de sus hijos! ¡Cuántos los que espían el aliento postrero de aquel cuya mano helada ya, están estrechando para convertirse luego en verdugos de huérfanos!...[2].

Tres horas habían pasado desde que terminó la escena que acabo de describir conforme al recuerdo que me ha quedado

---

[2] Estas quejas corresponden a la biografía de Isaacs: Éste critica a su padrino Pío Rengifo, quien arregló la venta de las haciendas *La Rita* y *La Manuelita*, después que el futuro novelista fracasó en la administración de ellas, y también a James Eder, el comprador («verdugo de huérfanos»). La venta se realizó en abril de 1864, después que más de treinta acreedores demandaron a Isaacs.

de aquella noche fatal, a la que tantas otras habían de parecerse años después.

Mi padre, a tiempo de acostarnos, me dijo desde su lecho, distante pocos pasos del mío:

—Es preciso ocultar a tu madre cuanto sea posible lo que ha sucedido; y será necesario también demorar un día más nuestro regreso.

Aunque siempre le había oído decir que su sueño tranquilo le servía de alivio en todos los infortunio de la vida, cuando a poco de haberme hablado me convencí de que ya él dormía, vi en su reposo tan denodada resignación, había tal valor en su calma, que no pude menos de permanecer por mucho espacio contemplándolo.

No había amanecido aún, y tuve que salir en busca de aire mejor para calmar la especie de fiebre que me había atormentado durante el insomnio de la noche. Solamente el canto del titiribí[3] y los de las guacharacas de los bosques vecinos anunciaban la aurora: la naturaleza parecía desperezarse al despertar de su sueño. A la primera luz del día empezaron a revolotear en los plátanos y sotos asomas[4] y azulejos; parejas de palomas emprendían viaje a los campos vecinos; la greguería de las bandadas de loros remedaba el ruido de una quebrada bulliciosa; y de las copas florecientes de los písamos del cacaotal, se levantaban las garzas con leve y lento vuelo.

Ya no volveré a admirar aquellos cantos, a respirar aquellos aromas, a contemplar aquellos paisajes llenos de luz, como en los días alegres de mi infancia y en los hermosos de mi adolescencia: ¡extraños habitan hoy la casa de mis padres!

Apagábase la tarde al día siguiente, cuando mi padre y yo subíamos la verde y tendida falda para llegar a la casa de la sierra[5]. Las yeguadas que pastaban en la vereda y sus orillas, nos daban paso resoplando asustadas, y los pellares se levantaban de las márgenes de los torrentes para amenazarnos con su canto y revuelos.

Divisábamos ya de cerca el corredor occidental, donde esta-

---

[3] *titiribí:* especie de cardenal (Tascón).

[4] *asomas:* «Ave hermosísima, especie de cardenal» (Tascón).

[5] *la casa de la sierra: El Paraíso.*

ba la familia esperándonos; y allí volvió mi padre a encargarme ocultara la causa de nuestra demora y procurase aparecer sereno.

XXXIV

No todas las personas que nos aguardaban estaban en el corredor: no descubrí entre ellas a María. Algunas cuadras antes de llegar a la puerta del patio, a nuestra izquierda y sobre una de las grandes piedras desde donde se domina mejor el valle, estaba ella de pie, y Emma la animaba para que bajase. Nos les acercamos. La cabellera de María, suelta en largos y lucientes rizos, negreaba sobre la muselina de su traje color verdemortiño: sentóse para evitar que el viento le agitase la falda, diciendo a mi hermana, que se reía de su afán:

—¿No ves que no puedo?

—Niña —le dijo mi padre entre sorprendido y risueño—, ¿cómo has logrado subirte ahí?

Ella, avergonzada de la travesura, acababa de corresponder a nuestro saludo, y contestó:

—Como estábamos solas...

—Es decir —le interrumpió mi padre—, que debemos irnos para que puedas bajar. ¿Y cómo bajó Emma?

—Qué gracia, si yo le ayudé.

—Era que yo no tenía susto.

—Vámonos, pues —concluyó mi padre dirigiéndose a mí—; pero cuidado...

Bien sabía él que yo me quedaría. María acababa de decirme con los ojos: «no te vayas». Mi padre volvió a montar y se dirigió a la casa: mi caballo siguió poco a poco el mismo camino.

—Por aquí fue por donde subimos —me dijo María mostrándome unas grietas y hoyuelos en la roca.

Al acabar yo mi maniobra de ascenso, me extendió la mano, demasiado trémula para ayudarme, pero muy[1] deseada para

---

[1] *muy:* demasiado (americanismo).

que no me apresurase a estrecharla entre las mías. Sentéme a sus pies y ella me dijo:

—¿No ves qué trabajo? ¿Qué habrá dicho papá? Creerá que estamos locas.

Yo la miraba sin contestarle: la luz de sus ojos, cobardes ante los míos, y la suave palidez de sus mejillas, me decían como en otros momentos, que en aquél era ella tan feliz como yo.

—Me voy sola —repitió Emma, a quien habíamos oído mal su primera amenaza—; y se alejó algunos pasos para hacernos creer que iba a cumplirla.

—No, no; espéranos un instante no más —le suplicó María poniéndose en pie.

Viendo que yo no me movía, me dijo:

—¿Qué es?

—Es que aquí estamos bien.

—Sí; pero Emma quiere irse y mamá estará esperándote: ayúdame a bajar, que ahora no tengo miedo. A ver tu pañuelo.

Lo retorció agregando:

—Lo tienes de esta punta, y cuando ya no me alcances a dar la mano, me cojo yo de él.

Persuadida de que podía arriesgarse a bajar sin ser vista, lo hizo como lo había proyectado, diciéndome ya al pie del peñasco.

—¿Y tú ahora?

Buscando la parte menos alta de la piedra salté al gramal, y le ofrecí el brazo para que nos dirigiésemos a la casa.

—Si no hubiera llegado, ¿qué habrías hecho para bajar? loquita.

—Pues habría bajado sola: iba a bajar cuando llegaste; pero temí caerme porque hacía mucho viento. Ayer también subimos ahí, y yo bajé bien. ¿Por qué se han demorado tanto?

—Por dejar concluidos algunos negocios que no podían arreglarse desde aquí. ¿Qué has hecho en estos días?

—Desear que pasaran.

—¿Nada más?

—Coser y pensar mucho.

—¿En qué?

—En muchas cosas que se piensan y no se dicen.

180

—¿Ni a mí?

—A ti menos.

—Está bien.

—Porque tú las sabes.

—¿No has leído?

—No, porque me da tristeza leer sola, y ya no me gustan los cuentos de las *Veladas de la quinta*[2], ni las *Tardes de la Granja*[3]. Iba a volver a leer a *Atala*, pero como has dicho que tiene un pasaje no sé cómo...

Y dirigiéndose a mi hermana que nos precedía algunos pasos:

—Oye, Emma... ¿Qué afán de ir tan aprisa?

Emma se detuvo, sonrió y siguió andando.

—¿Qué estabas haciendo antenoche a las diez?

—¿Antenoche? ¡Ah! —repuso deteniéndose—; ¿por qué me lo preguntas?

—A esa hora estaba yo muy triste pensando en esas cosas que se piensan y no se dicen.

—No, no; tú sí.

—¿Sí qué?

—Sí puedes decirlas.

—Cuéntame lo que tú hacías, y te las diré.

—Me da miedo.

—¿Miedo?

—Tal vez es una bobería. Estaba sentada con mamá en el corredor de este lado, haciéndole compañía, porque me dijo que no tenía sueño: oímos como que sonaban las hojas de la ventana de tu cuarto, y temerosa yo de que la hubiesen dejado abierta, tomé una luz del salón para ir a ver qué había... ¡Qué tontería! vuelve a darme susto cuando me acuerdo de lo que sucedió.

—Acaba, pues.

—Abrimos la puerta, y vimos posada sobre una de las hojas

[2] *Veladas de la Quinta:* libro popular en la época, de Stéphanie-Félicité du Crest de Saint-Aubin, condesa de Genlis (1746-1830). El original francés, publicado en 1784, lleva el título de *Les Veillées du château.*

[3] *Tardes de la Granja: Les soirées de la chaumière,* libro didáctico, como el anterior, de François Guillaume Ducray-Duminil (1761-1819).

de la ventana, que agitaba el viento, un ave negra y de tamaño como el de una paloma muy grande: dio un chillido que no había oído nunca; pareció encandilarse un momento con la luz que yo tenía en la mano, y la apagó pasando sobre nuestras cabezas a tiempo que íbamos a huir espantadas. Esa noche me soñé... Pero ¿por qué te has quedado así?

—¿Cómo? —le respondí, disimulando la impresión que aquel relato me causaba.

Lo que ella me contaba había pasado a la hora misma en que mi padre y yo leíamos aquella carta malhadada; y el ave negra era la misma que me había azotado las sienes durante la tempestad de la noche en que a María le repitió el acceso; la misma que, sobrecogido, había oído zumbar ya algunas veces sobre mi cabeza al ocultarse el sol[4].

—¿Cómo? —me replicó María—; veo que he hecho mal en referirte eso.

—¿Y te figuras tal?

—Si no es que me lo figuro.

—¿Qué te soñaste?

—No debo decírtelo.

—¿Ni más tarde?

—¡Ay! tal vez nunca.

Emma abría ya la puerta del patio.

—Espéranos —le dijo María—; oye, que ahora sí es de veras.

Nos reunimos a ella, y las dos anduvieron asidas de las manos lo que nos faltaba para llegar al corredor. Sentíame dominado por un pavor indefinible; tenía miedo de algo, aunque no

---

[4] En esta segunda aparición del ave negra, Efraín comprende que se trata de un mal agüero, cosa que no se le ocurrió cuando la vio por primera vez (XV). En el capítulo XXXVIII se verá que este pájaro es un *bujío*. El ave de mal agüero existe como superstición en innumerables sociedades y literaturas, desde Babilonia hasta el presente. Entre los precedentes literarios conocidos por Isaacs se cuenta *The Raven* de Edgar Allan Poe, imitado en su poema *El gorrión,* escrito en 1860 *(Poesías,* págs. 37-39). El simbolismo del pájaro agorero, tan popular durante la época del Romanticismo, ha sido censurado por algunos críticos modernos; sin embargo, debe notarse que el ave de Isaacs ha tenido resonancia en varias novelas hispanoamericanas de este siglo: *El inglés de los güesos* (1924) de Benito Lynch; *Zogoibi* (1926) de Enrique Larreta; *El mundo es ancho y ajeno* (1941) de Ciro Alegría.

me era posible adivinar de qué; pero cumpliendo la advertencia de mi padre, traté de dominarme, y estuve lo más tranquilo
que me fue dable, hasta que me retiré a mi cuarto con el pretexto de cambiarme el traje de camino.

XXXV

El día siguiente, doce de diciembre, debía verificarse el matrimonio de Tránsito. Después de nuestra llegada se mandó
decir a José que estaríamos entre siete y ocho en la Parroquia.
Habíase resuelto que mi madre, María, Felipe y yo seríamos
los del paseo, porque mi hermana debía quedarse arreglando
no sé qué regalos que debían enviarse muy de mañana a la
montaña, para que los encontrasen allí los novios a su regreso.

Aquella noche, pasada la cena, mi hermana tocaba guitarra
sentada en uno de los sofás del corredor de mi cuarto, y María
y yo conversábamos reclinados en el barandaje.

—Tienes —me decía— algo que te molesta, y no puedo adivinar.

—Pero ¿qué puede ser? ¿no me has visto contento? ¿no he
estado como esperabas que estaría al volver a tu lado?

—No; has hecho esfuerzos para mostrarte así; y sinembargo
yo he descubierto lo que nunca en ti: que fingías.

—¿Pero contigo?

—Sí.

—Tienes razón; me veo precisado a vivir fingiendo.

—No, señor, yo no digo que siempre, sino que esta noche.

—Siempre.

—No; ha sido hoy.

—Va para cuatro meses que vivo engañando...

—¿A mí también?... ¿a mí? ¿engañarme tú a mí?

Y trataba de verme los ojos para confirmar por ellos lo que
temía; mas como yo me riese de su afán, dijo como avergonzada de él:

—Explícame eso.

—Si no tiene explicación.

—Por Dios, por... por lo que más quieras, explícamelo.

—Todo es cierto.

—¡No es!

—Pero déjame concluir: para vengarme de lo que acabas de pensar, no te lo diré si no me lo ruegas por lo que sabes tú que yo más quiero.

—Yo no sé qué será.

—Pues entonces, convéncete de que te he engañado.

—No, no; ya voy a decirte; ¿pero cómo te lo puedo decir?

—Piensa.

—Ya pensé —dijo María después de un momento de pausa.

—Di, pues.

—Por lo que quieras más, después de Dios y de tu... que yo deseo que sea a mí.

—No; así no es.

—¿Y cómo entonces? ¡ah! es que lo que dices es cierto.

—Di de otro modo.

—Voy a ver; mas si no quieres esta vez...

—¿Qué?

—Nada; oye: no me mires.

—No te miro.

Entonces se resolvió a decir en voz muy baja:

—Por María, que te...

—Ama tanto —concluí yo, tomando entre mis manos las suyas que con su ademán confirmaban su inocente súplica.

—Dime ya —insistió.

—He estado engañándote, porque no me he atrevido a confesarte cuánto te amo en realidad.

—¡Más todavía! ¿y por qué no lo has dicho?

—Porque he tenido temor...

—¿Temor de qué?

—De que tú me ames menos, menos que yo.

—¿Por eso? Entonces el engañado eres tú.

—Si yo te lo hubiera dicho...

—¿Y los ojos no dicen esas cosas sin que uno quiera?

—¿Lo crees así?

—Porque los tuyos me lo han enseñado. Dime ahora la causa porque has estado así esta noche. ¿Has visto al doctor en estos días?

—Sí.

184

—¿Qué te ha dicho de mí?

—Lo mismo que antes: que no volverás a tener novedad; no hables de eso.

—Una palabra y no más: ¿qué cosa ha dicho? Él cree que mi enfermedad es la misma de mi madre... y acaso tenga razón.

—¡Oh! no: nunca lo ha dicho. ¿Y no estás, pues, buena ya?

—Sí; y a pesar de ello muchas veces... muchas veces he pensado con horror en ese mal. Pero tengo fe en que Dios me ha oído: le he pedido con tanto fervor que no me vuelva a dar...

—Quizá no con tanto como yo.

—Pídele siempre.

—Siempre, María. Mira: sí es cierto que hay una causa para que te haya parecido que me esforzaba esta noche por estar sereno; pero ya ves que me la has hecho olvidar hace largo rato.

Le referí la noticia que habíamos recibido hacía dos días.

—¡Y esa ave negra! —dijo luego que concluí; y volvía con terror la vista hacia mi cuarto.

—¿Cómo puedes preocuparte tanto con una casualidad?

—Lo que soñé esa noche es lo que me preocupa.

—¿Persistes en no contarme?

—Hoy no; algún día. Conversemos un rato con Emma antes de irte: es tan buena con nosotros...

A la media hora nos separamos prometiéndonos madrugar mucho para emprender nuestro viaje a la parroquia.

Antes de las cinco llamó Juan Ángel a mi puerta. Felipe y él hicieron tal ruido en el corredor previniendo arreos de montar y asegurando caballos, que antes de lo que esperaban acudí en su ayuda.

Preparado todo, abrió María la puerta del salón: presentándome una taza de café, de dos que llevaba Estefana, me dio los buenos días, y llamó en seguida a Felipe para que recibiese la otra.

—Hoy sí —dijo éste sonriendo maliciosamente—. Lo que es el miedo; y el retinto está furioso.

Ella estaba tan hechicera como mis ojos debieron de decírselo: un gracioso sombrero de terciopelo negro, adornado con cintas escocesas y abrochado bajo la barba con otras iguales, que en el ala dejaba ver, medio oculta por el velillo azul, una rosa salpicada aún de rocío, descansaba sobre las gruesas y lucientes trenzas cuyas extremidades ocultaba: arregazaba con una de las manos la falda negra, que ceñía bajo un corpiño del mismo color un cinturón azul con broche de brillantes, y una ancha capa se le desprendía de los hombros en numerosos pliegues.

—¿En cuál caballo quieres ir? —le pregunté.

—En el retinto.

—¡Pero eso no puede ser! —respondí sorprendido.

—¿Por qué? ¿temes que me bote?

—Por supuesto.

—Si yo he montado otra vez en él. ¿Acaso soy yo como antes? Pregúntale a Emma si no es verdad que soy más guapa que ella. Verás qué mansito es el retinto conmigo.

—Pero si no permite que se le toque; y haciendo tanto tiempo que no lo montas, puede espantarse con la falda.

—Prometo no mostrarle siquiera el fuete°.

Felipe, caballero ya en el Chibo, que tal era el nombre de su caballito castaño, lo atosigaba con sus espolines nuevos recorriendo el patio.

Mi madre estaba también apercibida para partir: la coloqué en su rosillo predilecto, único que según ella, no era una fiera. No estaba yo muy tranquilo cuando hice montar en el retinto a María: ella, antes de saltar de la gradilla[1] al galápago, le acarició el cuello al caballo, inquieto hasta entonces: éste se quedó inmóvil esperando su carga, y mordía el freno, atento hasta al más leve ruido del ropaje.

—¿Ves? —me dijo María ya sobre el animal—; él me conoce: cuando papá lo compró para ti, tenía enferma esta mano, y yo hacía que Juan Ángel lo curara bien todas las tardes.

El caballo estornudaba desasosegado otra vez, porque seguramente conocía aquella voz acariciadora.

Partimos, y Juan Ángel nos siguió conduciendo sobre la cabeza de la silla el lío que contenía los vestidos que necesitaban en el pueblo las señoras.

La cabalgadura de María, ufana con su peso, parecía querer lucir el paso más blando y airoso: sus crines de azabache tem-

---

[1] *gradilla:* apeadero (Tascón).

blaban sobre el cuello arqueado, y cayendo por medio de las orejas breves e inquietas, le velaban importunas los brillantes ojos. María iba en él con el mismo aire de natural abandono que cuando descansaba sobre una mullida poltrona.

Después de haber andado algunas cuadras, pareció haberle perdido completamente el miedo al caballo; y notando que yo iba intranquilo por el brío del animal, me decía de modo que mi madre no alcanzase a oírla:

—Voy a darle un fuetazo, uno solo.

—Cuidado con hacerlo.

—Es uno solamente, para que veas que nada hace. Tú eres ingrato con el retinto, pues quieres más a ese rucio en que vas.

—Ahora que ése te conoce tanto, no será así.

—En éste ibas la noche que fuiste a llamar al doctor.

—¡Ah! sí; es un excelente animal.

—Y después de todo, no lo estimas en lo que merece.

—Tú menos, pues quieres mortificarlo inútilmente.

—Vas a ver que no hace nada.

—¡Cuidado, cuidado! María. Hazme el favor de darme el fuete.

—Lo dejaremos para después, cuando lleguemos a los llanos.

Y se reía de la zozobra en que con tal amenaza me ponía.

—¿Qué es? —preguntó mi madre, que iba ya a nuestro lado, pues yo había acortado el paso con tal fin.

—Nada, señora —replicó María—: que Efraín va persuadido de que el caballo me va a botar.

—Pero si tú... —empecé a contestarle, y ella, poniéndose disimuladamente el mango del fuetecito sobre los labios en ademán de que callase, me lo entregó en seguida.

—¿Y por qué vas tan valiente hoy? —le preguntó mi madre—. La otra vez que montaste en ese caballo, le tuviste miedo.

—Y hubo que cambiártelo —agregó Felipe.

—Ustedes me están haciendo quedar malísimamente —contestó María mirándome sonrojada—: el señor estaba convencido ya de que yo era guapísima.

—¿Conque no tienes miedo hoy? —insistió mi madre.

—Sí tengo —respondióle—; pero no tanto, porque el caballo se ha amansado; y como hay quien lo regañe si se alborota...

Cuando llegamos a las pampas, el sol, rasgadas ya las nieblas que entoldaban las montañas a nuestra espalda, envolvía en resplandores metálicos los bosques que en fajas tortuosas o en grupos aislados interrumpían a distancia la llanura: las linfas de los riachuelos que vadeábamos, abrillantadas por aquella luz, corrían a perderse en las sombras, y las lejanas revueltas del Sabaletas parecían de plata líquida y orladas por florestas azules.

María dejó entonces caer el velillo sobre su rostro, y al través de la inquieta gasa de color de cielo, buscaba algunas veces mis ojos con los suyos, ante los cuales todo el esplendor de la naturaleza que nos rodeaba me era casi indiferente.

Al internarnos en los grandes bosques, atravesada la llanura, hacía largo rato que María y yo guardábamos silencio; solamente Felipe no había interrumpido su charla haciendo mil preguntas a mi madre sobre cuanto veía.

En un momento en que María estuvo cerca de mí, me dijo:

—¿En qué piensas tanto? Vuelves a estar como anoche, y hace un rato que no era así. ¿Es pues tan grande esa desgracia que ha sucedido?

—No pensaba en ella; tú me haces olvidarla.

—¿Es tan irremediable esa pérdida?

—Tal vez no. En lo que he estado pensando es en la felicidad de Braulio.

—¿En la de él solamente?

—Me es más fácil imaginarme la de Braulio. Él va a ser desde hoy completamente dichoso; y yo voy a ausentarme, yo voy a dejarte por muchos años.

Ella me había escuchado sin mirarme, y levantando al fin los ojos, en los cuales no se había apagado el brillo de felicidad que en ella aquella mañana los iluminaba, respondió alzando el velillo:

—¿Esa pérdida no es pues muy grande?

—¿Y por qué insistes en hablar de ella?

—¿No lo adivinas? Solamente yo he pensado así, y esto me convence de que no debo confiarte mi pensamiento. Prefiero que no estés contento por haberme visto alegre después de lo que me contaste anoche.

—¿Y esa noticia te causó alegría?

—Tristeza cuando me la diste; pero más tarde...

—¿Más tarde qué?

—Pensé de otro modo.

—Lo cual te hizo pasar de la tristeza a la alegría.

—No tanto, pero...

—Estar como estás hoy.

—¿No digo? Yo sabía que no te podía gustar verme así, y no quiero que me creas capaz de una tontería.

—¿A ti? ¿y te imaginas que eso puede llegar a suceder?

—¿Por qué no? Yo soy una muchacha capaz, como cualquiera otra, de no ver las cosas serias como deben verse.

—No; tú no eres así.

—Sí, señor, sí; por lo menos hasta que me disculpe. Pero hablemos un rato con mamá, no sea que extrañe que converses mucho conmigo, y mientras tanto yo me resolveré a contártelo todo.

Así lo hicimos; mas después de un cuarto de hora, mi caballo y el de María volvieron a aparearse. Salíamos de nuevo a la campaña y veíamos blanquear la torrecilla de la parroquia y colorear los techos de las casas en medio de los follajes de los huertos.

—Di, María —le dije entonces.

—Ya ves que estás deseoso tú mismo de disculparme. ¿Y si el motivo que te voy a decir no es suficiente? Mejor hubiera sido no estar contenta; pero como no has querido enseñarme a fingir...

—¿Cómo enseñarte lo que no sé?

—¡Qué buena memoria! ¿Has olvidado lo que me decías anoche? Voy a aprovecharme de esa lección.

—¿Desde hoy?

—Desde ahora no —respondió sonriéndose de la misma gravedad que trataba de aparentar—. Oye, pues: yo no he podido prescindir de estar contenta hoy, porque luego que nos separamos anoche, pensé que de esa pérdida sufrida por papá, puede resultar... Y ¿qué pensaría él de mí si supiera esto?

—Explícate y yo te diré qué pensaría.

189

—Si esa suma que se ha perdido es tanta —se resolvió a decirme entonces, peinando las crines del caballo con el mango
del foete, que ya le había devuelto—, papá necesitará más de
ti... él consentirá en que le ayudes desde ahora...

—Sí, sí —le respondí dominado por su mirada tímida y anhelosa al confesarme lo que tanto recelaba la pudiera mostrar
culpable.

—¿Conque es verdad que sí?

—Relevaré a mi padre de la promesa que me tiene hecha de
enviarme a Europa a terminar mis estudios; le prometeré luchar a su lado hasta el fin por salvar su crédito; y él consentirá;
debe consentir... Así no nos separaremos tú y yo nunca... no
nos separarán. Y entonces pronto...

Sin levantar los ojos me significó que sí; y al través de su velillo, con el cual jugaba la brisa, su pudor era el pudor de un
ángel.

Cuando hubimos llegado al pueblo, vino Braulio a saludarnos y a decirnos que el cura nos estaba esperando. Mi madre y
María se habían cambiado los vestidos, y salimos.

El anciano cura, al vernos acercar a su casita situada al lado
de la iglesia, nos salió al encuentro, invitándonos a almorzar
con él, de lo cual nos excusamos cuan finamente pudimos.

Al empezarse la ceremonia, el rostro de Braulio, aunque algún tanto pálido, denunciaba su felicidad: Tránsito miraba tenazmente al suelo, y contestó con voz alterada al llegarle el
turno: José, colocado al lado del cura, empuñaba con mano
poco firme uno de los cirios; y sus ojos, que pasaban constantemente del rostro del sacerdote al de su hija, si no se podía
decir que estaban llorosos, sí que habían llorado.

A tiempo que el ministro bendecía las manos enlazadas de
los novios, Tránsito se atrevió a mirar a su marido: en aquella
mirada había amor, humildad e inocencia; era la promesa única que podía hacer al hombre que amaba después de la que
acababa de pronunciar ante Dios.

Oímos todos la misa, y al salir de la iglesia nos dijo Braulio
que mientras montábamos saldrían ellos del pueblo; pero que
no los alcanzaríamos muy lejos.

A la media hora dimos alcance a la linda pareja y a José,
quien llevaba por delante la vieja mula rucia en que había con-

ducido con los regalos para el cura, legumbres para el mercado y la ropa de gala de los muchachos. Tránsito iba ya solamente con su vestido de domingo; y el de novia no le sentaba mejor: sombrerito de Jipijapa, por debajo del cual caían las trenzas sobre el pañolón negro de guardilla morada: la falda de zaraza rosada con muchos boleros y ligeramente recogida para librarla del rocío de los gramales, dejaba ver a veces sus lindos pies, y el embozo, al descuidarse, la camisa blanca bordada de seda negra y roja.

Acortamos el paso para ir con ellos un rato y esperar a mi madre. Tránsito iba al lado de María, quitándole del faldón las pelusas que había recogido en los pajonales: hablaba poco, y en su porte y rostro se descubría un conjunto tal de modestia, reconocimiento y placer que es difícil imaginar.

Al despedirnos de ellos prometiéndoles ir aquella tarde a la montaña, Tránsito sonrió a María con una dulzura casi hermanal: ésta retuvo entre las suyas la mano que le ofrecía tímidamente su ahijada, diciéndole:

—Me da mucha pena el pensar que vas a hacer todo el camino a pie.

—¿Por qué, señorita?

—¿Señorita?

—Madrina, ¿no?

—Sí, sí.

—Bueno. Nos iremos poco a poco; ¿verdad? —dijo dirigiéndose a los montañeses.

—Sí —respondió Braulio—; y si no te avergüenzas hoy también de apoyarte en mí para subir los repechos, no llegarás tan cansada.

Mi madre, que con Felipe nos dio alcance en ese momento, instó a José para que al día siguiente llevase la familia a comer con nosotros, y él quedó comprometido a empeñarse para que así fuese.

La conversación se hizo general durante el regreso, lo que María y yo procuramos para que se distrajese mi madre, quien se quejaba de cansancio, como siempre que andaba a caballo. Solamente al acercarnos a la casa me dijo María en voz que sólo yo podía oír:

—¿Vas a decir eso hoy a papá?

191

—Sí.

—No se lo digas hoy.

—¿Por qué?

—Porque no.

—¿Cuándo quieres que se lo diga?

—Si pasados estos ocho días no te habla nada de viaje, busca ocasión para decírselo. ¿Y sabes cuál será la mejor? Un día después de que hayáis trabajado mucho juntos: se le conoce entonces a él que está muy agradecido por lo que le ayudas.

—Pero mientras tanto no podré soportar la impaciencia en que me tendrá el no saber si acepta.

—¿Y si él no conviene?

—¿Lo temes?

—Sí.

—¿Y qué haremos entonces?

—Tú, obedecerle.

—¿Y tú?

—¡Ay! quién sabe.

—Debes creer que aceptará, María.

—No, no; porque si me engañara, sé que ese engaño me haría un mal muy grande. Pero hazlo como te digo: así puede ser que todo salga bien.

XXXVI

Habíamos llegado. Extrañé ver cerradas las ventanas del aposento de mi madre. Le había ayudado a ella a apearse y estaba haciendo lo mismo con María a tiempo que Eloísa salió a recibirnos, insinuándonos por señas que no hiciésemos ruido.

—Papá —dijo— se ha vuelto a acostar, porque está enfermo.

Solamente María y yo podíamos suponer la causa, y nuestras miradas se encontraron para decírsela. Ella y mi madre entraron al instante a ver a mi padre; yo las seguí. Como él conoció que nos habíamos preocupado, nos dijo en voz balbuciente por el calofrío:

—No es nada: tal vez me levanté sin precaución, y me he resfriado.

Tenía las manos y los pies yertos, y calenturienta la frente.

A la media hora, María y mi madre se hallaban ya en traje de casa. Se sirvió el almuerzo, pero ellas no asistieron al comedor. Al levantarme de la mesa, llegó Emma a decirme que mi padre me llamaba.

La fiebre había tomado incremento. María estaba en pie y recostada contra una de las columnas de la cama: Emma a su lado y mi madre a la cabecera.

—Apaguen algunas de esas luces —decía mi padre a tiempo que yo entraba.

Sólo una había, y estaba en la mesa que le ocultaban las cortinas.

—Aquí está ya Efraín —le dijo mi madre.

Nos pareció que no había oído. Pasado un momento, dijo como para sí:

—Esto no tiene sino un remedio. ¿Por qué no viene Efraín para despachar de una vez todo?

Le hice notar que estaba presente.

—Bueno —continuó—; tráelas para firmarlas.

Mi madre apoyaba la frente sobre una de las manos. María y Emma trataban de saber, mirándome, si existían realmente tales cartas.

—Así que usted esté más reposado se despachará todo mejor.

—¡Qué hombre!, ¡qué hombre! —murmuró, y se quedó en seguida aletargado.

Llamóme mi madre al salón y me dijo:

—Me parece que debemos llamar al doctor: ¿qué dices?

—Creo que debe llamársele; porque aunque la fiebre pase, nada se pierde con hacer que venga, y si...

—No, no —interrumpió ella—: siempre que alguna enfermedad le empieza así, es grave.

Luego que despaché un paje en busca del médico, volví al lado de mi padre, quien me llamaba otra vez.

—¿A qué hora volvieron? —me preguntó.

—Hace más de una hora.

—¿Dónde está tu madre?

—Voy a llamarla.

—Que no sepa nada.

—Sí, señor; esté usted tranquilo.

—¿Pusiste esa posdata a la carta?

—Sí, señor.

—¿Sacaste del armario aquella correspondencia y los recibos?

Lo dominaba de seguro la idea de remediar la pérdida que había sufrido. Había oído mi madre este último diálogo, y como él pareciese quedarse dormido, me preguntó:

—¿Ha tenido tu padre alguna molestia en estos días? ¿Ha recibido alguna mala noticia? ¿Qué es lo que no quiere que yo sepa?

—Nada ha sucedido, nada que se le oculte a usted —le respondí fingiendo la mayor naturalidad que me fue posible.

—Entonces ¿qué significa ese delirio? ¿Quién es el hombre de quien parece quejarse?... ¿De qué cartas habla tanto?

—No puedo adivinarlo, señora.

Ella no quedó satisfecha de mis contestaciones; pero yo no debía darle otras.

A las cuatro de la tarde llegó el médico. La fiebre no había cedido, y el enfermo continuaba delirando en unos ratos, aletargado en otros. Todos los remedios caseros que para el supuesto resfriado se le aplicaban, habían sido hasta entonces ineficaces.

Habiendo el doctor dispuesto que se preparase un baño de tina y lo necesario para aplicarle a mi padre unas ventosas, fue conmigo a mi cuarto. Mientras confeccionaba una poción, traté de saber su concepto sobre la enfermedad.

—Es probablemente una fiebre cerebral —me dijo.

—¿Y ese dolor de que se queja en la región del hígado?

—No tiene que ver con lo otro, pero no es despreciable.

—¿Le parece a usted muy grave el mal?

—Así suelen empezar estas fiebres, pero si se atacan en tiempo, se logra muchas veces vencerlas. ¿Se ha fatigado mucho su padre en estos días?

—Sí, señor: estuvimos hasta ayer en las haciendas de abajo, y tuvo mucho que hacer.

—¿Ha tenido alguna contrariedad, algún disgusto serio?

—Creo que debo hablar a usted con la franqueza que exigen las circunstancias. Hace tres días recibió la noticia de que un

194

negocio con cuyo buen éxito necesitaba contar, se había desgraciado.

—¿Y le hizo aquello mucha impresión? Discúlpeme usted si le hablo de esta manera; creo indispensable hacerlo. Ocasiones tendrá usted durante sus estudios, y más frecuentemente en la práctica, para convencerse de que existen enfermedades que proviniendo de sufrimientos del ánimo, se disfrazan con los síntomas de otras, o se complican con las más conocidas por la ciencia.

—Puede estar usted casi seguro de que esa desgracia de que le he hablado, ha sido la causa principal de la enfermedad. Es sí indispensable advertir a usted que mi madre ignora lo ocurrido, porque mi padre así lo ha querido para evitarle el pesar que era consiguiente.

—Está bien: ha hecho usted perfectamente en hablarme de ese modo: esté cierto de que yo sabré aprovecharme prudentemente del secreto. ¡Cuánto siento todo eso! Ahora iremos por camino más conocido. Vamos —agregó poniéndose en pie, y tomando la copa en que había mezclado las drogas—: creo que esto hará muy buen efecto.

Eran ya las dos de la mañana. La fiebre no había cedido un punto.

El doctor, después de velar hasta esa hora, se retiró suplicando lo llamásemos si se presentaba algún síntoma alarmante.

La estancia, alumbrada escasamente, estaba en profundo silencio.

Permanecía mi madre en una butaca de la cabecera: por el movimiento de sus labios y por la dirección de sus miradas, fijas en un Ecce-Homo, colgado sobre la puerta que daba entrada del salón al aposento, podía conocerse que oraba. Ya, por las palabras que del delirio de mi padre había anudado, nada de lo ocurrido se le ocultaba. A los pies de la cama, arrodillada sobre un sofá y medio oculta por las cortinas, procuraba María volver el calor a los pies del enfermo, que se había quejado nuevamente de frío. Acérquéme a ella para decirle muy quedo:

—Retírate a descansar un rato.

—¿Por qué? —me respondió levantando la cabeza, que tenía apoyada en uno de los brazos: cabeza tan bella en el desali-

195

ño de la velada como cuando estaba adornada primorosamente en el paseo de la mañana anterior.

—Porque te va a hacer mal pasar toda la noche en vela.

—No lo creas; ¿qué hora es?

—Van a ser las tres.

—Yo no estoy cansada: pronto amanecerá: duerme tú mientras tanto, y si fuere necesario te haré llamar.

—¿Cómo están los pies?

—¡Ay! muy fríos.

—Deja que te reemplace ahí algún rato, y después me retiraré.

—Está bien —respondió levantándose con tiento para no hacer el menor ruido.

Me entregó el cepillo, sonriendo al enseñarme cómo debía tomarlo para frotar las plantas. Luego que hube tomado su puesto, me dijo:

—No es sino por un momento, mientras voy a ver qué tiene Juan y vuelvo.

El chiquito había despertado y la llamaba, extrañando no verla cerca. Se oyó después la voz acallada de María que decía ternezas a Juan, para lograr que no se levantase, y el ruido de los besos con que lo acariciaba. No tardó el reloj en dar las tres: María tornó a reclamarme su asiento.

—¿Es tiempo de la bebida? —le pregunté.

—Creo que sí.

—Pregúntale a mi madre.

Llevando ésta la poción y yo la luz, nos acercamos al lecho. A nuestros llamamientos abrió mi padre los ojos, notablemente inyectados, y procuró hacerles sombra con una mano, molestado por la luz. Se le instó para que tomase la bebida. Incorporóse volviendo a quejarse de dolor en el costado derecho; y después de examinar con mirada incierta cuanto le rodeaba, dijo algunas palabras en las cuales se oyó «sed».

—Esto la calmará —le observó mi madre presentándole el vaso.

Él se dejó caer sobre las almohadas, diciendo al llevarse entrambas manos al cerebro:

—¡Aquí!

Logramos de nuevo que hiciera un esfuerzo para levantarse; pero inútilmente.

El semblante de mi madre dejaba conocer lo que aquella postración la acobardaba.

Sentándose María al borde de la cama y apoyada en las almohadas, dijo al enfermo con su voz más cariñosa:

—Papá, procure levantarse para tomar esto; yo voy a ayudarle.

—Veamos, hija —contestó con voz débil.

Ella consiguió recostarlo en su pecho, mientras lo sostenía por la espalda con el brazo izquierdo. Las negras trenzas[1] de María sombrearon aquella cabeza cana y venerable a que tan tiernamente ofrecía ella su seno por cojín.

Una vez tomada la poción, mi madre me entregó el vaso y María volvió a colocar suavemente a mi padre sobre las almohadas.

—¡Ay! ¡Jesús! ¡cómo se ha postrado! —me dijo ésta en voz muy baja, luego que estuvimos cerca de la mesa donde colocaba ella la luz.

—Esa bebida es narcótica —le indiqué por tranquilizarla.

—Pero el delirio no es tan constante ya. ¿Qué te ha dicho el doctor?

—Que es necesario esperar un poco para hacer remedios más enérgicos.

—Vete a acostar, que con nosotras hay ya[2]: oye, son las tres y media. Yo despertaré a Emma para que me acompañe, y tú conseguirás que mamá descanse también un rato.

—Te has puesto pálida; esto va a hacerte muchísimo daño.

Ella estaba frente al espejo del tocador de mi madre, y se miró en él pasándose las manos por las sienes para medio arreglarse los cabellos al responderme:

—No tanto: verás cómo nada se me nota.

—Si descansas un rato ahora, puede ser; te haré llamar cuando sea de día.

---

[1] *negras trenzas:* En los capítulos X, XII y L, Efraín cuenta que las trenzas de María son de color castaño.
[2] *con nosotras hay ya:* con nosotras basta.

Conseguí que las tres me dejaran solo, y me senté a la cabecera.

El sueño del enfermo continuó intranquilo, y a veces se le percibían palabras mal articuladas del delirio.

Durante una hora desfilaron en mi imaginación todos los cuadros horrorosos que vendrían en pos de una desgracia, en la cual no podía detenerme a pensar sin que se contrajera mi corazón dolorosamente.

Empezaba a amanecer: algunas líneas luminosas entraban por las rendijas de las puertas y ventanas; la luz de la lámpara fue haciéndose más y más pálida: se oían ya los cantos de los coclíes[3] y los de las aves domésticas.

Entró el doctor.

—¿Lo han llamado a usted? —le pregunté.

—No; es que necesito estar aquí ahora. ¿Cómo ha continuado?

Le indiqué lo que había yo observado; tomó el pulso, mirando al mismo tiempo su reloj.

—Absolutamente nada —dijo como para sí—. ¿La bebida? —añadió.

—La ha tomado una vez más.

—Démosle otra toma; y para no incomodarlo de nuevo, le pondremos ahora los cáusticos.

Hicímoslo todo ayudados por Emma.

El médico estaba visiblemente preocupado.

XXXVII

Después de tres días, la fiebre resistía aún a todos los esfuerzos del médico para combatirla: los síntomas eran tan alarmantes que ni a él mismo le era posible ocultar en ciertos momentos la angustia que lo dominaba.

Eran las doce de la noche. El doctor me llamó disimuladamente al salón para decirme:

---

[3] *coclíes:* «Nombre onomatopéyico de una ave insectívora, de pico muy largo y agudo, patas largas y rojas, alas blancas, pecho y vientre de color ceniciento y un poco canelado, y dorso negro sobre las alas» (Tascón).

—Usted no desconoce el peligro en que se halla su padre: no me queda ya otra esperanza que la que tengo en los efectos de una copiosa sangría que voy a darle, para lo cual está preparado convenientemente. Si ella y los medicamentos que ha tomado esta tarde, no producen de aquí al amanecer una excitación y un delirio crecientes, es difícil conseguir ya una crisis. Es tiempo de manifestar a usted —continuó después de alguna pausa— que si al venir el día no se hubiere presentado esa crisis, nada me resta por hacer. Por ahora haga usted que la señora se retire, porque, suceda o no lo que deseo, ella no debe estar en la habitación: es más de media noche, y ése es un buen pretexto para suplicarle tome algún descanso. Si usted lo juzga conveniente, ruegue también a las señoritas que nos dejen solos.

Le observé que estaba seguro de que ellas se resistirían y que dado que se consiguiera, aquello podía desconsolar más a mi madre.

—Veo que usted se hace cargo de lo que está pasando, sin perder el valor que el caso requiere —me dijo examinando escrupulosamente a la luz de la bujía inmediata, las lancetas de su estuche de bolsillo—. No hay que desesperar todavía.

Salimos del salón para ir a poner por obra lo que él estimaba como último recurso.

Mi padre estaba dominado por el mismo sopor: durante el día y lo corrido de la noche, no había cesado el delirio. Su inmovilidad tenía algo de la que produce el agotamiento de las últimas fuerzas: casi sordo a todo llamamiento, solamente los ojos, que abría con dificultad algunas veces, dejaban conocer que oía; y su respiración era anhelosa.

Mi madre sollozaba sentada a la cabecera de la cama, apoyada la frente en los almohadones y teniendo entre las manos una de las de mi padre. Emma y María, ayudadas por Luisa, que aquella noche había venido a reemplazar a sus hijas, preparaban los útiles para el baño en que se iba a dar la sangría.

Mayn pidió la luz; María la acercó a la cama: por el rostro le rodaban como a su pesar algunas lágrimas, mientras el médico estuvo haciendo el examen que deseaba.

A la hora, terminado ya todo lo que el doctor estimaba como extremo recurso, nos dijo:

—Cuando el reloj dé las dos y media, debo estar aquí; pero si me vence el sueño, que me llamen.

Señalando en seguida al enfermo, añadió:

—Se le debe dejar en completa calma.

Y se retiró después de haber dicho casi risueño alguna chanza a las muchachas sobre la necesidad que tienen los viejos de dormir a tiempo: jovialidad digna de agradecérsele, pues que no tenía más objeto que tranquilizarlas.

Mi madre volvió a ver si lo que durante una hora se había estado haciendo producía algún efecto consolador; pero logramos convencerla de que el doctor estaba lleno de esperanzas para el día siguiente; y abrumada por el cansancio, se durmió en el departamento de Emma, donde quedó Luisa haciéndole compañía.

Dio las dos el reloj.

María y Emma sabían ya que el doctor deseaba la manifestación de ciertos síntomas, y espiaron largo tiempo con anhelosa curiosidad el sueño de mi padre. El enfermo parecía más tranquilo, y había pedido una vez agua, aunque con voz muy débil, bastante inteligible, lo cual les hizo concebir esperanza de que la sangría produjera buenos resultados.

Emma, después de inútiles esfuerzos para evitarlo, se durmió en la poltrona que estaba a la cabecera de la cama. María, reclinada al principio en uno de los brazos del pequeño sofá que ocupábamos, había dejado caer sobre éste, rendida al fin, la cabeza, cuyo perfil resaltaba en el damasco color de púrpura de los almohadones: habiéndosele desembozado el pañolón de seda que llevaba, negreaba rodado sobre el nevado linón de la falda, que con los boleros° ajados parecía, a favor de la sombra, formada de espumas. En medio del silencio que nos rodeaba se percibía su respiración, suave como la de un niño que se ha dormido en nuestros brazos.

Sonaron las tres. El ruido del reloj hizo hacer un ligero movimiento a María como para incorporarse; pero fue más poderoso otra vez el sueño que su voluntad. Hundida la cintura en el ropaje que de ella descendía a la alfombra, quedaba visible un pie casi infantil, calzado con una chinela roja salpicada de lentejuelas.

Yo la contemplaba con indecible ternura, y mis ojos, vueltos algunas veces hacia el lecho de mi padre, tornaban a buscarla, porque mi alma estaba allí, acariciando esa frente, escuchando los latidos de ese corazón, esperando oír a cada instante alguna palabra que me revelase alguno de sus sueños, porque sus labios como que intentaban balbucirla.

Un quejido doloroso del enfermo interrumpió aquel enajenamiento aliviador de mi espíritu; y la realidad reapareció tan espantosa como era.

Acerquéme al lecho: mi padre, que se apoyaba en uno de sus brazos, me miró con tenaz fijeza, diciéndome al cabo:

—Acércame la ropa, que es muy tarde ya.

—Es de noche, señor —le respondí.

—¿Cómo de noche? Quiero levantarme.

—Es imposible —le observé suavemente—; ¿no ve usted que le causaría mucho daño?

Dejó caer otra vez la cabeza en los almohadones, y pronunciaba en voz baja palabras que no entendí, mientras movía las manos pálidas y enflaquecidas, cual si estuviese haciendo una cuenta. Viéndole buscar alguna cosa a su lado, le presenté mi pañuelo.

—Gracias —me dijo, cual si hablase con un extraño; y después de enjugarse los labios con él, buscó sobre la colcha que lo cubría, un bolsillo para guardarlo.

Volvió a quedarse dormido algunos momentos. Me acercaba a la mesa para saber la hora en que el delirio había empezado, cuando él, sentado en la cama y descorriendo las cortinas que le ocultaban la luz, dejó ver la cabeza lívida y de asombrado mirar, diciéndome:

—¿Quién está ahí?... ¡Ola! ¡ola!

Sobrecogido de cierto espanto invencible, a pesar de lo que prometía aquel delirio tan semejante a la locura, procuré reducirlo a que se recostara. Clavando él en mí una mirada casi terrible, preguntó:

—¿No estuvo él aquí? En este momento se ha levantado de esa silla.

—¿Quién?

Pronunció el nombre que yo me temía.

Pasado un cuarto de hora, incorporóse otra vez diciéndome con voz más vigorosa ya:

—No le permitan que entre; que me espere. A ver la ropa.

Le supliqué que no insistiera en levantarse, pero en tono imperativo replicó:

—¡Oh! ¡qué necedad!... ¡la ropa!

Se me ocurrió que María, que había ejercido sobre él en momentos semejantes tan poderosa influencia, podría ayudarme; mas no me resolví a separarme del lecho, temeroso de que mi padre se levantase. El estado de debilidad real en que se hallaba, le impedía permanecer mucho tiempo sentado; y volvió a reclinarse aparentemente tranquilo. Entonces me acerqué a María, y tomándole la mano que le pendía sobre la falda, la llamé muy quedo. Ella, sin apartar la mano de la mía, se incorporó sin abrir los ojos; mas luego que me vio se apresuró a cubrirse los hombros con el pañolón, y poniéndose en pie me dijo:

—¿Qué se necesita, ha?

—Es —le respondí— que el delirio ha empezado, y deseo que me acompañes por si el acceso es muy fuerte.

—¿Cuánto tiempo hace?

—Va para una hora.

Se acercó al lecho casi contenta por la buena noticia que yo le daba, y alejándose en puntillas de él, vino a decirme:

—Pero está dormido otra vez.

—Ya verás que eso dura poco.

—¿Y por qué no me habías despertado antes?

—Dormías tan profundamente que me dio pena hacerlo.

—¿Y Emma también? Ella tiene la culpa de que me haya dormido yo.

Se acercó a Emma y me dijo:

—Mira qué linda está. ¡Pobre! ¿la llamamos?

—Ya ves —le contesté—, que da lástima despertar a quien duerme así.

Le tomó el labio inferior a mi hermana, y cogiéndole después con ambas manos la cabeza, la llamó inclinándose hasta que se tocaron sus frentes. Emma despertó casi asustada, pero sonriendo al punto, tomó en las suyas las manos con que María le acariciaba las sienes.

Mi padre acababa de sentarse con más facilidad de la que hasta entonces había tenido. Permaneció unos momentos silencioso y como espiando los ángulos oscuros del aposento. Las muchachas lo miraban aterradas.

—¡Voy allá! —prorrumpió él al fin—; ¡voy en este instante!

Buscó algo sobre la cama, y dirigiéndose de nuevo a quien creía lo esperaba, añadió:

—Perdone usted que lo haga esperar un instante.

Y dirigiéndose a mí:

—Mi ropa... ¿qué es esto? ¡la ropa!

María y Emma permanecían inmóviles.

—Es que no está aquí —le respondí—; han ido a traerla.

—¿Para qué se la han llevado?

—La habrán ido a cambiar por otra.

—Pero ¿qué demora es ésta? —dijo enjugándose el sudor de la frente—. ¿Los caballos están listos? —continuó.

—Sí, señor.

—Vaya diga a Efraín que lo espero para que montemos antes de que se haga tarde. ¡Muévase, hombre! Juan Ángel, el café. ¡No, no... esto es intolerable!

Y se acercaba al borde de la cama para saltar al suelo: María aproximóse a él diciéndole:

—No, papá, no haga eso.

—¿Que no qué? —le respondió con aspereza.

—Que si se levanta, se impacientará el doctor, porque le hará a usted mal.

—¿Qué doctor?

—Pues el médico que ha venido a verlo, porque usted está enfermo.

—Yo estoy bueno, ¿oyes? ¡bueno!; y quiero levantarme. ¿Ese niño dónde está, que no parece?

—Es necesario que yo llame a Mayn —dije al oído a María.

—No, no —me contestó, deteniéndome de una mano y ocultándole con su cuerpo aquel ademán a mi padre.

—Pero si es indispensable.

—Es que no debes dejarnos solas. Dile a Emma que vaya a despertar a Luisa para que lo llame.

Lo hice así, y Emma salió.

Mi padre insistía, irritado ya, en levantarse. Hube de alcanzarle la ropa que pedía y me resolví a ayudarle a vestirse, cerrando antes las cortinas. Saltó de la cama inmediatamente que se creyó vestido. Estaba lívido, contraído el ceño; agitábale los labios un temblor constante cual si estuviese poseído de ira, y sus ojos tenían un brillo siniestro al girar en las órbitas buscando algo por todas partes. El pie sangrado le impedía andar bien, a pesar de que había aceptado mi brazo para apoyarse. María, en pie, las manos cruzadas sobre la falda y dejando conocer en su rostro el afán y el dolor que la angustiaban, no se atrevía a dar un paso hacia nosotros.

—Abra esa puerta —dijo mi padre acercándose a la que conducía al oratorio.

Le obedecí. El oratorio estaba sin luz. María se apresuró a precedernos con una, y colocándola cerca de aquella bella imagen de la Virgen que tanto se le parecía, pronunció palabras que no oí, y sus ojos suplicantes se fijaron arrasados de lágrimas en el rostro de la imagen. Mi padre se detuvo en el umbral. Su mirada se hizo menos intranquila, y se apoyó con mayor fuerza en mi brazo.

—¿Desea usted sentarse? —le pregunté.

—Sí... bueno... vamos —respondió con voz casi suave.

Lo había vuelto yo a acomodar en la cama cuando entró el doctor: se le refirió lo que había pasado y se mostró contento, después de pulsarlo.

A la media hora, se acercó Mayn otra vez a examinar al enfermo, que dormía profundamente: preparó una poción y entregándosela a María, le dijo:

—Usted va a darle esto, instándole para que lo tome con esa dulzurita que tenemos.

Ella tomó la copa con cierto temor, y nos acercamos a la cama llevando yo la luz. El doctor se ocultó tras de las cortinas para observar al enfermo sin ser visto.

María llamó a mi padre con su más suave acento. Él, luego que despertó, se llevó la mano al costado, quejándose al mismo tiempo; fijóse en María, que le instaba para que tomase la poción, y le dijo:

—Por cucharadas; no puedo levantarme.

Ella empezó a darle así la bebida.

—¿Está dulce? —le preguntó.

—Sí, pero basta con eso ya.

—¿Tiene mucho sueño?

—Sí. ¿Qué hora es?

—Va a amanecer.

—¿Tu mamá?

—Descansando un rato. Tome unas cucharadas más de esto, y dormirá muy bien después.

Él significó con la cabeza que no. María buscó los ojos del médico para consultarle, y él le hizo seña para que le diera más de la bebida. El enfermo se resistía, y ella le dijo haciendo ademán de que probaba el contenido de la copa:

—Si es muy agradable. Otra cucharada, otra, y no más.

Los labios de mi padre se contrajeron intentando sonreír, y recibieron el líquido. María se los enjugó con su pañuelo, diciéndole con la misma ternura con que solía despedirse de Juan después de dejarlo acostado:

—Bueno, pues: ahora dormir mucho.

Y cerró las cortinas.

—Con una enfermera como usted —le observó el doctor a tiempo que ella colocaba la luz sobre la mesa— no se moriría ninguno de mis enfermos...

—¿Es decir que ya?... —le interrumpió ella.

—Respondo de todo.

XXXVIII

Pasados diez días, mi padre estaba convaleciente, y la alegría había vuelto a nuestra casa. Cuando una enfermedad nos ha hecho temer la pérdida de una persona amada, aquel temor aviva nuestros más dulces afectos hacia ella, y hay en los cuidados que le prodigamos, alejado ya el peligro, una ternura capaz de desarmar a la muerte misma.

Había recomendado el médico que se procurase al espíritu del enfermo la mayor tranquilidad posible. Se evitaba cuidadosamente hablarle de negocios. Luego que pudo levantarse, le instamos que eligiera un libro para leerle en algunos ratos, y escogió el *Diario de Napoleón en Santa Elena*[1], lectura que siempre lo conmovía hondamente.

[1] *Diario de Napoleón en Santa Elena:* Existe tal libro, de autor desconocido,

Reunidos en el costurero de mi madre, nos turnábamos para leerle Emma, María y yo; y si lo notábamos alguna vez dominado por la tristeza, Emma tocaba la guitarra para distraerlo. Otras veces solía él hablarnos de los días de su niñez, de sus padres y hermanos, o nos refería con entusiasmo los viajes que había hecho en su primera juventud. En ocasiones se chanceaba con mi madre criticando las costumbres del Chocó, por reír al oírla hacer la defensa de su tierra natal.

—¿Cuántos años tenía yo cuando nos casamos? —le preguntó una vez, después de haber hablado de los primeros días de su matrimonio y de un incendio que los dejó completamente arruinados a los dos meses de verificado aquél.

—Veintiuno —respondió ella.

—No, hija; tenía veinte. Yo engañé a la señora (así llamaba a su suegra) temeroso de que me creyese muy muchacho. Como las mujeres, cuando sus maridos empiezan a envejecer, nunca recuerdan bien los años que ellos tienen, fácil me ha sido luego rectificar la cuenta.

—¿Veinte años no más? —preguntó Emma admirada.

—Ya lo oyes —respondió mi madre.

—Y usted ¿cuántos, mamá? —preguntó María.

—Yo tenía dieciséis: un año más de los que tienes tú.

—Pero dile que te cuente —dijo mi padre— la importancia que se daba para conmigo desde que tuvo quince, que fue entonces cuando yo resolví casarme con ella y hacerme cristiano.

—A ver, mamá —dijo María.

—Pregúntale a él primero —respondió mi madre—, a qué se resolvió por eso que él llama la importancia que para con él me daba.

Todos nos volvimos hacia mi padre; y él dijo:

—A casarme.

Interrumpió aquella conversación la llegada de Juan Ángel, que venía del pueblo trayendo la correspondencia. Entregó algunos periódicos y dos cartas, ambas firmadas por el señor A***, y una de ellas de fecha bastante atrasada.

---

puesto que Napoleón mismo no tuvo un diario (J. Warshaw, ed. de *María*, página 185).

Luego que vi las firmas, se las pasé a mi padre.

—¡Ah! sí —dijo devolviéndomelas—; esperaba cartas de él.

La primera se reducía a anunciar que no podría emprender su viaje a Europa sino pasados cuatro meses, lo cual avisaba para que no se precipitasen los preparativos del mío. No me atreví a dirigir una sola mirada a María, temeroso de provocar una emoción mayor que la que me dominaba; pero vino en mi ayuda la reflexión que hice instantáneamente de que si mi viaje no se frustraba, me quedaban aún más de tres meses de felicidad. María estaba pálida, y pretextaba buscar algo en su cajita de costura que tenía sobre las rodillas. Mi padre, completamente tranquilo, esperó a que yo concluyese la lectura de la primera carta, para decir:

—Qué se va a hacer: veamos la otra.

Leí los primeros renglones, y comprendiendo que iba a serme imposible disimular mi turbación, me acerqué a la ventana como para ver mejor, y poder dar así la espalda a los que oían. La carta decía literalmente esto, en su parte sustancial:

«Hace quince días que escribí a usted avisándole que me veía precisado a retardar por cuatro meses más mi viaje; pero habiéndose allanado cuándo y cómo yo no lo esperaba, los inconvenientes que se habían presentado, me apresuro a dirigirle esta carta con el objeto de anunciarle que el 30 del próximo enero estaré en Cali, donde espero encontrar a Efraín para que nos pongamos en marcha hacia el puerto el dos de febrero.

»Aunque tuve el pesar de saber que una grave enfermedad lo había tenido a usted en cama, poco después recibí la agradable noticia de que estaba ya fuera de peligro. Doy a usted y a su familia la enhorabuena por el pronto restablecimiento de su salud.

»Espero, pues, que no habrá inconveniente alguno para que usted me proporcione el placer de llevar la grata compañía de Efraín, por quien, como usted sabe, he tenido siempre tan particular cariño. Sírvase mostrarle esta parte de mi carta.»

Cuando volví a buscar mi asiento, encontré las miradas de mi padre fijas en mí. María y mi hermana salían en aquel momento al salón, y ocupé la butaca que la primera acababa de dejar, por estar este asiento más a la sombra.

—¿Cuántos tenemos hoy? —preguntó mi padre.

—Veintiséis —le respondí.

—Nos queda solamente un mes; es necesario no dormirse.

Había en el acento con que pronunció aquellas palabras, y en su semblante, toda la tranquilidad que revela una resolución inmutable.

Un paje entró a avisarme que estaba listo el caballo que una hora antes le había mandado preparar.

—Cuando vuelvas de tu paseo —díjome mi padre—, contestaremos esa carta, y la llevarás tú mismo al pueblo, puesto que mañana debías de todos modos dar una vuelta a las haciendas.

—No me demoraré —dije saliendo.

Necesitaba disimular lo que sufría; llamar en la soledad aquella dulce esperanza que me había halagado para dejarme luego solo ante la realidad del temido viaje; necesitaba llorar a solas, para que María no viera mis lágrimas... ¡Ah! si ella hubiese podido saber cuántas brotaban de mi corazón en aquel instante, tampoco habría esperado ya.

Descendí a las anchas vegas del río, donde acercándose a las llanuras es menos impetuoso: formando majestuosas curvas, pasa al principio por en medio de colinas pulcramente alfombradas, de las que ruedan a unírsele torrentes espumosos, y sigue luego acariciando los follajes de los carboneros y guayabales de la orilla; se oculta después bajo las últimas cintas montañosas, donde parece darle en murmullos sus últimos adioses a la soledad, y al fin piérdese a lo lejos, muy lejos en la pampa azul, donde en aquel momento el sol al esconderse tornasolaba de lila y oro su raudal.

Cuando regresé ascendiendo por los tortuosos senderos de la ribera, la noche estaba engalanada ya con todos los esplendores del estío. Las albas espumas del río pasaban resplandecientes, y las ondas mecían los cañaverales como diciendo secretos a las auras que venían a peinarles los plumajes. Los no sombreados remansos reflejaban en su fondo temblorosas las estrellas; y donde los ramajes de la selva de una y otra orilla se enlazaban formando pabellones misteriosos, brillaba la luz fosfórica de las luciérnagas errantes. Sólo el grillar de los insectos nocturnos turbaba aquel silencio de los bosques; pero de tiempo en tiempo el bujío[2], guardián de las negras espesuras, revoloteaba a mi alrededor, haciéndome oír su silbido siniestro.

La casa, aunque iluminada ya, estaba silenciosa cuando entregué en la gradería el caballo a Juan Ángel.

Me esperaba mi padre paseándose en el salón: la familia se hallaba reunida en el oratorio.

—Has tardado —me dijo mi padre—: ¿quieres que escribamos esas cartas?

—Quisiera que antes habláramos algo sobre mi viaje.

—A ver —me contestó sentándose en un sofá.

Yo permanecí en pie cerca de una mesa y dando la espalda a la bujía que nos alumbraba.

—Después de la desgracia ocurrida —le dije—; después de esa pérdida, cuyo valor puedo valuar, estimo indispensable manifestar a usted que no lo creo obligado a hacer el sacrificio que le exige la conclusión de mis estudios. Antes de que los intereses de la casa sufrieran este desfalco, indiqué a usted que me sería muy satisfactorio en adelante ayudarle en sus trabajos; y a su negativa de entonces nada pude replicar. Hoy las circunstancias son muy distintas: todo me hace esperar que usted aceptará mi ofrecimiento; y yo renuncio gustoso al bien que usted quiere hacerme enviándome a concluir mi carrera, porque es un deber mío relevar a usted de esa especie de compromiso que para conmigo tiene contraído.

—Todo eso —me respondió— está hasta cierto punto juiciosamente pensado. Aunque haya motivos para que hoy más que antes te sea temible ese viaje, no puedo dejar de conocer, a pesar de todo, que te dominan al hablar así nobles sentimientos. Pero debo advertirte que mi resolución es irrevocable. Los gastos que el resto de tu educación me cause, en nada empeorarán mi situación, y una vez concluida tu carrera, la familia cosechará abundante fruto de la semilla que voy a sembrar. Por lo demás —añadió después de una corta pausa, durante la cual volvió a pasearse por el salón—, creo que tienes el noble

---

[2] *bujío:* «ave insectívora y nocturna, cuyo canto lúgubre es el terror de las gentes asustadizas» (Tascón). Es el ave de mal agüero, como ya se notó en el capítulo XXXIV.

orgullo necesario para no pretender cortar lastimosamente lo que tan bien has empezado.

—Haré cuanto esté a mi alcance —le contesté completamente desesperanzado ya—, haré cuanto pueda para corresponder a lo que usted espera de mí.

—Así debe ser. Vete tranquilo. Estoy seguro de que a tu regreso ya habré conseguido llevar a cabo con fortuna los proyectos que tengo para pagar lo que debo. Tu posición será pues muy buena dentro de cuatro años, y María será tu esposa.

Permaneció silencioso otra vez por algunos momentos, y deteniéndose al fin delante de mí, dijo:

—Vamos, pues, a escribir: trae aquí lo necesario, no sea que me haga mal salir al escritorio.

Había acabado de dictarme una larga y afectuosa carta para el señor A***, y quiso que mi madre, que se presentó en ese momento en el salón, la oyera leer. Esto era en el fondo lo que leía yo a tiempo que María entró trayendo el servicio de té para mi padre, ayudada por Estefanía:

«Efraín estará listo para marchar a Cali el treinta de enero; lo encontrará usted allí, y podrán seguir para la Buenaventura el dos de febrero, como usted lo desea.»

Seguían las fórmulas de estilo.

María, a quien daba yo la espalda, puso sobre la mesa y al alcance de mi padre el plato y taza que llevaba. Quedó al hacerlo iluminada de lleno por la luz de la mesa: estaba casi lívida: al recibir la tetera que le presentaba Estefana, se apoyó con la mano izquierda en el espaldar de la silla que yo ocupaba, y tuvo que sentarse en el sofá inmediato mientras mi padre se servía el azúcar. Él le presentó la taza y ella se puso en pie para llenarla, pero le temblaba la mano de tal manera, que viendo mi padre que el té se derramaba, miró a María diciéndole:

—Basta... basta, hija.

No se le ocultaba a él la causa de aquella turbación. Siguiendo a María con la mirada mientras ella se dirigía apresuradamente al comedor, y fijándola después en mi madre, le hizo esta pregunta que sus labios no tenían necesidad de pronunciar:

—¿Ves esto?

Todos quedamos en silencio; y a poco salí yo con pretexto de llevar al escritorio los útiles que había traído.

XXXIX

A las ocho sonó la campanilla del comedor; pero no me consideré con la serenidad necesaria para estar cerca de María después de lo ocurrido.

Mi madre llamó a la puerta de mi cuarto.

—¿Es posible —me dijo cuando hubo entrado— que te dejes dominar así por este pesar? ¿No podrás, pues, hacerte tan fuerte como otras veces has podido? Así ha de ser, no sólo porque tu padre se disgustaría, sino porque eres el llamado a darle ánimo a María.

En su voz había al hablarme así, un dulce acento de reconvención hermanado con el más musical de la ternura.

Continuó haciéndome la relación de todas las ventajas que iba a reportarme aquel viaje, sin disimularme los dolores por los cuales tendría que pasar; y terminó diciéndome:

—Yo en estos cuatro años que no estarás a mi lado, veré en María no solamente a una hija querida sino a la mujer destinada a hacerte feliz y que tanto ha sabido merecer el amor que le tienes: le hablaré constantemente de ti y procuraré hacerle esperar tu regreso como premio de tu obediencia y de la suya.

Levanté entonces la cabeza, que sostenían mis manos sobre la mesa, y nuestros ojos, arrasados de lágrimas, se buscaron y se prometieron lo que los labios no saben decir.

—Ve, pues, al comedor —me dijo antes de salir—, y disimula cuanto te sea posible. Tu padre y yo hemos estado hablando mucho respecto de ti, y es muy probable que se resuelva a hacer lo que puede servirte ya de mayor consuelo.

Solamente Emma y María estaban en el comedor. Siempre que mi padre dejaba de ir a la mesa, yo ocupaba la cabecera. Sentadas a uno y otro lado de ella, me esperaban las dos. Se pasó algún espacio sin que hablásemos. Sus fisonomías, ambas tan bellas, denunciaban mayor pena que hubieran podido espresar: pero estaba menos pálida la de mi hermana, y sus miradas no tenían aquella brillante languidez de ojos hermosos que han llorado. Ésta me dijo:

—¿Vas por fin mañana a la hacienda?

—Sí, pero no me estaré allí sino dos días.

—Llevarás a Juan Ángel para que vea a su madre: tal vez se haya ella empeorado.

—Lo llevaré. Higinio escribe que Feliciana está peor y que el doctor Mayn, que la había estado recetando, ha dejado de hacerlo desde ayer, por haber seguido[1] a Cali, donde se le llamaba con urgencia.

—Dile a Feliciana muchas cosas afectuosas en nuestro nombre —me dijo María—: que si sigue enferma, le suplicaremos a mamá que nos lleve a verla.

Emma volvió a interrumpir el silencio que había seguido al diálogo anterior, para decirme:

—Tránsito, Lucía y Braulio estuvieron aquí esta tarde y sintieron mucho no encontrarte: te dejaron muchas saludes. Nosotras habíamos pensado ir a verlas el domingo próximo: se han manejado tan finamente durante la enfermedad de papá.

—Iremos el lunes, que ya estaré yo aquí —le repuse.

—Si hubieras visto lo que se entristecieron cuando les hablé de tu viaje a Europa...

María me ocultó el rostro volviéndose como a buscar algo en la mesa inmediata, mas ya había yo visto brillar las lágrimas que ella intentaba ocultarnos.

Estefana vino en aquel momento a decirle que mi madre la llamaba.

Paseábame en el comedor con la esperanza de poder hablar a María antes de que se retirase. Emma me dirigía algunas veces la palabra como para distraerme de las penosas reflexiones que conocía me estaban atormentando.

La noche continuaba serena: los rosales estaban inmóviles: en las copas de los árboles cercanos no se percibía un susurro; y solamente los sollozos del río turbaban aquella calma y silencio imponentes. Sobre los ropajes turquíes de las montañas blanqueaban algunas nubes desgarradas, como chales de gasa

---

[1] *seguido:* ido, emprendido viaje (Carvajal).

nívea que el viento hiciese ondear sobre la falda azul de una odalisca; y la bóveda diáfana del cielo se arqueaba sobre aquellas cumbres sin nombre, semejante a una urna convexa de cristal azulado incrustada de diamantes.

María tardaba ya. Mi madre se acercó a indicarme que pasara al salón: me supuse que deseaba aliviarme con sus dulces promesas.

Sentado mi padre en un sofá, tenía a su lado a María, cuyos ojos no se levantaron para verme. Él me señaló un lugar desocupado cerca de ella. Mi madre se colocó en una butaca inmediata a la que ocupaba mi padre.

—Bien, mi hija —dijo éste a María, la cual con los ojos bajos aún, jugaba con una de las peinetitas de sus cabellos—; ¿quieres que repita la pregunta que te hice cuando tu mamá salió, para que me la respondas delante de Efraín?

Mi padre sonreía y ella meneó lentamente la cabeza en señal negativa.

—Y entonces ¿cómo haremos? —insistió él.

María se atrevió a mirarme un instante; y esa mirada me lo reveló todo: ¡aún no habían pasado todos nuestros días de felicidad!

—¿No es cierto —volvió a preguntarle mi padre— que prometes a Efraín ser su esposa cuando él regrese de Europa?

Ella volvió después de unos momentos de silencio a buscar mis ojos con los suyos, y ocultándome de nuevo sus miradas negras y pudorosas, respondió:

—Si él lo quiere así...

—¿No sabes si lo quiere? —le replicó casi riendo mi padre.

María calló sonrojada, y las vivas tintas que en sus mejillas mostró ese rubor, no desaparecieron de ellas aquella noche. Mirábala mi madre de la manera más tierna que ojos de madre pueden mirar. Creí por un instante que estaba gozando de alguno de esos sueños en que María me hablaba con aquel acento que le acababa de oír, y en que sus miradas tenían la brillante humedad que estaba yo espiando en ellas.

—¿Tú sabes que lo quiero así? ¿no es cierto? —le dije.

—Sí lo sé —contestó con voz apagada.

—Di a Efraín ahora —le dijo mi padre sin sonreírse ya—las condiciones con que tú y yo le hacemos esa promesa.

—Con la condición —dijo María—, de que se vaya contento... cuanto es posible.

—¿Cuál otra, hija?

—La otra es que estudie mucho para volver pronto...
¿no es?

—Sí —contestó mi padre—, besándole la frente; y para me-
recerte. Las demás condiciones las pondrás tú. ¿Conque te
gustan? —añadió volviéndose a mí y poniéndose en pie.

Yo no tuve palabras que responderle; y estreché fuertemente entre las mías la mano que él me tendía al decirme:

—Hasta el lunes, pues; fíjate bien en mis instrucciones y lee
muchas veces el pliego.

Mi madre se acercó a nosotros y abrazó nuestras cabezas
juntándolas de modo que involuntariamente tocaron mis labios la mejilla de María; y salió dejándonos solos en el salón.

Largo tiempo debió correr desde que mi mano asió en el
sofá la de María y nuestros ojos se encontraron para no cesar
de mirarse, hasta que sus labios pronunciaron estas palabras:

—¡Qué bueno es papá! ¿no es verdad?

Le signifiqué que sí, sin que mis labios pudieran balbucir
una sílaba.

—¿Por qué no hablas? ¿Te parecen buenas las condiciones
que pone?

—Sí, María. ¿Y cuáles son las tuyas en pago de tanto bien?

—Una sola.

—Dila.

—Tú la sabes.

—Sí, sí; pero hoy sí debes decirla.

—Que me ames siempre así —respondió, y su mano se en-
lazó más estrechamente con la mía.

XL

Cuando llegué a las haciendas en la mañana del día siguiente, encontré en la casa de habitación al médico que reemplaza-
ba a Mayn en la asistencia de Feliciana. Él, por su porte y fisonomía, parecía más un capitán retirado que lo que aseguraba

214

ser. Me hizo saber que había perdido toda esperanza de salvar a la enferma, pues que estaba atacada de una hepatitis que en su último período resistía ya a toda clase de aplicaciones; y concluyó manifestándome ser de opinión que se llamara un sacerdote.

Entré al aposento donde se hallaba Feliciana. Ya estaba Juan Ángel allí, y se admiraba de que su madre no le respondiera al alabarle a Dios. El encontrar a Feliciana en tan desesperante estado no podía menos de conmoverme.

Di orden para que se aumentase el número de esclavas que le servían; hice colocarla en una pieza más cómoda, a lo que ella se había opuesto humildemente, y se mandó por el sacerdote al pueblo.

Aquella mujer que iba a morir lejos de su patria; aquella mujer que tan dulce afecto me había tenido desde que fue a nuestra casa; en cuyos brazos se durmió tantas veces María siendo niña... Pero he aquí su historia, que referida por Feliciana con rústico y patético lenguaje, entretuvo algunas veladas de mi infancia.

Magmahú había sido desde su adolescencia uno de los jefes más distinguidos de los ejércitos de Achanti*, nación poderosa del África occidental. El denuedo y pericia que había mostrado en las frecuentes guerras que el rey Say Tuto Kuamina sostuvo con los Achimis hasta la muerte de Orsué, caudillo de éstos; la completa victoria que alcanzó sobre las tribus del litoral sublevadas contra el rey por Carlos Macharty[1], a quien Magmahú mismo dio muerte en el campo de batalla, hicieron que el monarca lo colmara de honores y riquezas, confiándole al propio tiempo el mando de todas sus tropas, a despecho de los émulos del afortunado guerrero, los cuales no le perdonaron nunca el haber merecido tamaño favor.

---

* Cantú, hablando de los Achantis, dice: «Son negros, pero se distinguen de las razas del mismo color, pareciéndose más a los Abisinios, en razón a que tienen el pelo largo y lacio, barba, rostro ovalado, nariz aguileña, y el cuerpo bien proporcionado... El espíritu guerrero es general entre ellos, y son soldados desde que se encuentran en edad de tomar las armas.»

[1] *Carlos Macharty:* deformación de Sir Charles McCarthy, gobernador inglés de la Costa de Oro desde 1821 hasta 1824, cuando murió a manos de los achanti.

Pasada la corta paz conseguida con el vencimiento de Macharty, pues los ingleses, con ejército propio ya, amenazaban a los Achantis, todas las fuerzas del reino salieron a campaña.

Empeñóse la batalla, y pocas horas bastaron a convencer a los ingleses de la insuficiencia de sus mortíferas armas contra el valor de los africanos. Indecisa aún la victoria, Magmahú, resplandeciente de oro, y terrible en su furor, recorría las huestes animándolas con su intrepidez; y su voz dominaba el estruendo de las baterías enemigas. Pero en vano envió órdenes a los jefes de las reservas para que entrasen en combate atacando el flanco más debilitado de los invasores. La noche interrumpió la lucha; y cuando a la primera luz del siguiente día pasó revista Magmahú a sus tropas, diezmadas por la muerte y la deserción y acobardadas por los jefes que impidieron la victoria, comprendió que iba a ser vencido, y se preparó para luchar y morir. El rey, que llegó en tales terribles momentos al campo de sus huestes, las vio, y pidió la paz. Los ingleses la concedieron y celebraron tratados con Say Tuto Kuamina. Desde aquel día perdió Magmahú el favor de su rey.

Irritado el valiente jefe con la injusta conducta del monarca, y no queriendo dar a sus émulos el placer de verle humillado, resolvió expatriarse. Antes de partir determinó arrojar a las corrientes del Tando la sangre y las cabezas de sus más hermosos esclavos, como ofrenda a su Dios. Sinar era entre ellos el más joven y apuesto. Hijo éste de Orsué, el desdichado caudillo de los Achimis, cayó prisionero lidiando valeroso en la sangrienta jornada en que su padre fue vencido y muerto; mas temiendo Sinar y sus compatriotas esclavos la saña implacable de los Achantis, les habían ocultado la noble estirpe del prisionero que tenían.

Solamente Nay, única hija de Magmahú, conoció aquel secreto. Siendo niña cuando Sinar vino como siervo a casa del vencedor de Orsué, la cautivó al principio la digna mansedumbre del joven guerrero, y más tarde su ingenio y hermosura. Él le enseñaba las danzas de su tierra natal, los amorosos y sentidos cantares del país de Bambuk*; le refería las maravillosas

---

* Historiadores y geógrafos, como Cantú y Malte-Brun, dicen que los negros africanos son en extremo aficionados a la danza, cantares y músicas. Sien-

leyendas con que su madre lo había entretenido en la niñez; y si algunas lágrimas rodaban entonces por la tez úvea[2] de las mejillas del esclavo, Nay solía decirle:

—Yo pediré tu libertad a mi padre para que vuelvas a tu país, puesto que eres tan desdichado aquí.

Y Sinar no respondía; mas sus grandes ojos dejaban de llorar y miraba a su joven señora de manera que ella parecía en aquellos momentos la esclava.

Un día en que Nay, acompañada de su servidumbre, había salido a pasearse por las cercanías de Cumasia, Sinar, que guiaba el bello avestruz en que iba sentada su señora como sobre blancos cojines de Bornú, hizo andar al ave tan precipitadamente, que a poco se encontraron a gran distancia de la comitiva. Sinar, deteniéndose, con las miradas llameantes y una sonrisa de triunfo en los labios, dijo a Nay señalándole el valle que tenían a los pies:

—Nay, he allí el camino que conduce a mi país: yo voy a huir de mis enemigos, pero tú irás conmigo: serás reina de los Achimis, y la única mujer mía: yo te amaré más que a la madre desventurada que llora mi muerte, y nuestros descendientes serán invencibles llevando en sus venas mi sangre y la tuya. Mira y ven: ¿quién se atreverá a ponerse en mi camino?

Al decir estas últimas palabras levantó el ancho manto de piel de pantera que le caía de los hombros, y bajo él brillaron las culatas de dos pistolas y la guarnición de un sable turco ceñido con un chal rojo de Zerbi.

Sinar de rodillas, cubrió de besos los pies de Nay pendientes sobre el mullido plumaje del avestruz, y éste halaba cariñoso con el pico los vistosos ropajes de su señora.

Muda y absorta ella al oír las amorosas y tremendas palabras del esclavo, reclinó al fin sobre su regazo la bella cabeza de Sinar diciéndole:

---

do el *bambuco* una música que en nada se asemeja a la de los aborígenes americanos, ni a los aires españoles, no hay ligereza en asegurar que fue traída de África por los primeros esclavos que los conquistadores importaron al Cauca, tanto más que el nombre que hoy tiene parece no ser otro que el de *Bambuk* levemente alterado. *[Esta opinión ha sido rechazada por los musicólogos modernos: Carvajal cita bibliografía sobre el asunto (p. 246)].*

[2] *úvea:* Neologismo de Isaacs, para indicar el color de la uva.

—Tú no quieres ser ingrato conmigo, y dices que me amas y me llevas a ser reina en tu patria; yo no debo ser ingrata con mi padre, que me amó antes que tú, y a quien mi fuga causaría la desesperación y la muerte. Espera y partiremos juntos con su consentimiento; espera, Sinar, que yo te amo...

Y Sinar se estremeció al sentir sobre su frente los ardientes labios de Nay.

Días y días corrieron, y Sinar esperaba, porque en su esclavitud era feliz.

Salió Magmahú a campaña contra las tribus insurreccionadas por Macharty, y Sinar no acompañó a su señor a la guerra como los otros esclavos. Él había dicho a Nay:

—Prefiero la muerte antes que combatir contra pueblos que fueron aliados de mi padre.

Ella, en vísperas de marchar las tropas, dio a su amante, sin que él lo echase de ver, una bebida en la cual había dezumado[3] una planta soporífera; y el hijo de Orsué quedó así imposibilitado para marchar, pues que permaneció por varios días dominado de un sueño invencible, el cual interrumpía Nay a voluntad, derramándole en los labios un aceite aromático y vivificante.

Mas declarada después la guerra por los ingleses a Say Tuto Kuamina, Sinar se presentó a Magmahú para decirle:

—Llévame contigo a las batallas: yo combatiré a tu lado contra los blancos; te prometo que mereceré comer corazones suyos asados por los sacerdotes, y que traeré en el cuello collares de dientes de los hombres rubios.

Nay le dio bálsamos preciosos para curar heridas: y poniendo plumas sagradas en el penacho de su amante, roció con lágrimas el ébano de aquel pecho que ella acababa de ungir con odorífico aceite y polvos de oro.

En la sangrienta jornada en que los jefes achantes, envidiosos de la gloria de Magmahú, le impidieron alcanzar victoria sobre los ingleses, una bala de fusil rompió el brazo izquierdo de Sinar.

Terminada la guerra y hecha la paz, el intrépido capitán de

---

[3] *dezumado:* Otro neologismo de Isaacs, con el valor de «exprimir el zumo de algo».

los Achantis volvió humillado a su hogar; y Nay durante algunos días, sólo dejó de enjugar el lloro que la ira arrancaba a su padre, para ir ocultamente a dar alivio a Sinar curándole amorosamente la herida.

Tomada por Magmahú la resolución de abandonar la patria y ofrecer aquel sangriento sacrificio al río Tando, habló así a su hija:

—Vamos, Nay, a buscar suelo menos ingrato que éste para mis nietos. Los más bellos y famosos jefes del Gambia, país que visité en mi juventud, se engreirán de darme asilo en sus hogares, y de preferirte a sus más bellas mujeres. Estos brazos están todavía fuertes para combatir, y poseo suficientes riquezas para ser poderoso dondequiera que un techo nos cubra... Pero antes de partir es necesario que aplaquemos la cólera del Tando, ensañado contra mí por mi amor a la gloria, y que le sacrifiquemos lo más granado de nuestros esclavos; Sinar entre ellos el primero...

Nay cayó sin sentido al oír aquella terrible sentencia, dejando escapar de sus labios el nombre de Sinar. La recogieron sus esclavas, y Magmahú fuera de sí, hizo venir a Sinar a su presencia. Desenvainado el sable, le dijo tartamudeando de ira:

—¡Esclavo! has puesto tus ojos en mi hija; en castigo haré que se cierren para siempre.

—Tú lo puedes —respondió sereno el mancebo—: no será la mía la primera sangre de los reyes de los Achimis con que tu sable se enrojece.

Magmahú quedó desconcertado al oír tales palabras, y el temblor de su diestra hacía resonar sobre el pavimento el corvo alfanje que empuñaba.

Nay, desasiéndose de sus esclavas, que aterradas la detenían, entró a la habitación donde estaban Sinar y Magmahú, y abrazándosele a éste de las rodillas, bañábale con lágrimas los pies, exclamando:

—¡Perdónanos, señor, o mátanos a ambos!

El viejo guerrero, arrojando de sí el arma temible, se dejó caer en un diván y murmuró al ocultarse el rostro con las manos:

—¡Y ella lo ama!... ¡Orsué, Orsué! ya te han vengado.

Sentada Nay sobre las rodillas de su padre, lo estrechaba en sus brazos, y cubriéndole de besos la cana cabellera, le decía sollozante:

—Tendrás dos hijos en vez de uno: aliviaremos tu vejez, y su brazo te defenderá en los combates.

Levantó Magmahú la cabeza, y haciendo ademán a Sinar para que se acercara, le dijo con voz y semblante terribles, extendiendo hacia él su diestra:

—Esta mano dio muerte a tu padre; con ella le arranqué del pecho el corazón... y mis ojos se gozaron en su agonía...

Nay selló con los suyos los labios de Magmahú, y volviéndose precipitadamente a Sinar, tendió sus lindas manos hacia él, diciéndole con amoroso acento:

—Éstas curaron tus heridas, y estos ojos han llorado por ti.

Sinar cayó de hinojos ante su amada y su señor, y éste, después de unos momentos, le dijo abrazando a su hija:

—He aquí lo que te daré en prueba de mi amistad el día en que esté seguro de la tuya.

—Juro por mis dioses y el tuyo —respondió el hijo de Orsué— que la mía será eterna.

Pasados dos días, Nay, Sinar y Magmahú salieron de Cumasia a favor de la oscuridad de la noche, llevando treinta esclavos de ambos sexos, camellos y avestruces para cabalgar, y cargados otros con las más preciosas alhajas y vajilla que poseían; gran cantidad de tíbar* y cauris**, comestibles y agua, como para un largo viaje.

Muchos días gastaron en aquella peligrosa peregrinación. La caravana tuvo la fortuna de llevar buen tiempo y de no tropezar con los sereres***. Durante el viaje, Sinar y Nay disipaban la tristeza del corazón de Magmahú entonando a dúo alegres canciones; y en las noches serenas a la luz de la luna y al lado de la tienda de la caravana, ensayaban los dichosos amantes graciosas danzas al son de las trompetas de marfil y de las liras de los esclavos.

Por fin llegaron al país de los Kombu-Manez, en las riberas

---

    * Oro en polvo.
   ** Conchas que sirven de moneda.
  *** Ladrones.

del Gambia; y aquella tribu celebró con suntuosas fiestas y sacrificios el arribo de tan ilustres huéspedes.

Desde tiempo inmemorial se hacían los Kombu-Manez y los Cambez una guerra cruel, guerra atizada en ambos pueblos no solamente por el odio que se profesaban sino por una criminal avaricia. Unos y otros cambiaban a los europeos traficantes en esclavos, los prisioneros que hacían en los combates, por armas, pólvora, sal, fierro y aguardiente; y a falta de enemigos que vender, los jefes vendían a sus súbditos, y muchas veces aquéllos y éstos a sus hijos.

El valor y pericia militar de Magmahú y Sinar fueron por algún tiempo de gran provecho a los Kombu-Manez en la guerra con sus vecinos, pues libraron contra ellos repetidos combates, en los cuales obtuvieron un éxito hasta entonces no alcanzado. Precisado Magmahú a optar entre que se degollara a los prisioneros o que se les vendiera a los europeos, hubo de consentir en lo último, obteniendo al propio tiempo la ventaja de que el jefe de los Kombu-Manez impusiera penas temidas a aquellos de sus súbditos que enajenasen a sus dependientes o a sus hijos.

Una tarde que Nay había ido con algunas de sus esclavas a bañarse en las riberas del Gambia y que Sinar, bajo la sombra de un gigantesco moabab[4], sitio en que se aislaban siempre algunas horas en los días de paz, la esperaba con amorosa impaciencia, dos pescadores amarraron su piragua en la misma ribera donde Sinar estaba, y en ella venían dos europeos: el uno se puso trabajosamente en tierra, y arrodillándose sobre la playa oró por algunos momentos: los pálidos rayos del sol moribundo, atravesando los follajes, le iluminaron la faz tostada por los soles y orlada de una espesa barba, casi blanca. Como al ponerse de hinojos había colocado sobre las arenas el ancho sombrero de cañas que llevaba, las brisas del Gambia jugaban con su larga y enmarañada cabellera. Tenía un vestido talar negro, enlodado y hecho jirones, y le brillaba sobre el pecho un crucifijo de cobre.

Así le encontró Nay al acercarse en busca de su amante.

---

[4] *moabab:* Es probable, como cree Carvajal, que se trate de un error: *moabab* por *baobab.* Posiblemente hubo contaminación de las palabras *Moab* y *moabita.*

Los dos pescadores subieron a ese tiempo el cadáver del otro europeo, el cual estaba vestido de la misma manera que su compañero.

Los pescadores refirieron a Sinar cómo habían encontrado a dos blancos bajo una barraca de hojas de palmera dos leguas arriba del Gambia, espirante el joven y ungiéndole el anciano al pronunciar oraciones en una lengua extraña.

El viejo sacerdote permaneció por algún rato abstraído de cuanto le rodeaba. Luego que se puso en pie, Sinar, llevando de la mano a Nay, asustada ante aquel extranjero de tan raro traje y figura, le preguntó de dónde venía, qué objeto tenía su viaje y de qué país era; y quedó sorprendido al oírle responder, aunque con alguna dificultad, en la lengua de los achimis:

—Yo vengo de tu país: veo pintada en tu pecho la serpiente roja de los Achimis nobles, y hablas su idioma. Mi misión es de paz y de amor: nací en Francia. ¿Las leyes de este país no permiten dar sepultura al cadáver del extranjero? Tus compatriotas lloraron sobre los de otros dos de mis hermanos, pusieron cruces sobre sus tumbas, y muchos las llevan de oro pendientes del cuello. ¿Me dejarás, pues, enterrar al extranjero?

Sinar le respondió:

—Parece que dices la verdad, y no debes de ser malo como los blancos, aunque se te parezcan; pero hay quien mande más que yo entre los Kombu-Manez. Ven con nosotros: te presentaré a su jefe y llevaremos el cadáver de tu amigo para saber si permite que lo entierres en sus dominios.

Mientras andaban el corto trecho que los separaba de la ciudad, Sinar hablaba con el misionero, y esforzábase Nay por entender lo que decían; seguíanles los dos pescadores conduciendo en una manta el cadáver del joven sacerdote.

Durante el diálogo, Sinar se convenció de que el extranjero era veraz, por el modo como respondió a las preguntas que le hizo sobre el país de los Achimis: reinaba en éste un hermano suyo, y a Sinar lo creían muerto. Explicóle el misionero los medios de que se había valido para captarse el afecto de algunas tribus de los Achimis; afecto que tuvo por origen el acierto con que había curado algunos enfermos, y la circunstancia de haber sido uno de ellos la esclava favorita del rey. Los Achimis le habían dado una caravana y víveres para que se dirigiese a la

222

costa con el único de sus compañeros que sobrevivía; pero sorprendidos en el viaje por una partida enemiga, unos de sus guardianes los abandonaron y otros fueron muertos; contentándose los vencedores con dejar sin guías en el desierto a los sacerdotes, temerosos quizá de que los vencidos volviesen a la pelea. Muchos días viajaron sin otra guía que el sol y sin más alimento que las frutas que hallaban en los oasis, y así habían llegado a la ribera del Gambia, donde devorado por la fiebre acababa de espirar el joven cuando los pescadores los encontraron.

Magmahú y Sinar llevaron al sacerdote a presencia del jefe de los Kombu-Manez, y el segundo le dijo:

—He aquí un extranjero que te suplica le permitas enterrar en tus dominios el cadáver de su hermano, y tomar descanso para poder continuar viaje a su país: en cambio te promete curar a tu hijo.

Aquella noche, Sinar y dos esclavos suyos ayudaron al misionero a sepultar el cadáver. Arrodillado el anciano al borde de la huesa que los esclavos iban colmando, entonó un canto profundamente triste, y la luna hacía brillar en la blanca barba del ministro lágrimas que rodaban a humedecer a la tierra extranjera que le ocultaba al denodado amigo.

XLI

Poco menos que dos semanas habían pasado desde la llegada del sacerdote francés al país de los Kombu-Manez. Sea porque solamente Sinar podía entenderle, o porque gustase éste del trato del europeo, daban juntos diariamente largos paseos, de los cuales notó Nay que su amante regresaba preocupado y melancólico. Supúsose ella que las noticias que daba a Sinar de su país el extranjero debían de ser tristes; pero más tarde creyó acertar mejor con la causa de aquella melancolía, imaginando que los recuerdos de la patria, avivados por la relación del sacerdote, hacían desear nuevamente al hijo de Orsué el verse en su suelo natal. Mas como la amorosa ternura de Sinar para con ella aumentaba en vez de disminuirse, procuró aprovechar una ocasión oportuna para confiarle sus zozobras.

Apagábase una tarde calorosa, y Sinar sentado en la ribera, parecía dominado por la tristeza que en los pasados días de su esclavitud tanto había enternecido a Nay. Ésta lo divisó y se acercó a él con silenciosos pasos. Con la corta y pulcra falda de carmesí salpicada de estrellas de plata; el amplio chal color de cielo, que después de ocultarle el seno, cruzándolo, pendía de la cintura; turbante rojo prendido con agujas de oro, y collares y pulseras de ágata, debía estar más seductiva que nunca. Sentóse al lado de su amado; mas él continuaba meditabundo. Al fin le dijo ella:

—Nunca creí que al acercarse la hora antes tan deseada por ti en que mi padre debe hacerme tu esposa, hubieras de estar como te veo. ¿Te ama él ya menos que antes? ¿Soy acaso menos tierna contigo, o no te parezco tan bella como el día en que merecí me confesaras tu amor?

Sinar, fijos los ojos en las fugitivas ondas del Gambia, parecía no haber oído. Nay lo contempló en silencio unos momentos con los ojos cuajados de lágrimas, y su pecho dejó escapar al fin un sollozo. Al oírlo Sinar se volvió con precipitación hacia ella, y viendo aquellas lágrimas, besóla tiernamente, diciéndole:

—¿Lloras? ¿Así recibes la felicidad que tanto hemos esperado y que al fin llega?

—¡Ay de mí! Jamás habías sido sordo a mi voz; jamás te habían buscado mis ojos sin que los tuyos se mostrasen halagüeños; por eso lloran.

—¿Cuándo, di, el más leve acento tuyo no turbó el más profundo de mis sueños; cuándo, aunque no te esperase ni te viese, dejé de sentirte si te acercabas a mí?

—Hace un instante; y tu inocencia, Sinar, confirma tu desdén y mi desventura.

—Perdón, Nay; perdóname, pues pensaba en ti.

—¿Qué te ha dicho ese extranjero? —preguntóle Nay, enjugadas ya sus lágrimas, y jugando con los corales y dientes de los collares del guerrero—; ¿por qué buscas con él la soledad que tantas veces me dijiste te era odiosa sin mí? ¿Te ha contado que las mujeres de su país son blancas como el marfil y que sus ojos tienen el azul profundo de las olas del Tando? Mi madre me lo decía a mí, y había olvidado contártelo... A ella le habló mucho del país de los blancos un extranjero parecido al que amas, según ella lo amó; pero desde que partió de Cumasia ese hombre, mi madre se hizo odiosa a Magmahú: ella adoraba a otro Dios, y mi padre... mi padre le dio la muerte.

Nay calló por largo rato, y Sinar se mostraba dominado otra vez por tristes pensamientos. Despertando de súbito de esa especie de embebecimiento, toma de la mano a su amada, sube con ella a la cima de un peñasco, desde el cual se divisaba el desierto sin límites y rielando de trecho en trecho el caudaloso río, y le dice:

—El Gambia, como el Tando, nacen del seno de las montañas. La madre no es nunca hechura de su hijo. ¿Sabes tú quién hizo las montañas?

—No.

—Un Dios las hizo. ¿Has visto al Tando retroceder en su carrera?

—No.

—El Tando va como una lágrima a perderse en un inmenso mar, ante el bramido del cual, el rumor de un río es como tu voz comparada con la del huracán que durante las tempestades sacude estos bosques gigantescos cual si fuesen débiles juncos. ¿Sabes tú quien hizo el mar?

—No.

—El rayo que rasga las nubes y cayendo sobre la copa del moabab lo despedaza, como tu planta deshace una de sus flores secas; las estrellas que como el oro y perlas que bordan tus mantos de calín[1], tachonan el cielo; la luna, que te place contemplar en la soledad dejándote aprisionar entre mis brazos; el sol que bruñó tu tez de azabache y da luz a tus ojos, sol ante el cual el fuego de nuestros sacrificios es menos que el brillo de una luciérnaga: todas son obras de un solo Dios. Él no quiere que ame a otra mujer que a ti; él manda que te ame como a mí mismo; él quiere que yo ría si ríes, que llore yo si lloras, y que en cambio de tus caricias te defienda como a mi propia vida; que si mueres llore yo sobre tu tumba hasta que vaya a juntarme contigo más allá de las estrellas, donde me esperarás.

Nay, entrambas manos cruzadas sobre el hombro de Sinar,

_____

[1] *calín:* Tela no identificada por los diccionarios.

lo contemplaba enamorada y absorta, porque nunca lo había visto tan hermoso. Estrechándola él contra su corazón, besóle con ardor los labios y continuó:

—Eso me ha dicho el extranjero para que yo te lo enseñe: su Dios debe ser nuestro Dios.

—Sí, sí —replicó Nay, circundándolo con los brazos—, y después de él, yo tu único amor.

XLII

Al amanecer del día en que el jefe de los Kombu-Manez había ordenado se diera principio a las pomposas fiestas que se hacían en celebración del desposorio de Sinar, éste, Nay y el misionero bajaron sigilosamente a la ribera del Gambia, y buscando allí el sitio más recóndito, el misionero se detuvo y les habló así:

—El Dios que os he hecho amar, el Dios que adorarán vuestros hijos, no desdeña por templo los pabellones de palmeras que nos ocultan; y en este instante os está viendo. Pidámosle que os bendiga.

Adelantándose con ellos a la orilla, dijo lentamente y con voz solemne una oración que los amantes repitieron arrodillados a uno y otro lado del sacerdote. En seguida les derramó agua sobre las cabezas pronunciando las palabras del bautismo.

El ministro permaneció orando solo algún espacio, y acercándose de nuevo a Nay y Sinar, les hizo enlazarse las manos, y antes de bendecírselas dijo a uno y otro palabras que Nay no olvidó jamás.

Era ya la última noche que los nobles de la tribu pasaban en casa de Magmahú en danzas y festines. Hermosas mujeres los rodeaban, y ellas y ellos ostentaban sus más bellas joyas y vestidos. Magmahú, por su gigantesca estatura y lo lujoso del traje que llevaba, se distinguía en medio de los guerreros, así como Nay había humillado durante seis días con sus galas y encantos a las más bellas esposas y esclavas de los Kombu-Manez. Hachones de resinas aromáticas, sostenidos por cráneos perforados de Cambez, muertos en los combates por Magmahú, iluminaban los espaciosos aposentos. Si por momentos cesaban las músicas marciales, eran reemplazadas por la blanda y voluptuosa de las liras. Los convidados apuraban con exceso caros y enervantes licores; y todos habían ido rindiéndose lentamente al sueño. Sinar, huyendo de la algazara de la fiesta, descansaba en un lecho de sus habitaciones mientras Nay le refrescaba la frente con un abanico de plumas perfumadas.

De improviso se oyeron en el bosque vecino algunas detonaciones de fusiles seguidas de otras y otras que se acercaban a la morada de Magmahú. Él llamó con voz estentórea a Sinar, quien empuñando un sable salió precipitadamente en su busca. Nay estaba abrazada a su esposo cuando Magmahú decía a éste:

—¡Los Cambez!... ¡Son ellos!... ¡Morirán degollados! —añadía removiendo inútilmente a los valientes tendidos inertes sobre los divanes y pavimentos.

Algunos hacían esfuerzos para ponerse en pie; pero a los más les era imposible.

El estruendo de las armas y los gritos de guerra se acercaban. Incendiadas las casas de la población más próximas a la ribera, un resplandor rojizo iluminaba el combate, y heridos de él relampagueaban los sables de los lidiadores.

Magmahú y Sinar, sordos a los alaridos de las mujeres, sordos a los lamentos de Nay, corrían hacia el sitio en que la pelea era más encarnizada, a tiempo que una masa compacta y desordenada de soldados se dirigía a la casa del jefe achantea llamándole a él y a Sinar con enronquecidas voces. Trataron de parapetarse en las habitaciones de Magmahú; pero todo fue inútil, y tardío ya el coraje con que los jefes extranjeros combatían y animaban a los guerreros Kombu-Manez.

Atravesado el corazón por una bala, Magmahú cayó. Pocos de sus compañeros dejaron de correr la misma suerte.

Sinar luchó hasta el fin defendiendo cuerpo a cuerpo a Nay y su vida, hasta que un capitán de los Cambez, de cuya diestra pendía sangrienta la cabeza del misionero francés, le gritó:

—Ríndete y te concederé la vida.

Nay presentó entonces las manos para que las atase aquel hombre. Ella sabía la suerte que le esperaba, y postrándose ante él le dijo:

—No mates a Sinar; yo soy tu esclava.

Sinar acababa de caer herido de un sablazo en la cabeza, y lo ataban ya como a ella.

Los feroces vencedores recorrieron los aposentos saciando su sed de sangre al principio, y después saqueándolos y amarrando prisioneros.

Los valientes Kombu-Manez se habían dormido en un festín y no despertaron... o despertaron esclavos.

Cuando amos y siervos ya, no vencedores y vencidos, llegaron a la ribera del Gambia, cuyas ondas enrojecían las últimas llamaradas del incendio, los Cambez hicieron embarcar con precipitación, en canoas que los esperaban, los numerosos prisioneros que conducían; mas no bien hubieron desatado éstas para abandonarse a las corrientes, una nutrida descarga de fusiles, hecha por algunos Kombu-Manez, que tarde ya volvían al combate, sorprendió a los navegantes que últimos habían dejado la ribera, y los cuerpos de muchos de ellos flotaron a poco sobre las aguas.

Amanecía cuando los vencedores atracaron las piraguas a la ribera derecha del río, y dejando algunos de sus soldados en ellas, continuaron los otros la marcha por tierra custodiando el convoy de prisioneros, y encontrando de trecho en trecho masas de combatientes que habían emprendido retirada por en medio de los bosques.

Durante las largas horas del viaje hasta llegar a las inmediaciones de la costa, no permitieron a Nay los conductores que se acercase a Sinar, y éste vio incesantemente rodar lágrimas por sus mejillas.

A los dos días, una mañana antes que el sol ahuyentase las últimas sombras de la noche, condujeron a Nay y a otros prisioneros a la orilla del mar. Desde el día anterior la habían separado de su esposo. Algunas canoas esperaban a los prisioneros varadas en las arenas, y a mucha distancia sobre la mar que el buen viento rizaba, blanqueaba el velamen de un bergantín.

—¿Dónde está Sinar, que no viene con nosotros? —preguntó Nay a uno de los jefes compañeros de prisión al saltar a la piragua.

—Desde ayer lo embarcaron —le respondió—; estará en el buque.

Ya en él Nay, busca entre los prisioneros amontonados en la bodega a Sinar. Llámalo y nadie le responde. Sus miradas extraviadas lo buscan otra vez en la sentina. Un sollozo y el nombre de su amante salieron a un mismo tiempo de su pecho, y cayó como muerta.

Cuando despertó de ese sueño quebrantador y espantoso, se halló sobre cubierta, y sólo divisó a su alrededor el nebuloso horizonte del mar. Nay no dijo ni un adiós a las montañas de su país.

Los gritos de desesperación que dio al convencerse de la realidad de su desgracia, fueron interrumpidos por las amenazas de un blanco de la tripulación, y como ella le dirigiese palabras amenazantes que por sus ademanes tal vez comprendió, alzó sobre Nay el látigo que empuñaba, y... volvió a hacerla insensible a su desventura.

Una mañana, después de muchos días de navegación, Nay con otros esclavos estaba sobre cubierta. Con motivo de la epidemia que había atacado a los prisioneros se les dejaba respirar aire libre, temeroso sin duda el capitán del buque de que murieran algunos. Se oyó el grito de «¡tierra!» dado por los marineros.

Levantó ella la cabeza de las rodillas, y divisó una línea azul más oscura que la que rodeaba constantemente el horizonte. Algunas horas después entró el bergantín a un puerto de Cuba donde debían desembarcar algunos negros. Las mujeres de entre éstos, que iban a separarse de la hija de Magmahú, le abrazaron las rodillas sollozando, y los varones le dijeron adiós, doblando las suyas ante ella y sin tratar de ocultar el llanto que derramaban. Casi se consideraron dichosos los pocos que quedaron al lado de Nay.

El buque, después de recibir nueva carga, zarpó al día siguiente; y la navegación que siguió fue más penosa por el mal tiempo. Ocho días habrían pasado, y al visitar una noche el capitán la bodega, encontró muertos dos esclavos de los seis que escogidos entre los más apuestos y robustos, reservaba. El uno se había dado la muerte, y estaba bañado en la sangre de una ancha herida que tenía en el pecho, y en la cual se veía clavado un puñal de marinero que el infeliz había recogido probablemente sobre cubierta: el otro había sucumbido a la fiebre. Los dos fueron despojados de los grillos que en una sola barra los aprisionaban a entrambos, y poco después vio sacar Nay los cadáveres para ser arrojados al mar.

Una de las esclavas de Nay y tres de los jefes Kombu-Manez eran los últimos compañeros que le quedaban, y de éstos sucumbió otro más la misma mañana en que hubo de acercarse el buque a una costa que entendió Nay llamarse Darién. A favor de un fuerte viento norte y de la marejada, el bergantín se internó en el golfo y se colocó cautamente a poca distancia de Pisisí.

Entrada la noche, el capitán hizo poner en una lancha a Nay con los tres esclavos restantes, y embarcándose él también, dio orden a los marineros que debían manejarla para que se dirigiesen a cierto punto luminoso que señaló en la costa. Pronto estuvieron en tierra. Los esclavos fueron maniatados con cuerdas antes de desembarcar; y guiando uno de los marineros, siguieron por corto tiempo una senda montuosa. Al llegar a cierto punto, el capitán dio una seña particular con un silbato, y continuaron avanzando. Repetida la seña, fue contestada por otra semejante cuando ya divisaban medio oculta entre los follajes de frondosos árboles una casa, en cuyo corredor se vio luego a un hombre blanco, que con una luz en la mano se hacía sombra en los ojos con la otra, tratando de distinguir a los recién venidos que se acercaban. Pero los amenazantes ladridos de algunos perros enormes impedían a los viajeros adelantar. Aquietados aquéllos por las voces de su amo y de algunos sirvientes, pudo el capitán subir la escalera de la casa, edificada sobre estantillos°, y después de abrazarse con el dueño, trabaron diálogo, durante el cual el capitán hablaba sin duda de los esclavos, pues los señalaba frecuentemente. Dieron orden para que subiesen éstos, y a ese tiempo salió al corredor una mujer joven, blanca y bastante bella, a quien saludó cordialmente el marino. El dueño de casa no pareció satisfecho después del examen que hizo de los tres compañeros de Nay; pero al fijarse en ésta, se detuvo hablando con la mujer blanca en un idioma más dulce que el que había usado hasta entonces; y más musical pareció éste al responderle ella, dejando ver a Nay en sus miradas una compasión que agradeció.

Era el dueño de casa un irlandés llamado William Sardick,

establecido hacía dos años en el golfo de Urabá, no lejos de Turbo, y su esposa, a quien Nay oyó nombrar Gabriela, una mestiza cartagenera de nacimiento.

XLIII

Explotábanse en aquel tiempo muchas minas de oro en el Chocó; y si se tiene en cuenta el rudimental sistema empleado para elaborarlas, bien merecen ser calificados de considerables sus productos. Los dueños ocupaban cuadrillas de esclavos en tales trabajos. Introducíanse por el Atrato la mayor parte de las mercancías extranjeras que se consumían en el Cauca y naturalmente las destinadas a expenderse en el Chocó. Los mercados de Kingston y de Cartagena eran los más frecuentados por los comerciantes importadores. Existía en Turbo una bodega.

Esto indicado, es fácil estimar cuán tácticamente había Sardick establecido su residencia: las comisiones de muchos negociantes; la compra de oro y el frecuente cambio que con los Cunas ribereños hacía de carey, tagua, pieles, cacao y caucho, por sales, aguardiente, pólvora, armas y baratijas, eran, sin contar sus utilidades como agricultor, especulaciones bastante lucrativas para tenerlo satisfecho y avivarle la risueña esperanza de regresar rico a su país, de donde había venido miserable. Servíale de poderoso auxiliar su hermano Thomas, establecido en Cuba y capitán del buque negrero que he seguido en su viaje. Descargado el bergantín de los efectos que en aquella ocasión traía y que a su arribo al puerto de la Habana había recibido, y ocupado con producciones indígenas, almacenadas por William durante algunos meses, todo lo cual fue ejecutado en dos noches y con el mayor sigilo por los sirvientes de los contrabandistas, el capitán se dispuso a partir.

Aquel hombre que tan despiadadamente había tratado a los compañeros de Nay, desde el día en que al levantar un látigo sobre ella la vio desplomarse inerte a sus pies, le dispensó toda la consideración de que su recia índole era capaz. Comprendiendo Nay que el capitán iba a embarcarse, no pudo sofocar sus sollozos y lamentos, suponiéndose que aquel hombre volvería a ver pronto las costas de Africa de donde la había arrebatado. Acercóse a él, le pidió de rodillas y con ademanes que no la dejara, besóle los pies, e imaginando en su dolor que podría comprenderla, le dijo:

—Llévame contigo. Yo seré tu esclava; buscaremos a Sinar, y así tendrás dos esclavos en vez de uno. Tú, que eres blanco y que cruzas los mares, sabrás dónde está y podremos hallarlo... Nosotros adoramos al mismo Dios que tú, y te seremos fieles con tal que no nos separes jamás.

Debía estar bella en su doloroso frenesí. El marino la contempló en silencio: plególe los labios una sonrisa extraña que la rubia y espesa barba que acariciaba no alcanzó a velar, pasóle por la frente una sombra roja, y sus ojos dejaron ver la mansedumbre de los del chacal cuando lo acaricia la hembra. Por fin, tomándole una mano y llevándola contra el pecho, le dio a entender que si prometía amarlo partirían juntos. Nay, altiva como una reina, se puso en pie, dio la espalda al irlandés y entró al aposento inmediato. Ahí la recibió Gabriela, quien después de indicarle temerosa que guardase silencio, le significó que había obrado bien y le prometió amarla mucho. Como después de señalarle el cielo le mostró un crucifijo, quedó asombrada al ver a Nay caer de rodillas ante él y orar sollozando cual si pidiese a Dios lo que los hombres le negaban.

Transcurridos seis meses, Nay se hacía entender ya en castellano, merced a la constancia con que se empeñaba Gabriela en enseñarle su lengua. Ésta sabía ya cómo se había convertido la africana; y lo que había logrado comprenderle de su historia, la interesaba más y más en su favor. Pero casi a ninguna hora estaban sin lágrimas los ojos de la hija de Magmahú: el canto de alguna ave americana que le recordaba las de su país, o la vista de flores parecidas a las de los bosques del Gambia, avivaba su dolor y la hacía gemir. Como durante los cortos viajes del irlandés le permitía Gabriela dormir en su aposento, habíale oído muchas veces llamar en sueños a su padre y a su esposo.

Las despedidas de los compañeros de infortunio habían ido quebrantando el corazón de la esclava, y al fin llegó el día en que se despidió del último. Ella no había sido vendida, y era tratada con menos crueldad, no tanto porque la amparase el afecto de su ama, sino porque la desventurada iba a ser madre, y su señor esperaba realizarla mejor una vez que naciera el manumiso. Aquel avaro negociaba de contrabando con sangre de reyes.

Nay había resuelto que el hijo de Sinar no fuera esclavo.

En una ocasión en que Gabriela le hablaba del cielo, usó de toda su salvaje franqueza para preguntarle:

—¿Los hijos de los esclavos, si mueren bautizados, pueden ser ángeles?

La criolla adivinó el pensamiento criminal que Nay acariciaba, y se resolvió a hacerle saber que en el país en que estaba, su hijo sería libre cuando cumpliera dieciocho años.

Nay respondió solamente en tono de lamento:

—¡Dieciocho años!

Dos meses después dio a luz un niño, y se empeñó en que se le cristianara inmediatamente. Así que acarició con el primer beso a su hijo, comprendió que Dios le enviaba con él un consuelo; y orgullosa de ser madre del hijo de Sinar, volvieron a sus labios las sonrisas que parecían haber huido de ellos para siempre.

Un joven inglés que regresaba de las Antillas al interior de Nueva Granada, descansó por casualidad en aquellos meses en la casa de Sardick antes de emprender la penosa navegación del Atrato. Traía consigo una preciosa niña de tres años a quien parecía amar tiernamente.

Eran ellos mi padre y Ester, la cual empezaba apenas a acostumbrarse a responder a su nuevo nombre de María.

Nay supuso que aquella niña era huérfana de madre, y le cobró particular cariño. Mi padre temía confiársela, a pesar de que María no estaba contenta sino en los brazos de la esclava o jugando con su hijo; pero Gabriela lo tranquilizó contándole lo que ella sabía de la historia de la hija de Magmahú, relación que conmovió al extranjero. Comprendió éste la imprudencia cometida por la esposa de Sardick al hacerle sabedor de la fecha en que había sido traída la africana a tierra granadina, puesto que las leyes del país prohibían desde 1821 la importación de esclavos; y en tal virtud Nay y su hijo eran libres. Mas guardóse bien de dar a conocer a Gabriela el error cometido, y esperó una ocasión favorable para proponer a William le vendiera a Nay.

Un norteamericano que regresaba a su país después de haber realizado en Citará un cargamento de harina, se detuvo en casa de Sardick, esperando para continuar su viaje la llegada a Pisisí de los botes que venían de Cartagena conduciendo las mercancías que importaba mi padre. El yankee vio a Nay, y pagado de su gentileza, habló a William durante la comida del deseo que tenía de llevar una esclava de bellas condiciones, pues que la solicitaba con el fin de regalarla a su esposa. Nay le fue ofrecida, y el norteamericano, después de regatear el precio una hora, pesó al irlandés ciento cincuenta castellanos de oro en pago de la esclava.

Nay supo en seguida por Gabriela, al referirle ésta que estaba vendida, que esa pequeña porción de oro, pesada por los blancos a su vista, era el precio en que la estimaban; y sonrió amargamente al pensar que la cambiaban por un puñado de tíbar. Gabriela no le ocultó que en el país a donde la llevaban, el hijo de Sinar sería esclavo.

Nay se mostró indiferente a todo; pero en la tarde, cuando al ponerse el sol se paseaba mi padre por la ribera del mar llevando de la mano a María, se acercó a él con su hijo en los brazos: en la fisonomía de la esclava aparecía una mezcla tal de dolor e ira salvaje, que sorprendió a mi padre. Cayendo de rodillas a sus pies, le dijo en mal castellano:

—Yo sé que en ese país a donde me llevan, mi hijo será esclavo: si no quieres que lo ahogue esta noche, cómprame; yo me consagraré a servir y querer a tu hija.

Mi padre allanó todo con dinero. Firmado por el norteamericano el nuevo documento de venta con todas las formalidades apetecibles, mi padre escribió a continuación una nota en él y pasó el pliego a Gabriela para que Nay la oyese leer. En esas líneas renunciaba al derecho de propiedad que pudiera tener sobre ella y su hijo.

Impuesto el yankee de lo que el inglés acababa de hacer, le dijo admirado:

—No puedo explicarme la conducta de usted. ¿Qué gana esta negra con ser libre?

—Es —le respondió mi padre— que yo no necesito una esclava sino una aya que quiera mucho a esta niña.

Y sentando a María sobre la mesa en que acababa de escribir, hizo que ella le entregase a Nay el papel, diciendo él al mismo tiempo a la esposa de Sinar estas palabras:

—Guarda bien esto. Eres libre para quedarte o ir a habitar con mi esposa y mis hijos en el bello país en que viven.

Ella recibió la carta de libertad de manos de María, y tomando a la niña en brazos, la cubrió de besos. Asiendo después una mano de mi padre, tocóla con los labios, y la acercó llorando a los de su hijo.

Así fueron a habitar en la casa de mis padres Feliciana y Juan Ángel.

A los tres meses, Feliciana, hermosa otra vez y conforme en su infortunio cuanto era posible, vivía con nosotros amada de mi madre, quien la distinguió siempre con especial afecto y consideración.

En los últimos tiempos, por su enfermedad, y más, por ser aparente para ello, cuidaba en Santa R. del huerto y la lechería; pero el principal objeto de su permanencia allí era recibirnos a mi padre y a mí cuando bajábamos de la sierra.

Niños María y yo, en los momentos en que Feliciana era más complaciente con nosotros, solíamos acariciarla llamándola Nay; pero pronto notamos que se entristecía si le dábamos ese nombre. Alguna vez que, sentada a la cabecera de mi cama a prima noche, me entretenía con uno de sus fantásticos cuentos, se quedó silenciosa luego que lo hubo terminado; y yo creí notar que lloraba.

—¿Por qué lloras? —le pregunté.

—Así que seas hombre —me respondió con su más cariñoso acento— harás viajes y nos llevarás a Juan Ángel y a mí; ¿no es cierto?

—Sí, sí —le contesté entusiasmado—: iremos a la tierra de esas princesas lindas de tus historias... me las mostrarás... ¿Cómo se llama?

—África —contestó.

Yo me soñé esa noche con palacios de oro y oyendo músicas deliciosas.

XLIV

El cura había administrado los sacramentos a la enferma. Dejando el médico a la cabecera, monté para ir al pueblo a disponer lo necesario para el entierro y a poner en el correo aquella carta fatal dirigida al señor A***.

Cuando regresé, Feliciana parecía menos quebrantada y el médico había concebido una ligera esperanza. Ella me preguntó por cada uno de los de la familia, y al mencionar a María, dijo:

—¡Quién pudiera verla antes de morir! ¡Yo le habría recomendado tanto a mi hijo!

Y luego, como para satisfacerme por la preferencia que manifestaba hacia ella, agregó:

—Si no hubiera sido por la niña, ¿qué sería de él y de mí?

La noche fue muy mala para la enferma. Al día siguiente, sábado, a las tres de la tarde, el médico entró a mi cuarto diciéndome:

—Morirá hoy. ¿Cómo se llamaba el marido de Feliciana?

—Sinar —le respondí.

—¡Sinar! ¿y qué se ha hecho? En el delirio pronuncia ese nombre.

No tuve la condescendencia de tratar de enternecer al doctor refiriéndole las aventuras de Nay, y pasé a la habitación de ella.

El médico decía la verdad: iba a morir y sus labios pronunciaban sólo ese nombre cuya elocuencia no podían medir las esclavas que la rodeaban, ni aun su mismo hijo.

Me acerqué para decirle, de modo que pudiese oírme:

—¡Nay! ¡Nay!...

Abrió los ojos enturbiados ya.

—¿No me conoces?

Hizo con la cabeza una señal afirmativa.

—¿Quieres que te lea algunas oraciones?

Hizo la misma señal.

Eran las cinco de la tarde cuando hice que alejaran a Juan Ángel del lecho de su madre. Aquellos ojos que tan hermosos habían sido, giraban amarillentos y ya sin luz en las órbitas ahuecadas: la nariz se le había afilado: los labios, graciosos aunque ligeramente gruesos, retostados ahora por la fiebre, dejaban ver los dientes que ya no humedecían: con las manos crispadas sostenía sobre el pecho un crucifijo, y se esforzaba en vano por pronunciar el nombre de Jesús, que yo le repetía; nombre del único que podía devolverle a su esposo.

Había anochecido cuando espiró.

Luego que las esclavas la vistieron y colocaron en un ataúd, cubierta desde la garganta hasta los pies de un lino blanco, fue puesta en una mesa enlutada, en cuyas cuatro esquinas había cirios encendidos. Juan Ángel a la cabecera de la mesa derramaba lágrimas sobre la frente de su madre, y de su pecho enronquecido por los sollozos salían lastimeros alaridos.

Mandé orden al capitán de la cuadrilla de esclavos para que aquella noche la trajese a rezar en casa. Fueron llegando silenciosos, y ocupando los varones y niños toda la extensión del corredor occidental; las mujeres se arrodillaron en círculo al rededor del féretro; y como las ventanas del cuarto mortuorio caían al corredor, ambos grupos rezaban a un mismo tiempo.

Terminado el rosario, una esclava entonó la primera estrofa de una de esas salves llenas de la dolorosa melancolía y los desgarradores lamentos de algún corazón esclavo que oró. La cuadrilla repetía en coro cada estrofa cantada, armonizándose las graves voces de los varones con las puras y dulces de las mujeres y de los niños. Éstos son los versos que de aquel himno he conservado en la memoria:

En oscuro calabozo
Cuya reja al sol ocultan
Negros y altos murallones
Que las prisiones circundan;
  En que sólo las cadenas
Que arrastro, el silencio turban
De esta soledad eterna
Donde ni el viento se escucha...
  Muero sin ver tus montañas
¡Oh patria! donde mi cuna
Se meció bajo los bosques
que no cubrirán mi tumba.

Mientras sonaba el canto, las luces del féretro hacían brillar las lágrimas que rodaban por los rostros medio embozados de las esclavas, y yo procuraba inútilmente ocultarles las mías.

La cuadrilla se retiró, y solamente quedaron unas pocas mujeres que debían turnarse para orar toda la noche, y dos hombres para que preparasen las andas en que la muerta debía ser conducida al pueblo.

Estaba muy avanzada la noche cuando logré que Juan Ángel se durmiera rendido por su dolor. Me retiré luego a mi cuarto; pero el rumor de las voces de las mujeres que rezaban y el golpe de los machetes de los esclavos que preparaban la parihuela de guaduas, me despertaban cada vez que había conciliado el sueño.

A las cuatro, Juan Ángel dormía aún. Los ocho esclavos que conducían el cadáver, y yo, nos pusimos en marcha. Había dado orden al mayordomo Higinio para que hiciera al negrito esperarme en casa, por evitarle el lance terrible de despedirse de su madre.

Ninguno de los que acompañábamos a Feliciana pronunció una sola palabra durante el viaje. Los campesinos que conduciendo víveres al mercado nos dieron alcance, extrañaban aquel silencio, por ser costumbre entre los aldeanos del país el entregarse a una repugnante orgía en las noches que ellos llaman de velorio, noches en las cuales los parientes y vecinos del que ha muerto se reúnen en la casa de los dolientes, so pretexto de rezar por el difunto.

Una vez que las oraciones y misa mortuorias se terminaron, nos dirigimos con el cadáver al cementerio. Ya la fosa estaba acabada. Al pasar con él bajo la portada del campo santo, Juan Ángel, que había burlado la vigilancia de Higinio para correr en busca de su madre, nos dio alcance.

Colocado el ataúd en el borde de la huesa, se abrazó de él como para impedir que se lo ocultasen. Fue necesario acercarme a él y decirle, mientras lo acariciaba enjugándole las lágrimas:

—No es tu madre ésa que ves ahí; ella está en el cielo, y Dios no puede perdonarte esa desesperación.

—¡Me dejó sólo! ¡me dejó solo! —repetía el infeliz.

—No, no —le respondí—: aquí estoy yo, que te he querido

238

y te querré siempre mucho: te quedan María, mi madre, Emma... y todas te servirán de madres.

El ataúd estaba ya en el fondo de la fosa: uno de los esclavos le echó encima la primera palada de tierra. Juan Ángel, abalanzándose casi colérico hacia él, le cogió a dos manos la pala, movimiento que nos llenó de penoso estupor a todos.

A las tres de la tarde del mismo día, dejando una cruz sobre la tumba de Nay, nos dirigimos su hijo y yo a la hacienda de la sierra*.

XLV

Pasados unos días, empezó a calmarse el pesar que la muerte de Feliciana había causado en los ánimos de mi madre, Emma y María, sin que por eso dejase de ser ella el tema frecuente de nuestras conversaciones. Todos procurábamos aliviar a Juan Ángel con nuestros cuidados y afectos, siendo esto lo mejor que podíamos hacer por su madre. Mi padre le hizo saber que era completamente libre, aunque la ley lo pusiese bajo su cuidado por algunos años[1], y que en adelante debía considerarse solamente como un criado de nuestra casa. El negrito, que ya tenía noticia de mi próximo viaje, manifestó que lo único que deseaba era que le permitieran acompañarme, y mi padre le dio alguna esperanza de complacerlo.

A pesar de lo sucedido la noche víspera de mi marcha a Santa R., María continuaba siendo para conmigo solamente lo que había sido hasta entonces: aquel casto misterio que había velado nuestro amor, lo velaba aún. Apenas nos tomábamos la libertad de pasear algunas veces solos en el jardín y en el huerto. Olvidados entonces de mi viaje, retozaba ella a mi alrede-

---

* Si hay quien pueda creer exageradas las desventuras de Nay y de sus compañeros de esclavitud, la lectura del Capítulo VI, Época XIV, y del XVII, Época XVIII de la *Historia Universal* de Cantú, bastará a convencerle de que al bosquejar algunos cuadros del episodio, se han desdeñado tintas que podían servir para hacerlo espantosamente verdadero.

[1] Esta frase representa un evidente descuido de Isaacs, puesto que en el capítulo XLIII se señala que «las leyes del país prohibían desde 1821 la importación de esclavos; y en tal virtud Nay y su hijo eran libres».

239

dor, recogiendo flores que ponía en su delantal para venir después a mostrármelas, dejándome escoger las más bellas para mi cuarto, y disputándome algunas que fingía querer reservar para el oratorio. Ayudábale yo a regar sus eras predilectas, para lo cual se recogía las mangas dejando ver sus brazos, sin advertir que tan hermosos me parecían. Nos sentábamos a la orilla del derrumbo, coronado de madreselvas, desde donde veíamos hervir y serpentear las corrientes del río en el fondo profundo y montuoso de la vega. Afanábase otras veces por hacerme distinguir sobre los lampos de oro que el sol dejaba al ocultarse, leones dormidos, caballos gigantes, ruinas de castillos de jaspe y lapislázuli, y cuanto se complacía en forjar con entusiasmo infantil.

Pero si la más leve circunstancia nos hacía pensar en el viaje temido, su brazo no se desenlazaba del mío, y deteniéndose en ciertos sitios, me buscaban sus miradas húmedas, después de espiar en ellos algo invisible para mí.

Una tarde, ¡hermosa tarde que vivirá siempre en mi memoria! la luz de los arreboles moribundos del ocaso se confundía bajo un cielo color de lila con los rayos de la luna naciente, blanqueados como los de una lámpara al cruzar un globo de alabastro. Los vientos bajaban retozando de las montañas a las llanuras: las aves buscaban presurosas sus nidos en los follajes de los sotos. Los bucles de la cabellera de María, que recorría lentamente el jardín asida de mi brazo con entrambas manos, me habían acariciado la frente más de una vez; ella había intentado reclinar la sien sobre mi hombro; nada nos decíamos... De repente se detuvo en el extremo de una calle de rosales; miró por algunos instantes hacia la ventana de mi cuarto, y volvió a mí los ojos para decirme:

—Aquí fue; así estaba yo vestida; ¿lo recuerdas?

—¡Siempre, María, siempre!... —le respondí cubriéndole las manos de besos.

—Mira: aquella noche me desperté temblando, porque soñé que hacías eso que haces ahora... ¿Ves este rosal recién sembrado? Si me olvidas, no florecerá; pero si sigues siendo como eres, dará las más lindas rosas, y se las tengo prometidas a la Virgen con tal que me haga conocer por él si eres bueno siempre.

Sonreí enternecido por tanta inocencia.

—¿No crees que será así? —me pregunto seria.

—Creo que la Virgen no necesitará tantas rosas.

Hizo que nos acercáramos a la ventana de mi cuarto. Una vez allí, desenlazó su brazo del mío; se dirigió al arroyo, distante unos pasos, anudándose en la cintura el pañolón; y trayendo agua en el hueco de las manos juntas, se arrodilló a mis pies para dejarla caer sobre una cebolletita retoñada, diciéndome:

—Es una mata de azucenas de la montaña.

—¿Y la has sembrado ahí?

—Porque aquí...

—Ya lo sé, pero esperaba que lo hubieras olvidado.

—¿Olvidar? ¡Como es tan fácil olvidar! —me dijo sin levantarse ni mirarme.

Su cabellera rodaba destrenzada hasta el suelo, y el viento hacía que algunos de sus bucles tocaran las blancas mosquetas[2] de un rosal inmediato.

—¿Pero no sabes por qué encontraste aquí el ramillete de azucenas?

—¿Cómo no lo he de saber? Porque ese día hubo quien supusiera que yo no quería volver a poner flores en su mesa.

—Mírame, María.

—¿Para qué? —respondió sin levantar los ojos de la matita, que parecía examinar con suma atención.

—Cada azucena que nazca aquí será un castigo cruel por un solo momento de duda. ¿Sabía yo acaso si era digno?... Vamos a sembrar tus azucenas lejos de este sitio.

Doblé una rodilla al frente de ella.

—¡No, señor! —me respondió alarmada y cubriendo la matica con entrambas manos.

Yo me volví a poner en pie; y cruzado de brazos esperaba a que ella terminara lo que hacía o fingía hacer. Trató de verme sin que yo lo notase, y rió al fin levantando el rostro lleno de recompensas por un instante de supuesta severidad, diciéndome:

---

[2] *mosquetas:* «La *mosqueta silvestre* es la *Rosa canina;* la *mosqueta blanca* es la *Rosa moschata;* la *mosqueta amarilla* es la *Kerria japonica»* (Espasa).

—Conque muy bravo, ¿no? Voy a contarle, señor, para qué son todas las azucenas que dé la mata.

Al tratar de ponerse en pie, asida de la mano que yo le ofrecí, volvió a caer arrodillada, porque la detenían algunos cabellos enredados en las ramas del rosal: los separamos, y al sacudir ella la cabeza para arreglar la cabellera, sus miradas tenían una fascinación casi nueva. Apoyada en mi brazo, observó:

—Vámonos, que va a oscurecer.

—¿Para qué son las azucenas? —insistí al dirigirnos lentamente al corredor de la montaña.

—Ya sabes para qué servirán las rosas de la mata nueva que te mostré, ¿no?

—Sí.

—Pues las azucenas servirán para una cosa parecida.

—A ver.

—¿Te gustará encontrar en cada carta mía que recibas, un pedacito de las azucenas que dé?

—¡Ah! sí.

—Eso será como decirte muchas cosas que algunas veces no deben escribirse y que otras me costaría mucho trabajo expresar bien, porque no me has acabado de enseñar lo necesario para que mis cartas vayan bien puestas... También es cierto...

—¿Qué es cierto?

—Que ambos tenemos la culpa.

Después de haberse distraído en romper bajo sus pies, preciosamente calzados, las hojas secas de los mandules[3] y mameyes regadas por el viento en la callejuela que seguíamos, dijo:

—No quiero ir mañana a la montaña.

—¿Pero no se sentirá Tránsito contigo? Hace un mes que se casó y no le hemos hecho la primera visita. ¿Por qué no deseas ir?

—Porque... por nada. Le dirás que estamos atareadas con tu viaje... cualquier cosa. Que venga ella con Lucía el domingo.

—Está bien. Yo volveré muy temprano.

—Sí; y no habrá cacería.

---

[3] *mandules:* «Árbol de la familia de las *araliáceas*, muy parecido al *chagualo*» (Tascón).

242

—Pero esa condición es nueva; y Carlos se reiría de saber que me la has impuesto.

—¿Y quién ha de ir a decírselo a él?

—Tal vez yo mismo.

—¿Y eso para qué?

—Para consolarlo de aquel tiro que erró tan lastimosamente al venadito.

—De veras. A un tigre hubiera sido otra cosa, porque claro está que debe dar miedo.

—Lo que no sabes es que la escopeta de Carlos no tenía munición cuando disparó: Braulio se la había sacado.

—Y ¿por qué hizo Braulio eso?

—Por tomar desquite: Carlos y el señor de M*** se habían burlado en aquella mañana de la flacura de los perros de José.

—Braulio hizo mal; ¿verdad? Pero si no lo hubiera hecho así, no estaría vivo el venadito. Tú no has visto lo alegre que se pone si yo me le acerco: hasta Mayo ha conseguido que lo quiera, y muchas veces duermen juntos. ¡Es tan lindo! ¡Cómo lo habrá llorado su madre!

—Suéltalo para que se vaya, pues.

—¿Y ella lo buscaría todavía por los montes?

—Tal vez no.

—¿Por qué?

—Porque Braulio me asegura que la venada que mató poco después en la misma cañada de donde salió el chiquito, era la madre.

—¡Ay! ¡qué hombre!... No vuelvas a matar venadas.

Habíamos llegado al corredor, y Juan con los brazos abiertos salió al encuentro de María: ella lo levantó y desapareció con él, después de haberle hecho reclinar la cabeza soñolienta sobre uno de aquellos hombros de nácar sonrosado, que ni su pañolón ni su cabellera se atrevían en algunos momentos a ocultar.

XLVI

A las doce del día siguiente bajé de la montaña. El sol, desde el cenit, sin nubes que lo estorbaran, lanzaba viva luz intentando abrasar todo lo que los follajes de los árboles no defendían de sus rayos de fuego. Las arboledas estaban silenciosas: la brisa no movía los ramajes ni aleteaba un ave en ellos: las chicharras festejaban infatigables aquel día del estío con que se engalanaba diciembre: las aguas cristalinas de las fuentes rodaban precipitadas al atravesar las callejuelas para ir a secretearse bajo los tamarindos y hobos, y esconderse después en los yerbabuenales frondosos: el valle y sus montañas parecían iluminados por el resplandor de un espejo gigantesco.

Seguíanme Juan Ángel y Mayo. Divisé a María, que llegaba al baño acompañada de Juan y Estefana. El perro corrió hacia ellos, y se puso a dar vueltas al rededor del bello grupo, estornudando y dando aulliditos como solía hacerlo para expresar contento. María me buscó con mirada anhelosa por todas partes, y me divisó al fin a tiempo que yo saltaba el vallado del huerto. Dirigíme hacia donde ella estaba. Sus cabellos, conservando las ondulaciones que las trenzas les habían impreso, le caían en manojos desordenados sobre el pañolón y parte de la falda blanca, que recogía con la mano izquierda, mientras con la derecha se abanicaba con una rama de albahaca.

Estaba sentada bajo el ramaje del naranjo del baño, sobre una alfombra que Estefana acababa de extender, cuando me acerqué a saludarla.

—¡Qué sol! —me dijo—; por no haber venido temprano...

—No fue posible.

—Casi nunca es posible. ¿Quieres bañarte y yo me esperaré?

—Oh, no.

—Si es porque falta en el baño algo, yo puedo ponérselo ahora.

—¿Rosas?

—Sí; pero ya las tendrá cuando vengas.

Juan, que había estado haciendo bambolear los racimos de naranjas que estaban a su alcance y casi sobre el césped, se arrodilló delante de María para que ella le desabrochara la blusa.

Ese día llevaba yo una abundante provisión de lirios, pues además de los que me habían guardado Tránsito y Lucía, encontré muchos en el camino: escogí los más hermosos para entregárselos a María, y recibiendo de Juan Ángel todos los otros, los arrojé al baño. Ella exclamó:

—¡Ay! ¡qué lástima! ¡Tan lindos!

—Las ondinas —le dije— hacen lo mismo con ellos cuando se bañan en los remansos.

—¿Quiénes son las ondinas?

—Unas mujeres que quisieran parecerse a ti.

—¿A mí? ¿Dónde las has visto?

—En el río las veía.

María rió, y como me alejaba, me dijo:

—No me demoraré sino un ratito.

Media hora después entró al salón donde la esperaba yo. Sus miradas tenían esa brillantez y sus mejillas el suave rosa que tanto la embellecían al salir del baño.

Al verme se detuvo exclamando:

—¡Ah! ¿por qué aquí?

—Porque supuse que entrarías.

—Y yo, que me esperabas.

Sentóse en el sofá que le indiqué, e interrumpió luego algo en que pensaba, para decirme:

—¿Por qué es, ah?

—¿Qué cosa?

—Que sucede esto siempre.

—No has dicho qué.

—Que si imagino que vas a hacer algo, lo haces.

—¿Y por qué me avisa también algo que ya vienes, si has tardado? Eso no tiene explicación.

—Yo quería saber, desde hace días, si sucediéndome esto ahora, cuando no estés aquí ya, podrás adivinar lo que yo haga y saber yo si estás pensando...

—En ti, ¿no?

—Será. Vamos al costurero de mamá, que por esperarte no he hecho nada hoy; y ella quiere que esté a la tarde lo que estoy cosiendo.

—¿Allí estaremos solos?

—¿Y qué nuevo empeño es ése de que estemos siempre solos?

—Todo lo que me estorba...

—¡Chit!... —dijo, poniéndose un dedo sobre los labios—. ¿Ya ves?, están en la repostería —añadió sentándose—. ¿Conque son muy lindas esas mujeres? —preguntó sonriéndose y arreglando la costura—. ¿Cómo se llaman?

—¡Ah!... son muy lindas.

—¿Y viven en los montes?

—En las orillas del río.

—¿Al sol y al agua? No deben de ser muy blancas.

—En las sombras de los grandes bosques.

—¿Y qué hacen allí?

—No sé qué hacen; lo que sí sé es que ya no las encuentro.

—¿Y cuánto hace que te sucede esa desgracia? ¿por qué no te esperarán? Siendo tan bonitas, estarás apesadumbrado.

—Están... pero tú no sabes qué es estar así.

—Pues me lo explicarás tú. ¿Cómo están?... ¡No señor! —agregó escondiendo en los pliegues de la irlanda que tenía sobre la falda, la mano derecha que yo había intentado tomarle.

—Está bien.

—Porque no puedo coser, y no dices cómo están las... ¿cómo se llaman?

—Voy a confesártelo.

—A ver, pues.

—Están celosas de ti.

—¿Enojadas conmigo?

—Sí.

—¡Conmigo!

—Antes sólo pensaba yo en ellas, y después...

—¿Después?

—Las olvidé por ti.

—Entonces me voy a poner muy orgullosa.

Su mano derecha estaba ya jugando sobre un brazo de la butaca, y era así como solía indicarme que podía tomarla. Ella siguió diciendo:

—¿En Europa hay ondinas?... Óigame, mi amigo, ¿en Europa hay?

246

—Sí.

—Entonces... ¡quién sabe!

—Es seguro que aquéllas se pintan las mejillas con zumos de flores rojas, y se ponen corsé y botines.

María trataba de coser, pero su mano derecha no estaba firme. Mientras desenredaba la hebra, me observó:

—Yo conozco uno que se desvive por ver pies lindamente calzados y... Las flores del baño se van a ir por el desagüe.

—¿Eso quiere decir que debo irme?

—Es que me da lástima que se pierdan.

—Algo más es.

—De veras: que me da como pena... y otra cosa de que nos vean tantas veces solos... y Emma y mamá van a venir.

XLVII

Mi padre había resuelto ir a la ciudad antes de mi partida, tanto porque los negocios lo exigían urgentemente como para tomarse tiempo allá para arreglar mi viaje.

El catorce de enero, víspera del día en que debía dejarnos, a las siete de la noche y después de haber trabajado juntos algunas horas, hice llevar a su cuarto una parte de mi equipaje que debía seguir con el suyo. Mi madre acomodaba los baúles arrodillada sobre una alfombra, y Emma y María le ayudaban. Ya no quedaban por acomodar sino vestidos míos: María tomó algunas piezas de éstos que estaban en los asientos inmediatos, y al reconocerlas preguntó:

—¿Esto también?

Mi madre se las recibió sin responder, y se llevó algunas veces el pañuelo a los ojos mientras las iba colocando.

Salí, y al regresar con algunos papeles que debían ponerse en los baúles, encontré a María recostada en la baranda del corredor.

—¿Qué es? —le dije—, ¿por qué lloras?

—Si no lloro...

—Recuerda lo que me tienes prometido.

—Sí, ya sé: tener valor para todo esto. Si fuera posible que me dieras parte del tuyo... Pero yo no he prometido a mamá ni a ti no llorar. Si tu semblante no estuviese diciendo más de lo que estas lágrimas dicen, yo las ocultaría... pero después ¿quién las sabrá...

Enjugué con mi pañuelo las que le rodaban por las mejillas, diciéndole:

—Espérame, que vuelvo.

—¿Aquí?

—Sí.

Estaba en el mismo sitio. Me recliné a su lado en la baranda.

—Mira —me dijo mostrándome el valle tenebroso—; mira cómo se han entristecido las noches: cuando vuelvan las de agosto ¿dónde estarás ya?

Después de unos momentos de silencio agregó:

—Si no hubieras venido, si como papá pensó, no hubieses vuelto antes de seguir para Europa...

—¿Habría sido mejor?

—¿Mejor?... ¿mejor?... ¿Lo has creído alguna vez?

—Bien sabes que no he podido creerlo.

—Yo sí, cuando papá dijo eso que le oí de la enfermedad que tuve; ¿y tú nunca?

—Nunca.

—¿Y en aquellos diez días?

—Te amaba como ahora: pero lo que el médico y mi padre...

—Sí; mamá me lo ha dicho. ¿Cómo podré pagarte?

—Ya has hecho lo que yo podía exigirte en recompensa.

—¿Algo que valga tanto así?

—Amarme como te amé entonces, como te amo hoy; amarme mucho.

—¡Ay! sí. Pero aunque sea una ingratitud, eso no ha sido por pagarte lo que hiciste.

Y apoyó por unos instantes la frente sobre su mano enlazada con la mía.

—Antes —continuó, levantando lentamente la cabeza—me habría muerto de vergüenza al hablarte así... Tal vez no hago bien...

—¿Mal, María? ¿No eres, pues, casi mi esposa?

—Es que no puedo acostumbrarme a esa idea; tanto tiempo me pareció un imposible...

—¿Pero hoy? ¿aún hoy?

—No puedo imaginarme cómo serás tú y cómo seré yo entonces... ¿Qué buscas? —preguntóme sintiendo que mis manos registraban las suyas.

—Esto —le respondí, sacándole del dedo anular de la mano izquierda una sortija en la cual estaban grabadas las dos iniciales de los nombres de sus padres.

—¿Para usarla tú? Como no usas sortijas, no te la había ofrecido.

—Te la devolveré el día de nuestras bodas: reemplázala mientras tanto con ésta; es la que mi madre me dio cuando me fui para el colegio: por dentro del aro están tu nombre y el mío. A mí no me viene; a ti sí ¿no?

—Bueno, pero ésta no te la devolveré nunca. Recuerdo que en los días de irte, se te cayó en el arroyo del huerto: yo me descalcé para buscártela, y como me mojé mucho, mamá se enojó.

Algo oscuro como la cabellera de María y veloz como el pensamiento cruzó por delante de nuestros ojos. María dio un grito ahogado, y cubriéndose el rostro con las manos, exclamó horrorizada:

—¡El ave negra!

Temblorosa se asió de uno de mis brazos. Un calofrío de pavor me recorrió el cuerpo. El zumbido metálico de las alas del ave ominosa no se oía ya. María estaba inmóvil. Mi madre, que salía del escritorio con una luz, se acercó alarmada por el grito que acababa de oírle a María: ésta estaba lívida.

—¿Qué es? —preguntó mi madre.

—Esa ave que vimos en el cuarto de Efraín.

La luz tembló en la mano de mi madre, quien dijo:

—Pero, niña, ¿cómo te asustas así?

—Usted no sabe... Pero yo no tengo ya nada. Vámonos de aquí —añadió llamándome con la mirada, ya más serena.

La campanilla del comedor sonó y nos dirigíamos allá cuando María se acercó a mi madre para decirle:

—No le vaya a contar mi susto a papá, porque se reirá de mí.

XLVIII

A las siete de la mañana siguiente ya había salido de casa el equipaje de mi padre, y él y yo tomábamos el café en traje de camino. Debía acompañarlo hasta cerca de la hacienda de los señores de M***, de los cuales iba a despedirme, lo mismo que de otros vecinos. La familia estaba toda en el corredor cuando acercaron los caballos para que montáramos. Emma y María salieron de mi cuarto en aquel momento, lo cual me llamó la atención. Mi padre, después de besar en una de las mejillas a mi madre, les besó la frente a María, a Emma y a cada uno de los niños hasta llegar a Juan, quien le recordó el encargo que le había hecho de un galapaguito con pistoleras, para ensillar un potro guaucho°, que era su diversión en aquellos días.

Detúvose de nuevo mi padre delante de María, antes de bajar la escalera, y le dijo en voz baja, poniéndole una mano sobre la cabeza y tratando inútilmente de conseguir que lo mirara:

—Es convenido que estarás muy guapa y muy juiciosa; ¿no es verdad, mi señora?

María le significó una respuesta afirmativa, y de sus ojos que velaba el pudor, intentaron deslizarse lágrimas que ella enjugó precipitadamente.

Me despedí hasta la tarde, y estando cerca de María mientras montaba mi padre, ella me dijo de modo que ninguno otro la oyera:

—Ni un minuto después de las cinco.

De la familia de don Jerónimo, solamente Carlos estaba en la hacienda; me recibió lleno de placer, y tratando de obtener de mí, desde el punto en que me abrazó, que pasara todo el día con él.

Visitamos el ingenio, costosamente montado aunque con poco gusto y arte; recorrimos el huerto, hermosa obra de los antepasados de la familia, y fuimos por último al pesebre, adornado con media docena de valiosos caballos.

Fumábamos de sobremesa, después del almuerzo, cuando Carlos me dijo:

—Por lo visto, me será imposible verte antes de que nos digamos adiós, con tu cara alegre de estudiante, con aquella que ponías para atormentarme al contarte algún capricho desesperador de Matilde. Pero al cabo, si estás triste porque te vas, eso significa que estarías contento si te quedaras... ¡Diablo de viaje!

—No seas mal agradecido —le respondí—; desde que yo regrese, tendrás médico de balde.

—Cierto, hombre. ¿Crees que no lo había previsto? Estudia mucho para volver pronto. Si mientras tanto no me mata un tabardillo atrapado en estos llanos, es posible que me encuentres hidrópico. Estoy aburriéndome atrozmente. Todo el mundo quiso aquí que fuera a pasar la nochebuena en Buga; y para quedarme tuve que fingir que me había dislocado un tobillo, a riesgo de que tal conducta me despopularice entre la numerosa turba de mis primas. Al fin tendré que pretextar algún negocio en Bogotá, aunque sea a traer soches° y ruanas como Emigdio... a traer cualquier cosa.

—¿Como una mujer? —le interrumpí.

—¡Toma! ¿te imaginas que no he pensado en eso? ¡Mil veces! Todas las noches hago cien proyectos. Figúrate: tirado boca arriba en un catre desde las seis de la tarde, aguardando a que vengan los negros a rezar, a que me llamen después a tomar chocolate, y oyendo luego conchabar desenraíces[1], despajes[2] y siembras de caña... A la madrugada de todos los días, el primer olor de bagazal[3] que me llega a las narices, deshace todos mis castillos.

—Pero leerás.

—¿Qué leo? ¿Con quién hablo de lo que lea? ¿Con ese cotudo de mayordomo que bosteza desde las cinco?

—Saco en limpio que necesitas urgentemente casarte; que has vuelto a pensar en Matilde y que proyectas traerla aquí.

—Al pie de la letra; eso ha sucedido así. Después que me convencí de que había cometido un dislate intentando casarme con tu prima (Dios y ella me lo perdonen), vino la tentación que dices. Pero ¿sabes lo que suele sucederme? Después de

---

[1] *desenraíces:* «la limpia de las dehesas, desarraigando la maleza» (Tascón).

[2] *despajes:* despajaduras.

[3] *bagazal:* bagacera (Tascón).

costarme tanto trabajo como resolver uno de aquellos problemas de Bacho[4], imaginarme bien que Matilde es ya mi mujer y que está en casa, suelto la carcajada al suponerme qué sería de la infeliz.

—Pero ¿por qué?

—Hombre, Matilde es de Bogotá como la pila de San Carlos[5], como la estatua de Bolívar[6], como el portero Escamilla[7]: tendría que echárseme a perder en la trasplanta. ¿Y qué podría yo hacer para evitarlo?

—Pues hacerte amar de ella siempre; proporcionarle todos los refinamientos y recreaciones posibles... en fin, tú eres rico, y ella te sería un estímulo para el trabajo. Además, estas llanuras, estos bosques, estos ríos ¿son por ventura cosas que ella ha visto? ¿Son para verse y no amarse?

—Ya me vienes con poesías. ¿Y mi padre y sus campesinadas? ¿y mis tías con sus humos y gazmoñerías? ¿y esta soledad? ¿y el calor?... ¿y el demonio...?

—Aguárdate —le interrumpí riéndome—, no lo tomes tan a pechos.

—No hablemos más de eso. Apúrate mucho para que vuelvas pronto a curarme. Cuando regreses, te casarás con la señorita María; ¿no es así?

—Dios mediante...

—¿Quieres que yo sea tu padrino?

—De mil amores.

—Gracias. Es, pues, cosa convenida.

---

[4] *Bacho:* Error en la tercera y cuarta ediciones por *Bracho.* Durante los años en que Isaacs asistía al Colegio del Espíritu Santo, había allí dos profesores llamados Bracho —Pedro y Miguel—, y ambos explicaban álgebra y geometría. Isaacs estudió geometría con Pedro Bracho en 1849 *(La Crónica Mensual del Colegio del Espíritu Santo,* núm. 24, 15 diciembre 1849, pág. 3).

[5] *la pila de San Carlos:* Fuente de piedra que adornó la Plaza Mayor hasta 1846, cuando fue sustituida por la estatua de Bolívar y se trasladó a la Plazuela de San Carlos (Calle 10, entre Carreras 6.ª y 7.ª). A comienzos de este siglo la pila fue reemplazada por la estatua de Rufino José Cuervo, y hoy para en el patio principal del Museo de Arte Colonial.

[6] *la estatua de Bolívar:* Estatua del escultor italiano Pietro Tenerani, erigida en 1846 en la Plaza Mayor (cuyo nombre se cambió a Plaza de Bolívar).

[7] *el portero Escamilla:* Ujier de la Cámara de Representantes durante varias décadas (Posada, «Personajes», págs. 507-508). Isaacs sirvió en esta legislatura de 1866 a 1870.

—Haz que me traigan mi caballo —le dije después de un rato de silencio.

—¿Te vas ya?

—Lo siento; pero en casa me esperan temprano: ya ves que está muy próximo el viaje... y tengo que despedirme hoy de Emigdio y de mi compadre Custodio, que no están muy cerca.

—¿Te vas el treinta precisamente?

—Sí.

—Te quedan sólo quince días; no debo detenerte. Al fin te has reído de algo, aunque haya sido de mi tedio.

Ni Carlos ni yo pudimos ocultar el pesar que nos causaba aquella despedida.

Vadeaba el Amaimito a tiempo que oí se me llamaba, y divisé a mi compadre Custodio saliendo de un bosque inmediato. Cabalgaba en un potrón melado°, de rienda todavía, sobre una silla de gran cabeza: llevaba camisa de listado azul, los calzones arremangados hasta la rodilla y el capisayo atravesado a lo largo sobre los muslos. Seguíale, montado en una yegua bebeca° agobiada por los años y por cuatro racimos de plátanos, un muchacho idiota, el mismo que desempeñaba en la chagra° funciones combinadas de porquero, pajarero y hortelano.

—Dios me lo guarde, compadrito —me dijo el viejo cuando estuvo cerca—. Si no me empecino a gritarlo, se me escabulle.

—A su casa iba, compadre.

—No me lo diga. Y yo que por poco no salgo de estos montarrones°, dándome forma de topar esa maneta° indina que ya se volvió a horrar°: pero en el trapiche me las ha de pagar todas juntas. Si no acierto a pasar por el llanito de la puerta y a ver los gualas, hastora estaría haraganeando en su busca. Me fui de jilo°, y dicho y hecho: medio comido ya el muleto, y tan bizarrote que parecía de dos meses. Ni el cuero se pudo sacar, que con otro me habría servido para hacer unos zamarros, que los que tengo están de la vista de los perros.

—No se le dé nada, compadre, que muletos le han de sobrar y años para verlos de recua. Vámonos, pues.

—Nada, señor —dijo mi compadre empezando a andar y precediéndome—; si es cansera°; el tiempo está de lo pésimo. Hágase cargo: la miel a real; la rapadura°, no se diga; la azucarita que sale blanca, a peso; los quesos, de balde; y los puercos tragándose todo el maíz de la cosecha, y como si se botara al río. Los balances° de su comadre, aunque la pobre es un ringlete°, no dan ni para velas; no hay cochada° de jabón que pague lo que se gasta; y esos garosos° de guardas, tras del sacatín° que se las pelan... Qué le cuento: le compré al amo don Jerónimo el rastrojo[8] aquel del guadualito; pero ¡qué hombre tan tirano! ¡cuatrocientos patacones y diez ternerotes de aparta° me sacó!

—¿Y de dónde salieron los cuatrocientos? ¿del jabón?

—Ah usté para temático°, compadre. Si rompimos hasta la alcancía de Salomé para poder pagarle.

—¿Y Salomé sigue tan trabajadora como antes?

—Y si no, ¿dónde le diera lagua? Labra tiras de lomillo que es de lo que hay que ver, y ayuda en todo: al fin hija de su mamá. Pero si le digo que esa muchacha me tiene zurumbático, no le miento.

—¿Salomé? Ella tan formalita, tan recatada...

—Ella, compadre; así tan pacatica como la ve.

—¿Qué sucede?

—Usté es caballero de veras y mi amigo, y se lo voy a contar, en vez de írselo a decir al señor cura de la Parroquia, que yo creo que de puro santo no tiene ni malicia y se le pasea lalma por el cuerpo. Pero aguárdese y paso yo primero este zanjón, porque para no embarrarse en él, se necesitaba baquía.

Y volviéndose al bobo, que venía durmiéndose entre los plátanos:

—Ve el camino, tembo°, porque si se atolla la yegua, con gusto pierdo los guangos° por dejarte ahí.

El cotudo rió estúpidamente y dio por respuesta algunos rezongos inarticulados. Mi compadre continuó:

—¿Usté sí conoce a Tiburcio el mulatico que crió el difunto Murcia?

—¿No es el que se quería casar con Salomé?

—Allá llegaremos.

—No sé quién lo crió. Pero vaya si lo conozco: lo he visto en casa de usted y en la de José, y aun hemos cazado algunas veces juntos: es un guapo mozo.

---

[8] *rastrojo:* «tierra abandonada que antes fue de labor...» (Tascón).

—Ahí donde lo ve, no le faltan ocho buenas vacas, su punta° de puercos, su estancita y dos buenas yeguas de silla. Porque ñor Murcia, aunque vivía renegando que daba miedo, era un buen hombre, y le dejó todo eso al muchacho. Él es hijo de una mulata que le costó al viejo una rebotación° de tiricia° que por poco se lo lleva, pues a los cuatro meses de haber comprao la zamba° en Quilichao, se le murió; y yo supe el cuento, porque entonces me gustaba jornalear[9] algunas veces en la chagra de ñor Murcia.

—¿Y qué hay con Tiburcio?

—Allá voy. Pues señor, va para ocho meses que empecé a notar que al muchacho no le faltaban historias para venir a vernos; pero pronto le cogí la mácula°, y conocí que lo que buscaba era ocasión de ver a Salomé. Un día se lo dije por lo claro a Candelaria, y ella me salió con la repostada° de que tal vez me había caído nube en los ojos y que el cuento era rancio. Me puse en atisba un sábado en la tardecita, porque Tiburcio no faltaba los sábados a esa hora, y cate usté que vi a la muchacha salirle al encuentro apenas lo sintió, y no me quedó pizca de duda... Eso sí, nada vi que no fuera legítimo. Pasaron días y días, y Tiburcio no abría la boca para hablar de casamiento; pero yo pensaba: cateando que estará a Salomé, y bien guanábano° será si no se casa con ella, pues no es ninguna mechosa°, y tan mujer de su casa no hay riesgo que la halle. Cuando de golpe dejó de venir Tiburcio, sin que Candelaria pudiera sacarle a la muchacha el motivo; y como a mí me tiene Salomé el respeto que debe, menos pude averiguarle; y desde antes de nochebuena Tiburcio no se asoma allá. Sí será usté amigo del niño Justiniano, hermano de don Carlitos.

—No lo veo desde que éramos chicos.

—Pues quítele las patillas que ha echao don Carlos, y ahí lo tiene individual°. Pero ojalá fuera como el hermano; es el mismo patas°; pero bonito mozo, para qué es negarlo. Yo no sé ónde vio él a Salomé: tal vez sería agora que estuve empeñao sobre hacer el cambalache con su padre, porque el niño ese vino a herrar los terneros, y desde el mesmo día no me deja comer un plátano a gusto.

---

[9] *jornalear:* ajornalar.

—Eso no está bueno.

—Yo, que se lo cuento con riesgo de que su comadre, si lo sabe, me diga un día que esté lunática, que soy un garlero[10], sé lo que hago. Pero no hay mal que no tenga su cura: he estao dando y cavando hasta dar en el toque.

—A ver, compadre; pero dígame antes (y dispense si hay indiscreción en preguntárselo) ¿qué cara le hace Salomé a Justiniano?

—Déjeme, señor: si eso es lo que me tiene día y noche como si durmiera yo sobre pringamoza°... Compadre, la muchacha está picada... Por no matarla... Y la pela[11] que le doy si se me mete el mandinga°... Lo quiere, niño; y por eso le cuento a usté todo para que me saque con bien.

—¿Y en qué ha conocido usted que está enamorada Salomé?

—¡Válgame! No habré visto yo cómo le bailan los ojos cuando ve al blanquito y que toda ella se pone como azogada, si le pasa agua o candela, porque parece que él vive con sequía, y que fumar es lo único que tiene que hacer; pues por candela y agua arrima a casa arreo arreo; y no hace falta los domingos en la tarde en casa de la vieja Dominga; ¿no la conoce?

—No.

—Pues estoy por decirle que es de las que usan polvos; y ya no hay quien le quite de la cabeza a Candelaria que esa murciélaga fue la que le ojeó° el mico aquel tan sabido y que tanto lo divertía a usté; porque el animalito boqueó sobándose la barriga y dando quejidos como un cristiano.

—Algún alacrán que se habría comido, compadre.

—¡Deónde! Si trabajo costaba para que probara comida fría: convénzase que la bruja le hizo maleficio; pero no era allá donde yo iba. Enanticos que fui a buscar la yegua me encontré a la vieja en el Guayabal, que iba para casa, y como ando orejero°, todo fue verla y me le aboqué por delante para decirle: «Vea, ña Dominga, devuélvase, porque allá tienen las gentes oficio en lugar de estar en conversas°. Van dos viajes con éste que le he dicho que me choca verla en casa.» Toda ella se puso a temblar, y yo que la vi asustada pensé al golpe: este retobo° no

10 *garlero:* garlador (Tascón).
11 *pela:* solfa, zurra (Tascón).

anda en cosa buena. Salió con éstas y las otras; pero la dejé como en misa cuando le dije: «Mire que yo soy malicioso, y si la cojo a usté en la que anda, yo la desuello a rejo, y si no lo hago, que me quiten el nombre.»

La exaltación de mi compadre había llegado al colmo. Santiguándose continuó:

—¡Jesús creo en Dios padre! Esa cangalla° es capaz de hacerme perder, un día que se me revista la ira mala. Es buen hacer, blanco: tener un hombre de bien su hijita que tantas pesadumbres le ha costao, y que no ha de faltar quien quiera hacerlo abochornar a uno de lo más querido.

Mi irascible compadre estaba próximo a un acceso de enternecimiento, y yo, a quien no habían parecido salvas y repiques sus últimas palabras, me apresuré a decirle:

—Veamos el remedio que usted ha encontrado para el mal, porque ya voy creyendo que es cosa grave.

—Pues ory verá°: su mamá le propuso el otro día a mi mujer que le mandara a Salomé por unas semanas para que la muchacha aprendiera a coser en fino, que es todo lo que Candelaria desea. Entonces no se pudo... Yo no lo conocía a usté como agora.

—¡Compadre!...

—Por la verdá murió Cristo. Ya el caso es diferente: quiero que su mamá me tenga allá unos meses a la muchacha, que por ahí no ha de ir a buscarla ese enemigo malo: Salomé se ajuiciará y será lo mismo que decirle al que quiera alborotármela, que se vaya a la punta de un cuerno. ¿Le parece?

—Por supuesto. Hoy mismo le hablaré a mi madre; y ella y las muchachas se pondrán muy contentas. Yo le prometo que todo se allanará.

—Dios se lo pague, compadre. Entonces yo me daré formas de que usté hable hoy un rato solo con Salomé, como quien no quiere la cosa: le propone que vaya a su casa y le dice que su mamá la está esperando. Usté me cuenta luego lo que le saque, y así nos saldrá todo derecho como surco. Pero si la muchacha se me encapricha, sí le juro que un día de éstos la encajo en uno de mis mochos°, y al beaterio de Cali[12] va a dar, que ahí

---

[12] *beaterio de Cali:* «Este beaterio, para "mujeres y niñas que quieran vivir en

no se me le ha de asentar una mosca, y si no sale casada, rezando y aprendiendo a leer en libro la tengo hasta que san Juan agache el dedo[13].

Pasábamos por el rastrojo recién comprado por Custodio, y éste me dijo:

—¿No ve qué primor de tierra y cómo está el espino de mono[14], que es la mejor señal de buen terreno? Lo único que lo daña es la falta de agua.

—Compadre —le respondí—, si ya puede usted ponerle toda la que quiera.

—No embrome; entonces no lo vendo ni por el doble.

—Mi padre consiente en que usted tome cuanta necesite de los potreros de abajo: yo le hice ver lo que usted me recomendó; y él extrañó que no le hubiese pedido antes el permiso.

—Pero qué memoria la suya, compadrito: mire que aguardar a las últimas para avisármelo... Dígamele al patrón que se lo agradezco en mi alma; que ya sabe que no soy ningún ingrato, y que aquí me tiene con cuanto tengo para que me mande. Candelaria va a estar de pascuas: agua a mano para la huerta, para el sacatín, para la manguita[15]... Supóngase que la que pasa por casa es un hilito, y eso revuelta por los puercos de mi compañero Rudecindo, que lo que es hozar y dañarme las quinchas°, no vagan; de forma que para cuanto limpio hay que hacer en casa, tienen que empuntar° al mudo con la yegua cargada de calabazos a Amaimito, porque para tomar agua de la Honda, mejor es tragar lejía, de la pura caparrosa que tiene.

—Es cobre, compadre.

—Eso será.

La noticia del permiso que le concedía mi padre para tomar el agua, refrescó al chagrero hasta el punto de hacer que el po-

recogimiento", fue fundado a mediados del siglo XVIII, por Fray Javier de Vera, prior de los Agustinos» (Carvajal).

[13] *hasta que san Juan agache el dedo:* Frase proverbial de origen español con que se pondera un plazo indefinido. El dicho deriva de la circunstancia de que muchos cuadros e imágenes representan a San Juan Bautista apuntando hacia el cielo (recuérdese, por ejemplo, la famosa pintura de Leonardo da Vinci).

[14] *espino de mono:* Esta especie de espino no aparece en los diccionarios.

[15] *manguita:* «corta extensión de terreno cubierto de prado y cerrada, en que pastan los ganados...» (Tascón).

trón en que iba luciera la trastraba[16] en que decía el picador lo estaba metiendo.

—¿De quién es ese potro? No tiene el fierro de usted.

—¿Le gusta? Es del abuelo Somera.

—¿Cuánto vale?

—Pues para no andar con vueltas ni regodeos, le confesaré que de don Emigdio no quiso cuatro medallas°; y éste es un ranga° delante del rucio-negro mío, que ya lo tengo de freno, y manotea al paso llano, y saca la cola que es un gusto: ¡así me costó amansarlo! para una semana entera me baldó este brazo, porque no hay otro que le gane en lo canónigo°; y un remache° en el dos y dos... Engordando lo tengo, pues tras la última tambarria° que le di quedó en la espina.

Llegábamos a la casa de Custodio, y él taloneó el potro para darse trazas de abrir la puerta del patio. Apenas dio ésta tras de nosotros el último quejido y un golpe que hizo estremecer el caballete pajizo, me aconsejó mi compadre:

—Ándele vivo y con tiento a Salomé a ver qué le saca.

—Pierda cuidado, le respondí haciendo llegar al corredor mi caballo, al cual espantaba la ropa blanca colgada por allí.

Cuando traté de apearme ya le había tapado mi compadre la cabeza al potro con el capisayo, y estaba teniéndome el estribo y la brida. Después de amarrar las cabalgaduras entró gritando:

—¡Candelaria! ¡Salomé!

Sólo los bimbos° contestaban.

—Pero ni los perros —continuó mi compadre—: como si a todos se los hubiera tragao la tierra.

—Allá voy —respondió desde la cocina mi comadre.

—¡Hu turutas!° si es que aquí está tu compadre Efraín.

—Aguárdeme una nada, compadrito, que es porque estamos bajando una rapadura y se nos quema.

—¿Y Fermín dónde se ha metido? —preguntó Custodio.

—Se fue con los perros a buscar el puerco cimarrón —respondió la voz melodiosa de Salomé.

---

[16] *trastraba:* Atributo del caballo *trastrabado,* el que tiene blancos la mano izquierda y el pie derecho, o viceversa.

Ésta se asomó de pronto a la puerta de la cocina, mientras mi compadre se empeñaba en ayudarme a quitar los zamarros.

Era pajiza la casita de la chagra y de suelo apisonado, pero muy limpia y recién enjalbegada: así rodeada de cafetos, anones, papayuelos[17] y otros árboles frutales, no faltaba a la vivienda sino lo que iba a tener en adelante, esperanza que tan favorablemente había mejorado el humor de su dueño: agua corriente y cristalina. La salita tenía por adorno algunos taburetes aforrados en cuero crudo, un escaño, una mesita cubierta por entonces con almidón sobre lienzos, y el aparador, donde lucían platos y escudillas de varios tamaños y colores.

Cubría una alta cortina de zaraza rosada la puerta que conducía a las alcobas, y sobre la cornisa de ésta descansaba una deteriorada imagen de la Virgen del Rosario, completando el altarcito dos pequeñas estatuas de San José y San Antonio, colocadas a uno y otro lado de la lámina.

Salió a poco de la cocina mi rolliza comadre, sofocada con el fogón y empuñando en la mano derecha una cagüinga*. Después de darme mil quejas por mi inconstancia, terminó por decirme:

—Salomé y yo lo estábamos esperando a comer.

—¿Y eso?

—Aquí llegó Juan Ángel por unos reales de huevos, y la señora me mandó decir que usted venía hoy. Yo mandé llamar a Salomé al río, porque estaba lavando, y pregúntele lo que le dije, que no me dejará mentir: «Si mi compadre no viene hoy a comer aquí, lo voy a poner de vuelta y media.»

—Todo lo cual significa que me tienen preparada una boda.

—No lo habré visto yo comer con gana un sancocho° hecho de mi mano; lo malo es que todavía se tarda.

—Mejor, porque así tendré tiempo de ir a bañarme. A ver, Salomé —dije parándome a la puerta de la cocina, a tiempo que mis compadres se entraban a la sala conversando bajo—: ¿qué me tienes tú?

—Jalea y esto que le estoy haciendo —me respondió sin de-

---

[17] *papayuelos:* arbolitos semejantes a los papayos (E. Pérez Arbeláez, *Plantas,* 356).

* Mecedor.

jar de moler—. Si supiera que lo he estado esperando como el pan bendito...

—Eso será porque... hay muchas cosas buenas.

—¡Una porcia!°. Aguárdeme una nadita mientras me lavo°, para darle la mano, aunque será ñanga°, porque como ya no es mi amigo...

Esto decía, sin mirarme de lleno, y entre alegre y vergonzosa, pero dejándome ver, al sonreír su boca de medio lado, aquellos dientes de blancura inverosímil, compañeros inseparables de húmedos y amorosos labios: sus mejillas mostraban aquel sonrosado que en las mestizas de cierta tez escapa por su belleza a toda comparación. Al ir y venir de los desnudos y mórbidos brazos sobre la piedra en que apoyaba la cintura, mostraba ésta toda su flexibilidad, le temblaba la suelta cabellera sobre los hombros, y se estiraban los pliegues de su camisa blanca y bordada. Sacudiendo la cabeza echada hacia atrás para volver a la espalda los cabellos, se puso a lavarse las manos, y acabándoselas de secar sobre los cuadriles, me dijo:

—Como que le gusta ver moler. Si supiera —continuó más paso— lo molida que me tienen. ¿No le digo que lo he estado esperando?

Colocada de manera que de afuera no podían verla, continuó, dándome la mano:

—Si usté no se hubiera estado un mes sin venir, me habría hecho un bien. Vea a ver si mi taita está por ahí.

—Ninguno está. ¿No puedo hacerte el mismo bien ahora?

—¡Ya quién sabe!

—Pero di a ver. ¿No estás persuadida de que te lo haré de mil amores?

—Si le dijera que no, sería una mentirosa, porque desde que tomó tanto empeño para que ese señor inglés viniera a verme cuando me dio el tabardillo, y muchísimo interés porque yo me alentara, me convencí de que sí me tenía cariño.

—Me alegro de que lo conozcas.

—Pero es que lo que yo tengo que contarle es tantísimo, que así de pronto no se puede, y antes un milagro es que ya no esté mi mama aquí... Escuche que ahí viene.

—No faltará ocasión.

—¡Ay señor! y yo no me conformo con que se vaya hoy sin decírselo todo.

—¿Conque ¿va a bañarse, compadrito? —dijo entrando Candelaria—. Entonces voy a traerle una sábana bien olorosa y orita mismo se va con Salomé y su ahijado; antes ellos traen un viaje de agua, y ésta lava unos coladores, que con el viaje del mudo por los plátanos y lo que ha habido que hacer para usté y para mandar a la Parroquia, no ha quedado sino la de la tinaja.

Al oír la propuesta de la buena mujer, me persuadí de que ella había entrado de lleno en el plan de su marido, y Salomé me hizo al descuido una muequecita expresiva, de modo que con labios y ojos me significó a un mismo tiempo: «ahora sí».

Salí de la cocina, y paseándome en la sala mientras se preparaba lo necesario para el viaje al baño, pensaba que sobrada razón tenía mi compadre en celar a su hija, pues a cualquiera menos malicioso que él podía ocurrírsele que la cara de Salomé con sus lunares, y aquel talle y andar, y aquel seno, parecían cosa más que cierta, imaginada.

Interrumpió aquellas consideraciones Salomé, la cual parándose a la puerta, con un sombrerito raspón° medio puesto, me dijo:

—¿Nos vamos?

Y dándome a oler la sábana que llevaba colgada en un hombro, añadió:

—¿Qué olor tiene?

—El tuyo.

—A malvas, señor.

—Pues a malvas.

—Porque yo tengo siempre muchas en mi baúl. Camine y no vaya a creer que es lejos: lo vamos a llevar por debajo del cacaotal; al salir del otro lado, no hay que andar sino un pedacito, y ya estamos allá.

Fermín, cargado con los calabazos y coladeras[18], nos precedía. Éste era mi ahijado: tenía yo trece años y él dos cuando le serví de padrino de confirmación, debido ello al afecto que sus padres me habían dispensado siempre.

---

[18] *coladeras:* coladores (Tascón).

XLIX

Salíamos del patio por detrás de la cocina cuando mi comadre nos gritaba:

—No se vayan a demorar, que la comida está en estico[1].

Salomé quiso cerrar la puertecita de trancas por donde habíamos entrado al cacaotal: pero yo me puse a hacerlo mientras ella decía:

—¿Qué hacemos con Fermín, que es tan cuentero?

—Tú lo verás.

—Ya sé: deje que estemos más allá, y yo lo engaño.

Cubríanos la densa sombra del cacaotal, que parecía no tener límites. La belleza de los pies de Salomé, que la falda de pancho° azul dejaba visibles hasta arriba de los tobillos, resaltaba sobre el sendero negro y la hojarasca seca. Mi ahijado iba tras de nosotros arrojando cáscaras de mazorcas y pepas de aguacate a los cucaracheros cantores y a las nagüiblancas[2] que gemían bajo los follajes. Al llegar al pie de un cachimbo, se detuvo Salomé y dijo a su hermano:

—¿Si irán las vacas a ensuciar el agua? Seguro, porque a esta hora están en el bebedero de arriba. No hay más remedio que ir en una carrera a espantarlas: corre, mi vida, y ves que no se vayan a comer el socobe° que se me quedó olvidado en la horqueta del chiminango. Pero cuidado con ir a romper los trastos o a botar algo. Ya estás allá.

Fermín no se dejó repetir la orden: bien es verdad que se le había dado de la manera más dulce y comprometedora.

—¿Ya vido?[3] —me preguntó Salomé acortando el paso y mirando hacia las ramas con mal fingida distracción.

Se puso luego a mirarse los pies cual si contara sus lentos pasos; y yo interrumpí el silencio que guardábamos, diciéndole:

---

[1] *en estico:* al instante (Tascón; art. *en esto*).

[2] *nagüiblanca:* paloma torcaz con plumas blancas en el vientre y en la cola (Tascón).

[3] *vido:* vio.

—A ver, qué es lo que hay y con qué te tienen molida.

—Pues ahí verá que me da no sé qué contarle.

—¿Por qué?

—Si es que se me hace hoy como muy triste y... ahora tan serio.

—Es que te parece. Empieza, porque después no se ha de poder. Yo también tengo algo muy bueno que contarte.

—¿Sí? usté primero, pues.

—Por nada —le respondí.

—¿Conque así es la cosa? Pues oiga: pero prométame no decir nadita de lo que...

—Por supuesto.

—Pues lo que sucede es que Tiburcio se ha vuelto un veleta y un ingrato y que anda buscando majaderías para darme sentimientos; ahora hace cosa de un mes que estamos de malas sin haberle dado yo motivo.

—¿Ninguno? ¿Estás bien segura?

—Mire... se lo juro.

—¿Y cuál te ha dicho él que tiene para estar así después de haberte querido tanto?

—¿Tiburcio? Lambido° que es: él no me quiere a mí nada: al principio no sabía yo por qué se ponía malmodoso cada rato, y después caí en la cuenta de que todo era porque se figuraba que yo le hacía buena cara al primero que veía. Dígame usté, ¿eso se puede aguantar cuando una es honrada? Primero dio en creer una bobería y usté anduvo en la danza.

—¿Yo también?

—¡Cuándo se iba a librar!

—¿Y qué creía?

—Para qué es decirle si ya se lo figurará: todo porque lo vio venir unas veces a casa y porque yo le tengo cariño. ¿Cómo no se lo había de tener, no?

—¿Y se convenció al fin de que pensaba un disparate?

—Así me costó de lágrimas y buenas palabras para traerlo a razón.

—Créeme que siento haber sido causa de eso.

—No se le dé nada, porque si no hubiera sido con usté, no habría faltado otro de quien echar malos juicios. Oiga, que no le he dicho lo mejor. Mi taita le amansaba potros al niño[4] Justiniano, y él tuvo que venir a ver unos terneros que tenían en trato: en una de las ocasiones en que el blanco vino, lo encontró aquí Tiburcio.

—¿Aquí?

—No se haga el bobo; en casa. Para castigo de mis pecados lo volvió a encontrar otra vez.

—Creo que van dos, Salomé.

—Ojalá hubiera sido eso solo: también lo encontró un domingo en la tarde que vino a pedir agua.

—Son tres.

—Nada más, porque aunque ha venido otras veces, Tiburcio no lo ha visto; pero a mí se me pone que se lo han contado.

—¿Y todo te parece nada en dos platos?

—¿Usté también da en lo mismo? ¡Yagora! ¿Yo tengo la culpa de que ese blanco dé en venir? ¿Por qué mi taita no le dice que no vuelva, si es que se puede?

—Es que hay cosas sencillas, difíciles de hacer.

—Ah, pues: eso mismo le digo yo a Tiburcio; pero todo tiene su remedio, y de eso no me atrevo a hablarle yo.

—Que se case pronto contigo; ¿no es esto?

—Si tanto me quiere... Pero él ya cuándo... y es capaz de creer que yo soy alguna cualquiera.

Salomé tenía los ojos aguados, y después de dar unos pasos más, se detuvo a enjugarse las lágrimas.

—No llores —le dije—: yo estoy cierto de que no cree tal: todo eso es obra de celos y nada más; verás cómo se remedia.

—No lo piense; menos tibante° había de ser. Porque le han dicho que es hijo de caballero, ya nadie le da al tobillo en lo fachendoso, y se figura que no hay más que él... ¡Caramba! como si yo fuera alguna negra bozal o alguna manumisa como él. Ahora está metido donde las provincianas[5], y todo por hacerme patear, porque mucho que lo conozco: bien que me alegraría de que ñor José lo echara a la porra°.

—Es necesario que no seas injusta. ¿Qué tiene de particular

---

4 niño: hijo de familia acomodada; véase la nota 5 al cap. XXi.

5 provincianas: antioqueñas.

que esté jornaleando en casa de José? Eso quiere decir que aprovecha el tiempo; peor sería que pasara los días tunando.

—Mire que yo sé quién es Tiburcio. Menos enamorado había de ser...

—Pero porque le parezcas bonita tú, en lo cual maldita la gracia que hace, ¿han de parecerle también bonitas cuantas ve?

—Por eso.

Yo me reí de la respuesta, y ella torciendo los ojos, dijo:

—¡Velay!° ¿Y eso qué cosquillas le hace?

—Pero ¿no ves que estás haciendo lo mismo con Tiburcio, exactamente lo mismo que lo que hace contigo?

—¡Válgame Dios! ¿Yo qué hago?

—Pues estar celosa.

—¡Eso sí que no!

—¿No?

—¿Y si él lo ha querido? A mí nadie me quita de la cabeza que si ñor José lo consintiera, ese veleidoso se casaría con Lucía, y a no ser porque Tránsito es ajena ya, hasta con ambas, si lo dejaran.

—Pues sábete que Lucía quiere desde que estaba chiquita a un hermano de Braulio que pronto vendrá; y no te quepa duda, porque Tránsito me lo ha contado.

Salomé se quedó pensativa. Llegábamos ya al fin del cacaotal, y sentándose en un tronco, me dijo meciendo con los pies colgantes una mata de buenastardes:

—Conque diga, ¿qué le parece bueno hacer?

—¿Me das permiso para referirle a Tiburcio lo que hemos conversado?

—No, no. Por lo que usté más quiera, no lo vaya a hacer.

—Si solamente te pregunto si lo consientes.

—¿Todito?

—Las quejas sin los agravios.

—Si es que cada vez que me acuerdo de lo que se figura él de mí, no sé ni lo que digo... Vea: se me pone que es mejor no contarle, porque si ya no me quiere, después andará diciendo que me cansé de llorar por él y que lo quise contentar.

—Entonces, convéncete, Salomé, de que no hay modo de remediar tus penas.

—¡Ah trabajo! —exclamó poniéndose a llorar.

—Vamos, no seas cobarde —le dije apartándole las manos de la cara—: lágrimas de tus ojos valen mucho para que las derrames a chorros.

—Si Tiburcio creyera eso, no me pasaría yo las noches llorando hasta que me quedo dormida, de verlo tan ingrato y ver que por él mi taita me ha cogido tema.

—¿Qué quieres apostar conmigo a que mañana en la tarde viene Tiburcio a verte y a contentarte?

—¡Ay! le confieso que no tendría con qué pagarle —me respondió estrechándome la mano en las suyas, y acercándola a su mejilla—. ¿Me lo promete?

—Muy desgraciado y tonto debo de ser si no lo consigo.

—Vea que le cojo la palabra. Pero por vida suya no vaya a contarle a Tiburcio que hemos estado así tan solitos y... Porque vuelve a dar en lo del otro día, y eso sí era echarlo todo a perder. Ahora —añadió empezando a subir el cerco— voltéese para allá y no me vea saltar, o saltemos juntos.

—Escrupulosa andas; antes no lo eras tanto.

—Si es que todos los días le cojo más vergüenza. Súbase, pues.

Mas como sucedió que Salomé, para caer al otro lado, encontró dificultades que no encontré yo, quedóse sentada encima de la cerca diciéndome:

—Miren al niño; diga agoo[6]. Pues ahora no he de bajar si no se voltea.

—Déjame que te ayude; ve que se hace tarde y mi comadre...

—¿Acaso ella es como aquél?... Y asina ¿cómo quiere que me baje? ¿No ve que si me enredo...

—Déjate de monadas y apóyate aquí —le dije presentándole mi hombro.

—Haga fuerza, pues, porque yo peso como... una pluma —concluyó saltando ágilmente—. Me voy a poner creidísima[7], porque conozco muchas blancas que ya quisieran saltar así talanqueras°.

---

[6] *agoo:* Por lo visto, una deformación de *agú* (en las dos primeras ediciones, *ajoo,* probablemente una deformación de *ajó*).

[7] *creidísima:* engreidísima.

267

—Eres una boquirrubia.

—¿Eso es lo mismo que piquicaliente?[8]. Porque entonces voy a entromparme[9] con usté.

—¿Vas a qué?

—¡Adiósn!... ¿Y no entiende? pues que voy a enojarme. ¿Qué hiciera yo para saber cómo es usté cuando se pone bien bravo?° Es antojo que tengo.

—¿Y si después no podías contentarme?

—¡Ayayay! No habré visto yo que se le vuelve el corazón un yuyo° si me ve llorando.

—Pero eso será porque conozco que no lo haces por coquetería.

—¿Que no lo hago qué? ¿Cómo es el cuento?

—Co-que-te-ría.

—Y eso ¿qué quiere decir? Dígame, que de veras no sé... Sólo que sea cosa mala... Entonces me la tiene muy guardadita, ¿ya l'oye?

—¡Buen negocio! mientras tú la desperdicias.

—A ver, a ver: de aquí no paso si no dice.

—Me iré solo —le respondí dando unos pasos.

—¡Jesús! era yo capaz hasta de revolverle l'agua. ¿Y con qué sábana se secaba?... Nada, dígame qué es lo que yo desperdicio. Ya se me va poniendo qué es.

—Di.

—¿Será... será amor?

—Lo mismo.

—¿Y qué remedio? ¿porque quiero a ese creído? Si yo fuera blanca, pero bien blanca; rica, pero bien rica... sí que lo querría a usté; ¿no?

—¿Te parece así? ¿Y qué hacíamos con Tiburcio?

—¿Con Tiburcio? Por amigo de tenderle l'ala a todas, lo poníamos de mayordomo y lo teníamos aquí —dijo cerrando la mano.

—No me convendría el plan.

—¿Por qué? ¿No le gustaría que yo lo quisiera?

—No es eso, sino el destino que te agrada para Tiburcio.

---

[8] *piquicaliente:* boquirroto.

[9] *entromparme:* enojarme, como aclara Salomé a continuación.

Salomé rió con toda gana.

Habíamos llegado al riecito, y ella después de poner la sábana sobre el césped que debía servirme de asiento en la sombra, se arrodilló en una piedra y se puso a lavarse la cara. Luego que acabó, iba a desatarse de la cintura un pañuelo para secarse, y le presenté la sábana diciéndole:

—Eso te hará mal si no te bañas.

—Casi... casi que vuelvo a bañarme; y que está l'agua tan tibiecita; pero usté refrésquese un rato; y ora que venga Fermín, mientras usté acaba, doy una zambullida yo en el charco de abajo.

En pie ya, se quedó mirándome, y sonreía maliciosa mientras se pasaba las manos húmedas por los cabellos. Al fin me dijo:

—¿Me creerá que yo me he soñado que era cierto todo lo que le venía diciendo?

—¿Que Tiburcio no te quería ya?

—¡Malaya!¹⁰ que yo era blanca... Cuando desperté, me entró una pesadumbre tan grande, que al otro día era domingo y en la parroquia no pensé sino en el sueño mientras duró la misa: sentada lavando ahí adonde usté está, cavilé toda la semana con eso mismo y...

Interrumpieron las inocentes confidencias de Salomé los gritos de «¡ichiiino! ichiiino!» que hacia el lado del cacaotal daba mi compadre llamando a los cerdos. Salomé se asustó un poco, y mirando en torno, dijo:

—Y este Fermín que se ha vuelto humo... Báñese pronto, pues; que yo voy a buscarlo río arriba, no sea que se largue sin esperarnos.

—Espéralo aquí, que él vendrá a buscarte. Todo eso es porque has oído a mi compadre. ¿Te figuras que a él no le gusta que conversemos los dos?

—Que conversemos sí, pero... según.

Saltando con suma agilidad sobre las grandes piedras de la orilla, desapareció tras de los carboneros frondosos.

Los gritos del compadre seguían y me hicieron pensar que

---

¹⁰ *¡Malaya!:* ¡ojalá!; «Expresa deseo, ansia, anhelo» (F. J. Santamaría, *Diccionario*).

la confianza de él en mí tenía sus límites. Sin duda nos había seguido de lejos por entre el cacaotal, y solamente al perdernos de vista se había resuelto a llamar la piara. Custodio ignoraba que su recomendación estaba ya diplomáticamente cumplida, y que a los mil encantos de su hija, alma ninguna podía ser más ciega y sorda que la mía.

Regresé a la casa al paso de Salomé y de Fermín, que iban cargados con zumbos° de calabaza: ella había hecho un rodete de su pañuelo y colocado en la cabeza sobre él el rústico cántaro, que sin ser sostenido por mano alguna, no impedía al donoso cuerpo de la conductora ostentar toda su soltura y gracia de movimientos.

Luego que saltó Salomé como la vez primera, me dio las gracias con un «Dios se lo pague» y su más chusca sonrisa, añadiendo:

—En pago de esto le estuve echando del lado de arriba mientras se bañaba, guabitas, flores de carbonero y venturosas[11]; ¿no las vio?

—Sí, pero creí que alguna partida de monos estaría por ahí arriba.

—Lo desentendido que es usté: y que en ainas[12] me doy una caída por subirme al guabo.

—¿Y eres tan boba que creas no caí en la cuenta de que eras tú quien echaba río abajo las flores?

—Como Juan Ángel me ha contado que en la hacienda le echan rosas a la pila cuando usté va a bañarse, yo eché al agua lo mejor que en el monte había.

Durante la comida tuve ocasión de admirar, entre otras cosas, la habilidad de Salomé y mi comadre para asar pintones° y quesillos[13], freír buñuelos, hacer pandebono[14] y dar temple a la jalea. En las idas y venidas de Salomé a la cocina, puse yo a mi compadre al corriente de lo que en realidad quería la muchacha y de lo que yo pensaba hacer para sacarlos a uno y otro

---

[11] *venturosas:* arbustos de hojas opuestas, flores rojas y amarillas, y fruto redondo de color morado (Tascón).

[12] *en ainas:* aína, por poco (Tascón).

[13] *quesillos:* quesos elaborados sin sal, de consistencia entre la del queso corriente y la de leche cuajada (Carvajal).

[14] *pandebono:* pan hecho de queso y maíz (Carvajal).

de trabajos. No le cabía al pobre el gusto en el cuerpo; y hasta algunas chanzas sobre la buena voluntad con que me servía a la mesa, le dirigió a mi compañera de paseo, que era mucho lograr después de su enojo con ella.

Pasadas las horas de calor, a las cuatro de la tarde, era la casa una revuelta arca de Noé: los patos empezaron a atravesar por orden de familias la salita; las gallinas a amotinarse en el patio y al pie del ciruelo, donde en horquetas de guayabo descansaba la canoíta en que estaba comiendo maíz mi caballo; los pavos criollos se pavoneaban inflados y devolviendo los gritos de dos loras maiceras que llamaban a una Benita, que debía de ser la cocinera, y los cerdos chillaban tratando de introducir las cabezas por entre los atravesaños de la puerta de golpe. A todo lo cual hay que añadir los gritos de mi compadre al dar órdenes y los de su mujer espantando los patos y llamando las gallinas. Fueron largas las despedidas y las promesas que me hizo mi compadre de encomendarme mucho al Milagroso de Buga[15] para que me fuera bien en el viaje y volviera pronto. Al despedirme de Salomé, que procuró en tal momento no estar cerca de los demás, me apretó mucho la mano, y mirándome tal vez más que afectuosamente, me dijo:

—Mire bien que con usté cuento. A mí no me diga adiós para su viaje de porra°... porque aunque sea arrastrándome, al camino he de salir a verlo, si es que no llega de pasada. No me olvide... vea que si no, yo no sé qué haga con mi taita.

Hacia el otro lado de una de las quebradas que por entre las quingueadas° cintas de bosque, bajan ruidosas el declivio, oí una voz sonora de hombre que cantaba:

Al tiempo le pido tiempo
Y el tiempo tiempo me da,

---

[15] *Milagroso de Buga:* Tradición religiosa que remonta hasta principios del siglo XVII, según la cual una lavandera vio saltar en el río Guadalajara a un Cristo del tamaño de un pez. Esto fue en premio de que ella había librado de la prisión a un compadre, pagando su deuda con dinero acumulado para comprar un crucifijo. Con el tiempo, la pequeña imagen fue creciendo. El milagro conmovió a las gentes de Buga, las cuales construyeron entre 1622 y 1637, en el sitio de la choza de la lavandera, una capilla conocida como la Ermita Vieja (nota de Carvajal).

Y el mismo tiempo me dice
Que él me desengañará[16].

Salió del arbolado el cantor, y era Tiburcio, quien con la ruana colgada de un hombro y apoyado en el otro un bordón de cuya punta pendía un pequeño lío, entretenía su camino contando por instinto sus penas a la soledad. Calló y detúvose al divisarme, y después de un risueño y respetuoso saludo me dijo luego que me acerqué:

—¡Caramba! que sube tarde y a escape... Cuando el retinto suda... ¿De dónde viene así sorbiéndose los vientos?

—De hacer unas visitas, y la última, para fortuna tuya, fue a casa de Salomé.

—Y hacía marras[17] que no iba.

—Mucho lo he sentido. ¿Y cuánto hace que no vas tú?

El mozo, con la cabeza agachada, se puso a despedazar con el bordón una matita de lulo[18], y al cabo alzó a mirarme respondiendo:

—Ella tiene la culpa. ¿Qué le ha contado?

—Que eres un ingrato y un celoso, y que se muere por ti: nada más.

—¿Conque todo eso le dijo? Pero entonces le guardó lo mejor.

—¿Qué es lo que llamas mejor?

—Las fiestas que tiene con el niño Justiniano.

---

[16] Esta es una copla popular antioqueña, que se halla al pie de la letra en *El cancionero de Antioquia,* ed. Antonio José Restrepo, 3.ª ed. (Barcelona, 1930), núm. 561. La copla antioqueña deriva a su vez de otra española, la que dice:

> *Yo le pedí tiempo al tiempo,*
> *Y el tiempo me respondió*
> *Que, con el tiempo, tendría*
> *Tiempo, lugar y ocasión.*

(recogida por F. Rodríguez Marín, *Cantos populares españoles* [5 vols., Sevilla, 1882-1883], núm. 4685).

Isaacs tenía la costumbre de recoger coplas de la boca del pueblo durante sus frecuentes viajes. En el archivo de las obras inéditas de Isaacs, que reposa en la Biblioteca Nacional en Bogotá, hay un manuscrito con 325 canciones populares (M. J. Forero, «Coplas del archivo de Jorge Isaacs»).

[17] *hacía marras:* hacía mucho tiempo.

[18] *lulo:* naranjilla (Carvajal).

—Óyeme acá: ¿crees que yo pueda estar enamorado de Salomé?

—¿Cómo lo había de creer?

—Pues tan enamorada está Salomé de Justiniano como yo de ella. Es necesario que estimes a la muchacha en lo que vale, que para tu bien, es mucho. Tú la has ofendido con los celos, y con tal que vayas a contentarla, ella te lo perdonará todo y te querrá más que nunca.

Tiburcio se quedó meditabundo antes de responderme con cierto acento y aire de tristeza:

—Mire, niño Efraín, yo la quiero tantísimo, que ella no se figura las crujidas° que me ha hecho pasar en este mes. Cuando uno tiene su genio como a mí me lo dio Dios, todo se aguanta menos que lo tengan a uno por cipote° (perdonándome su mercé la mala palabra). Yo, que le estoy diciendo que Salomé tiene la culpa, sé lo que le digo.

—Lo que sí no sabes es que contándome hoy tus agravios se ha desesperado y ha llorado hasta darme lástima.

—¿De veras?

—Y yo he inferido que la causa de todo eres tú. Si la quieres como dices, ¿por qué no te casas con ella? Una vez en tu casa, ¿quién había de verla sin que tú lo consintieras?

—Yo le confieso que sí he pensao en casarme, pero no me resolví: lo primero porque Salomé me tenía siempre malicioso, y el dos que yo no sé si ñor Custodio me la querría dar.

—Pues de ella ya sabes lo que te he dicho; y en cuanto a mi compadre, yo te respondo. Es necesario que obres racionalmente, y que en prueba de que me crees, esta tarde misma vayas a casa de Salomé, y sin darte por entendido de tales sentimientos, le hagas una visita.

—¡Caray con su afán! ¿Conque me responde de todo?

—Sé que Salomé es la muchacha más honesta, bonita y hacendosa que puedes encontrar, y en cuanto a los compadres, yo sé que te la darán gustosísimos.

—Pues ahí verá que me estoy animando a ir.

—Si lo dejas para luego y Salomé se despecha y la pierdes, de nadie tendrás que quejarte.

—Voy, patrón.

—Convenido, y es inútil exigirte me avises cómo te va, porque estoy cierto de que me quedarás agradecido. Y adiós, que van a ser las cinco.

—Adiós, mi patrón, Dios se lo pague. Siempre[19] le diré lo que suceda.

—Cuidado con ir a entonar donde te oiga Salomé esos versos que venías cantando.

Tiburcio rió antes de responderme:

—¿Le parecen insultosos? Hasta mañana y cuente conmigo.

L

El reloj del salón daba las cinco. Mi madre y Emma me esperaban paseándose en el corredor. María estaba sentada en los escalones de la gradería, y vestida con aquel traje verde que tan hermoso contraste formaba con el castaño oscuro de sus cabellos, peinados entonces en dos trenzas con las cuales jugaba Juan medio dormido en el regazo de ella. Se puso en pie al desmontarme yo. El niño suplicó que lo paseara un ratico en mi caballo, y María se acercó con él en los brazos para ayudarme a colocarlo sobre las pistoletas del galápago, diciéndome:

—Apenas son las cinco; ¡qué exactitud! si siempre fuera así...

—¿Qué has hecho hoy con tu Mimiya? —le pregunté a Juan luego que nos alejamos de la casa.

—Ella es la que ha estado tonta hoy —me respondió.

—¿Cómo así?

—Pues llorando.

—¡Ah! ¿por qué no la has contentado?

—No quiso aunque le hice cariños y le llevé flores; pero se lo conté a mamá.

—¿Y qué hizo mamá?

—Ella sí la contentó abrazándola, porque Mimiya quiere más a mamá que a mí. Ha estado tonta, pero no le digas nada.

María me recibió a Juan.

—¿Has regado ya las matas? —le pregunté subiendo.

---

[19] *siempre:* con seguridad.

274

—No; te estaba esperando. Conversa un rato con mamá y Emma —agregó en voz baja—, y así que sea tiempo, me iré a la huerta.

Temía ella siempre que mi hermana y mi madre pudiesen creerla causa de que se entibiase mi afecto hacia las dos; y procuraba recompensarles con el suyo lo que del mío les había quitado.

María y yo acabamos de regar las flores. Sentados en un banco de piedra, teníamos casi a nuestros pies el arroyo, y un grupo de jazmines nos ocultaba a todas las miradas menos a las de Juan, que cantando a su modo, estaba alelado embarcando sobre hojas secas y cáscaras de granadilla, cucarrones° y chapules° prisioneros.

Los rayos lívidos del sol, que se ocultaba tras las montañas de Mulaló medio embozado por nubes cenicientas fileteadas de oro, jugaban con las luengas sombras de los sauces, cuyos verdes penachos acariciaba el viento.

Habíamos hablado de Carlos y de sus rarezas, de mi visita a la casa de Salomé, y los labios de María sonreían tristemente, porque sus ojos no sonreían ya.

—Mírame —le dije.

Su mirada tenía algo de la languidez que la embellecía en las noches en que velaba al lado del lecho de mi padre.

—Juan no me ha engañado —agregué.

—¿Qué te ha dicho?

—Que tú has estado tonta hoy... no lo llames... que has llorado y que no pudo contentarte; ¿es cierto?

—Sí. Cuando tú y papá íbais a montar esta mañana, se me ocurrió por un momento que ya no volverías y que me engañaban. Fui a tu cuarto y me convencí de que no era cierto, porque vi tantas cosas tuyas que no podías dejar. Todo me pareció tan triste y silencioso después que desapareciste en la bajada, que tuve más miedo que nunca a ese día que se acerca, que llega sin que sea posible evitarlo ya... ¿Qué haré? Dime, dime qué debo hacer para que estos años pasen. Tú durante ellos no vas a estar viendo todo esto. Dedicado al estudio, viendo países nuevos, olvidarás muchas cosas horas enteras; y yo nada podré olvidar... me dejas aquí, y recordando y esperando voy a morirme.

Poniendo la mano izquierda sobre mi hombro, dejó descansar por un instante la cabeza sobre ella.

—No hables así, María —le dije con voz ahogada y acariciando con mi mano temblorosa su frente pálida—; no hables así; vas a destruir el último resto de mi valor.

—¡Ah! tú tienes valor aún, y yo hace días que lo perdí todo. He podido conformarme —agregó ocultando el rostro con el pañuelo—, he debido prestarme a llevar en mí este afán y angustia que me atormentan, porque a tu lado se convertía eso en algo que debe ser la felicidad... Pero te vas con ella, y me quedo sola... y no volveré a ser ya como antes era... ¡Ay! ¿para qué viniste?

Sus últimas palabras me hicieron estremecer, y apoyando la frente sobre las palmas de las manos, respeté su silencio, abrumado por su dolor.

—Efraín —dijo con su voz más tierna después de unos momentos—, mira; ya no lloro.

—María —le respondí levantando el rostro, en el cual debió ella de ver algo extraño y solemne, pues me miró inmóvil y fijamente—: no te quejes a mí de mi regreso; quéjate al que te hizo compañera de mi niñez; a quien quiso que te amara como te amo; cúlpate entonces de ser como eres... quéjate a Dios. ¿Qué te he exigido, qué me has dado que no pudiera darse y exigirse delante de él?

—¡Nada! ¡ay, nada! ¿Por qué me lo preguntas así?... Yo no te culpo; pero ¿culparte de qué?... Ya no me quejo...

—¿No lo acabas de hacer de una vez por todas?

—No, no... ¿Qué te dije, qué? Yo soy una muchacha ignorante que no sabe lo que dice. Mírame —continuó tomando una de mis manos—: no seas rencoroso conmigo por esa bobería. Yo tendré ya valor... tendré todo; de nada me quejo.

Recliné de nuevo su cabeza en mi hombro, y ella añadió:

—Yo no volveré jamás a decirte eso... Nunca te habías enojado conmigo.

Mientras enjugaba yo sus últimas lágrimas, besaban por vez primera mis labios las ondas de cabellos que le orlaban la frente, para perderse después en las hermosas trenzas que se enrollaban sobre mis rodillas. Alzó las manos entonces casi hasta tocar mis labios para defender su frente de las caricias de ellos; pero en vano, porque no se atrevían a tocarla.

El veintiocho de enero, dos días antes del señalado para mi viaje, subí a la montaña muy temprano. Braulio había venido a llevarme, enviado por José y las muchachas, que deseaban recibir mi despedida en su casa. El montañés no interrumpió mi silencio durante la marcha. Cuando llegamos, Tránsito y Lucía estaban ordeñando la vaca Mariposa en el patiecito de la cabaña de Braulio, y se levantaron a recibirme con sus agasajos y alegría de costumbre, convidándome a entrar.

—Acabemos antes de ordeñar la novillona —les dije recostando mi escopeta en el palenque—, pero Lucía y yo solos, porque quiero conseguir así que se acuerde de mí todas las mañanas.

Tomé el socobe, en cuyo fondo blanqueaban ya nevadas espumas, y poniéndolo bajo la ubre de la Mariposa, logré al fin que Lucía, toda avergonzada, lo acabase de llenar. Mientras esto hacía, le dije mirándola por debajo de la vaca:

—Como no se han acabado los sobrinos de José, pues yo sé que Braulio tiene un hermano más buen mozo que él, y que te quiere desde que estabas como una muñeca...

—Como otro a otra —me interrumpió.

—Lo mismo. Voy a decirle a la señora Luisa que se empeñe con su marido para que el sobrinito venga a ayudarle; y así, cuando yo vuelva, no te pondrás colorada de todo.

—¡He! ¡he! —dijo dejando de ordeñar.

—¿No acabas?

—Pero cómo quiere que acabe, si usté está tan zorral...° Ya no tiene más.

—¿Y esas dos tetas llenas? Ordéñalas.

—Ello no; si ésas son las del ternero.

—¿Conque le digo a Luisa?

Dejó de oprimir con los dientes el inferior de sus voluptuosos labios para hacer con ellos un gestito que en el lenguaje de Lucía significaba «a ver y cómo no», y en el mío, «haga lo que quiera».

El becerro, que desesperaba porque le quitaran el bozal, hecho con una extremidad de la manea°, y que lo ataba a una mano de la vaca, quedó a sus anchas con sólo halar la ordeñadora una punta de la cerda; y Lucía viéndolo abalanzarse a la ubre, dijo:

—Eso era lo que te querías; cabezón más fastidioso...

Después de lo cual entró a la casa llevando sobre la cabeza el socobe y mirándome pícaramente al soslayo.

Yo desalojé de una orilla del arroyo una familia de gansos que dormitaban sobre el césped, y me puse a hacer mi tocado de mañana conversando al mismo tiempo con Tránsito y Braulio, quienes tenían las piezas de vestido de que me había despojado.

—¡Lucía! —gritó Tránsito—, tráete el paño bordado que está en el baulito pastuso.

—No creas que viene —le dije a mi ahijada; y les conté en seguida lo que había conversado con Lucía.

Ellos reían a tiempo que Lucía se presentó corriendo con lo que se le había pedido, contra todo lo que esperábamos; y como adivinaba de qué habíamos tratado, y que de ella reían sus hermanos, me entregó el paño volviendo a un lado la cara para que no se la viese ni verme ella, y se dirigió a Tránsito para hacerle la siguiente observación:

—Ven a ver tu café, porque se me va a quemar, y déjate de estar ahí riéndote a carcajadas.

—¿Ya está? —preguntó Tránsito.

—¡Ih! hace tiempos.

—¿Qué es eso de café? —pregunté.

—Pues que yo le dije a la señorita, el último día que estuve allá, que me lo enseñara a hacer, porque se me pone que a usté no le gusta la gamuza°; y por eso fue que nos encontró afanadas ordeñando.

Esto decía colgando el paño, que ya le había devuelto yo, en una de las hojas de la palma de helecho pintorescamente colocada en el centro del patio.

En la casa llamaban la atención a un mismo tiempo la sencillez, la limpieza y el orden: todo olía a cedro, madera de que estaban hechos los rústicos muebles, y florecían bajo los aleros macetas de claveles y narcisos con que la señora Luisa había embellecido la cabañita de su hija: en los pilares había testas de venados, y las patas disecadas de los mismos servían de garabatos en la sala y la alcoba.

Tránsito me presentó entre ufana y temerosa, la taza de café con leche, primer ensayo de las lecciones que había recibido de María; pero felicísimo ensayo, pues desde que lo probé conocí que rivalizaba con aquel que tan primorosamente sabía preparar Juan Ángel.

Braulio y yo fuimos a llamar a José y a la señora Luisa para que almorzasen con nosotros. El viejo estaba acomodando en jigras° las arracachas y verduras que debía mandar al mercado el día siguiente, y ella acabando de sacar del horno el pan de yuca que iba a servirnos para el almuerzo. La hornada había sido feliz, como lo demostraban no solamente el color dorado de los esponjados panes, sino la fragancia tentadora que despedían.

Almorzábamos todos en la cocina: Tránsito desempeñaba lista y risueña su papel de dueña de casa. Lucía me amenazaba con los ojos cada vez que le mostraba con los míos a su padre. Los campesinos, con su delicadeza instintiva, desechaban toda alusión a mi viaje, como para no amargar esas últimas horas que pasábamos juntos.

Eran ya las once. José, Braulio y yo habíamos visitado el platanal nuevo, el desmonte que estaban haciendo y el maizal en filote°. Reunidos nuevamente en la salita de la casa de Braulio, y sentados en banquitos al rededor de una atarraya, le poníamos las últimas plomadas; y la señora Luisa desgranaba con las muchachas maíz para pilar°. Ellas y ellos sentían como yo, que se acercaba el momento temible de nuestra despedida. Todos guardábamos silencio. Debía de haber en mi rostro algo que los conmovía, pues esquivaban mirarme. Al fin, haciendo una resolución, me levanté, después de haber visto mi reloj. Tomé mi escopeta y sus arreos, y al colgarlos en uno de los garabatos de la salita, le dije a Braulio:

—Siempre que aciertes un tiro bueno con ella, acuérdate de mí.

El montañés no tuvo voz para darme las gracias.

La señora Luisa, sentada aún, seguía desgranando la mazorca que tenía en las manos, sin cuidarse de ocultar su lloro. Tránsito y Lucía, en pie y recostadas a un lado y otro de la puerta, me daban la espalda. Braulio estaba pálido. José fingía buscar algo en el rincón de las herramientas.

—Bueno, señora Luisa —dije a la anciana inclinándome para abrazarla—: rece usted mucho por mí.

Ella se puso a sollozar sin responderme.

En pie sobre el quicio de la puerta, junté en un solo abrazo sobre mi pecho las cabezas de las muchachas, quienes sollozaban mientras mis lágrimas rodaban por sus cabelleras. Cuando separándome de ellas, me volví para buscar a Braulio y José, ninguno de los dos estaba en la salita; me esperaban en el corredor.

—Yo voy mañana —me dijo José, tendiéndome la mano.

Bien sabíamos él y yo que no iría. Luego que me soltó de sus brazos Braulio, su tío me estrechó en los suyos, y enjugándose los ojos con la manga de la camisa, tomó el camino de la roza al mismo tiempo que empezaba yo a andar por el opuesto, seguido de Mayo, y haciendo una señal a Braulio para que no me acompañase.

LII

Descendía lentamente hasta el fondo de la cañada: sólo el canto lejano de las gurríes[1] y el rumor del río turbaban el silencio de las selvas. Mi corazón iba diciendo un adiós a cada uno de esos sitios, a cada árbol del sendero, a cada arroyo que cruzaba.

Sentado en la orilla del río veía rodar sus corrientes a mis pies, pensando en las buenas gentes a quienes mi despedida acababa de hacer derramar tantas lágrimas; y dejaba gotear las mías sobre las ondas que huían de mí como los días felices de aquellos seis meses.

Media hora después llegué a la casa y entré al costurero de mi madre, en donde estaban solamente ella y Emma. Aun cuando haya pasado nuestra infancia, no por eso nos niega sus

---

[1] *gurríes*: «especie de pava de carne exquisita» (Tascón).

mimos una tierna madre: nos faltan sus besos; nuestra frente, marchita demasiado pronto quizá, no descansa en su regazo; su voz no nos aduerme; pero nuestra alma recibe las caricias amorosas de la suya.

Más de una hora había pasado allí, y extrañando no ver a María pregunté por ella.

—Estuvimos con ella en el oratorio —me respondió Emma—; ahora quiere que recemos cada rato; después se fue a la repostería: no sabrá que has vuelto.

Nunca me había sucedido regresar a la casa sin ver a María pocos momentos después; y mucho temí que hubiese vuelto a caer en aquel abatimiento que tanto me desanimaba, y para vencer el cual la había visto haciendo en los últimos ocho días constantes esfuerzos.

Pasada una hora, durante la cual estuve en mi cuarto, llamó Juan a la puerta para que fuera a comer. Al salir encontré a María apoyada en la reja del costurero que caía al corredor.

—Mamá no te ha llamado —me dijo el niño riendo.

—¿Y quién te ha enseñado a decir mentiras? —le respondí—: María no te perdonará ésta.

—Ella fue la que me mandó —contestó Juan señalándola.

Volvíme hacia María para averiguar la verdad, pero no fue preciso, porque ella misma se acusaba con su sonrisa. Sus ojos brillantes tenían la apacible alegría que nuestro amor les había quitado; sus mejillas, el vivo sonrosado que las hermoseaba durante nuestros retozos infantiles. Llevaba un traje blanco sobre cuya graciosa falda ondulaban las trenzas al más leve movimiento de su cintura o de sus pies, que jugaban con la alfombra.

—¿Por qué estás triste y encerrado? —me dijo—: yo no he estado así hoy.

—Tal vez sí —le respondí por tener pretexto para examinarla de cerca aproximándome a la reja que nos separaba.

Ella bajó los ojos fingiendo anudar de nuevo los largos cordones de su delantal de gro azul; y cruzando luego las manos por detrás del talle, se recostó contra una hoja de la ventana diciéndome:

—¿No es verdad?

—Lo dudaba, porque como acabas de engañarme...

—¡Vea qué engaño! ¿Y puede ser bueno estarte así encerrado para salir después hecho una noche?

—Me gusta verte tan valiente. ¿Y será bueno dejarte ver dos horas después de que he llegado?

—¿Y las doce son horas de venir de la montaña? También es que yo he estado muy ocupada. Pero te vi cuando venías bajando. Por más señas, no traías escopeta, y Mayo se había quedado muy atrás.

—Conque ¿muchas ocupaciones? ¿qué has hecho?

—De todo: algo bueno y algo malo.

—A ver.

—He rezado mucho.

—Ya me decía Emma que a todas horas quieres que te acompañen a rezar.

—Porque siempre que le cuento a la Virgen que estoy triste, ella me oye.

—¿En qué lo conoces?

—En que se me quita un poco esa tristeza y me da menos miedo pensar en tu viaje. Te llevarás tu Dolorosita, ¿no?

—Sí.

—Acompáñanos esta noche al oratorio y verás cómo es cierto lo que te digo.

—¿Qué es lo otro que has hecho?

—¿Lo malo?

—Sí, lo malo.

—¿Rezas esta noche conmigo y te cuento?

—Sí.

—Pero no se lo dirás a mamá, porque se enojaría.

—Prometo no decírselo.

—He estado aplanchando.

—¿Tú?

—Pues yo.

—Pero ¿cómo haces eso?

—A escondidas de mamá.

—Haces bien en ocultarte de ella.

—Si lo hago muy rara vez.

—Pero ¿qué necesidad hay de estropear tus manos tan...

—¿Tan qué?... ¡Ah! sí; ya sé. Fue que quise que llevaras tus

282

más bonitas camisas aplanchadas por mí. ¿No te gusta? Sí me lo agradeces, ¿no?

—¿Y quién te ha enseñado a aplanchar? ¿cómo se te ha ocurrido hacerlo?

—Un día que Juan Ángel devolvió unas camisas a la criada encargada de eso, porque diz que a su amito no le parecían buenas, me fijé yo en ellas y le dije a Marcelina que yo iba a ayudarle para que te parecieran mejor. Ella creía que no tenían defecto, pero estimulada por mí, le quedaron ya siempre intachables, pues no volvió a suceder que las devolvieras, aunque yo no las hubiese tocado.

—Yo te agradezco muchísimo todos esos cuidados; pero no me imaginé que tuvieras fuerzas ni manos para manejar una plancha.

—Si es una muy chiquita, y envolviéndole bien el asa en un pañuelo, no puede lastimar las manos.

—A ver cómo las tienes.

—Buenecitas, pues.

—Muéstramelas.

—Si están como siempre.

—Quién sabe.

—Míralas.

Las tomé en las mías y les acaricié las palmas, suaves como el raso.

—¿Tienen algo? —me preguntó.

—Como las mías pueden estar ásperas...

—No las siento yo así. ¿Qué hiciste en la montaña?

—Sufrir mucho. Nunca creí que se afligirían tanto con mi despedida, ni que me causara tanto pesar decirles adiós, particularmente a Braulio y a las muchachas.

—¿Qué te dijeron ellas?

—¡Pobres! nada, porque las ahogaban sus lágrimas: demasiado decían las que no pudieron ocultarme... Pero no te pongas triste. He hecho mal en hablarte de esto. Que al recordar yo las últimas horas que pasemos juntos, te pueda ver como hoy, resignada, casi feliz.

—Sí —dijo volviéndose para enjugarse los ojos; yo quiero estar así... ¡Mañana, ya solamente mañana...! Pero como es domingo, estaremos todo el día juntos: leeremos algo de lo que nos leías cuando estabas recién venido; y debieras decirme cómo te agrada más verme, para vestirme de ese modo.

—Como estás en este momento.

—Bueno. Ya vienen a llamarte a comer... Ahora, hasta la tarde —agregó desapareciendo.

Así solía despedirse de mí, aunque en seguida hubiésemos de estar juntos, porque lo mismo que a mí, le parecía que estando rodeados de la familia, nos hallábamos separados el uno del otro.

LIII

A las once de la noche del veintinueve me separé de la familia y de María en el salón. Velé en mi cuarto hasta que oí al reloj dar la una de la mañana, primera hora de aquel día tanto tiempo temido y que al fin llegaba; no quería que sus primeros instantes me encontrasen dormido.

Con el mismo traje que tenía me recosté en la cama cuando dieron las dos. El pañuelo de María, fragante aún con el perfume que siempre usaba ella, ajado por sus manos y humedecido con sus lágrimas, recibía sobre la almohada las que rodaban de mis ojos como de una fuente que jamás debía agotarse.

Si las que derramo aún, al recordar los días que precedieron a mi viaje, pudieran servir para mojar esta pluma al historiarlos; si fuera posible a mi mente tan sólo una vez, por un instante siquiera, sorprender a mi corazón todo lo doloroso de su secreto para revelarlo, las líneas que voy a trazar serían bellas para los que mucho han llorado, pero acaso funestas para mí. No nos es dable deleitarnos por siempre con un pesar amado: como las de dolor, las horas de placer se van. Si alguna vez nos fuese concedido detenerlas, María hubiera logrado hacer más lentas las que antecedieron a nuestra despedida. Pero ¡ay! ¡todas, sordas a sus sollozos, ciegas ante sus lágrimas, volaron, y volaban prometiendo volver!

Un estremecimiento nervioso me despertó dos o tres veces en que el sueño vino a aliviarme. Entonces mis miradas recorrían ese cuarto ya desmantelado y en desorden por los preparativos de viaje, cuarto donde esperé tantas veces las alboradas de días venturosos. Y procuraba conciliar de nuevo el sueño interrumpido, porque así volvía a verla tan bella y ruborosa como en las primeras tardes de nuestros paseos después de mi regreso; pensativa y callada como solía quedarse cuando le hacía mis primeras confidencias, en las cuales casi nada se habían dicho nuestros labios y tanto nuestras miradas y sonrisas; confiándome con voz queda y temblorosa los secretos infantiles de su castísimo amor; menos tímidos al fin sus ojos ante los míos, para dejarme ver en ellos su alma a trueque de que le mostrase la mía... El ruido de un sollozo volvía a estremecerme: ¡el de aquel que mal ahogado había salido de su pecho esa noche al separarnos!

No eran las cinco todavía cuando después de haberme esmerado en ocultar las huellas de tan doloroso insomnio, me paseaba en el corredor oscuro aún. Muy pronto vi brillar luz en la rendijas del aposento de María, y luego oí la voz de Juan que la llamaba.

Los primeros rayos del sol al levantarse trataban en vano de desgarrar la densa neblina que como un velo inmenso y vaporoso pendía desde las crestas de las montañas, extendiéndose flotante hasta las llanuras lejanas. Sobre los montes occidentales, limpios y azules, amarillearon luego los templos de Cali, y al pie de las faldas blanqueaban cual rebaños agrupados, los pueblecillos de Yumbo y Vijes.

Juan Ángel, después de haberme traído el café y ensillado mi caballo negro, que impaciente ennegrecía con sus pisadas el gramal del pie del naranjo a que estaba atado, me esperaba lloroso, recostado contra la puerta de mi cuarto, con las polainas y los espolines en las manos: al calzármelas, su lloro caía en gruesas gotas sobre mis pies.

—No llores —le dije, dando trabajosamente seguridad a mi voz—: cuando yo regrese, ya serás hombre, y no te volverás a separar de mí. Mientras tanto, todos te querrán mucho en casa.

Era llegado el momento de reunir todas mis fuerzas. Mis espuelas resonaron en el salón, que estaba solo. Empujé la puerta entornada del costurero de mi madre, quien se lanzó del asiento en que estaba a mis brazos. Ella conocía que las demostraciones de su dolor podían hacer flaquear mi ánimo, y entre sollozo y sollozo trataba de hablarme de María y de hacerme tiernas promesas.

Todos habían humedecido mi pecho con su lloro. Emma, que había sido la última, conociendo qué buscaba yo a mi alrededor al desasirme de sus brazos, me señaló la puerta del oratorio, y entré a él. Sobre el altar irradiaban su resplandor amarillento dos luces: María sentada en la alfombra, sobre la cual resaltaba el blanco de su ropaje, dio un débil grito al sentirme, volviendo a dejar caer la cabeza destrenzada sobre el asiento en que la tenía reclinada cuando entré. Ocultándome así el rostro, alzó la mano derecha para que yo la tomase: medio arrodillado, la bañé en lágrimas y la cubrí de caricias; mas al ponerme en pie, como temerosa de que me alejase ya, se levantó de súbito para asirse sollozante de mi cuello. Mi corazón había guardado para aquel momento casi todas sus lágrimas.

Mis labios descansaron sobre su frente... María, sacudiendo estremecida la cabeza, hizo ondular los bucles de su cabellera, y escondiendo en mi pecho la faz, extendió uno de los brazos para señalarme el altar. Emma, que acababa de entrar, la recibió inanimada en su regazo, pidiéndome con ademán suplicante que me alejase. Y obedecí.

LIV

Hacía dos semanas que estaba yo en Londres, y una noche recibí cartas de la familia. Rompí con mano trémula el paquete, cerrado con el sello de mi padre. Había una carta de María. Antes de desdoblarla, busqué en ella aquel perfume demasiado conocido para mí de la mano que la había escrito: aún lo conservaba; en sus pliegues iba un pedacito de cáliz de azucena. Mis ojos nublados quisieron inútilmente leer las primeras líneas. Abrí uno de los balcones de mi cuarto, porque parecía no serme suficiente el aire que había en él... ¡Rosales del huerto de mis amores!... ¡montañas americanas, montañas mías!... ¡noches azules! La inmensa ciudad rumorosa aún y medio embozada en su ropaje de humo, semejaba dormir bajo los densos cortinajes de un cielo plomizo. Una ráfaga de cierzo azotó mi rostro penetrando en la habitación. Aterrado junté las hojas del balcón; y solo con mi dolor, al menos solo, lloré largo tiempo rodeado de oscuridad.

He aquí algunos de los fragmentos de la carta de María:

«Mientras están de sobremesa en el comedor, después de la cena, me he venido a tu cuarto para escribirte. Aquí es donde puedo llorar sin que nadie venga a consolarme; aquí donde me figuro que puedo verte y hablar contigo. Todo está como lo dejaste, porque mamá y yo hemos querido que esté así: las últimas flores que puse en tu mesa han ido cayendo marchitas ya al fondo del florero: ya no se ve una sola: los asientos en los mismos sitios: los libros como estaban, y abierto sobre la mesa el último en que leíste: tu traje de caza, donde lo colgaste al volver de la montaña la última vez: el almanaque del estante mostrando siempre ese 30 de enero, ¡ay! ¡tan temido, tan espantoso, y ya pasado! Ahora mismo las ramas florecidas de los rosales de tu ventana entran como a buscarte, y tiemblan al abrazarlas yo diciéndoles que volverás.

»¿Dónde estarás? ¿Qué harás en este momento? De nada me sirve el haberte exigido tantas veces me mostraras en el mapa cómo ibas a hacer el viaje, porque no puedo figurarme nada. Me da miedo pensar en ese mar que todos admiran, y para mi tormento, te veo siempre en medio de él. Pero después de tu llegada a Londres vas a contármelo todo: me dirás cómo es el paisaje que rodea la casa en que vives: me describirás minuciosamente tu habitación, sus muebles, sus adornos: me dirás qué haces todos los días, cómo pasas las noches, a qué horas estudias, en cuáles descansas, cómo son tus paseos, y en qué ratos piensas más en tu María. Vuélveme a decir qué horas de aquí corresponden a las de allá, pues se me ha olvidado.

»José y su familia han venido tres veces desde que te fuiste. Tránsito y Lucía no te nombran sin que se les llenen los ojos de lágrimas; y son tan dulces y cariñosas conmigo, tan finas si me hablan de ti, que apenas es creíble. Ellas me han preguntado si a donde estás tú, llegan cartas que se te escriban, y alegres al saber que sí, me han encargado que te diga a su nombre mil cosas.

»Ni Mayo te olvida. Al día siguiente de tu marcha recorría

287

desesperado la casa y el huerto buscándote. Se fue a la montaña, y a la oración cuando volvió, se puso a aullar sentado en el cerrito de la subida. Lo vi después acostado a la puerta de tu cuarto: se la abrí, y entró lleno de gusto; pero no encontrándote después de haber husmeado por todas partes, se me acercó otra vez triste, y parecía preguntarme por ti con los ojos, a los que sólo les faltaba llorar; y al nombrarte yo, levantó la cabeza como si fuera a verte entrar. ¡Pobre! se figura que te escondes de él como lo hacías algunas veces para impacientarlo, y entra a todos los cuartos andando paso a paso y sin hacer el menor ruido, esperando sorprenderte.

»Anoche no concluí esta carta porque mamá y Emma vinieron a buscarme: ellas creen que me hace daño estar aquí, cuando si me impidieran estar en tu cuarto, no sé que haría.

»Juan se despertó esta mañana preguntándome si habías vuelto, porque dormida me oye nombrarte.

»Nuestra mata de azucenas ha dado la primera, y dentro de esta carta va un pedacito. ¿No es verdad que estás seguro de que nunca dejará de florecer? Así necesito creer, así creo que la de rosas dará las más lindas del jardín.»

LV

Durante un año tuve dos veces cada mes cartas de María. Las últimas estaban llenas de una melancolía tan profunda que, comparadas con ellas, las primeras que recibí parecían escritas en nuestros días de felicidad.

En vano había tratado de reanimarla diciéndole que esa tristeza destruiría su salud, por más que hasta entonces hubiese sido tan buena como me lo decía; en vano. «Yo sé que no puede faltar mucho para que yo te vea», me había contestado: «desde ese día ya no podré estar triste: estaré siempre a tu lado... No, no; nadie podrá volver a separarnos».

La carta que contenía esas palabras fue la única de ella que recibí en dos meses.

En los últimos días de junio, una tarde se me presentó el señor A***, que acababa de llegar de París, y a quien no había visto desde el pasado invierno.

—Le traigo a usted cartas de su casa —me dijo después de habernos abrazado.

—¿De tres correos?

—De uno solo. Debemos hablar algunas palabras antes —me observó, reteniendo el paquete.

Noté en su semblante algo siniestro que me turbó.

—He venido —añadió después de haberse paseado silencioso algunos instantes por el cuarto—, a ayudarle a usted a disponer su regreso a América.

—¡Al Cauca! —exclamé, olvidado por un momento de todo, menos de María y de mi país.

—Sí —me respondió—, pero ya habrá usted adivinado la causa.

—¡Mi madre! —prorrumpí desconcertado.

—Está buena —respondió.

—¿Quién, pues? —grité asiendo el paquete que sus manos retenían.

—Nadie ha muerto.

—¡María! ¡María! —exclamé como si ella pudiera acudir a mis voces, y caí sin fuerzas sobre el asiento.

—Vamos —dijo procurando hacerse oír el señor A***—: para esto fue necesaria mi venida. Ella vivirá si usted llega a tiempo. Lea usted las cartas, que ahí debe venir una de ella.

«Vente —me decía—, ven pronto, o me moriré sin decirte adiós. Al fin me consienten que te confiese la verdad: hace un año que me mata hora por hora esta enfermedad de que la dicha me curó por unos días. Si no hubieran interrumpido esa felicidad, yo habría vivido para ti.

»Si vienes... sí vendrás, porque yo tendré fuerza para resistir hasta que te vea; si vienes hallarás solamente una sombra de tu María; pero esa sombra necesita abrazarte antes de desaparecer. Si no te espero, si una fuerza más poderosa que mi voluntad me arrastra sin que tú me animes, sin que cierres mis ojos, a Emma le dejaré para que te lo guarde, todo lo que yo sé te será amable: las trenzas de mis cabellos, el guarda-pelo en donde están los tuyos y los de mi madre, la sortija que pusiste en mi mano en vísperas de irte, y todas tus cartas.

»Pero ¿a qué afligirte diciéndote todo esto? Si vienes, yo me alentaré; si vuelvo a oír tu voz, si tus ojos me dicen un solo instante lo que ellos solos sabían decirme, yo viviré y volveré a ser como antes era. Yo no quiero morirme; yo no puedo morirme y dejarte solo para siempre.»

—Acabe usted —me dijo el señor A***, recogiendo la carta de mi padre caída a mis pies—. Usted mismo conocerá que no podemos perder tiempo.

Mi padre decía lo que yo había sabido ya demasiado cruelmente. Quedábales a los médicos sólo una esperanza de salvar a María: la que les hacía conservar mi regreso. Ante esa necesidad mi padre no vaciló; ordenábame regresar con la mayor precipitud[1] posible, y se disculpaba por no haberlo dispuesto así antes.

Dos horas después salí de Londres.

LVI

Hundíase en los confines nebulosos del Pacífico el sol del veinticinco de julio, llenando el horizonte de resplandores de oro y rubí; persiguiendo con sus rayos horizontales hasta las olas azuladas que iban como fugitivas a ocultarse bajo las selvas sombrías de la costa. La *Emilia López*, a bordo de la cual venía yo de Panamá, fondeó en la bahía de Buenaventura después de haber jugueteado sobre la alfombra marina acariciada por las brisas del litoral.

Reclinado sobre el barandaje de cubierta, contemplé esas montañas a vista de las cuales sentía renacer tan dulces esperanzas. Diecisiete meses antes rodando a sus pies, impulsado por las corrientes tumultuosas del Dagua, mi corazón había dicho un adiós a cada una de ellas, y su soledad y silencio habían armonizado con mi dolor.

Extremecida por las brisas, temblaba en mis manos una carta de María que había recibido en Panamá, la cual volví a leer a la luz del moribundo crepúsculo. Acaban de recorrerla mis ojos... Amarillenta ya, aún parece húmeda con mis lágrimas de aquellos días.

---

[1] *precipitud:* precipitación (Tascón).

«La noticia de tu regreso ha bastado a volverme las fuerzas. Ya puedo contar los días, porque cada uno que pasa acerca más aquel en que he de volver a verte.

»Hoy ha estado muy hermosa la mañana, tan hermosa como esas que no has olvidado. Hice que Emma me llevara al huerto; estuve en los sitios que me son más queridos en él; y me sentí casi buena bajo esos árboles, rodeada de todas esas flores, viendo correr el arroyo sentada en el banco de piedra de la orilla. Si esto me sucede ahora ¿cómo no he de mejorarme cuando vuelva a recorrerlo acompañada por ti?

»Acabo de poner azucenas y rosas de las nuestras al cuadro de la Virgen, y me ha parecido que ella me miraba más dulcemente que de costumbre y que iba a sonreír.

»Pero quieren que vayamos a la ciudad, porque dicen que allá podrán asistirme mejor los médicos: yo no necesito otro remedio que verte a mi lado para siempre. Yo quiero esperarte aquí: no quiero abandonar todo esto que amabas, porque se me figura que a mí me lo dejaste recomendado y que me amarías menos en otra parte. Suplicaré para que papá demore nuestro viaje, y mientras tanto llegarás. Adiós.»

Los últimos reglones eran casi ilegibles.

El bote de la aduana, que al echar ancla la goleta, había salido de la playa, estaba ya inmediato.

—¡Lorenzo! —exclamé al reconocer a un amigo querido en el gallardo mulato que venía de pie en medio del Administrador y del jefe del resguardo.

—¡Allá voy! —contestó.

Y subiendo precipitadamente la escala, me estrechó en sus brazos.

—No lloremos —dijo enjugándose los ojos con una de las puntas de su manta[1] y esforzándose por sonreír—: nos están viendo y estos marineros tienen corazón de piedra.

Ya en medias palabras me había dicho lo que con mayor ansiedad deseaba yo saber: María estaba mejor cuando él salió de casa. Aunque hacía dos semanas que me esperaba en la Buenaventura, no habían venido cartas para mí sino las que él trajo,

---

[1] *manta:* ruana o capote de monte; nótese que la definición de Isaacs en su Vocabulario no concuerda con el presente caso.

seguramente porque la familia me aguardaba de un momento a otro.

Lorenzo no era esclavo. Compañero fiel de mi padre en los viajes frecuentes que éste hizo durante su vida comercial, era amado por toda la familia, y gozaba en casa fueros de mayordomo y consideraciones de amigo. En la fisonomía y talante mostraba su vigor y franco carácter: alto y fornido, tenía la frente espaciosa y con entradas; hermosos ojos sombreados por cejas crespas y negras; recta y elástica nariz; bella dentadura, cariñosas sonrisas y barba enérgica.

Verificada la visita de ceremonia del Administrador al buque, la cual había precipitado suponiendo encontrarme en él, se puso mi equipaje en el bote, y yo salté a éste con los que regresaban, después de haberme despedido del capitán y de algunos de mis compañeros de viaje. Cuando nos acercábamos a la ribera, el horizonte se había ya entenebrecido: olas negras, tersas y silenciosas pasaban meciéndonos para perderse de nuevo en la oscuridad: luciérnagas sin número revoloteaban sobre el crespón rumoroso de las selvas de la orilla.

El Administrador, sujeto de alguna edad, obeso y rubicundo, era amigo de mi padre. Luego que estuvimos en tierra, me condujo a su casa y me instaló él mismo en el cuarto que tenía preparado para mí. Después de colgar una hamaca corozaleña[2], amplia y perfumada, salió, diciéndome antes:

—Voy a dar disposiciones para el despacho de tu equipaje, y otras más importantes y urgentes al cocinero, porque supongo que las bodegas y repostería de la *Emilia* no vendrían muy recargadas: me ha parecido hoy muy retozona.

Aunque el Administrador era padre de una bella e interesante familia establecida en el interior del Cauca, al hacerse cargo del destino que desempeñaba, no se había resuelto a traerla al Puerto, por mil razones que me tenía dadas y que yo, apesar de mi inexperiencia, hallé incontestables. Las gentes porteñas le parecían cada día más alegres, comunicativas y despreocupadas; pero no encontraría grave mal en ello, puesto que después de algunos meses de permanencia en la costa, el

---

[2] *corozaleña:* de Corozal, ciudad de la zona atlántica colombiana, en el actual departamento de Sucre (antes Bolívar).

mismo Administrador se había contagiado más que medianamente de aquella despreocupación.

Después de un cuarto de hora que yo empleé en cambiar
por otro mi traje de a bordo, el Administrador volvió a buscarme: traía ya en lugar de su vestido de ceremonia, pantalones y
chaqueta de intachable blancura; su chaleco y corbata habían
empezado una nueva temporada de oscuridad y abandono.

—Descansarás un par de días aquí antes de seguir tu viaje
—dijo llenando dos copas con brandi que tomó de una hermosa frasquera.

—Pero es que yo no necesito ni puedo descansar —le observé.

—Toma el brandi; es un excelente Martell; ¿o prefieres otra
cosa?

—Yo creí que Lorenzo tenía preparados bogas y canoas
para madrugar mañana.

—Ya veremos. ¿Conque prefieres ginebra o ajenjo?

—Lo que usted guste.

—Salud, pues —dijo convidándome.

Y después de vaciar de un trago la copa:

—¿No es superior? —preguntó guiñando entrambos ojos; y
produciendo con la lengua y el paladar un ruido semejante al
de un beso sonoro, añadió—: ya se ve que habrás saboreado el
más añejo de Inglaterra.

—En todas partes abrasa el paladar. ¿Conque podré madrugar?

—Si todo es broma mía —respondió acostándose descuidadamente en la hamaca y limpiándose el sudor de la garganta y
de la frente con un gran pañuelo de seda de India, fragante
como el de una novia—. ¿Conque abrasa, eh? Pues el agua y él
son los únicos médicos que tenemos aquí, salvo mordedura de
víbora.

—Hablemos de veras: ¿qué es lo que usted llama su broma?

—La propuesta de que descanses, hombre. ¿Se te figura que
tu padre se ha dormido para recomendarme tuviera todo preparado para tu marcha? Va para quince días que llegó Lorenzo, y hace ocho que están listos los bogas y ranchada° la canoa.
Lo cierto es que he debido ser menos puntual, y habría logrado
de esa manera que te dejaras ajonjear° por mí dos días.

—¡Cuánto le agradezco su puntualidad!

Rióse ruidosamente impulsando la hamaca para darse aire, diciéndome al fin:

—¡Malagradecido!

—No es eso: usted sabe que no puedo, que no debo demorarme ni una hora más de lo indispensable; que es urgente que llegue yo a casa muy pronto...

—Sí, sí; es verdad; sería un egoísmo de mi parte —dijo ya serio.

—¿Qué sabe usted?

—La enfermedad de una de las señoritas... Pero recibirías las cartas que te envié a Panamá.

—Sí, gracias, a tiempo de embarcarme.

—¿No te dicen que está mejor?

—Eso dicen.

—¿Y Lorenzo?

—Dice lo mismo.

Pasado un momento en que ambos guardamos silencio, el Administrador gritó incorporándose en la hamaca:

—¡Marcos! ¡la comida!

Un criado entró luego a anunciarnos que la mesa estaba servida.

—Vamos —dijo mi huésped poniéndose en pie—: hace hambre; si hubieras tomado el brandi tendrías un buen apetito. ¡Ola! —agregó a tiempo que entrábamos al comedor y dirigiéndose a un paje—: si vienen a buscarnos, di que no estamos en casa. Es necesario que te acuestes temprano para poder madrugar —me observó señalándome el asiento de la cabecera.

Él y Lorenzo se colocaron a uno y otro lado del mío.

—¡Diantre! —exclamó el Administrador cuando la luz de la hermosa lámpara de la mesa bañó mi rostro—: ¡qué bozo has traído! Si no fueras moreno se podría jurar que no sabes dar los buenos días en castellano. Se me figura que estoy viendo a tu padre cuando él tenía veinte años; pero me parece que eres más alto que él: sin esa seriedad heredada sin duda de tu madre, creería estar con el judío la noche que por primera vez desembarcó en Quibdó. ¿No te parece, Lorenzo?

—Idéntico —respondió éste.

—Si hubieras visto —continuó mi huésped dirigiéndose a

él— el afán de nuestro inglesito luego que le dije que tendría que permanecer conmigo dos días... Se impacientó hasta decirme que mi brandi abrasaba no sé qué. ¡Caracoles! temí que me regañara. Vamos a ver si te parece lo mismo este tinto, y si logramos que te haga sonreír. ¿Qué tal? —añadió después que probé el vino.

—Es muy bueno.

—Temblando estaba de que me le hicieras gestos, porque es lo mejor que he podido conseguir para que tomes en el río.

La jovialidad del Administrador no flaqueó un instante durante dos horas. A las nueve permitió que me retirase, prometiéndome estar en pie a las cuatro de la mañana para acompañarme al embarcadero. Al darme las buenas noches, agregó:

—Espero que no te quejarás mañana de las ratas como la otra vez: una mala noche que te hicieron pasar les ha costado carísimo: les he hecho desde entonces guerra a muerte.

LVII

A las cuatro llamó el buen amigo a mi puerta, y hacía una hora que lo esperaba yo, listo ya para marchar. Él, Lorenzo y yo nos desayunamos con brandi y café mientras los bogas conducían a las canoas mi equipaje, y poco después estábamos todos en la playa.

La luna, grande y en su plenitud, descendía ya al ocaso, y al aparecer bajo las negras nubes que la habían ocultado, bañó las selvas distantes, los mangares de las riberas y la mar tersa y callada con resplandores trémulos y rojizos, como los que esparcen los blandones de un féretro sobre el pavimento de mármol y los muros de una sala mortuoria[1].

—¿Y ahora hasta cuándo? —me dijo el Administrador correspondiendo a mi abrazo de despedida con otro apretado.

—Quizá volveré muy pronto —le respondí.

—¿Regresas, pues, a Europa?

---

[1] *féretro... sala mortuoria:* Nótese cómo Isaacs preludia el final trágico con imágenes funestas.

—Tal vez.

Aquel hombre tan festivo me pareció melancólico en ese momento.

Al alejarse de la orilla la canoa ranchada, en la cual íbamos Lorenzo y yo, gritó:

—¡Muy buen viaje!

Y dirigiéndose a los dos bogas:

—¡Cortico! ¡Laureán!... cuidármelo mucho, cuidármelo como cosa mía.

—Sí, mi amo —contestaron a dúo los dos negros.

A dos cuadras estaríamos de la playa, y creí distinguir el bulto blanco del Administrador, inmóvil en el mismo sitio en que acababa de abrazarme.

Los resplandores amarillentos de la luna, velados a veces, fúnebres siempre, nos acompañaron hasta después de haber entrado a la embocadura del Dagua.

Permanecía yo en pie a la puerta del rústico camarote, techumbre abovedada hecha con matambas[2], bejucos y hojas de rabihorcado[3], que en el río llaman rancho. Lorenzo, después de haberme arreglado una especie de cama sobre tablas de guadua bajo aquella navegante gruta, estaba sentado a mis pies con la cabeza apoyada sobre las rodillas, y parecía dormitar. Cortico (o sea Gregorio, que tal era su nombre de pila) bogaba cerca de nosotros refunfuñando a ratos la tonada de un bunde°. El atlético cuerpo de Laureán se dibujaba como el perfil de un gigante sobre los últimos celajes de la luna ya casi invisible.

Apenas si se oían el canto monótono y ronco de los bamburés° en los manglares sombríos de las riberas y el ruido sigiloso de las corrientes, interrumpiendo aquel silencio solemne que rodea los desiertos en su último sueño, sueño siempre profundo como el del hombre en las postreras horas de la noche.

—Toma un trago, Cortico, y entona mejor esa canción triste —dije al boga enano.

—¡Jesú! mi amo, ¿le parece triste?

---

[2] *matambas:* especie de caña (Tascón).
[3] *rabihorcado:* palmiche de cuyas hojas jóvenes se tejen sombreros de jipijapa (Pérez Arbeláez, pág. 278).

Lorenzo escanció de su chamberga° pastusa cantidad más que suficiente de anisado en el mate que el boga le presentó, y éste continuó diciendo:

—Será que el sereno me ha dao carraspera —y dirigiéndose a su compañero—: compae Laureán, el branco que si quiere despejá el pecho para que cantemo un baile alegrito.

—¡Aprobalo! —respondió el interpelado con voz ronca y sonora—: otro baile será el que va a empezá en el escuro. ¿Ya sabe?

—Po lo mesmo, señó.

Laureán saboreó el aguardiente como conocedor en la materia, murmurando:

—Del que ya no baja[4].

—¿Qué es eso del baile a oscuras? —le pregunté.

Colocándose en su puesto entonó por respuesta el primer verso del siguiente bunde, respondiéndole Cortico con el segundo, tras de lo cual hicieron pausa, y continuaron de la misma manera hasta dar fin a la salvaje y sentida canción.

> Se no junde ya la luna;
> > Remá, remá.
> ¿Qué hará mi negra tan sola?
> > Llorá, llorá.
> Me coge tu noche escura,
> > San Juan, San Juan.
> Escura como mi negra,
> > Ni má, ni má.
> La lú de su s'ojo mío
> > Der má, der má.
> Lo relámpago parecen.
> > Bogá, bogá.

Aquel cantar armonizaba dolorosamente con la naturaleza que nos rodeaba: los tardos ecos de esas selvas inmensas repetían sus acentos quejumbrosos, profundos y lentos.

—No más bunde —dije a los negros aprovechándome de la última pausa.

---

[4] *Del que ya no baja:* «del ya no envían del interior geográfico, montañoso, al litoral marítimo» (Carvajal).

—¿Le parece a su mercé mal cantao? —preguntó Gregorio, que era el más comunicativo.

—No, hombre, muy triste.

—¿La juga?[5].

—Lo que sea.

—¡Alabao! Si cuando me cantan bien una juga y la baila con este negro Mariugenia... créame su mercé lo que le digo: hasta lo s'ángele del cielo zapatean con gana de bailala.

—Abra el ojo y cierre el pico, compare —dijo Laureán—; ¿ya oyó?

—¿Acaso soy sordo?

—Bueno pué.

—Vamo a velo, señó.

Las corrientes del río empezaban a luchar contra nuestra embarcación. Los chasquidos de los herrones de las palancas, se oían ya. Algunas veces la de Gregorio daba un golpe en el borde de la canoa para significar que había que variar de orilla, y atravesábamos la corriente. Poco a poco fueron haciéndose densas las tinieblas. Del lado del mar nos llegaba el retumbo de truenos lejanos. Los bogas no hablaban. Un ruido semejante al vuelo rumoroso de un huracán sobre las selvas venía en nuestro alcance. Gruesas gotas de lluvia empezaron a caer después.

Me recosté en la cama que Lorenzo me había tendido. Éste quiso encender luz, pero Gregorio, que le vio frotar un fósforo, le dijo:

—No prenda vela, patrón, porque me deslumbro y se embarca la culebra.

La lluvia azotaba rudamente la techumbre del rancho. Aquella oscuridad y silencio eran gratos para mí después del trato forzado y de la fingida amabilidad usada durante mi viaje con toda clase de gentes. Los más dulces recuerdos, los más tristes presentimientos volvieron a disputarse mi corazón en aquellos instantes para reanimarlo o entristecerlo. Bastábanme ya cinco días de viaje para volver a tenerla en mis brazos y devolverle toda la vida que mi ausencia le había robado. Mi voz, mis caricias, mis ojos que tan dulcemente habían sabido con-

---

[5] *juga*: Al parecer, un canto bailable de los negros.

moverla en otros días ¿no serían capaces de disputársela al dolor y a la muerte? Aquel amor ante el cual la ciencia se consideraba impotente, que la ciencia llamaba en su auxilio, debía poderlo todo.

Recorría mi memoria lo que me decía en sus últimas cartas: «La noticia de tu regreso ha bastado a volverme las fuerzas... Yo no puedo morirme y dejarte solo para siempre.»

La casa paterna en medio de sus verdes colinas, sombreada por sauces añosos, engalanada con rosales, iluminada por los resplandores del sol al nacer, se presentaba a mi imaginación: eran los ropajes de María los que susurraban cerca de mí; la brisa del Sabaletas la que movía mis cabellos; las esencias de las flores cultivadas por María, las que aspiraba yo... Y el desierto con sus aromas, sus perfumes y susurros era cómplice de mi deliciosa ilusión.

Detúvose la canoa en una playa de la ribera izquierda.

—¿Qué es? —pregunté a Lorenzo.

—Estamos en el Arenal.

—¡Oopa! Un guarda, que contrabando va —gritó Cortico.

—¡Alto! —contestó un hombre, que debía estar en acecho, pues dio esa voz a pocas varas de la orilla.

Los bogas soltaron a dúo una estrepitosa carcajada, y no había puesto punto final a la suya Gregorio, cuando dijo:

—¡San Pabro bendito! que casi me pica este cristiano. Cabo Ansermo, a busté lo va a matá un rumatismo metío entre un carrizar. ¿Quién le contó que yo subía, señó?

—Bellaco —le respondió el guarda—, las brujas. A ver, ¿qué llevas?

—Buque de gente.

Lorenzo había encendido luz, y el cabo entró al rancho, dando de paso al negro contrabandista una sonora palmada en la espalda a guisa de cariño. Luego que me saludó franca y respetuosamente, se puso a examinar la guía, y mientras tanto Laureán y Gregorio, en pampanilla, sonreían asomados a la boca del camarote.

El primer grito de Gregorio al llegar a la playa alarmó a todo el destacamento: dos guardas más con caras de mal dormidos, y armados de carabinas como el que aguardaba agazapado bajo las malezas, llegaron a tiempo de libación y despedida. La enorme chamberga de Lorenzo tenía para todos, a lo cual se agregaba que debía estar deseosa de habérselas con otros menos desdeñosos que sus amos.

Había cesado la lluvia y empezaba a amanecer, cuando después de las despedidas y chufletas picantes sazonadas con risotadas y algo más, que se cruzaban entre mis bogas y los guardas, continuamos viaje.

De allí para adelante las selvas de las riberas fueron ganando en majestad y galanura: los grupos de palmeras se hicieron más frecuentes: veíase la pambil de recta columna manchada de púrpura; la mil-pesos[6] frondosa brindando en sus raíces el delicioso fruto; la chontadura[7] y la gualte[8]; distinguiéndose entre todas la naidí[9] de flexible tallo e inquieto plumaje, por un no sé qué de coqueto y virginal que recuerda talles seductores y esquivos[10]. Las más con sus racimos medio defendidos aún por la concha que los había abrigado, todas con penachos color de oro, parecían con sus rumores dar la bienvenida a un amigo no olvidado. Pero aún faltaban allí las bejucadas de rojos festones, las trepadoras de frágiles y lindas flores, las sedosas larvas y los aterciopelados musgos de los peñascos. El naguare[11] y el piáunde[12], como reyes de la selva, empinaban sus copas sobre ella para divisar algo más grandioso que el desierto: la mar lejana.

La navegación iba haciéndose cada vez más penosa. Eran casi las diez cuando llegamos a Calle-larga[13]. En la ribera iz-

---

[6] *mil-pesos:* «Palma oleaginosa, de almendra comestible» (Carvajal).

[7] *chontadura:* chontaduro (Tascón).

[8] *gualte:* Seguramente, una deformación de *guate:* «una palma... oriunda del Asia Suroriental y del archipiélago polinésico» (V. M. Patiño, *Plantas,* II, página 22).

[9] *naidí:* palma no mencionada en las obras de referencia.

[10] La atribución de características de una mujer seductora a un árbol recuerda lejanamente la leyenda de Jerjes, quien, según Heródoto (VII, 31), se enamoró de un plátano y lo cuidaba como si fuera una dama hermosa.

[11] *naguare:* «árbol grande de las selvas» (F. J. Santamaría, *Diccionario*).

[12] *piáunde:* árbol no registrado en las obras de referencia.

[13] *Calle-larga:* Es digno de notarse que este topónimo, junto con algunos de los que siguen (La Junta, Fleco, Saltico, La Víbora, Delfina), son de lugares tan pequeños que su recuerdo no sobrevive hoy día en el completísimo *Diccionario geográfico* de E. J. Gómez.

quierda había una choza, levantada, como todas las del río, sobre gruesos estantillos° de guayacán, madera que como es sabido, se petrifica en la humedad: así están los habitantes libres de las inundaciones, y menos en familia con las víboras que, por su abundancia y diversidad son el terror y pesadilla de los viajeros.

Mientras Lorenzo, guiado por los bogas, iba a disponer nuestros almuerzo en la casita, permanecí en la canoa preparándome para tomar un baño cuya excelencia dejaban prever las aguas cristalinas. Mas no había contado con los mosquitos, apesar de que sus venenosas picaduras los hacen inolvidables. Me atormentaron a su sabor, haciéndole perder al baño que tomé, la mitad de su orientalismo salvaje. El color y otras condiciones de la epidermis de los negros, los defienden sin duda de esos tenaces y hambrientos enemigos, pues seguí observando que apenas se daban por notificados los bogas de su existencia.

Lorenzo me trajo el almuerzo a la canoa, ayudado por Gregorio, quien las daba de buen cocinero, y me prometió para el día siguiente un tapado.

Debíamos llegar por la tarde a San Cipriano, y los bogas no se hicieron rogar para continuar el viaje, vigorizados ya por el tinto selecto del Administrador.

El sol no desmentía ser de verano.

Cuando las riberas lo permitían, Lorenzo y yo, para desentumirnos o para disminuir el peso de la canoa en pasos de peligro confesado por los bogas, andábamos por algunas de las orillas cortos trechos, operación que allí se llama playear; pero en tales casos el temor de tropezar con alguna guascama[14] o de que alguna chonta[15] se lanzase sobre nosotros, como los individuos de esa familia de serpientes negras, rollizas y de collar blanco lo acostumbran, nos hacía andar por las malezas más con los ojos que con los pies.

---

[14] *guascama:* Según Tascón, *Quechuismos,* esta palabra proviene de *huasca* «soga» y *amaru* «serpiente»; Tascón describe esta culebra en términos parecidos a Isaacs.

[15] *chonta:* «serpiente negra, de collar blanco, de la misma familia de la *guascama*» (Santamaría).

Era inútil averiguar si Laureán y Gregorio eran curanderos[16], pues apenas hay boga que no lo sea, y que no lleve consigo colmillos de muchas clases de víboras y contras° para varias de ellas, entre las cuales figuran el guaco, los bejucos atajasangre[17], siempreviva, zaragoza[18], y otras yerbas que no nombran y que conservan en colmillos de tigre y de caimán ahuecados. Pero eso no basta a tranquilizar a los viajeros, pues es sabido que tales remedios suelen ser ineficaces, y muere el que ha sido mordido, después de pocas horas, arrojando sangre por los poros, y con agonías espantosas.

Llegamos a San Cipriano. En la ribera derecha y en el ángulo formado por el río que da nombre al sitio, y por el Dagua, que parece regocijarse con su encuentro, estaba la casa, alzada sobre postes en medio de un platanal frondoso. No habíamos saltado todavía a la playa y ya Gregorio gritaba:

—¡Ña° Rufina! ¡aquí voy yo! —Y en seguida—: ¿dónde cogió esta viejota?[19].

—Buena tarde, ño Gregorio —respondió una negra joven asomándose al corredor.

—Me tiene que da posada, porque traigo cosa buena.

—Sí, señó: suba pué.

—¿Mi compañero?

—En la Junta.

—¿Tío Bibiano?

—Asina no ma, ño Gregorio.

Laureán dio las buenas tardes a la casera y volvió a guardar su silencio acostumbrado.

Mientras los bogas y Lorenzo sacaban los trastos de la canoa, yo estaba fijo en algo que Gregorio, sin hacer otra observación, había llamado viejota: era una culebra gruesa como un brazo fornido, casi de tres varas de largo, de dorso áspero, color de hoja seca y salpicado de manchas negras; barriga que pa-

---

[16] *curanderos:* «el que se aplica únicamente a curar las mordeduras de víboras y de perros rabiosos» (Tascón).

[17] *ataja-sangre:* hierba alta de hojas aserradas, usada como hemostático por los curanderos indios en sus operaciones quirúrgicas (Pérez Arbeláez, 376).

[18] *zaragoza:* para-palo, hierba de tallos flexibles morados, cuya raíz produce un jugo empleado como fortificante y afrodisiaco (Pérez Arbeláez, 157).

[19] *viejota:* culebra descrita más abajo por Isaacs; también se llama *verrugosa*.

recía de piezas de marfil ensambladas, cabeza enorme y boca tan grande como la cabeza misma, nariz arremangada y colmillos como uñas de gato. Estaba colgada por el cuello en un poste del embarcadero, y las aguas de la orilla jugaban con su cola.

—¡San Pablo! —exclamó Lorenzo fijándose en lo que yo veía—; ¡qué animalote!

Rufina, que se había bajado a alabarme a Dios°, observó riéndose, que más grandes las había muerto algunas veces.

—¿Dónde encontraron ésta? —le pregunté.

—En la orilla, mi amo, allí en el chípero[20] —me contestó señalándome un árbol frondoso distante treinta varas de la casa.

—¿Cuándo?

—A la madrugadita que se fue mi hermano a viaje, la topó armaa, y él la trajo para sacale la contra. La compañera no estaba ahí, pero hoy la vi yo y él la topa mañana.

La negra me refirió en seguida que aquella víbora hacía daño de esta manera: agarrada de alguna rama o bejuco con una uña fuerte que tiene en la extremidad de la cola, endereza más de la mitad del cuerpo sobre las roscas del resto: mientras la presa que acecha no le pasa a distancia tal que solamente extendida en toda su longitud la culebra, pueda alcanzarla, permanece inmóvil, y conseguida esa condición, muerde a la víctima y la atrae a sí con una fuerza invencible: si la presa vuelve a alejarse a la distancia precisa, se repite el ataque hasta que la víctima espira: entonces se enrolla envolviendo el cadáver y duerme así por algunas horas. Casos han ocurrido en que cazadores y bogas se salven de ese género de muerte asiéndole la garganta a la víbora con entrambas manos y luchando con ella hasta ahogarla, o arrojándole una ruana sobre la cabeza; mas eso es raro, porque es difícil distinguirla en el bosque, por asemejarse armada a un tronco delgado en pie y ya seco. Mientras la verrugosa no halla de dónde agarrar su uña, es del todo inofensiva.

Rufina, señalándome el camino, subió con admirable destre-

---

[20] *chípero*: «Árbol cuyas hojas emplean los campesinos como substituto del jabón» (Carvajal).

za la escalera formada de un solo tronco de guayacán con
muescas, y aun me ofreció la mano entre risueña y respetuosa
cuando ya iba yo a pisar el pavimento de la choza, hecho de tablas picadas de pambil, negras y brillantes por el uso. Ella, con
las trenzas de pasa esmeradamente atadas a la parte posterior
de la cabeza, que no carecía de cierto garbo natural, follao de
pancho azul y camisa blanca, todo muy limpio, candongas[21] de
higas azules y gargantilla de lo mismo aumentada con escudi-
tos y cabalongas°, me pareció graciosamente original, después
de haber dejado por tanto tiempo de ver mujeres de esa especie; y lo dejativo de su voz, cuya gracia consiste en gentes de la
raza, en elevar el tono en la sílaba acentuada de la palabra final
de cada frase; lo movible de su talle y sus sonrisas esquivas, me
recordaban a Remigia en la noche de sus bodas. Bibiano, padre de la núbil negra, que era un boga de poco más de cincuenta años, inutilizado ya por el reumatismo, resultado del
oficio, salió a recibirme, el sombrero en la mano, y apoyándose
en un grueso bastón de chonta: vestía calzones de bayeta amarilla y camisa de listado azul, cuyas faldas llevaba por fuera.

Componíase la casa, como que era una de las mejores del
río, de un corredor, del cual, en cierta manera, formaba continuación la sala, pues las paredes de palma de ésta, en dos de
los lados, apenas se levantaban a vara y media del suelo, pre-
sentando así la vista del Dagua por una parte y la del dormido
y sombrío San Cipriano por la otra: a la sala seguía una alcoba,
de la que se salía a la cocina, cuya hornilla estaba formada por
un gran cajón de tablas de palma rellenado con tierra, sobre el
cual descansaban las tulpas° y el aparato para hacer el fufú°.
Sustentado sobre las vigas de la sala, había un tablado que la
abovedaba en una tercera parte, especie de despensa en que se
veían amarillear hartones° y guineos[22], a donde subía frecuentemente Rufina por una escalera más cómoda que la del patio.
De una viga colgaban atarrayas y catangas°, y estaban atrave-
sadas sobre otras, muchas palancas y varas de pescar. De un
garabato pendían un mal tamboril y una carrasca°, y en un rin-

----

[21] *candongas:* zarcillos (Tascón).
[22] *guineos:* «tres especies de banano que se distinguen por la blandura de su
carne, su aroma y su sabor característicos» (Tascón).

cón estaba recostado el carángano°, rústico bajo en la música de aquellas riberas.

Pronto estuvo mi hamaca colgada. Acostado en ella veía los montes distantes no hollados aún, que iluminaba la última luz amarilla de la tarde, y las ondas del Dagua pasar atornasoladas de azul, verde y oro. Bibiano, estimulado por mi franqueza y cariño, sentado cerca de mí, tejía crezneja para sombreros, fumando en su congola°, conversándome de los viajes de su mocedad, de la difunta (su mujer), de la manera de hacer la pesca en corrales y de sus achaques. Había sido esclavo hasta los treinta años en la mina de Iró, y a esa edad consiguió a fuerza de penosos trabajos y de economías, comprar su libertad y la de su mujer, que había sobrevivido poco tiempo a su establecimiento en el Dagua.

Los bogas, con calzones ya, charlaban con Rufina; y Lorenzo, después de haber sacado sus comestibles refinados para acompañar el sancocho de nayo[23] que nos estaba preparando la hija de Bibiano, había venido a recostarse silencioso en el rincón más oscuro de la sala.

Era casi de noche cuando se oyeron gritos de pasajeros en el río: Lorenzo bajó apresuradamente y regresó pocos momentos después diciendo que era el correo que subía; y había tomado noticia de que mi equipaje quedaba en Mondomo.

Pronto nos rodeó la noche con toda su pompa americana: las noches del Cauca, las de Londres, las pasadas en alta mar ¿por qué no eran tan majestuosamente tristes como aquélla?

Bibiano me dejó creyéndome dormido, y fue a apurar la comida. Lorenzo encendió vela y preparó la mesita de la casa con el menaje de nuestra alforja.

A las ocho todos estaban, bien o mal, acomodados para dormir. Lorenzo, luego que me hubo acomodado con esmero casi maternal en la hamaca, se acostó en la suya.

—Taita —dijo Rufina desde su alcoba a Bibiano, que dormía con nosotros en la sala—: escuche su mercé la verrugosa cantando en el río.

En efecto, se oía hacia ese lado algo como el cloqueo de una gallina enorme.

---

[23] *nayo:* pez que se caracteriza por su falta de dientes (Carvajal).

—Avísele a ño Laureán —continuó la muchacha—, para que a la madrugada pasen con mañita.

—¿Ya oíte, hombre? —preguntó Bibiano.

—Sí, señó —respondió Laureán, a quien debía de tener despierto la voz de Rufina, pues según comprendí más tarde, era su novia.

—¿Qué es esto grande que vuela aquí? —pregunté a Bibiano, próximo ya a figurarme que sería alguna culebra alada.

—El murciélago, amito —contestó—, pero no haya miedo que le pique durmiendo en la hamaca.

Los tales murciélagos son verdaderos vampiros que sangran en poco rato a quien llega a dejarles disponibles la nariz o las yemas de los dedos; y realmente se salvan de su chupadura los que duermen en hamaca.

LVIII

Lorenzo me llamó a la madrugada: vio mi reloj y eran las tres. A favor de la luna, la noche parecía un día opaco. A las cuatro, encomendados a la Virgen en las despedidas de Bibiano y de su hija, nos embarcamos.

—Aquí canta la verrugosa, compae —dijo Laureán a Cortico luego que hubimos navegado un corto trecho—: saque afuerita, no vaya a tá armaa.

Todo el peligro para mí era que la víbora se entrase a la canoa, pues estaba defendido por el techo del rancho; pero agarrado por ella alguno de los bogas, el naufragio era probable.

Pasamos felizmente; mas, la verdad sea dicha, ninguno tranquilo.

El almuerzo de aquel día fue copia del anterior, salvo el aumento del tapado que Gregorio había prometido, potaje que preparó haciendo un hoyo en la playa, y una vez depositado en él, envuelto en hojas de biao[1], la carne, plátano y demás que debían componer el cocido, lo cubrió con tierra y encima de todo encendió un fogón.

---

[1] *biao:* hojas del platanillo (Pérez Arbeláez, 525; escribe *bihao*).

Era increíble que la navegación fuese más penosa en adelante que la que habíamos hecho hasta allí; pero lo fue: en el Dagua es donde con toda propiedad puede decirse que no hay imposibles.

A las dos de la tarde, hora en que tomábamos dulce en un remanso, Laureán lo rehusó, y se internó en el bosque algunos pasos para regresar trayendo unas hojas: después de estregarlas en un mate lleno de agua, hasta que el líquido se tiñó de verde, coló éste en la copa de su sombrero y se lo tomó. Era zumo de hoja hedionda[2], único antídoto contra las fiebres, temibles en la Costa y en aquellas riberas, que reconocen como eficaz los negros.

Las palancas, que cuando se baja el río, sirven mil veces para evitar un estrellamiento general, son menos útiles para subirlo. Desde Fleco, a cada paso caían al agua Gregorio y Laureán, siempre después del consabido golpe de aviso, y entonces el primero cabestreaba la canoa asiéndola por el galindro°, mientras el compañero la impulsaba por la popa. Así se subían los chorros o cabezones° inevitables; pero para librarse de los más furiosos había pequeños caños llamados arrastraderos, practicados en las playas, y más o menos escasos de agua, por los cuales subía la canoa rozando con el casco los guijarros del cauce y balanceándose algunas veces sobre las rocas más salientes.

Los botaderos° empeoraron de condición por la tarde: como fuesen más y más descolgadas[3] las corrientes a medida que nos acercábamos al Saltico, los bogas al cambiar de orilla, impulsaban simultáneamente la canoa subiendo al mismo tiempo de un salto sobre ella, para empuñar las palancas; y abandonándolas en el instante, una vez atravesado el río, impedían que nos arrebatara el raudal, enfurecido por haber dejado escapar una presa ya suya. Después de cada lance de esta especie, se hacía necesario arrojar de la canoa el agua que había entrado, operación que ejecutaban los bogas instantáneamente amagando dar un paso y volviendo a traer el pie avanzado hacia el firme, con

---

[2] *hedionda:* planta pequeña, cactiforme y lechosa, con flores de cárdeno oscuro, hedionda a carroña (Pérez Arbeláez, 212).

[3] *descolgadas:* pendientes.

lo cual salían de en medio de éstos plumadas de agua. Tales evoluciones y portentos gimnásticos asombraban ejecutados por Laureán, aunque él, por su estatura, con ceñirse una guirnalda de pámpanos, habría podido pasar por el dios del río: pero hechos por Gregorio, quien salvo su cara risueña siempre, parecía representar la figura recortada de su compañero, con sus piernas que formaban al andar casi una *o*, y cuyos pies encorvados hacia dentro eran más que pies, instrumentos de achicar, aquellos prodigios de agilidad causaban terror.

Pernoctamos aquel día en el Saltico, pobre y desapacible caserío apesar del movimiento que le daban sus bodegas. Allí hay un obstáculo para la navegación, y es generalmente el término de viaje de los bogas que vienen del Puerto, así como los que subían del Saltico llegaban solamente al Salto, y a este punto, los que bajaban diariamente de Juntas.

La misma tarde arrastraron mis bogas por tierra la canoa, ya sin rancho, para ponerla en la playa donde debía embarcarme al día siguiente. Del Saltico al Salto, los peligros del viaje salieron de la esfera de toda ponderación.

En el Salto hubo de repetirse el arrastramiento de la canoa para vencer el último obstáculo que allí merece el honor de tal nombre.

Los bosques iban teniendo a medida que nos alejábamos de la costa, toda aquella majestad, galanura, diversidad de tintas y abundancia de aromas que hacen de las selvas del interior un conjunto indescriptible. Mas el reino vegetal imperaba casi solo: oíase de tarde en tarde y a lo lejos el canto del paují; muy rara pareja de panchanas[4] atravesaba a veces por encima de las montañas casi perpendiculares que encajonaban la vega; y alguna primavera[5] volaba furtivamente bajo las bóvedas oscuras, formadas por los guabos apiñados o por los cañaverales, chontas, nacederos[6] y chíperos, sobre los cuales mecían las guaduas sus arqueados plumajes. El martín-pescador, única ave acuática habitadora de aquellas riberas, rozaba por rareza los reman-

---

[4] *panchanas:* «especie de loro, de cola corta y cabeza azul» (Carvajal).

[5] *primavera:* loro pequeño, de cachetes rosados (Carvajal).

[6] *nacederos:*«Árbol de la familia de las acantáceas, propio de los terrenos húmedos, cuya corteza tiene propiedades diuréticas y depurativas» (Tascón).

sos con sus alas, o se hundía en ellos para sacar en el pico algún pececillo plateado.

Desde el Saltico encontramos mayor número de canoas bajando, y las más capaces de ellas tendrían ocho varas de largo, y escasamente una de ancho.

El par de bogas que manejaba cada canoa, balanceándose y achicando incesantemente el delantero, el de la popa sentado a veces, tranquilos siempre, apenas divisados al descender por en medio de los chorros de una revuelta lejana, desaparecían en ellas y pasaban muy luego velozmente por cerca de nosotros, para volver a verse abajo y distantes ya, como corriendo sobre las espumas.

Los peñascos escarpados de La Víbora, Delfina con su limpio riachuelo, que brotando del corazón de las montañas parece que mezcla después tímidamente sus corrientes con las impetuosas del Dagua, y el derrumbo del Arrayán, fueron quedando a la izquierda. Allí hubo necesidad de hacer alto para conseguir una palanca, pues Laureán acababa de romper su último repuesto. Hacía una hora que un aguacero nutrido nos acompañaba, y el río empezaba a traer cintas de espumas y algunas malezas menudas.

—La niña tá celosa —dijo Cortico cuando arrimamos a la playa.

Creí que se refería a una música tristísima y como ahogada, que parecía venir de la choza vecina.

—¿Qué niña es ésa? —le pregunté.

—Pue Pepita, mi amo.

Entonces caí en la cuenta de que se refería al hermoso río de ese nombre que se une al Dagua abajo del pueblo de Juntas.

—¿Por qué está celosa?

—¿No ve su mercé lo que baja?

—No.

—La creciente.

—¿Y por qué no es Dagua el celoso? Ella es muy linda y mejor que él.

Gregorio se rió antes de responderme:

—Dagua tiene mal genio. Creciente de Pepita é, porque el río no baja amarillo.

Subí al rancho mientras los bogas hacían sus prevenciones,

deseoso de ver qué instrumento tocaban allí: era una marimba°, pequeño teclado de chontas sobre tarros de guadua alineados de mayor a menor, y que se hace sonar con bolillos pequeños aforrados en vaqueta.

Una vez conseguida la palanca y llenada la condición indispensable de que fuese de biguare o cuero-negro[7], continuamos subiendo con mejor tiempo ya y sin que los celos de Pepita se hiciesen importunos.

Los bogas, estimulados por Lorenzo y la gratificación que les tenía yo prometida por su buen manejo, se esforzaron a fin de hacerme llegar de día a Juntas. Poco después dejamos a la derecha la campiñita de Sombrerillo, cuyo verdor contrasta con la aspereza de las montañas que la sombrean hacia el Sur. Eran las cuatro de la tarde cuando pasamos al pie de los agrios peñascos de Media-luna. Salimos poco después del temible Credo; y por fin dimos dichoso término a la inverosímil navegación saltando a una playa de Juntas.

El amigo D***, antiguo dependiente de mi padre, me estaba esperando avisado por el correísta que nos dio alcance en San Cipriano, de que yo debía llegar aquella tarde. Me condujo a su casa, en donde fui a esperar a Lorenzo y a los bogas. Éstos quedaron muy contentos con «mi persona», como decía Gregorio. Debían madrugar al día siguiente, y se despidieron de mí de la manera más cordial y deseándome salud, después de apurar dos copas de cognac y de haberme recibido una carta para el Administrador.

LIX

Al sentarnos a la mesa manifesté a D*** que deseaba continuar el viaje la misma tarde si era posible, suplicándole venciese inconvenientes. Él pareció consultar a Lorenzo, quien se apresuró a responderme que las bestias estaban en el pueblo y que la noche era de luna. Le di orden para que sin demora pre-

---

[7] *biguare o cuero-negro:* «Arbol de tallo recto y delgado, de madera aceitosa y fibra densa, lo que le da resistencia, peso e impermeabilidad para el dominio de las corrientes» (Carvajal).

parase nuestra marcha; y en vista de la manera cómo lo resolví, D*** no hizo observación de ninguna especie.

Poco rato después me presentó Lorenzo los arreos de montar, manifestándome por lo bajo cuánto le complacía el que no pernoctásemos en Juntas.

Arreglado lo necesario para que D*** pagase la conducción de mi equipaje hasta allí y lo pusiera en camino nuevamente, nos despedimos de él y montamos en buenas mulas, seguidos de un muchacho, que caballero en otra, llevaba al arzón un par de cuchugos pequeños con mi ropa de camino y algo de avío que se apresuró a poner en ellos nuestro huésped.

Habíamos vencido más de la mitad de la subida de la Puerta cuando se ocultaba ya el sol. En los momentos en que mi cabalgadura tomaba aliento, no pude menos de ver con satisfacción la hondonada de donde acababa de salir, y respiré con deleite el aire vivificador de la sierra. Veía ya en el fondo de la profunda vega la población de Juntas con sus techumbres pajizas y cenicientas: el Dagua, lujoso con la luz que entonces lo bañaba, orlaba el islote del caserío, y rodando precipitadamente hasta perderse en la revuelta del Credo, espejeaba a lo lejos en las playas de Sombrerillo.

Por primera vez después de mi salida de Londres me sentía absolutamente dueño de mi voluntad para acortar la distancia que me separaba de María. La certeza de que solamente me faltaban por hacer dos jornadas para terminar el viaje, hubiera sido bastante a hacerme reventar durante ellas cuatro mulas como la que cabalgaba. Lorenzo, experimentado de lo que resulta de tales afanes en tales caminos, trató de hacerme moderar algo el paso, y con el justo pretexto de servir de guía, se me colocó por delante a tiempo que faltaba poco para que coronáramos la cuesta.

Cuando llegamos al Hormiguero, solamente la luna nos mostraba la senda. Me detuve porque Lorenzo había echado pie a tierra allí, lo cual tenía en alarma a los perros de la casa. Recostándose él sobre el cuello de mi mula, me dijo sonriendo:

—¿Le parece bueno que durmamos aquí? Ésta es buena gente y hay pasto para las bestias.

—No seas flojo —le contesté—: yo no tengo sueño y las mulas están frescas.

—No se afane —me observó tomándome el estribo—: lo que quiero es ventear estos judas, no sea que se nos achajuanen° por estar tan ovachonas[1]. Justo viene con mis mulas para Juntas —continuó descinchando la mía—, y según me dijo ese muchacho que encontramos en la Puerta, debe toldar esta noche en Santana, si no consigue llegar a Hojas. Donde lo encontremos, tomamos chocolate e iremos a dormir un ratico por ahí donde se pueda. ¿Le gusta así?

—Por supuesto: es necesario llegar a Cali mañana en la tarde.

—No tanto: dando las siete en San Francisco[2] iremos entrando; pero yendo a mi paso, porque de no, daremos gracias en llegar a San Antonio.

Hablando y haciendo, bañaba los lomos de las mulas con buchadas de anisado. Sacó fuego de su eslabón y encendió cigarro; echó una reprimenda al muchacho, que venía atrasándose, porque diz que su mula era cueruda°, y emprendimos nuevamente marcha mal despedidos por los gozques de la casita.

No obstante que el camino estaba bueno, es decir, seco, no pudimos llegar a Hojas sino pasadas las diez. Sobre el plano que corona la cuesta blanqueaba una tolda. Lorenzo, fijándose en las mulas que ramoneaban en las orillas de la senda, dijo:

—Ahí está Justo, porque aquí andan el Tamborero y el Frontino, que nunca desmanchan°.

—¿Qué gente es ésa? —le pregunté.

—Pues machos míos.

Silencio profundo reinaba en torno de la caravana arriera: un viento frío columpiaba los cañaverales y mandules de las faldas vecinas, avivando a veces las brasas amortiguadas de dos fogones inmediatos a la tolda. Junto a uno de ellos dormía enroscado un perro negro, que gruñó al sentirnos y ladró al reconocernos por extraños.

—¡Avemaría! —gritó Lorenzo, dando así a los arrieros el saludo que entre ellos se acostumbra al llegar a una posada—.

---

[1] *ovachonas:* «gordas y sin inmediato servicio anterior» (Carvajal).
[2] *San Francisco:* iglesia de Cali (Carvajal).

312

¡Calla, Barbillas!° —agregó dirigiéndose al perro y echando pie a tierra.

Un mulato alto y delgado salió de entre las barricadas de zurrones de tabaco, que tapiaban los dos costados de la tolda por donde ésta no llegaba hasta el suelo: era el caporal Justo. Vestía camisa de coleta con pretensiones a blusa corta, calzoncillos bombachos, y tenía la cabeza cubierta con un pañuelo atado a la nuca.

—¡Ole! ñor Lorenzo —dijo a su patrón reconociéndolo; y agregó—: ¿éste no es el niño Efraín?

Correspondimos a sus saludos, Lorenzo con un pampeo° en la espalda y una chanzoneta, yo lo más cariñosamente que el estropeo me lo permitía.

—Apéense —continuó el caporal—; traerán cansada alguna mula.

—Las tuyas serán las cansadas —le respondió Lorenzo—, pues vienen a paso de hormiga.

—Ahí verá que no. ¿Pero qué andan haciendo a estas horas?

—Caminando mientras tú roncas. Déjate de conversar y manda al guión que nos atice unas brasas para hacer chocolate.

Los otros arrieros se habían despertado, así como el negrito que debía atizar. Justo encendió un cabo de vela, y después de colocarlo en un plátano agujereado, tendió un cobijón° limpio en el suelo para que yo me sentase.

—¿Y hast'onde van ahora? —preguntó, mientras Lorenzo sacaba de sus cojinetes° provisiones para acompañar el chocolate.

—A Santana —respondió—. ¿Cómo van las muletas? El hijo de la García me dijo al salir de Juntas que se te había cansado la rosilla°.

—Es la única maulona, pero ten con ten°, ahí viene.

—No vayas a sacar carga de fardos en ellas.

—¡Tan fullero° que era yo! Y qué buenas van a salir las condenadas: eso sí, la manzanilla° me hizo en Santa Rosa una de toditicos los diablos: quien la ve tan tasajuda° y es la más filática°; pero ya va dando: con los atillos la traigo desde Platanares.

La olleta de chocolate hirviendo entró en escena, y los arrie-

313

ros a cual más listo ofrecieron sus matecillos de cintura para que lo tomásemos.

—¡Válgame! —decía Justo mientras yo saboreaba aquel chocolate arrieramente hecho y servido, pero el más oportuno que me ha venido a las manos—. ¿Quién iba a conocer al niño Efraín? Al reventón llevará a ñor Lorenzo; ¿no?

En cambio de su agua tibia de calabazo dimos a Justo y a sus mozos buen brandi, y nos dispusimos a marchar.

—Las once irán siendo —dijo el caporal alzando a ver la luna, que bañaba con blanca luz las altivas lomas de los Chancos y Bitaco.

Vi el reloj y efectivamente eran las once. Nos despedimos de los arrieros, y cuando nos habíamos alejado media cuadra de la tolda, llamó Justo a Lorenzo: éste me alcanzó pocos instantes después.

LX

Al día siguiente a las cuatro de la tarde llegué al alto de las Cruces. Apeéme para pisar aquel suelo desde donde dije adiós para mi mal a la tierra nativa. Volví a ver ese valle del Cauca, país tan bello cuanto desventurado ya...[1] Tantas veces había soñado divisarlo desde aquella montaña, que después de tenerlo delante con toda su esplendidez, miraba a mi alrededor para convencerme de que en tal momento no era juguete de un sueño. Mi corazón palpitaba aceleradamente como si presintiese que pronto iba a reclinarse sobre él la cabeza de María; y mis oídos ansiaban recoger en el viento una voz perdida de ella. Fijos estaban mis ojos sobre las colinas iluminadas al pie de la sierra distante, donde blanqueaba la casa de mis padres.

Lorenzo acababa de darme alcance trayendo del diestro un hermoso caballo blanco, que había recibido en Tocotá para que yo hiciese en él las tres últimas leguas de la jornada.

---

[1] *Cauca, país... desventurado ya:* Referencia a las revoluciones de 1860 a 1863, que asolaron este estado. En 1860 y 1861, Isaacs combatió con las fuerzas del gobierno contra el general revolucionario Tomás Cipriano de Mosquera.

314

—Mira —le dije cuando se disponía a ensillármelo, y mi brazo le mostraba el punto blanco de la sierra al cual no podía yo dejar de mirar—; mañana a esta hora estaremos allá.

—¿Pero allá a qué? —respondió.

—¡Cómo!

—La familia está en Cali.

—Tú no me lo habías dicho. ¿Por qué se han venido?

—Justó me contó anoche que la señorita seguía muy mala.

Lorenzo al decir esto no me miraba, y me pareció conmovido.

Monté temblando en el caballo que él me presentaba ensillado ya, y el brioso animal empezó a descender velozmente y casi a vuelos por el pedregoso sendero.

La tarde se apagaba cuando doblé la última cuchilla de las Montañuelas. Un viento impetuoso de occidente zumbaba en torno de mí en los peñascos y malezas desordenando las abundantes crines del caballo. En el confín del horizonte a mi izquierda no blanqueaba ya la casa de mis padres sobre las faldas sombrías de la montaña; y a la derecha, muy lejos, bajo un cielo turquí, se descubrían lampos de la mole del Huila medio arropado por brumas flotantes.

Quien aquello crió, me decía yo, no puede destruir aún la más bella de sus criaturas y lo que él ha querido que yo más ame. Y sofocaba de nuevo en mi pecho sollozos que me ahogaban.

Ya dejaba a mi izquierda la pulcra y amena vega del Peñón, digna de su hermoso río y de mis gratos recuerdos de infancia. La ciudad acababa de dormirse sobre su verde y acojinado lecho: como bandada de aves enormes que se cernieran buscando sus nidos, divisábanse sobre ella, abrillantados por la luna, los follajes de las palmeras.

Hube de reunir todo el resto de mi valor para llamar a la puerta de la casa. Un paje abrió. Apeándome boté las bridas en sus manos y recorrí precipitadamente el zaguán y parte del corredor que me separaba de la entrada al salón: estaba oscuro. Me había adelantado pocos pasos en él cuando oí un grito y me sentí abrazado.

—¡María! ¡mi María! —exclamé, estrechando contra mi corazón aquella cabeza entregada a mis caricias.

—¡Ay! no, no, ¡Dios mío! —interrumpióme sollozando.

Y desprendiéndose de mi cuello cayó sobre el sofá inmediato: era Emma. Vestía de negro, y la luna acababa de bañar su rostro lívido y regado de lágrimas.

Se abrió la puerta del aposento de mi madre en ese instante. Ella, balbuciente y palpándome con sus besos, me arrastró en los brazos al asiento donde Emma estaba muda e inmóvil.

—¿Dónde está, pues, dónde está? —grité poniéndome en pie.

—¡Hijo de mi alma! —exclamó mi madre con el más hondo acento de ternura y volviendo a estrecharme contra su seno—: ¡en el cielo!

Algo como la hoja fría de un puñal penetró en mi cerebro: faltó a mis ojos luz y a mi pecho aire. Era la muerte que me hería... Ella, tan cruel e implacable, ¿por qué no supo herir?...

LXI

Me fue imposible darme cuenta de lo que por mí había pasado, una noche que desperté en un lecho rodeado de personas y objetos que casi no podía distinguir. Una lámpara velada, cuya luz hacían más opacas las cortinas de la cama, difundía por la silenciosa habitación una claridad indecisa. Intenté en vano incorporarme; llamé, y sentí que estrechaban una de mis manos; torné a llamar, y el nombre que débilmente pronunciaba tuvo por respuesta un sollozo. Volvíme hacia el lado de donde éste había salido y reconocí a mi madre, cuya mirada anhelosa y llena de lágrimas estaba fija en mi rostro. Me hizo casi en secreto y con su más suave voz, muchas preguntas para cerciorarse de si estaba aliviado.

—¿Conque es verdad? —le dije cuando el recuerdo aún confuso de la última vez en que la había visto, vino a mi memoria.

Sin responderme, reclinó la frente en el almohadón uniendo así nuestras cabezas.

Después de unos momentos tuve la crueldad de decirle:

—¡Así me engañaron!... ¿A qué he venido?

—¿Y yo? —me interrumpió humedeciendo mi cuello con sus lágrimas.

Mas su dolor y su ternura no conseguían que algunas corriesen de mis ojos.

Se trataba sin duda de evitarme toda fuerte emoción, pues poco rato después se acercó silencioso mi padre, y me estrechó una mano, mientras se enjugaba los ojos sombreados por el insomnio.

Mi madre, Eloísa y Emma se turnaron aquella noche para velar cerca de mi lecho, luego que el doctor se retiró prometiendo una lenta pero positiva reposición. Inútilmente agotaron ellas sus más dulces cuidados para hacerme conciliar el sueño. Así que mi madre se durmió rendida por el cansancio, supe que hacía algo más de veinticuatro horas que me hallaba en casa.

Emma sabía lo único que me faltaba saber: la historia de sus últimos días... sus últimos momentos y sus últimas palabras. Sentía que para oír esas confidencias terribles me faltaba valor, pero no pude dominar mi sed de dolorosos pormenores, y le hice muchas preguntas. Ella sólo me respondía con el acento de una madre que hace dormir a su hijo en la cuna:

—Mañana.

Y acariciaba mi frente con sus manos o jugaba con mis cabellos.

LXII

Tres semanas habían corrido desde mi regreso, durante las cuales me detuvieron a su lado Emma y mi madre aconsejadas por el médico y disculpando su tenacidad con el mal estado de mi salud.

¡Los días y las noches de dos meses habían pasado sobre su tumba y mis labios no habían murmurado una oración sobre ella! Sentíame aún sin la fuerza necesaria para visitar la abandonada mansión de nuestros amores, para mirar ese sepulcro que a mis ojos la escondía y la negaba a mis brazos. Pero en aquellos sitios debía esperarme ella: allí estaban los tristes presentes de su despedida para mí que no había volado a recibir su último adiós y su primer beso antes que la muerte helara sus labios.

Emma fue exprimiendo lentamente en mi corazón toda la amargura de las postreras confidencias de María para mí. Así, recomendada para romper el dique de mis lágrimas, no tuvo más tarde cómo enjugarlas, y mezclando las suyas a las mías pasaron esas horas dolorosas y lentas.

En la mañana que siguió a la tarde en que María me escribió su última carta, Emma después de haberla buscado inútilmente en su alcoba, la halló sentada en el banco de piedra del jardín: dejábase ver lo que había llorado: sus ojos fijos en la corriente y agrandados por la sombra que los circundaba, humedecían aún con algunas lágrimas despaciosas aquellas mejillas pálidas y enflaquecidas, antes tan llenas de gracia y lozanía: exhalaba sollozos ya débiles, ecos de otros en que su dolor se había desahogado.

—¿Por qué has venido sola hoy? —le preguntó Emma abrazándola—: yo quería acompañarte como ayer.

—Sí —le respondió—; lo sabía; pero deseaba venir sola: creí que tendría fuerzas. Ayúdame a andar.

Se apoyó en el brazos de Emma y se dirigió al rosal de enfrente a mi ventana. Luego que estuvieron cerca de él, María lo contempló casi sonriente, y quitándole las dos rosas más frescas, dijo:

—Tal vez serán las últimas. Mira cuántos botones tiene: tú le pondrás a la Virgen los más hermosos que vayan abriendo.

Acercando a su mejilla la rama más florecida, añadió:

—¡Adiós, rosal mío, emblema querido de su constancia! Tú le dirás que lo cuidé mientras pude —dijo volviéndose a Emma, que lloraba con ella.

Mi hermana quiso sacarla del jardín diciéndole:

—¿Por qué te entristeces así? ¿No ha convenido papá en demorar nuestro viaje? Volveremos todos los días. ¿No es verdad que te sientes mejor?

—Estémonos todavía aquí —le respondió acercándose lentamente a la ventana de mi cuarto—: la estuvo mirando olvidada de Emma, y se inclinó después a desprender todas las azucenas de su mata predilecta, diciendo a mi hermana—: Dile que nunca dejó de florecer. Ahora sí vámonos.

Volvió a detenerse en la orilla del arroyo, y mirando en torno suyo apoyó la frente en el seno de Emma murmurando:

—¡Yo no quiero morirme sin volver a verlo aquí!

Durante el día se la vio más triste y silenciosa que de costumbre. Por la tarde estuvo en mi cuarto y dejó en el florero, unidas con algunas hebras de sus cabellos, las azucenas que había cogido por la mañana; y allí fue Emma a buscarla cuando ya había oscurecido. Estaba de codos en la ventana, y los bucles desordenados de la cabellera casi le ocultaban el rostro.

—María —le dijo Emma después de haberla mirado en silencio unos momentos—, ¿no te hará mal este viento de la noche?

Ella, sorprendida al principio, le respondió tomándole una mano, atrayéndola a sí y haciendo que se sentase a su lado en el sofá:

—Ya nada puede hacerme mal.

—¿No quieres que vayamos al oratorio?

—Ahora no: deseo estarme aquí todavía; tengo que decirte tantas cosas...

—¿No hay tiempo para que me las digas en otra parte? Tú, tan obediente a las prescripciones del doctor, vas así a hacer infructuosos todos sus cuidados y los nuestros: hace dos días que no eres ya dócil como antes.

—Es que no saben que voy a morirme —respondió abrazando a Emma y sollozando contra su pecho.

—¿Morirte? ¿morirte cuando Efraín va a llegar?...

—Sin verlo otra vez, sin decirle... moriré sin poderlo esperar. Esto es espantoso —agregó estremeciéndose después de una pausa—; pero es cierto: nunca los síntomas del acceso han sido como los que hoy estoy sintiendo. Yo necesito que lo sepas todo antes que me sea imposible decírtelo. Oye: quiero dejarle cuanto yo poseo y le ha sido amable. Pondrás en el cofrecito en que tengo sus cartas y las flores secas, este guardapelo donde están sus cabellos y los de mi madre; esta sortija que me puso en vísperas de su viaje; y en mi delantal azul envolverás mis trenzas... No te aflijas así —continuó acercando su mejilla fría a la de mi hermana—: yo no podría ya ser su esposa... Dios quiere librarlo del dolor de hallarme como estoy, del trance de verme espirar. ¡Ay! yo podría morirme conforme dándole mi último adiós. Estréchalo por mí en tus brazos y dile que en vano luché por no abandonarlo... que me espantaba más su soledad que la muerte misma, y...

María dejó de hablar y temblaba en los brazos de Emma; cubrióla ésta de besos y sus labios la hallaron yerta; llamóla y no respondió; dio voces y ocurrieron en su auxilio.

Todos los esfuerzos del médico fueron infructuosos para volverla del acceso, y en la mañana del siguiente día se declaró impotente para salvarla.

El anciano cura de la parroquia ocurrió a las doce al llamamiento que se le hizo.

Frente al lecho de María se colocó en una mesa adornada con las más bellas flores del jardín, el crucifijo del oratorio, y lo alumbraban dos cirios benditos. De rodillas ante aquel altar humilde y perfumado oró el sacerdote durante una hora; y al levantarse, le entregó uno de los cirios a mi padre y otro a Mayn para acercarse con ellos al lecho de la moribunda. Mi madre y mis hermanas, Luisa, sus hijas y algunas esclavas se arrodillaron para presenciar la ceremonia. El ministro pronunció estas palabras al oído de María:

—Hija mía, Dios viene a visitarte: ¿quieres recibirlo?

Ella continuó muda e inmóvil como si durmiese profundamente. El sacerdote miró a Mayn, quien, comprendiendo al instante esa mirada, tomó el pulso a María, diciendo en seguida en voz baja:

—Cuatro horas lo menos.

El sacerdote la bendijo y la ungió. Los sollozos de mi madre, mis hermanas y las hijas del montañés acompañaron la oración.

Una hora después de la ceremonia, Juan se había acercado al lecho y se empinaba para alcanzar a ver a María, llorando porque no lo subían. Tomólo mi madre en sus brazos y lo sentó en el lecho.

—¿Está dormida, no? —preguntó el inocente reclinando la cabeza en el mismo almohadón en que descansaba la de María, y tomándole en sus manitas una de las trenzas como lo acostumbraba para dormirse.

Mi padre interrumpió esa escena que agotaba las fuerzas de mi madre y los asistentes presenciaban contristados.

A las cinco de la tarde, Mayn, que permanecía a la cabecera

pulsando constantemente a María, se puso en pie, y sus ojos humedecidos dejaron comprender a mi padre que había terminado la agonía. Sus sollozos hicieron que Emma y mi madre se precipitasen sobre el lecho. Estaba como dormida; pero dormida para siempre... ¡muerta! ¡sin que mis labios hubiesen aspirado su postrer aliento, sin que mis oídos hubiesen escuchado su último adiós, sin que algunas de tantas lágrimas vertidas por mí después sobre su sepulcro, hubiesen caído sobre su frente!

Cuando mi madre se convenció de que María había muerto, ante su cadáver, bañado de la luz de los arreboles de la tarde que penetraba en la estancia por una ventana que acababan de abrir, exclamó con voz enronquecida por el llanto besando una de esas manos ya fría e insensible:

—¡María!... ¡hija de mi corazón!... ¿por qué nos dejas así?... ¡Ay! ya nunca más podrás oírme... ¿Qué responderé a mi hijo cuando me pregunte por ti? ¿Qué hará, Dios mío?... ¡Muerta! ¡muerta sin haber exhalado una queja!

Ya en el oratorio, sobre una mesa enlutada, vestida de gro blanco y recostada en el ataúd, mostraba en su rostro algo de sublime resignación. La luz de los cirios brillando en su frente tersa y sobre sus anchos párpados, proyectaba la sombra de las pestañas sobre las mejillas: aquellos labios pálidos parecían haberse helado cuando intentaban sonreír; podía creerse que alentaba aún. Sombreábanle la garganta las trenzas medio envueltas en una toca de gasa blanca, y entre las manos, descansándole sobre el pecho, sostenía un crucifijo.

Así la vio Emma a las tres de la madrugada, al acercarse a cumplir el más terrible encargo de María.

El sacerdote estaba orando, de rodillas al pie del ataúd. La brisa de la noche, perfumada de rosas y azahares, agitaba las llamas de los cirios, gastados ya.

—Creí —decíame Emma—, que al cortar la primera trenza iba a mirarme tan dulcemente como solía si reclinada la cabeza en mi falda, le peinaba yo los cabellos. Púselas al pie de la imagen de la Virgen y por última vez le besé las mejillas... Cuando desperté dos horas después... ¡ya no estaba allí!

Braulio, José y cuatro peones más condujeron al pueblo[1] el

---

[1] *pueblo:* otra vez Santa Elena. Aquí, en los últimos años, los campesinos han

cadáver, cruzando esas llanuras y descansando bajo aquellos bosques por donde en una mañana feliz, pasó María a mi lado amante y amada, el día del matrimonio de Tránsito. Mi padre y el cura seguían paso ante paso el humilde convoy... ¡ay de mí! ¡humilde y silencioso como el de Nay!

Mi padre regresó al medio día lentamente y ya solo. Al apearse hizo esfuerzos inútiles para sofocar los sollozos que lo ahogaban. Sentado en el salón, en medio de Emma y mi madre y rodeado de los niños que aguardaban en vano sus caricias, dio rienda a su dolor, haciéndose necesario que mi madre procurase darle una conformidad que ella misma no podía tener.

—Yo —decía él—, yo autor de ese viaje maldecido, ¡la he muerto! Si Salomón pudiera venir a pedirme su hija, ¿qué habría yo de decirle?... y Efraín... y Efraín... ¡Ah! ¿para qué lo he llamado? ¿Así le cumpliré mis promesas?

Aquella tarde dejaron la hacienda de la sierra para ir a pernoctar en la del valle, de donde debían emprender al día siguiente viaje a la ciudad.

Braulio y Tránsito convinieron en habitar la casa para cuidar de ella durante la ausencia de la familia.

LXIII

Dos meses después de la muerte de María, el diez de setiembre, oía yo a Emma el final de aquella relación que ella retardó el mayor tiempo que le fue posible. Era de noche ya y Juan dormía sobre mis rodillas, costumbre que había contraído desde mi regreso, porque acaso adivinaba instintivamente que yo procuraba reemplazarle en parte el amor y los maternales cuidados de María.

Emma me entregó la llave del armario en que estaban guardados, en la casa de la sierra, los vestidos de María y todo aquello que más especialmente había ella recomendado se guardara para mí.

---

erigido un rústico monumento sobre una tumba en el cementerio, afirmando que es la de María.

A la madrugada del día que siguió a esa noche, me puse en camino para Santa R., en donde hacía dos semanas que permanecía mi padre, después de haber dejado prevenido todo lo necesario para mi regreso a Europa, el cual debía emprender el dieciocho de aquel mes.

El doce a las cuatro de la tarde me despedí de mi padre, a quien había hecho creer que deseaba pasar la noche en la hacienda de Carlos, para de esa manera estar más temprano en Cali al día siguiente. Cuando abracé a mi padre, tenía él en las manos un paquete sellado, y entregándomelo me dijo:

—A Kingston: contiene la última voluntad de Salomón y la dote de su hija. Si mi interés por ti —agregó con voz que la emoción hacía trémula— me hizo alejarte de ella y precipitar tal vez su muerte... tú sabrás disculparme... ¿Quién debe hacerlo si no eres tú?

Oído que hubo la respuesta que profundamente conmovido di a esa excusa paternal tan tierna como humildemente dada, me estrechó de nuevo entre sus brazos. ¡Aún persiste en mi oído su acento al pronunciar aquel adiós!

Saliendo a la llanura de*** después de haber vadeado el Amaime, esperé a Juan Ángel para indicarle que tomase el camino de la sierra. Miróme como asustado con la orden que recibía; pero viéndome doblar hacia la derecha, me siguió tan de cerca como le fue posible, y poco después lo perdí de vista.

Ya empezaba a oír el ruido de las corrientes del Sabaletas; divisaba las copas de los sauces. Detúveme en la asomada de la colina. Dos años antes, en una tarde como aquélla, que entonces armonizaba con mi felicidad y ahora era indiferente a mi dolor, había divisado desde allí mismo las luces de ese hogar donde con amorosa ansiedad era esperado. María estaba allí... Ya esa casa cerrada y sus contornos solitarios y silenciosos: ¡entonces el amor que nacía y ya el amor sin esperanza! Allí, a pocos pasos del sendero que la grama empezaba a borrar, veía la ancha piedra que nos sirvió de asiento tantas veces en aquellas felices tardes de lectura. Estaba al fin inmediato al huerto confidente de mis amores: las palomas y los tordos aleteaban piando y gimiendo en los follajes de los naranjos: el viento arrastraba hojas secas sobre el empedrado de la gradería.

Salté del caballo abandonándolo a su voluntad, y sin fuerza

ni voz para llamar, me senté en uno de esos escalones desde donde tantas veces su voz agasajadora y sus ojos amantes me dijeron adioses.

Rato después, casi de noche ya, sentí pasos cerca de mí: era una anciana esclava que habiendo visto mi caballo suelto en el pesebre, salía a saber quién era su dueño. Seguíale trabajosamente Mayo: la vista de ese animal, amigo de mi niñez, cariñoso compañero de mis días de felicidad, arrancó gemidos a mi pecho: presentándome la cabeza para recibir un agasajo, lamía el polvo de mis botas, y sentándose a mis pies, aulló dolorosamente.

La esclava trajo las llaves de la casa y al mismo tiempo me avisó que Braulio y Tránsito estaban en la montaña. Entré al salón, y dando algunos pasos en él sin que mis ojos nublados pudiesen distinguir los objetos, caí en el sofá donde con ella me había sentado siempre, donde por vez primera le hablé de mi amor.

Cuando levanté el rostro, me rodeaba una completa oscuridad. Abrí la puerta del aposento de mi madre, y mis espuelas resonaron lúgubremente en aquel recinto frío y oloroso a tumba. Entonces una fuerza nueva en mi dolor me hizo precipitar al oratorio. Iba a pedírsela a Dios... ini él podía querer ya devolvérmela en la tierra! Iba a buscarla allí donde mis brazos la habían estrechado, donde por vez primera mis labios descansaron sobre su frente... La luz de la luna que se levantaba, penetrando por la celosía entreabierta, me dejó ver lo único que debía encontrar: el paño fúnebre medio rodado de la mesa donde su ataúd descansó: los restos de los cirios que habían alumbrado el túmulo... iel silencio sordo a mis gemidos, la eternidad muda ante mi dolor!

Vi luz en el aposento de mi madre: era que Juan Ángel acababa de poner una bujía en una de las mesas; la tomé mandándole con un ademán que me dejase solo, y me dirigí a la alcoba de María. Algo de sus perfumes había allí... Velando las últimas prendas de su amor, su espíritu debía estarme esperando. El crucifijo aún sobre la mesa: las flores marchitas sobre su peaña: el lecho donde había muerto, desmantelado ya: teñidas todavía algunas copas con las últimas pociones que le habían dado. Abrí el armario: todos los aromas de los días de nuestro amor, se exhalaron combinados de él. Mis manos y mis labios palparon aquellos vestidos tan conocidos para mí. Halé el cajón que Emma me había indicado; el cofre precioso estaba allí. Un grito se escapó de mi pecho, y una sombra me cubrió los ojos al desenrollarse entre mis manos aquellas trenzas que parecían sensibles a mis besos.

Una hora después... ¡Dios mío! tú lo sabes. Yo había recorrido el huerto llamándola, pidiéndosela a los follajes que nos habían dado sombra, y al desierto que en sus ecos solamente me devolvía su nombre. A la orilla del abismo cubierto por los rosales, en cuyo fondo informe y oscuro blanqueaban las nieblas y tronaba el río, un pensamiento criminal estancó por un instante mis lágrimas y enfrió mi frente...

Una persona de quien me ocultaban los rosales, pronunció mi nombre cerca de mí: era Tránsito. Al aproximárseme debió producirle espanto mi rostro, pues por unos momentos permaneció asombrada. La respuesta que di a la súplica que me hizo para que dejase aquel sitio, le reveló quizá con su amargura todo el desprecio que en tales instantes tenía yo por la vida. La pobre muchacha se puso a llorar sin insistir por el momento; pero reanimada, balbució con la voz doliente de una esclava quejosa:

—¿Tampoco quiere ver a Braulio ni a mi hijo?

—No llores, Tránsito, y perdóname —le dije—. ¿Dónde están?

Ella estrechó una de mis manos sin haber enjugado todavía sus lágrimas, y me condujo al corredor del jardín, en donde su marido me esperaba. Después de que Braulio recibió mi abrazo, Tránsito puso en mis rodillas un precioso niño de seis meses, y arrodillada a mis pies sonreía a su hijo y me miraba complacida acariciar el fruto de sus inocentes amores.

LXIV

¡Inolvidable y última noche pasada en el hogar donde corrieron los años de mi niñez y los días felices de mi juventud! Como el ave impelida por el huracán a las pampas abrasadas intenta en vano sesgar su vuelo hacia el umbroso bosque nativo, y ajados ya los plumajes regresa a él después de la tormenta, y busca inútilmente el nido de sus amores revoloteando en torno del árbol destrozado, así mi alma abatida va en las horas de mi sueño a vagar en torno del que fue hogar de mis padres. Frondosos naranjos, gentiles y verdes sauces que conmigo crecisteis, ¡cómo os habréis envejecido! Rosas y azucenas de María ¿quién las amará si existen? Aromas del lozano huerto, no volveré a aspiraros; susurradores vientos, rumoroso río... ¡no volveré a oírlos!

La media noche me halló velando en mi cuarto. Todo estaba allí como yo lo había dejado; solamente las manos de María habían removido lo indispensable, engalanando la estancia para mi regreso: marchitas y carcomidas por los insectos permanecían en el florero las últimas azucenas que ella le puso. Ante esa mesa abrí el paquete de las cartas que me había devuelto al morir. Aquellas líneas borradas por mis lágrimas y trazadas cuando tan lejos estaba de creer que serían mis últimas palabras dirigidas a ella; aquellos pliegues ajados en su seno, fueron desplegados y leídos uno a uno; y buscando entre las cartas de María la contestación a cada una de las que yo le había escrito, compaginé ese diálogo de inmortal amor dictado por la esperanza e interrumpido por la muerte.

Teniendo entre mis manos las trenzas de María y recostado en el sofá en que Emma le había oído sus postreras confidencias, dio las dos el reloj: él había medido también las horas de aquella noche angustiosa, víspera de mi viaje; él debía medir las de la última que pasé en la morada de mis mayores.

Soñé que María era ya mi esposa: ese castísimo delirio había sido y debía continuar siendo el único deleite de mi alma: vestía un traje blanco vaporoso, y llevaba un delantal azul, azul como si hubiese sido formado de un jirón de cielo: era aquel delantal que tantas veces le ayudé a llenar de flores, y que ella sabía atar tan linda y descuidadamente a su cintura inquieta, aquel en que había yo encontrado envueltos sus cabellos: entreabrió cuidadosamente la puerta de mi cuarto, y procurando no hacer ni el más leve ruido con sus ropajes, se arrodilló sobre la alfombra al pie del sofá: después de mirarme medio sonreída, cual si temiera que mi sueño fuese fingido, tocó mi frente con sus labios suaves como el terciopelo de los lirios del Páez[1]; menos temerosa ya de mi engaño, dejóme aspirar un momento su aliento tibio y fragante; pero entonces esperé inútilmente que oprimiera mis labios con los suyos: sentóse en la alfombra, y mientras leía algunas de las páginas dispersas en ella, tenía sobre la mejilla una de mis manos que pendía sobre los almohadones: sintiendo ella animada esa mano, volvió hacia mí su mirada llena de amor, sonriendo como ella sola podía sonreír: atraje sobre mi pecho su cabeza, y reclinada así, buscaba mis ojos mientras le orlaba yo la frente con sus trenzas sedosas o aspiraba con deleite su perfume de albahaca.

Un grito, grito mío, interrumpió aquel sueño: la realidad lo turbaba celosa como si aquel instante hubiese sido un siglo de dicha. La lámpara se había consumido; por la ventana penetraba el viento frío de la madrugada; mis manos estaban yertas y oprimían aquellas trenzas, único despojo de su belleza, única verdad de mi sueño.

LXV

En la tarde de ese día, durante el cual había visitado yo todos los sitios que me eran queridos, y que no debía volver a ver, me preparaba para emprender viaje a la ciudad, pasando por el cementerio de la Parroquia donde estaba la tumba de María. Juan Angel y Braulio se habían adelantado a esperarme en él, y José, su mujer y sus hijas me rodeaban ya para recibir mi despedida. Invitados por mí me siguieron al oratorio, y todos de rodillas, todos llorando, oramos por el alma de aquella a quien tanto habíamos amado[1]. José interrumpió el silencio que siguió a esa oración solemne para recitar una súplica a la protectora de los peregrinos y navegantes.

Ya en el corredor, Tránsito y Lucía, después de recibir mi

---

[1] *los lirios del Páez:* flores celebradas por Isaacs en su poema La «*Virginia*» *del Páez,* fechado en mayo de 1864 *(Poesías, 103-104).*

[1] *aquella a quien tanto habíamos amado:* En el prólogo se dice de Efraín: «aquel a quien tanto amasteis...».

adiós, sollozaban cubierto el rostro y sentadas en el pavimento; la señora Luisa había desaparecido: José, volviendo a un lado la faz para ocultarme sus lágrimas, me esperaba teniendo el caballo del cabestro al pie de la gradería: Mayo, meneando la cola y tendido en el gramal, espiaba todos mis movimientos como cuando en sus días de vigor salíamos a caza de perdices.

Faltóme la voz para decir una postrera palabra cariñosa a José y a sus hijas; ellos tampoco la habrían tenido para responderme.

A pocas cuadras de la casa me detuve antes de emprender la bajada a ver una vez más aquella mansión querida y sus contornos. De las horas de felicidad que en ella había pasado, sólo llevaba conmigo el recuerdo; de María, los dones que me había dejado al borde de su tumba.

Llegó Mayo entonces, y fatigado se detuvo a la orilla del torrente que nos separaba: dos veces intentó vadearlo y en ambas hubo de retroceder: sentóse sobre el césped y aulló tan lastimosamente como si sus alaridos tuviesen algo de humano, como si con ellos quisiera recordarme cuánto me había amado, y reconvenirme porque lo abandonaba en su vejez.

A la hora y media me desmontaba a la portada de una especie de huerto, aislado en la llanura y cercado de palenque, que era el cementerio de la aldea. Braulio, recibiendo el caballo y participando de la emoción que descubría en mi rostro, empujó una hoja de la puerta y no dio un paso más. Atravesé por enmedio de las malezas y de las cruces de leño y de guadua que se levantaban sobre ellas. El sol al ponerse cruzaba el ramaje enmarañado de la selva vecina con algunos rayos, que amarilleaban sobre los zarzales y en los follajes de los árboles que sombreaban las tumbas. Al dar la vuelta a un grupo de corpulentos tamarindos, quedé enfrente de un pedestal blanco y manchado por las lluvias, sobre el cual se elevaba una cruz de hierro: acerquéme. En una plancha negra que las adormideras medio ocultaban ya, empecé a leer: «María...»

A aquel monólogo terrible del alma ante la muerte, del alma que la interroga, que la maldice... que le ruega, que la llama... demasiado elocuente respuesta dio esa tumba fría y sorda, que mis brazos oprimían y mis lágrimas bañaban.

El ruido de unos pasos sobre la hojarasca me hizo levantar

la frente del pedestal: Braulio se acercó a mí, y entregándome una corona de rosas y azucenas, obsequio de las hijas de José, permaneció en el mismo sitio como para indicarme que era hora de partir. Púseme en pie para colgarla de la cruz, y volví a abrazarme a los pies de ella para darle a María y a su sepulcro un último adiós...

Había ya montado, y Braulio estrechaba en sus manos una de las mías, cuando el revuelo de un ave que al pasar sobre nuestras cabezas dio un graznido siniestro y conocido para mí, interrumpió nuestra despedida: la vi volar hacia la cruz de hierro, y posada ya en uno de sus brazos, aleteó repitiendo su espantoso canto.

Estremecido, partí a galope por en medio de la pampa solitaria, cuyo vasto horizonte ennegrecía la noche.

FIN.

El vado.

Vocabulario

Vocabulario de los provincialismos más notables de esta obra[1]

Llevan al lado una C los provincialismos privativos del Cauca, y una A los de Antioquia

Achajuanarse. Flaquear de fatiga.

Agregado, a. C. Arrendatario.

Ajonjear. Mimar.

Alabar a Dios. Decir a guisa de saludo: «Alabado sea el santísimo sacramento del altar.»

Alfandoque. C. Instrumento para acompañar de música: cañuto grande con semillas por dentro que se sacude a compás.

Angarilla. C. Fuste de montura de dos cabezas para carguío.

Aparta (ganado de). Destetado.

Arretranca. Retranca.

Asoleada. Asoleo, por su efecto en el cutis.

Atillos. C. Petacas de cuero en que los arrieros llevan víveres.

Atramojar. Atraillar.

Azafate. Jofaina de madera.

Balance. Negocito, ganancia.

Bambuco. Véase pág. 213, nota.

Bamburé. C. Sapo muy grande.

Barbear. Echar a tierra una caballería asiéndola de la oreja y mandíbula inferior.

Barbillas. El hombre de ruin barba. | Nombre que se da a los perros y caballerías que tienen bajo la mandíbula inferior cierta clase de vello.

Bebeco, a. Albino.

Bimbo, a. Pavo común.

Bolero. C. Arandela ancha que cae sobre la falda en trajes de mujeres.

Botadero. Véase pág. 79, nota.

Bravo, a. Enojado.

Bunde. C. Cierto baile de negros.

Cabalonga. Semilla a la cual se le atribuyen ciertas propiedades salutíferas.

---

[1] Los vocablos señalados con asterisco faltan en la primera edición; los colocados entre paréntesis sólo aparecen en la edición príncipe. *(Nota del Editor.)*

Cabezón. Ola impetuosa o borbotón que hacen las corrientes de los ríos cuando el álveo está sembrado de piedras grandes.

Cabi-blanco o *belduque.* Cuchillo de cintura.

Cabuya. Planta semejante a la pita. | Las fibras que se sacan de sus hojas y el cordón con ellas hecho.

Cagüinga. C. Mecedor.

Calzones. Pantalones.

Cambrún. C. Cierta tela de lana.

Cangalla. C. Persona o bruto enflaquecido.

Canónigo, a. C. Irascible.

Cansera (es). Es perder tiempo.

Carángano. C. Instrumento que en la música de negros de los Chocoes sirve de bajo: trozo de guadua de dos y media a tres varas de largo, con una cuerda casi de la misma longitud, sacada de la corteza y levantada sobre dos cuñas en las extremidades, la cual se golpea con un palillo.

Caray. Interjección equivalente de caramba.

Carrasca. C. Instrumento músico de negros: bordón muesqueado de chonta que se raspa a compás con un palillo.

Carrizo. Interjección significativa de admiración o sorpresa.

Castruera. C. Instrumento músico campestre como el que atribuye la fábula al dios Pan.

Catanga. C. Canasta aparente para pescar.

Cazoleta (escopeta o fusil de). De piedra.

Cipote. Zonzo.

Cobijón. Cubierta de cuero que se pone sobre las cargas para favorecerlas de la lluvia; jales.

Cochada. Cochura.

Cojinetes. Bizazas pequeñas que llevan las sillas de montar en lugar de pistoleras.

Coleta. Tela ordinaria de lino o cáñamo.

Congola. C. Pipa. Véase pág. 301.

Contra. Yerba de las que sirven de antídoto para la mordedura de víbora.

Conversa. Charla.

Costurero. Cuarto de la casa en el que las señoras cosen.

Crujidas (pasar). Trabajos.

Cuadra. Véase pág. 142, nota.

Cucarrón. Escarabajo.

Cuchugos. C. Cajas de cuero o madera que suelen llevarse al arzón.

Cuerudo, a. Lerdo; dícese de las caballerías.

Chagra. C. Haciendita.

Chamba. Zanja.

Chamberga. C. Cuerna.

Chande, chandoso. Sarna, sarnoso.

Chapul. Chapulín, saltón.

Choto, a. Persona o bruto a quien se mima.

Chúcaro, a. Bravío. | Cerrero; en ambas acepciones aplícase a las caballerías.

Data de sal. C. La operación de repartir sal al ganado vacuno o a las caballerías.

Desmanchar. Desmanarse.

Empecinarse. Encapricharse.

Empuntar. Echar encaminando.

Encocorar. Fastidiar.

Esmeralda. Véase pág. 101, nota.

Estacar. Extender una piel en el suelo asegurándola con estaquitas. | Entre negociantes, engañar o perjudicar a otro al hacer algún negocio. | Herir hondamente con arma blanca.

Estantillos. Postes de madera sobre los cuales se construyen ciertas chozas. | En singular, horcón grueso que sirve como pilar.

Fantasioso, a. C. Valentón.

Filático, a. Resabiado: se dice de las caballerías. *[Filálico* en II, III, IV, por errata.]

Filote (en). Que empieza a echar cabello; dícese del maíz.

Follao. C. Enaguas exteriores, brial. *[Follado* en I.]

Fregar. Molestar: acepción metafórica vulgar.

Friega. Véase *fregar*.

(*Fuete,* Foete, látigo.)

Fufú. C. Masa hecha con plátano verde cocido y caldo sustancioso.

Fullero, a. Presumido.

Galápago. Cierta clase de silla de montar.

Galindro. C. Atravesaño o asidero que tiene la canoa a uno y otro extremo de su cavidad.

Gamuza. A. Chocolate con harina de maíz y azúcar sin purgar.

Garoso, a. C. Hambriento.

Gola. Arandela de traje de mujer que rodea el busto.

Guanábano. C. Papanatas.

Guango. C. Racimo de plátanos.

Guaucho, a. C. Hijo abandonado por sus padres. | Expósito. | Animal aún no destetado que ha perdido a la madre.

Hartón. Fruto de cierta especie de plátano: es muy grande (la fruta) y común en el valle del Cauca.

Holán. Batista.

Horrarse. C. *De horro:* Se aplica a vacas y otras hembras cuando se les malogra la cría. | Entre jugadores, devolverse el tanto expuesto en la partida.

Hu turutas. Interjección de desaprobación o impaciencia.

Imposible (estar). Imposibilitado, enfermo.

Individual. Idéntico, muy semejante.

Jigra. C. Mochila grande de mallas de cabuya o de correíllas de cuero crudo.

Jilo (de). En derechura, resueltamente.

Joto. A. Maleta, lío. [Falta *lío* en I y II.]

Lajero (perro). De alcance.

Lambido, a. C. Relamido, presuntuoso.

Mácula. Trampa, Maña. | Secreto.

Machetona. C. Navaja grande de camino.

Manatí. C. Corbacho, látigo.

Mandinga (el). Diablo.

Manea. Traba que se pone en las patas traseras a la vaca que se ordeña.

Maneto, a. Deforme de una o ambas manos; se dice de los cuadrúpedos.

Mangón. Potrero pequeño. Véase *potrero*.

Manta. Tela para pantalones fabricada en el país.

(*Manumiso, a.* Véase Variantes, V, I*.)

Manzanillo, a. Color amarillo tiznado; se aplica a las caballerías.

Marimba. Instrumento músico. Véase pág. 306. | C. Coto muy voluminoso.

Mazamorra (de ceniza). Cierta sopa de maíz originaria de Antioquia.

Mecha. Broma.

Mechoso, a. Haraposo.

Medalla. C. Onza de oro.

[Melado (color). Variedad del rucio.]

Mezquinar. C. Librar de un castigo.

Mocho, a. Caballería mala o sin una oreja.

Mono, a. Alazán dorado, color de mono. | La persona de cabellos monos.

Montarrón. Selva grande.

Montuno, a. Montaraz.

Mote o *mute.* Maíz cocido antes o después de pelado.

Nuche. Gusano que se incuba en la carne. Véase don Antonio de Ulloa, *Viaje al Perú.*

Ña. Abreviación de *señora;* úsase solamente antepuesto a los nombres de la gente plebeya.

Ñanga. C. En balde.

Ñapango, a, C. Gente mestiza.

Ñor. Abreviación de *señor;* se usa como el *Ña.*

Ojear. Hacer mal de ojo.

*Opa. Interjección equivalente de *hola.*

Orejero. Malicioso.

Orejonas (espuelas). Véase pág. 95, nota.

Ory verá. Corrupción de *ahora verá.*

Pampear. Palmear.

Pancho. Zaraza ordinaria, comúnmente azul y mosqueada de amarillo o blanco.

Panela. Panecillos como de una libra, de azúcar sin purgar. | Persona impertinente o antipática.

Patas (el). *Diablo.*

Pegadura. Pegata.

Pial. Cuerda con que se enlazan las patas traseras de una res para echarla por tierra.

Pilar (maíz). A. Molerlo en pilón (mortero grande a propósito).

Pilón. Maza que suspendida de una cuerda o de una cadena en las puertas, sirve para tenerlas cerradas. | Cilindro de madera, con un mortero labrado en la parte superior, en el cual comen caballerías. | Véase *pilar.* | *Tener o poner una caballería en pilón.* Cuidarla en pesebre.

Pintón, a. Plátano que empieza a tomar el color de la madurez.

*Porcia. Porción. Véase pág. 257.

*Porra (mandar, irse, o echar a la). Rechazar con desprecio y enfado. | *De porra.* Pospuesta a ciertos sustantivos, significa aversión a alguna persona, cosa o idea. Véanse págs. 261 y 267.

Potrero. Dehesa.

Potro de rienda. Potro que aún no lleva freno.

Pringamoza. C. Ortiga de hoja grande.

Provincia (la) Antioquia.

Punta. Partida, hablando de animales.

*Quebrada. Riachuelo.

Que no. A. Sin igual. Véase pág. 162.

Quincha. C. Cerca que se hace con guaduas tejiéndolas de una manera especial.

*Quinguear. C. Formar senos la corriente de un río, la línea de un camino, etcétera.

*Quingo. C. Seno, sinuosidad.

*Ranchada. C. (canoa). La que tiene techo de hojas.

Rancharse. Obstinarse.

Ranga. Matalón.

Rapadura. Panela, en su primera acepción. | Dulce de miel de caña y leche.

*Raspón. Sombrero de paja que usan las gentes campesinas.

Rayar. Excitar la cabalgadura con las espuelas, batirla de repelón.

*Rebotación. Derrame. Véase pág. 251.

Reino (el). Cundinamarca.

Rejo. Correa cruda torcida; sirve de lazo. | *Dar rejo.* Azotar.

Remache. Tenacidad.

Repostada. Patochada.

Retobo. C. Cosa o persona despreciable.

Revuelta. Desyerba.

Ringlete (es o parece un). Persona oficiosa que no descansa.

Rosillo, a. Color resultante de la mezcla de pelo rucio y castaño; dícese sólo de caballerías.

Roza. Véase pág. 68, nota [omitida en IV; véanse las variantes].

Sacatín. C. Alambique.

Sancocho. Sopa de plátano verde, carne o pescado y raíces.

So. Partícula proclítica insultativa. Véase pág. 97.

Socobe. C. Totuma de calabaza.

Soche. Piel sin pelo, de cordero, chibo *[sic]* o venado, curtida.

Tabaco de olor. Véase pág. 116, nota.

*Talabartero. El que fabrica sillas de montar y arreos para lo mismo; sillero.

*Talanquera. Véase *quincha.*

Tambarria. C. El hecho de acosar o maltratar de seguida. | Jaleo.

Tasajudo, a. Largo y flaco.

Temático, a. C. Que da en la manía echar malos juicios.

Tembo, a. C. Aturdido, bobo.

Ten con ten. C. Poco a poco.

Tibante. C. Altanero.

Timanejo, a. C. Natural del valle de Neiva.

Tiricia. Corrupción de *ictericia.*

Truncho, a. C. Cuadrúpedo que ha perdido la cola.

Tulpa. C. Una de las tres piedras sobre las cuales colocan los viandantes y la gente pobre la olla para cocinar.

Tumbadillo. C. La caída que forma la enagua exterior ciñéndola hacia adelante un poco más abajo que las interiores. También se llama así el bordado de la pretina de éstas, visible por la caída de aquélla.

Tuso, a. Carcomido de viruelas.

Valluno, a. C. Véase *timanejo.*

Velay. Interjección de extrañeza.

Yuyo. C. Cierta salsa de yerba.

Zamarros. Especie de pantalones holgados de piel o caucho, que se ponen sobre los comunes para andar a caballo.

(Zambo, a. Mulato.)

Zorral. C. Importuno.

Zumbar. C. Salir despedido. | Despedir con enfado.

Zumbo. Calabazo.

Apéndices

Appendices

Resgistro de variantes

Nota sobre las variantes

En esta sección se recogen las variantes de las cuatro ediciones auténticas publicadas por Isaacs y sus herederos en Bogotá: las de Gaitán, 1867 (I), Medardo Rivas, 1869 (II), Medardo Rivas, 1878 (III), y Camacho Roldán & Tamayo, 1922 (IV). A través de la presente sección el lector puede apreciar en seguida los cambios introducidos en cada edición sucesiva. Las discrepancias entre la versión aquí publicada y las tres primeras ediciones se deben a la pluma de Isaacs. En cambio, las lecciones distintas de la cuarta edición son debidas a la intromisión ajena y al descuido en la reproducción de la última voluntad del autor, tal como se contiene en el ejemplar corregido de puño y letra de Isaacs. Los editores de la llamada «edición definitiva» (la IV) se tomaron libertades no sólo con la puntuación de Isaacs, sino que introdujeron decenas de cambios estilísticos. Aunque las variantes de esta cuarta edición no gozan de ninguna autoridad, hemos juzgado conveniente reproducirlas aquí para que se pueda apreciar el descuido y la falta de criterio filológico con que se imprimió tal versión. (Adviértase que entre las variantes de la edición IV no se incluyen las erratas fácilmente subsanables.)

En el registro de variantes, se reproduce todo cambio que afecte la inteligencia del texto: además de las revisiones de palabras, cláusulas y frases, señalamos modificaciones de mayúsculas y minúsculas. Por el contrario, no anotamos diferencias de puntuación excepto cuando éstas modifican el sentido (el cambio de una exclamación a una pregunta, por ejemplo, o el uso de puntuación doble, como *¿De veras!*). No recogemos variantes meramente ortográficas *(cojer* por *coger)* ni abreviaturas *(U.* por *usted).* Registramos las palabras que Isaacs puso en letra

341

bastardilla en la primera edición, pues así expresaba su opinión de que eran provincialismos o barbarismos. Además, anotamos los errores no puramente ortográficos de las tres ediciones publicadas por Isaacs. En las variantes, igual que en el texto, suplimos los puntos de interrogación y de exclamación al comienzo de las frases, y modernizamos la acentuación.

VARIANTES

I

Pág. 53, colegio del doctor Lorenzo María Lleras; I, II, III: colegio de***; IV: Colegio de*** — República; I, II, III: república — le embargaban; I: la — aquella precaución; I, II, III: esa — el sueño; I: mi — los sitios; I, II, III: aquellos — había pasado; I, II, III: yo había pasado — pág. 54, seguí a; I, II, III: seguía yo a mi; IV: seguía mi — Sabaletas; I, II, III: Zabaletas.

II

Pág. 54, del viaje; I, II, III: de mi — planicies; I, II, III: planicies alfombradas — las arias; I: las más sentidas arias — los perfumes; I, II, III: si los — el canto; I, II, III: si el — en la memoria; I, II, III: en mi — pág. 55, leve paso; I, II, III: es el ruido de sus pasos — el vulgo creerá; IV: mundo — a el alma; II: al — supremo placer; I, II, III: era el supremo — dejé niñas; I, II, III: había dejado.

III

Pág. 56, que estaba; I, II, III: el cual — las colaciones; I, II: sus — velado primor; I, II, III: el arco simétrico —pág. 57, abiertas las hojas; I: abiertas sus naves — Dolorosa; III: dolorosa.

IV

Pág. 58, pomarrosos; I, II, III: pomarosos — donde tan bella la vi; I, II, III: huerto donde la vi tan bella; IV: huerto en donde — sería ya la compañera; IV: sería la — le ayudaría; I: la — pág. 59, el pañolón; I:

su —ocultábale; I, II, III: le ocultaba; IV: ocultaba — hundía las mejillas; I, II, III: sus — recordaba tal vez; I: sin duda — involuntariamente le había; I: la — pág. 60, semejábase a; I, II, III: era.

V

Pág. 60, complacerlo; I: complacerle — los preparativos; I, II: mis — tierra caliente; I: *tierra caliente* — poco antes; I, II, III: años antes — pág. 61, encontrarlo; I, II, III: encontrar — (el mayordomo); I, II, III: (mayordomo) — castrueras; IV: castreras — nidos de piñuelas; I: *nidos de piñuelas* — polluelos; I: nidos — pág. 62, necesitabas; I: necesitas — respondí; I, II: respondí yo — Julián, el esclavo; I, II, III: Julián, esclavo — manumisos; I: manumisos*. *(Nota al pie:* *Los hijos de esclavos pero nacidos libres por la ley bolivariana.)* — alfandoques; I: *alfandoques* — dilettante; I, II, III: aficionado — Bailaban; I, II, III: De los bailarines eran — follao; I: follado — flores rojas; I: flores lacres — pág. 63, cabiblanco; I: *cabi-blanco* — a favor mío su bienestar; I, II, III: su bienestar a favor mío — y a no haber sido así,; I, II, III: que —hizo en silencio; I: hizo sin que anudásemos la conversación; II, III: hizo sin que continuásemos hablando.

VI

Pág. 63, había extrañado; I, II, III: había yo extrañado — gradería; I, II, III: escalera — le presté ayuda; I: la —ayuda; I, II, III: mi ayuda — pág. 64, decirle; I: decirla — (más temible cuando cierta sonrisa pasajera vagaba en sus labios); I: (más temibles cuando una pasajera sonrisa plegaba sus labios poéticos) — sentirnos amados; I: sentirse amado.

VII

Pág. 65, el último viaje; I, II: su — las instancias; I, II: sus — salvarlo; I: salvarle — pág. 66, debe de ser; III: debe ser — le cambien; I: la — amigo, se dejó caer sollozando sobre; I, II, III: amigo, cayó sollozando sentado sobre — pág. 67, le dijo; I: la —sus labios; I: fue cuando sus labios —seis años; I: cuatro — nueve años; I: siete.

VIII

Pág. 68, ya ese; I, II: ya en mí ese — el acento; I, II, III: la voz — una emoción; I: con todo el desacierto producido por una emoción reprimida. — Conociendo ya el; I: Convencido ya del — terror, casi con placer; I, II, III: terror, no, con placer casi.

IX

Pág. 69, Oriente; I, II, IV: oriente — central; IV: Central — selvas del valle; I: selvas y bosques frondosos del — ellas; I: ellos — raudal se iba; I: raudal iba — pág. 70, a través de ella; I: a través de la cual — a instancias mías; I: e instado por mí — oíase; I, II, III: se oía — aviso; I, II, III: parte — pero estaba cómodamente; I: pero cómodamente — algunas estampas de papel iluminadas; I, II, III: algunas láminas... iluminado — pág. 71, caña-menuda; I, IV; caña menuda — golas; I: *golas* — e inquietos; I, II, III: y ligeros — su padre fue quien; I: fue su padre — diciéndoles; I: diciéndolas — su constante jovialidad dejaba comprender; I: su jovialidad y alegría dejaban comprender siempre; II, III: su jovialidad y alegría dejaban comprender — pág. 72, roza; I: roza* *(Nota al pie:* Llámase así en el país el lugar que se roza, la plantación que en él se hace, y la cosecha); II, III: roza* *(Nota a pie:* Llámase así en el país el lugar que se roza y la plantación que en él se hace). — preciosos rosarios; I: bonitos.

X

Pág. 73, María bajó; I, II, III: María, después de contestarme el saludo, bajó — sobresaltados; I: alarmados — iconque... amaba!; *Isaacs puntúa* ¿conque... amaba! — mujer, bella; I, II, III: mujer, pero bella — habría dado; I: hubiera.

XI

Pág. 73, En la mesa; I: comida — pág. 74, a quien; I: y a — sorprendido al ver; I, II, III: viendo — desdén, era; IV: desdén. Era — La turbación; I, II, III: El desconcierto — pág. 75, le dije yo; I: la — guardado... para; I, II, III: guardado para — le dije al fin; I: la.

Pág. 75, crestas altísimas de los montes; I, II, III: sobre los montes en-
lutados — iluminaba las faldas selvosas; I, II, III: las faldas de las montañas blanqueadas — pág. 76, Aquel silencio; I, II, III: Ese — rumor
del río; I, II, III: bramido — hablarle de mi amor; I: hablarla — como
María; I: como estaba — mejillas de; I, II, III: mejillas tintas de — pág.
77, Mi madre sonreía; I: Sonreía mi madre — valuar toda la inteligencia; I, II, III: avaluar todos los talentos — si yo se la colocaba; I: si la
mía la — Y siempre que; I: Y cuantas veces, — cartas, su aliento; I:
cartas, y — explicaciones, y Emma; I: explicaciones, Emma — a mis
discípulas; IV: de — pág. 78, probaría yo; IV: probaría ya — muchos
años; I, II: algunos.

XIII

Pág. 78, Tan cristiana y llena; I, II, III: Ella, tan cristiana y tan llena —
le ofrecía; I: la — Cielo; I, II, III: cielo — conocida que torna a conmover el corazón; I, II, III: conocida cuyas notas apaga la distancia y
se pierden en la soledad. — mis hombros; IV: brazos — pág. 79, no
separaba de mi rostro sus miradas húmedas ya; I, II, III: separaba sus
miradas de mi rostro, miradas — joven desventurada; I: hija — tu
destierro; I: tus sacrificios — descubrió la faz; I, II, III: se descubrió —
aquella lectura; I, II, III: esa.

Pág. 79, días, al bajar una tarde; I, II, III: días, una tarde que bajaba yo
de — algún sobresalto; I: algún alarma — refirió que; I: refirió luego
que — quererme hacer; I: querer hacerme — pág. 80, inmóvil contemplándola; I, II, III: inmóvil contemplando a María — de palidez; I:
de una — la había dado; I: la — padecimiento; I: sufrimiento — padeció; I: sufría — sollozo, y al; I, II, III: pero — y olvidándome de; I,
II, III: y olvidado de — Medía toda; I, II, III: Había yo medido — madre, que había muerto; I, II, III: madre, y su madre había — inerte; I,
II, III: yerta — balbució; I: exhaló — haciendo esfuerzo; I: haciendo
un esfuerzo — pág. 81, verla, cuando la; I, II, III: verla, cuando y
como la.

Pág. 81, huerto, lo; I: le — No sé cuánto; I: No sé qué — un ave; I, II, III: una — una ave; I, IV; un —. la ventana; I, II, III: mi — tempestuoso viento; I, II, III: del viento de invierno — ráfaga apagó de súbito la; I, II, III: ráfaga de viento apagó la — fuese el de un; I, II, III: fuese un — pág. 82, hora hallábame apercibido; I, II, III: hora estaba yo apercibido; IV: hallábame percibido — conmigo, y avivando; I: conmigo, avivando — del viaje; I: de mi — no era bastante a; I, II, III: no alcanzaba a — sombríos, el resuello; I, II, III: sombríos, sólo el — oír los ladridos; I, II, III: oír ya los — pág. 83, en lejanía; I: a lo lejos — manos, y como sobrecogido; I, II, III: manos; pero como — sobrecogido por; I, II: de — Le acaricié el cuello y las crines humedecidas; I: Le acaricié las crines humedecidas y el cuello aterciopelado y — rienda, que le; I, II, III: rienda, la que — y la fuerza; I, II, III: y por la — columpiaban guaduales; I: los guaduales — pág. 84, Santa R.; I, II, III: Santa — casa en que vivía; I: casa que.

Pág. 84, se despidió; I, II, III: despedía — completamente restablecida; I: de haber restablecido casi completamente a — haberle; I: haberla — acceso, y prometió; I, II, III: acceso, aunque — pero ya estoy; I: yo ya — ese viaje; I: este — le respondí; I: la — ¿Esto llamas...; I, II, III: Eso —pág. 85, Sí, le respondí; I: la — ¿Puedo acaso estar cierto de; I: ¿Puedo estar cierto acaso de — no lo pienses, le dije; I: la — pág. 86, hora de cena; I, II, III: refresco — padre mostraba; I: argüía — arruga que; I, II, III: arruga perpendicular — lo había; I: le — venados, que se; I, II, III: la cual — pág. 87, espejuelos; I: anteojos — y con él es con; I: y es con él con — debes irte; I, II, III: debes tú — porque es muy grato; I: es justo y muy — tú no tienes más que; I: tú tienes sólo veinte — No son únicamente éstos; I: No solamente son estos; I, II, III: No son solamente estos — pág. 88, quizá insuperable; I: quizás — lo que contestes dictado; I, II: que vas a decir dictado — en el pañuelo; I: su — esas lágrimas; I: sus — esposo de María; I: de nuestra María — quien debe; I: debo — de tal manera, que; I: de manera que — íntimo, que es precisamente; I: y es — conducta, puedes salvar a María; puedes evitarnos la desgracia de perderla; I: conducta, no solamente... María, sino — evitarnos; I, II, III: evitarte — pág. 89, ese enlace; I: esa unión — resolución; I: opinión — nuestra conferencia; I:

confidencia — asiento e indicándome; I: asiento indicándome — se
sonrió; I: sonrió — El señor de M*** da; I: Da el señor de M*** —
tenían prometida; I: tenía — entre nosotros; I, II, III: entre tú y — esperamos temprano; I: esperamos a comer — pág. 90, ensueños; I: sueños — perderla; y dejarla; I: perderla; dejarla — sin que sepa yo que; I:
sin apercibirme de que — dile a José; I: di a — tarareando; I: talarean-
do — pág. 91, del río, que; I, II, III: el cual.

XVII

Pág. 91, habían pasado; I, II, III: se — fatigándose; I, II, III: fatigado
— las horas; I, II, III: algunas — impaciente; I, II, III: impacientado
— y el silencio; I: y silencio — cariñoso; I, II, III: cariñosamente —
olvidar ...gravedad; I, II, III: olvidar su gravedad — pág. 92, como si
te fuera...; I: cual — amigo de él; I, II, III: suyo — de ser aceptado; I:
para — Así revelaba, sin; I, II, III: Así revelaba yo — me preguntó; I:
preguntóme — pág. 93, *Isaacs puntúa* ¿Él lo ha dicho! — Dile esta tarde; I: di — decirte; I: decirla — hablarle; I: hablarla — usted lo hace;
I, II, III: usted hace eso — pág. 94, hecho sufrir; I: echo *(errata)*.

XVIII

Pág. 94, partir; I: marchar — Lástima; I, II, III: Lástima es, — pág.
95, del... grandioso; I, II, III: del grandioso — imposible; I: *imposible*
—le interrumpí; I: la — Para que le ayude; I: la — pág. 96, le dije; I: la
— dije; I: la.

XIX

Pág. 97, gramales; I: gramales humillados y — habría encontrado; I:
hubiera — clasificarlos; I, II, III: clasificarlos entre los cuadrúpedos.
— la espalda; I: una — pág. 98, follao; I: follado* *(Nota al pie:* *Enaguas)* — y por camisa; I: y sin más camisa que un — carreras; IV: carrera — habíase; I: se había — varios colores; I: lindos — mejora observé; I, II, III: se observaba — chilenos; I: ingleses — lo envió; I: le —
ponerlo; I: ponerle — precediéndolo; I: precediéndole — puede; I:
pueda — describirlo; I: describirle — pág. 99, cargado; I, II: cargando
— le pareciese; I: que al conductor le — casaca azul; I, II, III: azul,
punta de diamante; — descargarlo; I: descargarle — pegadura; I: *pegadura* — demontres; I: *demontres* — tan feliz ocasión; I: la feliz ocasión
— pág. 100, contentarlo; I: contentarle — lo hacían; I: le — ha-

bitábamos; I: vivíamos — divertía; I: solazaba — abandonarlo; I: abandonarle — corrían a sitiarlo; I: sitiarle — apenas lo divisaban; I: le — vino a saber que; I, II, III: a caer en la cuenta de que — páginas 100-101, muchacha despabilada; I: despavesada — pág. 101, sin pararse en barras; I, II, III: Carlos, que no veía moscas, — justificaba madrugando; I: sinceraba — su reposo; IV: el — unas... coquetas; I, II, III: unas coquetas — caray; I: *caray* — Esperando verlo venir; I: verle — so maula!; I: *so* — pág. 102, negros, que es una friega; I: negros, los cual es una *friega* — si logremos que; IV: lograremos — nos presentó; I: nos hubo presentado — llevando pendiente; I: colgada — de vaqueta, algunos; I: de baqueta y algunos — pág. 103, soche; I: *soche* — «iya venís con tus; I, II, III: vienes — fullerías; I: *fullerías* — Con lo cual; I: lo que — rayar el caballo; I: *rayar* — barbeo; I: *barbeo* — pág. 105, encargado acerca del ganado; I: encargado sobre el — les tienen miedo; II, III: le — esos gritos; I: estos — le servía de foete; IV: fuete — ofrecían densa sombra y acolchonada; I: ofrecían bajo densa sombra acolchonada — pág. 106, Una que otra ardilla; I: Alguna — almizcle de una cabrera; IV: de un — preciosa ñapanguita; I: *ñapanguita* — convenirme a mí casarme; I, II, III: el casarme — en vez de ser el servido!; I, II, III: ser servido — pág. 107, debes saber lo que haces.; I: debes de — noticia de todo eso?; I, II: todo?

XX

Pág. 107, arreando dos mulas; I: arriando — y me gritó; I: gritóme — pág. 108, Sin resolverse a mirarme; I: verme — eso, le dije; I: la — observé ayudándole; I: ayudándola — pág. 109, a su rededor; I: alrededor — le contesté; I: la — una explicación, le dije; I: la — iQué mal habrás pensado de mí en estos días!; I: ¿Qué... días? — pág. 110, muy fácil?; I, II, III: fácil eso? — le dije en voz baja; I: la — le dije; I: la — aún la contemplaba yo extasiado; I, II, III: aun las veía mi alma.

XXI

Pág. 110, fidelidad era superior... escarmiento; I, II, III: fidelidad no le dejaba escarmentar, a·pesar — asestar un golpe; I: medir — cercanías, que; I: cercanías y que — pág. 111, Rió estrepitosamente; I, II, III: Se rió — porque yo me vuelvo; I: me devuelvo; y esto diciendo, se echó — diciendo: ¿serán; I: Ángel: ¿serán — lucida siempre; I, II, III: pasada como si tal cosa. — Provincia**; I: provincia — pág. 112, contrastaba; I, II, III: hacía contraste — risueñas y afectuosas; I, II, III:

afectuosas como siempre — desaparecía cuando se; I: desaparecía
siempre que — pág. 113, avergonzada ésta; I: ésta avergonzada — cubierto que se me destinaba siempre; I: cubierto con que se me prefería
siempre — pág. 114, Chagra*; I: Chagra — un *izumba!;* IV: una —
pág. 115, La chamba*; III: Chamba — hoya excavada al pie; I, II, III:
hoya que tenía — hasta la orilla; I, II, III: ...orilla del río. —rodar al
muchacho; I, II, III: sobrino — Guardábase; I, II, III: Guardábamos
— pág. 116, expiraba dando quejidos; I: espiraba... — erizando el dorso; I, II: erizado — pág. 118, te toca ni se sabe!; IV: se toca... — página 119, si el valluno zafó; IV: vallano — mazamorra; I: masamo-
rra... eran... masas de choclo*; I: eran, masas de choclo, blancas, moradas y limpias, queso — pág. 120, sacándole el sebo, que diz que servía; I: sacándole sebos que diz que servían — pág. 121, Servíanme de
arrullo; I, IV: Servíame.

XXII

Pág. 122, amándolo Tránsito; I: amándole — hacerlo hablar; I: hacerle — su mercé...; IV: su mercé — Lucas me encontró; I: Lucas, que
me — rió y me; I: rió, me — te estuviste; I, II, III: te has estado —
pág. 123, algo de huraño; I: huraña — motivos para mimarlo; I: mi-
marle — pág. 124, cuando percibí un ruido; I: percibí en el comedor
un — pregunté la causa; I, II, III: averigüé — yo me había imaginado;
I, II: yo había — ¿De tigre?; I, II, III: ¿De tigre! *(Nótese la puntuación
mixta)* — entornaba la puerta; I, II, III: ajustaba — pág. 126, la escopeta del amito?; I: amito sola? — pág. 127, preparándome para esto; I:
eso — no me encontraba; I: hallaba — lo impresionaron; I: le —
cierta clase de pronósticos; I: ciertas clases — para que cambiásemos
un; I, II, III: que se cambiase entre ella y yo un — pág. 128, peligroso
contar; I: peligroso exigir — en tales casos; I, II, III: esos — y se rió de
buena gana; I: y rió — pág. 129, la hizo admirable; I, II, III: la había
hecho — tiene la manía de litigar; I, II, III: tiene manía — las cuestiones más graves; IV: más largas — pág. 130, una excelente pronunciación; I, II, III: brillante — prosiguiendo el examen; I: examen
de los libros.

XXIII

Pág. 131, que desdoblaba la servilleta; I: Jerónimo desdoblaba —
éstos, dándose frente; I: éstos y dándose — pues él fue capaz; I, II, III:
porque él — proponerme venirse solo; I, II, III: venir — pág. 132, si

no estoy yo allá; I: estoy allá — cayendo en numerosísimos pliegues; I, II, III: cayendo desde la cintura en — susurrraba tan quedo; I, II, III: susurraba cuando ella andaba, tan — Yo le respondí; I: la — padre se quedaron a la; I: padre quedaron en la — pues sabía que; I, II, III: sabía yo que — tocaba; I: ejecutaba — pág. 133, paraíso de bailarines, le contesté.; I: bailarines. — hubieras asistido; I: hubieses — Pero eso consistió; IV: Pero consistió — ¿Qué te recuerda; IV: acuerda — Se trataba, dijo, de evitar; I, II: trataba de — pág. 134, no haber oído de qué; I, II, III: no haber caído en cuenta de — de que lo había juzgado mal; I: le — de que si él era capaz; I: si era él — a María, le dijo:; I: la — cantar? le respondió; I: la — decirle a media voz:; I: decirla — se desase de nosotros; I, II: deshace — acordes melancólicos, concertaron; I: melancólicos, acompañada por otros, concertaron — Sorprendíme, y me; I: Sorprendido, me — murmuré a su oído; I: yo murmuré — pág. 135, *Del indo mar dormida;* IV: *dormido* — tarareaba; I: talareaba — ¡Publican tantas insulseces; IV: publicando — pág. 136, ¡Bah! me decía; I, II, III: ¡Toma! me decía — que mis malos versos; I, II, III: que esos versos — sin darse cuenta; I, II, III: sin caer en cuenta.

XXIV

Pág. 136, que me hubiesen preparado; I, II, III: que se me hubiese — pág. 137, estuviesen al alcance de otro; I: estuvieran — montaña, aunque estaba muy; I, II, III: montaña, a pesar de estar muy — mesa, y se las presenté; I, II, III: mesa. Cayendo en cuenta de eso, se — natural, le dijo ésta.; I: la — de que yo pasaría la noche; I, II, III: que pasaría — no solamente estaba; I: sólo — despuntar el sol; I: día — ella a buscarlos para besar sus mejillas y llevarlos a la fuente; I: ella a llamarlos para peinarlos y besar sus mejillas, después de haberles bañado los rostros en la fuente con sus — para el altar.; I, II, III: altar y para ella.

XXV

Pág. 138, han caído negros.; I: *negros* — Ángel el que te los pone; I: Ángel quien — se acercaron a poner; I: a entablar — daban al viento; I: daban a las brisas — sus delicados aromas; I, II, III: sus más delicados — al recibir las caricias de los; I: al sentirse acariciados por los — pág. 139, hablaban ella y María, interrumpiéndose para reír.; I: hablaban, interrumpiéndose para reír, ella y María. — por el incomparable susurro de; I: por el susurro inimitable de — los que viven conmigo tienen que; I: pero quien vive conmigo tiene que — nos impidió dis-

frutar; I: nos privó de la satisfacción de disfrutar — de imponderable
aristocracia; I: aristocrático imponderable — no gastan burlas; I, II:
no tienen — pág. 140, chandosos?; I: *chandosos?* — tal resolución; I, II,
III: esa — nada de lo acordado; I, II, III: convenido — pág. 141, que
le harán mayor daño; I: la — ¿usted no lo ve; IV: ¿usted lo ve — no
debes prometerle; I: prometerla — le harán experimentar; I: la — hablaron en cierta ocasión sobre; I: hablaron alguna vez sobre — yo, la
han tanquilizado: I: yo, le han vuelto la esperanza. — pág. 142, es
como prometerle; I, II, III: es nada menos que prometerle — padre se
opondrá; I, II, III: opondría — a vuestro matrimonio; I, II, III: a tu
matrimonio con ella, y — tendría yo que hacer lo mismo?; I, II, III:
hacerlo también — entró sonrosada y riendo; II, III: riéndose — buena. Te esperaba; I, II, III: buena; pero es que te — se trata de una
cosa muy grave; I: se trata de algo — aquí, le dijo mi madre; I: la — su
rostro tomó; I: asumió — cabellos en forma de un grueso; I: cabellos
en un grueso — te diga... que el señor; I, II, III: diga que — pág. 143,
alzando a mirar a mi madre,; I: alzando a ver — con ella, le dijo:; I: la
— María, le interrumpió; I: la — era menos fuerte que ella pensaba;
IV: fuerte que lo que ella — mejillas rodaron lágrimas; I, II, III: rodaban — manos, apoyadas en; I, II: manos yertas que apoyaba en; III:
manos, que apoyaba en — puerta que me ocultaba; I, II, III: puerta
tras la cual me ocultaba. — pág. 144, y dijo casi sonriente, volviendo;
I: sonriente y volviendo — enjuga esas lágrimas; I, II, III: enjúgate —
tan contenta como estabas; I, II, III: como entraste — no sepa él; I, II,
III: no note — se tiñeron, al oír esto, del más suave encarnado; I, II,
III: encarnado: así salpicadas de lágrimas, eran idénticas a aquellas rosas frescas humedecidas de rocío, que ella recogía para mí por las mañanas. — pág. 145, para alejar un recuerdo miedoso, preguntó:; I:
...miedoso. — debo hacer?; I: hacer? preguntó — ¿A mí?; I, II, III: ¿A
mí! — puedes aceptar su oferta,; I, II, III: sus proposiciones — aunque
mucho te honra,; I, II: aunque tanto te honran; III: mucho te honran.

XXVI

Pág. 145, se resolviera a sentarse a la mesa; IV: ...en la mesa — continúa ranchado; I: *ranchado* — pág. 146, del Derrumbo con sus perros;
I, II, III: derrumbo — queda apostado dentro; I, II, III: queda en puesto dentro — pág. 147, torrente que vadeamos; I, II, III: torrente de la
falda que — se pasó una media hora; IV: pasó media hora — ese ladrido; I, II, III: los alaridos — se persuadió de que; I, II, III, IV: persuadió que — la presa estaba cerca; I, II, III: presa debía de estar —
casi a par de nuestros caballos; I, II, III: casi apareado con nuestros —

subió en vez de bajar.; I, II, III: ascendió — pág. 148, y espéralo sobre el cerco; I: espérale — veían todo lo que; I, II: todos — y se acostó casi ahogado debajo; I: y ahogado se acostó debajo — pág. 149, y yo lo he puesto así; I: Yo soy quien le ha — para que lo sepa: usted debe decírselo; I: para manifestárselo: usted es quien debe.

XXVII

Pág. 149, para él lo habían llevado; I: le — Mas luego que; I, II, III: así — algo, conocí que iba a ponerme; I, II, III: algo, le conocí — situación de la cual; I, II, III: situación que tanto había temido y de — escapar hasta allí; I: ahí — págs. 149-50, que le causaban daño; I, II, III: hacían — pág. 150, les sucede a todos; IV: le — ¿Cómo a todos?; *En el ejemplar que seguimos, Isaacs puntuó* «¿Cómo a todos?» — con la mirada en el cuarto; I: miradas — que me pareció; IV: parecía — pág. 151, ahora sobre este asunto»... Mas; I: ahora &. ª» Mas — de la cual caía espumosa... su falda de muselina blanca; I, II: caía como espuma su falda — se pasó por las sienes; I, II, III: pasóse — le pregunté; I: la — dejando de mirarla; I: verla — por contemplar la hermosura; I: admirar — ¿acaso vi que se había dormido?; I, II, III: acaso caí en cuenta de que — lo estaba alzando; I: lo alzaba — caricias y lo estrechó; I: caricias: cuando tal hizo lo — pág. 152, Estaba ella arreglando; I: Arreglaba ella — costura, que había; costura los cuales — cuando le dije; I: la — hoy sobre cierta; I, II, III: hoy tocante a — por qué me tratas de usted; IV: trata — por qué lloras? le pregunté; I: la — pág. 153, Pero estarás tan cerca; I: Pues.

XXVIII

Pág. 154, presenciar aquel día; I, II, III: ese — la colocación de los anzuelos; I, II, III: armadura — Fue necesario; I, II, III: Había sido — María y también a mi hermana, quien; I: María y que mi hermana fuese a — algo que le mostró; I: mostrara — empezaba a responderle; I, II, III: a hablar — pág. 155, llegaron a mis oídos; I: llegaron de María a — y acabando de hablar jugaba; I: y acababa de hablar mientras jugaba — colgante del árbol inmediato; I: vecino — las faltriqueras de su chupa azul; I: su jardinera — como si lo hubiese oído; I, II, III: hubiera — Es inevitable; I, II, III: Eso no es posible — le respondí; I: la — convidándolo a bajar; I: convidándole — bello remanso, y le instaba; I: remanso, en donde le — bañarnos en él la mañana siguiente; I: bañarnos la — veía en éste; I: en él — con la luz apacible; I, II, III: esa —

salen esos habitantes; I: estos — pág. 156, dije a Carlos; I: dije yo a —
Que me alces; I, II, III: cargues — pág. 166, sin atreverse a verlo; I:
verle — lo mirase; I: le — Sí; y te lo habrá dicho; IV: Sí te — diciéndole; I: diciéndola — me lo ha contado todo; IV: han — le dijo
mirándola; I: la — págs. 156-7, que lo apesaraba; I: le entristecía —
pág. 157, que le agradaban; I: la — por lo que se notaba; I: se veía —
con don Jerónimo; III: con Jerónimo — lo magnificaba; I: le — me
decía yo; I: decíame yo, — si no las comprende ya,; I: comprendía —
me apenaban; I: me acriminaban y entristecían — pág. 158, oírle ya la
confidencia; I, II, III: esa confidencia — pág. 159, el orgullo me lo impidió; I, II, III: me impidió hacerlo — en que estuvo acodado; I, II, III:
instante que — hombre de los que se echan a morir; I: hombre que se
echa — que me hacían dormir cuando tú me leías en las noches de invierno; I: que me dormía oyéndote leer en — pág. 160, me interrogó
maravillado; I: interrogóme maravillado — estremecer de dolor; I: estremecer, no de espanto sino de.

XXIX

Pág. 161, Parecíale tan natural que me fuese necesario; I, II, III: Tenía
ella tal certeza de que me era necesario — pasar a su lado unos momentos; I, II, III: algunos — que me los concedía como algo que no le
era permitido negarme; I, II, III: que no tenía derecho a negarme, sin
ocultar el placer que yo le proporcionaba y sin ignorar el que ella me
concedía. —comedor me reservaba siempre un asiento inmediato al
suyo; I, II, III: comedor había siempre a su lado un asiento esperándo-
me, — ojos, en arrobadora languidez; I, II, III: ojos soñolientos con el
sueño del alma, — en mi semblante; I: ceño; II, III: fisonomía — me
lo preguntas ahora?; I, II, III: me averiguas eso — pág. 162, y le respondí; I: la — mirándola al propio tiempo; I: viéndola — miras, le
dije; I: la — ¿y no hubiera sido; I, II, III: ¿y eso no; IV: ¿no —
¿Seguirá... amigo?; I, II: Seguirá... amigo — pág. 163, concederme tal;
I, II, III: ese.

XXX

Pág. 163, Su cabellera; I: El resto de su — pág. 164, delante de éste; I:
de él — que él le había hablado; I: que la había — Mira, le dijo; I: la —
le preguntó; I: la — mirándome con todo el disimulo; I: viéndome —
de la mesa; I: su mesa — padre se rió; I: padre rió — y él le dijo; I: la
— y le dijo en voz baja; I: la.

XXXI

Pág. 166, se cernía en regiones; I, II, III: sobre — agobiados por sus racimos de oro; I, II, III: de — naturaleza, divina enseñadora, ofrece nuevo a; I, II, III: naturaleza ofrece de raro a — volver a las delicias de un Edén — ensueño o realidad — que; I, II, III: volver al cielo, que — aún no ha olvidado; I, II, III: ha podido olvidar. — las linfas del arroyo; I, II, III: olas — quitaban leves pétalos; I: robaban — no el vuelo; IV: no era el vuelo — el mundo que extasiado contemplé en los primeros albores de la vida; I, II, III: el mundo, como Adán pudo verlo en la primera mañana de su vida. — pág. 167, que advirtió la notable; I, II, III: que cayó en cuenta de la — esperándote, le respondí; I: la — llena de flores; I, II, III: rosas — zafándose la mochila; I, II, III: guambía — bajo una de las; I, II, III: bajo de una — que no, y tan montuna; I: *que no, y tan montuna* — Tránsito se rió; I: Tránsito rió — pág. 168, estoy segura de que; IV: segura que — pág. 169, no me atreví a turbar; I, II, III, IV: atrevía — apoyara, lo que no había podido; I: lo cual — Se iban apagando; I: iban ya — enredaderas del jardín; I: comedor — le pregunté al fin.; I: la — pág. 170, ¿Alegre?; I, II, III: ¿Alegre! — estarás tú también?; I: estarás también? — más exiges?...; I: exiges? — acariciándolo; I: acariciándole — pág. 171, No digas tal; I, II, III: eso — y lo acariciaba; I: le — pág. 172, regazo, diciéndole:; I: diciéndola —hacen, le dije; I: le interrumpí. — para esquivarle; IV: esquivarlo.

XXXII

Pág. 173, era acompañarlo; I: acompañarle — riéndose él al ver; I: riendo — en el comedor, dentro; I: comedor y dentro —cachugos; I: *cachugos* — colgados a la cabeza de la silla; I: llevar a la arzón — rodillas acomodando las provisiones, y que le daba; I: rodillas, acomodando y le daba — replicó riéndose; I: riendo — latas de salmón; I: unos botes — pág. 174, Eso también?; *Isaacs puntúa* ¿Eso también! — cuando se chanceaba; I: cuando bromeaba — atrevía a mirarlo; I: mirarle — me dirigía al comedor; I: Dirigiéndome yo al — Corta ahora, le dije; I: la — pág. 175, le dije besando el pelo; I: la.

XXXIII

Pág. 175, nos sorprendieron trabajando; I, II, III: nos habían sorprendido — de los ramajes enlazados; I: relazados — aleteo de alguna ave; I: algún — pórtico, que frontero al edificio daba; I, II, III: pórtico, que a setenta varas de la casa, daba — proyectando sus capiteles; I, II, III: almenas — crestas aparecían iluminadas a ratos por fulgores; I: crestas delineaban a ratos fulgores — lo que ya me imaginaba; I: me suponía — le humedecía la frente; I: frente contraída. — pág. 177, un dependiente a quien había mandado; I: dependiente suyo a — en la juventud con indiferencia; I: juventud sin trepidar, — que se sufren; I: se reciben — que sepan serlo; I: saben — Tres horas habían; I: se habían — que terminó la escena; I: que tuvo lugar la — págs. 177-8, conforme al recuerdo que me ha quedado de; I: conforme me lo ha permitido el recuerdo de — pág. 178, había oído decir; I: decir a él — contemplándolo; I: contemplándole — asomas y azulejos; I: los azulejos y asomas;,

XXXIV

Pág. 179, aguardaban estaban; I: debían de estar — donde se domina; I, II: dominaba (dominada *por errata* en II) — estaba ella de pie; I, II, III: estaba en pie María, — que se reía; I: que reía — Niña, le dijo; I: la — le interrumpió; I: la — cómo bajó Emma?; I: cómo lo hizo — yo le ayudé; I: la — mostrándome unas grietas; I, II, III: ciertas —pág. 180, Sentéme a sus pies y ella me dijo; I: sentado ya a sus pies, díjome; — era ella tan feliz; IV: era tan — le suplicó María; I: la — y le ofrecí; I: la — ¿qué habrías hecho; I: ¿cómo — loquilla; I, II, III: loquita — pág. 181, a leer a; I, II: a leer la — *Veladas de la Quinta, Tardes de la Granja, Atala; Estos tres títulos de libros no están subrayados en las tres primeras ediciones ni en el ejemplar corregido por Isaacs.* — antenoche; I: antesdeanoche *(igual en el renglón siguiente)* — me lo preguntas; I, II, III: me preguntas eso? —haciéndole compañía; I: haciéndola — a darme susto; I, II, III: miedo — pág. 182, un ave negra; I, II, III: una — le respondí; I: la — ocultarse el sol; I: esconderse — María; veo que he hecho mal en referirte eso.; I: María; ¿no veo,... esto?; II, III: ¿veo... eso —pág. 183, cambiarme el traje; I, II, III: cambiar mi.

Pág. 183, Parroquia; I, II, III, IV: parroquia — ¿engañarme tú a mí?; *Isaacs puntúa* ¿engañarme tú a mí! — yo me riese; I: yo riese — pág. 184, Cor.firmaban su inocente súplica; I, II, III: súplica inocente — atrevido a confesarte; I: atrevido en tanto tiempo a — he tenido temor; I, II, III: miedo. *En el renglón siguiente* ¿Miedo de qué? — sin que uno quiera?; I, II, III: una —porque has estado así; I, II, III: de esa manera —pág. 185, Pero tengo fe; I: Tengo — me vuelva a dar...; I, II, III: dar eso... — corredor previniendo arreos de montar; I: corredor, arreglando monturas — esperaban acudí; I: esperaran — salón: presentándome una taza de café, de dos que llevaba Estefana, me dio los buenos días, y llamó; I, II, III: salón, y presentándome... días, llamando — cintas escocesas y abrochado; I: escocesas, abrochado — pág. 186, le pregunté; I: la — si no permite; I: admite — siquiera el fuete; II, III: foete — para partir; I: marchar — pág. 187, a darle un fuetazo; II, III: foetazo — darme el fuete; II, III: foete — Y se reía; I: Y reía — mango del fuetecito; II, III: foetecito — de que yo era guapísima; I, II, III: buena equitadora — pág. 188, revueltas del Sabaletas; I, II, III: Zabaletas — pág. 189, le dije entonces; I: la — respondió sonriéndose; I: sonriendo — pág. 190, peinando las crines del caballo con el mango del fuete, que ya le había devuelto, papá; I: peinando al mismo tiempo con el mango del fuete las crines del caballo, papá — mango del fuete; II, III: foete — algún tanto pálido; I: un — pág. 191, no le sentaba mejor; I, II, III: quedaba — Jipijapa; I, IV: jipijapa — guardilla morada; I: guarda — seda negra y roja; I: seda negra y lacre — madre, quien se quejaba; I, II, III: la cual — pág. 192, Pero hazlo; I: hazlo todo.

Pág. 192, Le había ayudado a ella a apearse y estaba haciendo lo mismo con María; I: La había apeado a ella y estaba bajando a María — insinuándonos por señas; I: haciendo señas — habíamos preocupado; I: alarmado — por el calofrío; I, II, III: acceso del frío — pág. 193, había, y estaba en la; I: había, en la — Nos pareció que no había oído; I: Pareció no haber oído — tráelas para firmarlas; IV: traerlas — Así que usted; I: Así como — pág. 194, sucedido, nada que se le oculte a usted, le respondí; I: sucedido que deba serle ocultado a usted, la respondí — remedios caseros; I, II, III: domésticos — Habiendo el doctor dispuesto; I: habiéndole el doctor examinado — y dispuesto — para aplicarle a mi padre unas; I: para ponerle unas — confeccionaba una poción, traté; I: confeccionaba en él una bebida, traté; II, III: confeccionaba una bebida, — su concepto; I, II, III: su opinión —tiene que ver; I, II, III: hacer —muy grave; I: alarmante — le hizo aquello mucha impresión?; I: le afectó mucho eso? —pág. 195, sufrimientos del ánimo; I, II, III: que residiendo en el espíritu, se — para evitarle; I: evitarla — aprovecharme; I: utilizarme — suplicando lo llamásemos; I: le — decirle muy quedo; I: decirla — cabeza, que tenía; I: cabeza, cuya frente tenía —pág. 196, adornada primorosamente; I: como adornada lindamente — hora es?; I: horas son? — que hube tomado su puesto; I: que estuve instalado, me — lo acariciaba; I: le — su asiento; I: su puesto. —le pregunté; I: la — al llevarse; I, II, III: llevar — pág. 197, se miró en él; I: se vio — pág. 198, ¿Lo han llamado; I: ¿Le — su reloj; I: cronómetro — incomodarlo; I: incomodarle.

XXXVII

Pág. 198, lo dominaba; I, IV: le — pág. 199, presentado esa crisis, nada; I: presentado, nada — desconsolar; I: alarmar — lo corrido de la noche; I, II, III: lo que había corrido — no había cesado el; I: no lo había interrumpido el — de la que produce el agotamiento; I: de lo que sucede al agotamiento — pág. 200, pues que no tenía más objeto; I: puesto — síntomas, y; I: síntomas alarmantes, y — padre. El enfermo; I: padre; pero él — tranquilo, y había; I: tranquilo, había — lo cual les hizo concebir; I: cual las había hecho; II, III: cual les había hecho — se durmió en la poltrona; I: se había dormido — cuyo perfil resaltaba; I: cuya blancura — Sonaron las tres; I: Dieron — Yo la contemplaba con indecible ternura; I, II, III: La contemplaba yo, poseído de una ternura inmensa, y — pág. 201, que le causaría; I, II, III: que eso le — Viéndole buscar alguna cosa; I: Viéndole que buscaba algo a — que lo cubría; I: le — Me acercaba a; I, II, III: Me había acercado — de asombrado mirar; I, II, III: asombrada mirada — procuré reducirlo; I: reducirle — pág. 202, No le permitan; IV: permita — Es, le respondí; I: la — Se acercó; I, II, III: Ella se acercó — Le tomó el; I, II, III: Tomó el — a mi hermana; I, II, III: de — pág. 203, lo miraban aterradas.; I: le *(dos casos)* — que lo haga esperar; I: que le demore — ¿qué es esto?; *Isaacs puntúa* ¿qué es esto! — le respondió; I: la — Yo estoy bueno; I, II: Pero si estoy — ocultándole con su cuerpo; I: ocultando — lo llame; I: le — pág. 204, buscando algo por todas partes; I: buscando por todas partes algo. — colocándola cerca de; I: colocándola al pie de — Lo había vuelto; I: le — después de pulsarlo; I: pulsarle — se acercó Mayn; I, II: acercándose — una poción; I, II, III: bebida — ocultó tras de las; I, II, III: ocultó a favor de — despertó, se llevó; I, II, III: despertó, llevó — tiempo; fijóse; I, II, III: y fijándose — poción, y le dijo; I: poción, la; II, III: poción, le — pág. 205, hora es?; I: horas son?

XXXVIII

Pág. 205, Pasados; I: corridos — Diario de Napoleón en Santa Elena; *Falta la letra bastardilla en todas las versiones de Isaacs* — lo conmovía; I: le — pág. 206, lo notábamos; I: le — distraerlo; I: distraerle — ocasiones se chanceaba; I: ocasiones burlaba — le preguntó; I: la — nunca recuerdan; I: no recuerdan nunca — madre, a qué se resolvió por eso; I: madre, si lo resolvió a algo eso — pág. 207, hacia el puerto; I: Puerto — encontré las miradas; I: encontré con — pág. 208, la llevarás tú mismo; I: carta, la cual — curvas, pasa al; I: curvas, al — espumosos, y sigue; I: espumosos, sigue — orilla; se oculta; I: orilla; desapareciendo — parece darle en murmullos; I, II: parece decir — a lo lejos; I: al fin lejos — de lila; I, II: de púrpura — su raudal; I, II: su manto undoso; III: su raudal undoso — Cuando regresé; I: Al regresar — Las albas espumas; I, II, III: Las espumas — río pasaban resplandecientes, y; I, II, III: río tenían una blancura brillante, y — remansos reflejaban; I, II, III: remansos del río — misteriosos, brillaba la; I, II, III: misteriosos, el fondo sombrío reflejaba — el grillar; I, II, III: zumbido — bosques; pero; I, II, III: bosques soñolientos — pág. 209, guardián de las negras espesuras; I, II, III: guardián celoso de las espesuras — en la gradería el caballo; I: la escalera mi; II: la gradería mi — valuar; I, II, III: avaluar — no lo creo; I: le — exige la conclusión de mis estudios.; I, II, III: exige el complementar mi educación — pág. 210, para la Buenaventura; IV: para Buenaventura — diciéndole; I: diciéndola:.

XXXIX

Pág. 211, sin disimularme; I, II, III: ocultarme — que le tienes; I: la — muy probable; I, II, III: posible — podido espresar; I, II, IV: expresar — pág. 212, había yo visto; I: visto yo — a decirle; I: decirla — pág. 213, con una de las peinetitas; I, II, III: con la peinetita — a preguntarle; I: preguntarla — casi riendo; II, III: riéndose — cierto? le dije; I: la — le dijo mi padre; I: la — pág. 214, me tendía; I, II, III: extendía — para no cesar; IV: dejar.

Pág. 215, al alabarle; IV: el — le servían; I: la — a lo que ella; IV: lo cual — que tan dulce; I, II, III: que tanto — sublevadas contra el rey; I: insurrecionadas; II, III: insurreccionadas — contra el rey; I, II, III: su — lo colmara; I: le — pág. 216, Empeñóse la batalla, y pocas; I, II, III: Empeñada la batalla, pocas — Achantis; I, II, III: Achanteas — habían ocultado la noble estirpe del prisionero; I, II, III: ocultado el prisionero — la cautivó; I: interesó — Él le enseñaba; I: la — le refería; I: la — cantares (en la nota); III: contares *(aunque no corregida por Isaacs, esta forma parece una errata)* — pág. 217, el valle; I, II: un — mi sangre y la tuya; I: tu sangre y la mía — pág 218, como los otros esclavos; I: esclavos de aquél — antes de combatir; I, II, III: antes de ir a combatir — pág. 219, nos cubra...; I, II, III: me — desasiéndose de sus esclavas; I: deshaciéndose — arma temible; I, II: terrible — ella lo ama; I: le — lo estrechaba; I: le — pág. 220, y su brazo; IV: tu — tendió sus; I, II, III: extendió — con amoroso acento; I: con su más — pág. 221, suntuosas fiestas; I: lujosas — Cambez; IV: Cambes — penas temidas; I, II: terribles — pág. 222, espirante el joven; IV: expirante — ¿Me dejarás; I, II, III: ¿No me — Parece que dices; I, II, III: Tú debes decir la — debes de ser; I, II, III: debes ser — y esforzábase Nay; I, II, III: y Nay se esforzaba — seguíanles; IV: seguíanle — pág. 223, unos de sus; IV: uno — viajaron sin otra guía; I, II, III: habían viajado — oasis, y así habían llegado; I: oasis. Dos días hacía que habían; II, III: oasis, y dos días hacía que habían — espirar; IV: expirar.

Pág. 223, gustase éste del; I: gustase del — aquella melancolía; I: aquella abstracción, — con ella aumentaba; II, III: se aumentaba — en vez de disminuirse; I: disminuir — pág. 224, por la tristeza; I: por aquella melancolía — lo divisó; I: le — y pulcra falda; I, II, III: y ahuecada falda — el amplio chal; I, II, III: el ancho chal — más él; I: mas éste — lo contempló; I: le — ¿Lloras?; *Isaacs puntúa así:* ¿Lloras! — Jamás había sido; IV: Jamás había — dejé de sentirte; IV: dejé de sentir — pág. 225, ella lo amó; I: le — le dio la muerte; I: la — y le dice; I: la —lo despedaza; I: le — como el oro y; I, II, III: como las ágatas y — da luz a; IV: de luz a — sol ante el cual; IV: el sol ante el cual.

XLII

Pág. 226, a uno y otro palabras; I: y a otra palabras — pág. 227, Él
llamó; I: Éste — llamándole a él y; I: llamándoles — pág. 228, y lo
ataban ya; I: le — flotaron a poco; I: flotaron poco después — sobre
las aguas; I, II: las corrientes. — pág. 229, Llámalo y nadie; I: Llámale
— Con motivo de la epidemia; I: La epidemia — prisioneros se les dejaba; I: prisioneros permitía se les dejara — bañado en la sangre; I, II,
III: con — se veía clavado un puñal; I, II, III: clavado aun.

XLIII

Pág. 231, rudimental sistema empleado; I, II, III: el rústico sistema que
se empleaba — las destinadas a; I: las que debían — Esto indicado; I,
II, III: Esto sabido — establecido su residencia; I, II, III: su punto de
residencia — hacía de carey; I, II: hacían — cacao y caucho; I, II, III:
cacao, caucho y jagua, por — tenerlo satisfecho; I: tenerle — y avivarle; I, II, III: y hacerle fomentar la — recibido, y ocupado; I: recibido, ocupado — con producciones; I, II, III: con las — indígenas,
almacenadas por William durante; I, II, III: indígenas que William había
almacenado durante — al levantar un látigo; I, II, III: al alzar — le dispensó; I: dispensóla — pág. 232, Acercóse a él, le pidió; I, II, III:
Acércase a él, le pide — no la dejara, besóle; I, II, III: la deje, bésale —
podría comprenderla, le dijo:; I, II: podrá comprenderla, le dice: —
podremos hallarlo; I: hallarle — cuando lo acaricia; I: le — le dio a entender; I: la — prometía amarlo; I: amarle — Ahí la recibió; I: En éste
la recibió — Gabriela, quien después; I: Gabriela, y — temerosa que;
IV: temerosa de que — merced a la constancia; I: debido a la — canto
de alguna ave; I: algún — recordaba las de su país; I: recordaba su
país, — le permitía Gabriela; I: la — habíale oído; I: habíala — pág.
233, hacerle saber; I: hacerla — Nay supuso; I, II, III: se supuso —
pág. 234, El yankee; IV: yanqui — al referirle; I: referirla — que la estimaban; I: que se la estimaba — Impuesto al yankee; IV: yanqui —
pág. 235, Guarda bien esto.; I, II, III: eso — Santa R del huerto; I, II,
III: Santa*** del huerto — le pregunté; I: la.

XLIV

Pág. 236, ¡Quién pudiera verla antes de morir!; I: ¿Por qué no puedo
verla antes de morirme? — ¡Sinar!; *Isaacs puntúa así:* ¿Sinar! — la

condescendencia; I: complacencia — que pudiese oírme; I, II, III: que sus oídos entorpecidos pudiesen oírme: — pág. 237, se le había afilado:; I: perfilado —crispadas; I, II, III: crispadas y yertas — Había anochecido; I, II, III: Hacía una hora que había — espiró; IV: expiró — de la dolorosa melancolía; I: de dolorosa — y los desgarradores; I: y desgarradores — pág. 238, preparasen las andas; I, II, III: prepararan — rendido por su dolor; I: abrumado — casa, por evitarle el lance; I, II, III: casa, porque quería yo evitarle — al cementerio; I, II, III: cimenterio — lo acariciaba; I: le — pág. 239, y te querré; I: y que te — espantosamente verdadero (ver nota); I, II: verdadero; y se persuadirá además, de que el Catolicismo ha sido el perseguidor tenaz y realmente desinteresado que la esclavitud ha tenido desde Pío II (1462) hasta hoy.

XLV

Pág. 239, unos días; I, II: ocho días — por eso dejase; I: esto — nuestras conversaciones; I, II, III: sus — de complacerlo; I: de complacerle. — Santa R; I, II, III: Santa*** — lo velaba; I: le — pág. 240, sin advertir que; I: sin apercibirse de que — gigantes, ruinas de; I: gigantes y ruinas de — Pero si la más; Mas, si la más — color de lila; I: teñido de color de lila — aquella noche; I, II, III: esa — porque soñé; I, II, III: me soñé — pág. 241, por tanta inocencia; I: por tanto amor e inocencia — Doblé; I: Hinqué — pág. 242, y al sacudir ella la; I: y entonces, sacudiendo graciosamente la — no le hemos hecho; I: la — venga ella con; I: vengan ella y — pág. 243, me la has impuesto; I, II, III: puesto — de nácar sonrosado; I, II, III: de porcelana sonrosada.

XLVI

Pág. 244, lo estorbaran; I: le — lanzaba viva luz; I: lanzaba su intensa luz — movía los ramajes; I, II: sus — un ave; II, III: una — habían impreso; I: imprimido — pág. 245, llevaba yo; I, II, III: traía — ondinas, le dije; I: la — sino un ratito; I, II, III: ratico — suave rosa; I, II, III: suave sonrosado — embellecían al salir del baño; I, II, III: embellecían cuando salía — pág. 246, ¿Allí estaremos; I, II, III: ¿Allá estaremos — no deben de ser muy; IV: deben ser — grandes bosques; I, II: los bosques — pág. 247, de flores rojas; I, II, III: rosadas.

361

XLVII

Pág. 247, le ayudaban; I: la — se las recibió; I: se lo — le dije; I: la —
pág. 248, tu semblante; I: ceño — pág. 249, huerto: yo me descalcé; I:
huerto, y yo me descalcé — para decirle; I: decirla.

XLVIII

Pág. 250, acompañarlo; I: acompañarle — que era su diversión; I, II,
III: que le servía de — aquellos días; I, II, III: esos — le dijo; I: la — lo
mirara; I: le — y de sus ojos que velaba el pudor; I, II: y por sus mejillas sonrosadas por el pudor; III: y por sus mejillas sonrosadas de pudor — estando cerca de; I, II, III: estando yo — me recibió lleno de; I,
II, III: éste me recibió — pág. 251, que no lo había previsto?; I, II, III:
no había caído en cuento de eso? — atrozmente; I: alarmantemente
— Todo el mundo; I: Todo mundo — despopularice entre; I: despopularice lastimosamente entre — negocio en Bogotá; I: negocio a Bogotá — pág. 252, al suponerme; I, II, III: de suponerme — Gracias;
IV: Mil gracias — pág. 253, que me traigan; IV: que traigan — Cabalgaba en un; I, II, III: Cabalgaba él en un — muchacho idiota; I: cre-
tino — escabulle; IV: escabulla — andar y precediéndome; I, II, III:
andar precediéndome — pág. 254, diera lagua; I, II: la agua — Parroquia; I, II, III: parroquia — lalma; I: el alma; II: la alma —
aguárdese y paso; I: aguárdese paso — rezongos; IV: rezongones — lo
crió; I: le *(tres casos)* — pág. 255, comprao la zamba; I, II, III: comprado — faltaban historias; I, II, III: pretextos — en los ojos; I, II, III: a
faltaba los sábados a; I: faltaba en esos días a — ha echao; I, II, III:
echado — empeñao; I, II, III: empeñado — pág. 256, estao; I, II, III:
estado — por candela; IV: por la candela — Guayabal; I, II: guayabal
— pág. 257, hijita; IV: hija — costao; I, II, III: costado — habían parecido; II: han — mandara a Salomé; I: mandara allá a — no ha de ir;
I: no se ha — Salomé, como; I: así como — luego lo que le saque; I, II,
III: luego qué ha notado, y — se me encapricha; IV: se encapricha —
pág. 258, de buen terreno; IV: del — no le hubiese; I, II: no se le — a
las últimas; III: a ahora para — para que me mande; IV: para que
mande — caparrosa; IV: caparroza — pág. 259, que de don Emigdio;
IV: que don — Llegábamos; IV: Llegamos — tragao; I, II, III: tragado
— pág. 260, Era pajiza la casita de la chagra; I, II, III: Era la casita de
la chagra pajiza y — cafetos; I: cafés — en cuero; IV: de — de varios
tamaños y colores; I, II: vario tamaño y color. — pág. 261, porque...

hay muchas; I, II: porque me tienes muchas — se estiraban los pliegues; I: se templaban — que te lo haré; IV: que lo — pág. 262,
Parroquia; I, II, III: parroquia — imaginada; I, II, III: contada —puesto, me dijo:; IV: puesto, dijo.

XLIX

Pág. 263, Ya sé; IV: Yo sé — cacaotal, que; I, II: la cual — arrojando
cáscaras de marzorcas y; I: arrojando mazorcas secas y — aguacate a
los cucaracheros cantores y a las nagüiblancas que gemían bajo los follajes.; I, II: aguacate a las nagüiblancas que gemían bajo los follajes y a
los cucaracheros. — los trastos; I: trestes — a mirarse; I: verse — diciéndole; I: diciéndola — pág. 265, ¡Yagora!; I: ¡Y agora! — hablarle
yo; IV: hablarle — le dije; I: de celos; IV: de los celos — caballero, ya
nadie; I, II, III: caballero, nadie — tobillo en lo; I, II, III: tobillo ya en
— pág. 267, cobarde, le dije; I: la — me respondió; I: repondióme —
andas; antes no; IV: andas; no — agoo; I, II: ajoo — pág. 268, solo, le
respondí; I: la — l'agua; I: el agua — l'ala; I: el ala — pág. 269, l'agua;
I: el agua — mirándome; I: viéndome — todo lo que; I, II, III: todo
eso — «ichiiino! ichiino!»; IV: «ichino, chino!» — pág. 270, caí en la
cuenta; I, II, III: en cuenta — págs. 270-1, otro de trabajos; I: otra —
pág. 271, enojo con ella; I, II, III: contra — hay que añadir; I, II, III:
agregar — compadre al dar; I, II, III: compadre dando — pág. 272, el
retinto; I: Retinto — pág. 273, ¿De veras?; I, II, III: ¿De veras! — he
pensao; I, II, III: pensado — pág. 274, parecen insultosos?; I: parece
insultoso?

L

Pág. 274, primeros escalones de la gradería, y; I: primeros peldaños de
la grada y — lo paseara; I: le — pistoleras; I: cañoneras — le llevé; I:
la — le pregunté; I: la — pág. 275, tras las montañas; IV: tras de las
— le dije; I: la — Que tú has; IV: Que has — pág. 276, le dije; I: la —
acariciando; I, II, III: acariciándole — le respondí; I: la.

LI

Pág. 277, alegría de costumbre, convidándome; I: alegría acostumbra-
da, invitándome — les dije; I: las — le dije; I: la — en el lenguaje; IV:
en lenguaje — pág. 278, a la ubre; I: sobre — mirándome pícaramente

al soslayo; I: mirándome al pasar pícaramente — de que me había; I, II, III: que yo me — fue que nos encontró; I, II: fue por lo que — florecían bajo; I, II, III: florecían en — los aleros; I, II, III: alares — pág. 279, que iba a servirnos; I, II, III: que debía servirnos — dueña de casa; I, II: dueño — me levanté; I, II, III: me puse en pie, —pág. 280, muchachas, quienes sollozaban; I: muchachas, y sollozaban.

LII

Pág. 280, sobre las ondas; I, II, III: sentado sobre esas ondas — pág. 281, visto haciendo en los últimos ocho días; I: visto en los últimos ocho días hacer — le respondí; I: la — pág. 282, dos horas; I: una — esa tristeza; IV: esta — Dolorosita,; I, II, III: dolorosita — ¿Tú?; *Isaacs puntúa:* ¿Tú! — pág. 283, te gusta?; I, II, III: gusta eso? — quedaron ya siempre intachables; I, II: quedaron en lo sucesivo intachables — me causara; I, II, III: causaría — hablarte de esto; I, II, III: eso.

LIII

Pág. 284, familia y de; I: familia de *(errata)* — esta pluma; I, II, III: mi — las de dolor; IV: del — pág. 285, le hacía; I: la — esperaba lloroso; I, II, III: llorando — cuarto, con las polainas y los espolines en las manos; I, II, III: cuarto, las espuelas en una mano y los zamarros colgados de un brazo — salón, que; I, II, III: salón; éste.

LIV

Pág. 286, Hacía dos semanas; I: Dos semanas hacía — lo había escrito; I, II, III: la — embozada en su; I, II: por — pág. 287, nombran sin que; IV: nombran sino que — les llenen; IV: llenan — pág. 288, tu cuarto; I: su.

LV

Pág. 288, se me presentó; I: presenta — pág. 289, necesaria mi venida; I: necesario — pág. 290, Quedábales a los médicos; I, II, III: Los médicos tenían — vaciló; I, II, III: vacilaba — ordenábame regresar con la mayor precipitud posible; I, II, III: ordenaba mi marcha precipitada, y — haberlo dispuesto así antes; I, II, III: haberla dispuesto antes.

Pág. 290, del Pacífico; I, II, III: del mar de la India — del litoral:; I, II, III: litoral. Para los que la veían desde la costa, la bella goleta debía semejarse a una linda campesina que en traje de lujo recorre presurosa el prado de su granja recogiendo flores para engalanarse en la fiesta de la noche. — Extremecida; I, II: Estremecida — pág. 291, no he de mejorarme; I: no habré de alentarme — reconocer a un; I, II, III: reconocer un — resguardo; I, II: Resguardo — pág. 292, comercial, era amado por toda la familia, y; I: comercial, todos los de la familia le amábamos, y — En la; I, II: Su — mostraba; I, II: mostraban — vigor y franco; I, II: vigor y su franco — resuelto a traerla; IV: resuelto traerla — pág. 293, contagiado más que medianamente de; I: contagiado convenientemente de — sonoro, añadió; I: sonoro, y añadió — hamaca y limpiándose; IV: hamaca, limpiándose — pág. 294, Pero recibirías... Panamá.; I: Pero érecibirías... Panamá? — brandi; IV: brandy *(igual ortografía en los demás casos)* — lado del mío; IV: lado mío.

Pág. 295, lo esperaba; I: le — pág. 296, Aquel hombre tan festivo; I: El alegre hombre — ese momento; I: aquel — camarote, techumbre abovedada, hecha con matambas,; I: camarote, bóveda de techumbre cilíndrica formada con matambas — rabihorcado; I: rabiahorcado — entona mejor esa; IV: entona esa — pág. 297, Laureán; IV: Laurián — quiere; IV: quere — ¡Apróbalo!; I, II: A probalo — pág. 326, Laureán; III, IV: Laurán — pág. 298, de truenos lejanos; I: de una tronamenta lejana. — tristes presentimientos; IV: pensamientos — pág. 299, impotente, que la ciencia; I, II, III: impotente, al cual — Recorría mi memoria; IV: Recorría en mi — Sabaletas; I, II, III: Zabaletas — y susurros; I, IV: y sus susurros — Pabro bendito!; IV: Pablo bendito! — me pica; I: *pica* — pág. 300, gualte; IV: guatle — naidí; I: chonta — un no sé qué; I: por aquello de — todas con; I: con sus — pág. 301, víboras, que por su; I, II, III: víboras, cuya — aguas cristalinas; I, II, III: aguas de cristal — los defienden; I: los favorecen — el tinto selecto; I, II, III: el puro tinto — playear; I: *playear* — y de collar blanco; I: y collarejas — pág. 302, ineficaces, y muere; I: ineficaces algunas veces, muriendo el; II, III: ineficaces, muriendo el — da nombre al sitio; I: da el nombre del sitio — Gregorio, sin hacer otra observación, había llamado viejota:; I: Gregorio había llamado *viejota,* sin hacer otra observación: — casi; I: como — pág. 303, alabarme a Dios; I: *alabarme a Dios* — topó; I, II, III: encontró — espira; IV: expira — con ella; I: contra — pág. 304, guayacán con muescas; I: guayacán muesqueado — follao; I: follado — cabalonges; I, IV: cavalonges — y apoyándose; I: y apoyado — de la que se salía; I: la cual — cocina, cuya hornilla estaba; I, II, III: cocina, y la hornilla de ésta estaba — rellenado; I: repisado — guineos, a donde subía; I: guineos, y a la cual subía — De un garabato pendían; I: en un garabato había colgados — pág. 305, aún, que iluminaba la última luz amarilla de; I, II, III: aun, iluminados por la última luz — acomodado; I, II, III: arreglado — se acostó; I, II, III: se había acostado — cloqueo; IV: cocleo — gallina enorme; I, II, III: gallina monstruo.

LVIII

Pág. 306, a tá; I: está — pág. 307, tarde, ahora en que; I: tarde que — hojas: después de; I: hojas, que después — estregarlas; I: estregadas — hoja hedionda; I: *hoja hedionda* — que reconocen; I: que aceptan — casco los guijarros; III: casco y los guijarros — condición; I, II, III: condiciones — tarde: como fuesen más y más descolgadas; I: tarde: más y más descolgadas — en el instante; I: en el mismo instante — pág. 308, hechos por Gregorio; I: hechas por — achicar, aquellos prodigios de agilidad; I: achicar, tales maromas causaban — Allí hay; I: había — arrastramiento; I: el arrastre — oíase de tarde en tarde; I: oíase muy de — pág. 309, varas de largo; I: largas — una de ancho; I: anchas — en la cuenta; I, II, III: en cuenta — bogas hacían sus prevenciones; I: bogas se aparejaban — pág. 310, qué instrumento; I: qué clase de — se esforzaron a fin de; I: se esforzaron por — cordial y deseándome; I: cordial, deseándome.

LIX

Pág. 311, cachugos; II, III: chuchugos — respiré; I: respirar — entonces lo bañaba; I: le — Credo, espejeaba a lo lejos; I: Credo, volvía a platear muy lejos — pág. 312, que encontramos; I: a quien — venía atrasándose; I: venía *colgándose* — cueruda; I: *cueruda* — Silencio; I: Un silencio — pág. 313, agregó dirigiéndose al perro y echando pie a tierra.; I: agregó echando pie a tierra y dirigiéndose al perro. — hast'onde; I, II, III: hasta dónde — rosilla; I: Rosilla — manzanilla; I: Manzanilla — Santa Rosa; I, II, III: Santarosa.

LX

Pág. 314, divisarlo; I: divisarle — pág. 315, Montañuelas; IV: montañuelas — como bandada; IV: como bandadas — pág. 316, sollozando; I: sollozante — hoja fría; I, II: hoja fina — ¿por qué... herir?; *Isaacs puntúa:* ¿por... herir!

LXI

Pág. 316, le dije; I: la — Sin responderme; I: Ella sin — decirle; I: decirla — ¿Y yo?; *Isaacs puntúa:* ¿Y yo! — pág. 317, sin duda; I, II, III: seguramente — y me estrechó una mano; I: y estrechóme una mano entre las suyas, mientras — días... sus; I, II, III: días, sus — le hice; I: la.

LXII

Pág. 317, habían corrido; IV: había — aquellos sitios; I: esos — pág. 318, le preguntó; I: la — diciéndole; I: diciéndola — pág. 319, se la vio; I, II, III: se halló más — Estaba de codos; I: Estaba reclinada de — pág. 319, ¿Morirte?; I, II, III: ¿Morirte! — verlo; I: verle — poderlo; I: poderle — que me puso en; I: que puso en mis manos en — espirar; IV: expirar — Estréchalo; I: Estréchale — pág. 320, abandonarlo; I: abandonarle — lo alumbraban; I: le — recibirlo?; I: recibirle? — Tomólo; I: Tomóle — en el lecho.; I: en él — pág. 321, muerto, ante; I, II, III: muerto ya, ante — ya fría; I, II, III: ya yerta — ataúd, mostraba; I: ataúd, había en — decíame; IV: decía — le peinaba; I: la — pág. 322, paso ante paso; I: paso entre paso — el humilde; I, II, III: al — lo ahogaban; I: le — aguardaban en vano; I: aguardaban inútilmente sus — lo he llamado?; I: le — ¿Así... promesas?; I, II, III: *Isaacs puntúa:* ¿Así... promesas!

LXIII

Pág. 322, setiembre; IV: septiembre — ella retardó el; I, II, III: ella había tardado en hacerme el — le fue; I, II, III: le había sido — procuraba; I, II, III: procuraría — pág. 323, Santa R.; I, II, III: Santa*** — ¿Quién... eres tú?; *Isaacs puntúa:* ¿Quién... eres tú! — doblar

367

hacia; IV: doblar sobre —Sabaletas; I, II, III: Zabaletas — divisaba las
copas; IV: la copa — en la asomada; I: en el asomadero — pág. 324,
presentándome la cabeza; I, II, III: presentándome su cabeza — le hablé; I: la — rodeaba una; I, II, III: rodeaba ya una — era que Juan Ángel; I: era Juan Ángel que — pág. 325, Halé; I: Abrí — estaba allí; I,
II: estaba en él — dado sombra; I: dado su sombra — Una persona; I:
Alguien — que di; I: que la di — le dije; I: la.

LXIV

Pág. 326, fue hogar; I, II: fue el hogar — ¡córno... envejecido!; I:
¿cómo... envejecido? — ¿quién las amará si existen?; *Isaacs puntúa:*
¿quién... existen! — oirlos; *La forma* oirlos *ocurre en todas las ediciones y no
es errata por* oiros, *como podría pensarse* — ella le puso; I, II, III: ella le había puesto — trazadas cuando; I, II, III: trazadas por mí cuando — a
cada una; I: de cada una — yo le había; I: la — le había oído; I: la —
dio las dos el reloj; I: sonaron las dos en el — blanco vaporoso; I:
blanco y vaporoso — jirón de; IV: jirón del — pág. 327, lirios del
Páez; IV: de.

LXV

Pág. 327, Parroquia; I, II, III, IV: parroquia — pág. 328, había dejado;
I: habían dejado — entonces, y fatigado se; I: entonces fatigado y se
— aulló; I: ahulló — lo abandonaba; I: le — ponerse cruzaba el; I: ponerse lograba cruzar el — que le ruega; I: la — pág. 329, un ave; II,
III: una — FIN.; *falta en IV.*

Índice de las notas de Isaacs

El interés de Jorge Isaacs en el habla popular se refleja no sólo en su extenso empleo de barbarismos y lenguaje coloquial, sino además en el Vocabulario que elaboró y en las notas que pusiera a pie de página. En su Vocabulario, Isaacs recogió más o menos la mitad de los términos que anotó en el texto de *María*, pero omitió los demás sin explicación. (El descuido del novelista en este aspecto se ve también en el hecho de que incluye en el Vocabulario bastantes giros que no figuran en el texto —*agregado, atillo, coleta, empecinarse, fregar, gola, mono y quingo*—, y a veces da definiciones múltiples cuando solamente hace falta una —*barbillas, cabuya, estacar, estantillo, guaucho, marimba, pilóm, tambarria*—; incluso en un caso —*manta*— la aclaración nada tiene que ver con el uso en el texto.) Aquí reunimos todas las palabras definidas por Isaacs en sus notas.

Índice de notas del editor

(Las referencias son al número de la página y de la nota)

Colección Letras Hispánicas

DE PRÓXIMA APARICIÓN